# New York,
# l'amour,
# les hommes...
# et moi !

DU MÊME AUTEUR
DANS LA COLLECTION RED DRESS INK

*Manhattan et moi (n° 7)*
*Pas de répit pour Rebecca (n° 68)*
*Au secours, ma meilleure amie est enceinte ! (n° 72)*

ARIELLA PAPA

# New York, l'amour, les hommes... et moi !

RED DRESS INK®

*Cet ouvrage a été publié en langue anglaise*
*sous le titre :*
UP & OUT

*Traduction française de*
NADINE GINAPE-MERCIER

HARLEQUIN®
et Red Dress Ink® sont des marques déposées du Groupe Harlequin

*Illustration couverture :*
VIRGINIE JACQUIOT


83-85, boulevard Vincent-Auriol, 75646 PARIS CEDEX 13
Tél. : 01 42 16 63 63
Service Lectrices — Tél. : 01 45 82 47 47
www.harlequin.fr
ISBN 978-2-2802-2137-5 — ISSN 1761-4007

# Prologue

## *Ton fric, ton problème*

J'aime convertir les prix en *tempura* de crevettes. Si je prends un taxi, je me dis que le trajet coûte presque un tiers d'un tempura de crevettes. Je préfère donc me déplacer en métro. Souvent, je renonce à acheter des vêtements dont le prix équivaut à celui de deux à quatre tempura. J'essaie de ne pas penser à mon loyer sous cet angle. Cela risquerait de me couper l'appétit.

A New York, la nourriture abonde. On trouve de tout, depuis les raviolis de joue de bœuf de chez Babbo jusqu'aux doughnuts bio glacés à la main de chez Doughnut Plant. Sans parler des immenses possibilités que m'ouvrent chaque semaine les pages « Dîner chez soi/Dîner dehors » du *New York Times*. Pour une obsédée de la nourriture comme moi, c'est presque trop.

Donc, tous les quinze jours, j'invite une amie à déguster un tempura de crevettes, toujours avec sa sauce crémeuse et épicée. Cela m'aide à mettre les choses en perspective. Dans une ville qui regorge de substances tentantes et délicieuses, il faut qu'une saveur reste familière.

Mais autorisez-moi un léger retour en arrière. J'étais une jeune femme active typique, qui lutte pour boucler le mois, rembourser sa carte de crédit et son prêt étudiant. Puis soudain, le magazine *On the Verge* baptise Esme, le personnage que j'ai créé et animé, icône féministe de la génération pré-ado.

*Les Illuminations d'Esme* consistaient en une simple série de films publicitaires très courts pour Explore ! Famille, la chaîne de télévision qui m'emploie. Chaîne récente, Explore ! tentait de faire son chemin dans l'univers impitoyable des programmes télé pour la jeunesse, mais ne proposait à l'époque aucune série d'animation. Dès qu'Esme avait été repérée (qui eût cru que des gens lisaient *On the Verge* ?), Hackett, le directeur des programmes, m'avait convoquée dans son bureau et assigné un planning aux dates infernales dans le but de produire un épisode en bonne et due forme. Il voulait que je transforme mes courts-métrages de soixante secondes en série télévisée !

J'adore mon personnage, Esme. Elle n'est peut-être qu'une mademoiselle-je-sais-tout de douze ans portant des lunettes, une copine imaginaire améliorée, mais elle est ma création, une enfant intelligente et bien dans sa peau.

Certes, je l'adorais, mais j'avais peine à croire que d'autres puissent l'aimer autant. Alors, j'ai commencé à ne plus l'aimer seulement pour elle-même. Je l'aimais car elle propulsait ma carrière en avant. Du jour au lendemain, j'ai décroché des subordonnés, une promotion, une forte augmentation et une belle coupe de cheveux. Je me suis démenée pour que les vingt-deux minutes du premier épisode des *Illuminations d'Esme* soient prêtes pour la super-réunion qui rassemblait tous nos clients dans la salle de réception du Waldorf Astoria, où tout le tralala mis en œuvre dissimulait à peine les argumentaires de vente. C'était là que les chefs de pub dépensaient le budget de la saison à venir.

Et bon sang, ils en avaient dépensé un paquet ! Esme avait remporté un immense succès. La chaîne avait commandé une saison complète. Le département des produits dérivés avait conçu plusieurs Esme en peluche, créé un jeu de société Esme, et les acheteurs d'espaces publicitaires avaient dépensé leur argent comme s'il s'agissait du dernier jour de leur vie. Hackett nous avait gratifiés d'un discours inspiré, où il était question d'Esme contribuant à définir l'avenir de la chaîne. Selon les tests, le personnage d'Esme, bien que féminin, plaisait aux garçons qui voyaient en elle une surdouée de la technologie. Mes lentilles de contact s'étaient mouillées de larmes tandis qu'il évoquait les innombrables possibilités que recelait Esme, grâce à une jeune femme qui avait cru en elle. Moi.

Hackett m'avait désignée et je m'étais levée de ma table au premier rang. Eclairé par le projecteur, mon visage souriant capturé par la caméra s'était affiché sur les écrans afin que tout le monde puisse me voir, même dans le fond. J'avais croisé les doigts pour qu'aucun épinard du poulet à la florentine médiocre servi au déjeuner ne soit resté coincé entre mes dents. Une salve d'applaudissements m'avait saluée. Si mon existence se déroulait comme dans le film de mes rêves, le générique aurait défilé à ce moment-là. Bon, peut-être qu'ensuite Tommy, mon petit ami récemment devenu mon ex (mais avec qui je continue d'avoir des rapports sexuels fantastiques qui me détendent), aurait remonté l'allée en courant au beau milieu des ballons pour me soulever dans ses bras. Arrêt sur image, exactement comme dans *Dirty Dancing*. Le public aurait alors quitté la salle, affichant le sourire béat que visent à obtenir les films destinés au grand public. (Comme la plupart des gens qui travaillent à la télé, je suis obsédée par le cinéma.)

Mais, même si j'ai vécu un moment formidable, Tommy n'est pas apparu et aucun générique n'a défilé. J'avais encore treize épisodes des *Illuminations d'Esme* à produire dans les mois à venir, à peine le temps de respirer, et encore moins d'accorder à ma nouvelle coupe le brushing qu'elle méritait.

Les tout premiers épisodes de la série avaient obtenu un audimat et des critiques exceptionnels, mais mon job n'était pas terminé. On nous a commandé une nouvelle saison. Nous produisons maintenant de nouveaux épisodes en continu, ce qui signifie travailler tard le soir et négliger certaines des personnes qui m'importent le plus. Et croyez-moi, les plats à emporter que je me fais livrer en abondance au bureau ne satisfont pas la gourmande fanatique que je suis.

Mais je suis une adulte, donc j'ai des responsabilités d'adulte, et je dois les gérer, non ?

Donc, me voilà partie pour mon dîner bimensuel chez Nobu en compagnie de ma coloc, Lauryn. Vu mes horaires de boulot, je vois à peine Lauryn. Lorsque j'arrive, elle m'a déjà commandé un mango martini. Nous nous faisons la bise et je croque dans le morceau de mangue séchée qui accompagne la boisson.

— Tu as l'air très heureuse, dis-je.

Comprendre que son mariage avec Jordan était temporaire et que la conception de l'engagement selon son mari consistait à dépenser l'argent de sa femme et coucher avec d'autres a rendu Lauryn très amère. La voir sourire sans faire allusion à mes vingt-cinq minutes de retard est génial.

— Rebecca, c'est enfin terminé.

— Quoi ?

— Mon D-I-V-O-R-C-E a été prononcé aujourd'hui, chantonne-t-elle.

— Waouh ! C'est génial.

Je ne sais pas trop si je suis sincère. Nous sommes âgées d'à peine vingt-sept ans et elle est déjà divorcée. Mais puisqu'elle est heureuse et que Jordan est un imbécile, j'imagine que c'est super. Je lève mon martini et trinque avec elle, faisant gicler un peu de nos boissons.

Nous commandons toutes deux des salades de champignons parfumés, puis je choisis mon habituel tempura de crevettes et Lauryn le sashimi aux piments mexicains. J'approuve, sachant que je serai autorisée à en croquer un bout. Je m'efforce de ne me lier avec personne refusant de faire goûter son plat.

Nous reprenons à boire. Je suis épuisée, mais le bavardage de Lauryn qui me raconte sa journée après sa visite chez son avocat ne me déplaît pas. Elle me parle des oiseaux de Central Park, et du fait que, bien qu'elle n'en ait jamais parlé, les oiseaux l'ont toujours passionnée.

Soudain, je me rends compte qu'elle me fait part d'une nouvelle d'importance.

— Attends une seconde ! Quoi ?

— Je quitte mon boulot et pars étudier les mœurs alimentaires des pluviers siffleurs à Martha Vineyard cet été. Je me suis aussi inscrite en doctorat d'écologie à Boston.

— Mais… et notre appartement ? Ton appartement ?

— Tu peux le garder, si tu veux. Mais tu n'y es jamais et le bail se termine en juin. De toute façon, tu vas probablement réemménager avec Tommy.

— Comment ça ? Nous ne sommes plus ensemble.

— Mais tu continues à coucher avec lui.

— Trois fois ! dis-je, levant trois doigts. Trois fois en cinq mois. Et toujours après des journées extrêmement stressantes !

— New York n'est que stress, dit soudain Lauryn, semblant étrangement en paix avec elle-même. C'est pourquoi je déménage. Mais je crois que tu oublies quelques coups de fil passés sous le coup de l'alcool.

— Des coups de fil passés sous le coup de l'alcool dus au stress.

Elle me sourit. Elle est plus gaie depuis qu'elle voit un psy.

— Tu peux garder l'appartement si tu veux. Je parie qu'avec ta promotion, tu peux te le permettre.

La serveuse dépose un tempura devant moi. Pour la première fois de ma vie, sa vue me coupe l'appétit. Impossible d'assurer à la fois un loyer mensuel de deux mille cent dollars et espérer jamais revoir ce plat devant moi.

J'avale une nouvelle gorgée de ma boisson où domine le goût de la vodka plutôt que celui de la mangue. Une seule pensée s'impose à moi : et s'il s'agissait du dernier tempura de crevettes de mon existence ?

# 1

## *Chanson*

Lauryn refuse de m'en apprendre davantage sur ses projets. Une fois rentrées, je la questionne pendant que nous nous brossons les dents dans la salle de bains, mais elle secoue la tête.

— Ecoute, Rebecca. Je sais ce que tu vas dire. J'ai creusé le sujet à fond avec mon psy. Nous savions que tu accepterais difficilement que je fasse ce qui est le mieux pour moi.

— Comment ?

— Nous avons toutes les deux bu, donc je refuse de me disputer avec toi. J'ai pris une décision à mon sens positive. Nous en discuterons à un autre moment. Bonne nuit.

Elle m'embrasse sur le front et quitte la salle de bains.

Je la préférais de beaucoup avant qu'elle ne consulte un psy. Communiquer avec une Lauryn amère s'avérait plus facile que communiquer avec une Lauryn dont toutes les phrases commencent par : « Mon psy dit que… »

Le psy de Lauryn ne la force pas à affronter ses problèmes. Mais ce soir elle semble plus heureuse. Etrange et légèrement à fleur de peau, mais plus heureuse.

Elle et moi nous connaissons depuis le cours préparatoire. Nous nous sommes inscrites dans des universités du Massachusetts situées à une heure l'une de l'autre. Jordan était le meilleur ami de Tommy et fréquentait la même université que moi. C'est moi qui avais présenté les ex-Monsieur et Madame, lors d'une beuverie de bière. Ce que j'avais rappelé à tout le monde lors de leur mariage, en portant un toast d'une voix pâteuse. Evidemment, lorsque le mariage avait tourné au vinaigre, j'avais espéré que Lauryn oublierait mon rôle dans l'histoire.

Avant de se marier, Lauryn était une fille incroyablement drôle. Grande et mince à l'extrême, sa grâce évoquerait Audrey Hepburn si elle ne se livrait pas à des grimaces très personnelles et des contorsions hilarantes. C'est un aspect de sa personnalité qu'elle n'a pas montré depuis longtemps. Depuis qu'elle est séparée de Jordan, l'humeur de Lauryn est imprévisible, mais rarement bonne. Lauryn me manque. Rire à en avoir mal au ventre me manque.

Il est minuit. J'ai envie d'appeler Kathy ou Beth pour leur apprendre que Lauryn déménage, mais la semaine m'a épuisée. Nous ne sommes que mercredi. Kathy doit être au lit avec son fiancé, Ron. Ils vont faire l'amour en cinq minutes avant de s'écrouler de sommeil. Beth, elle, doit être en train de danser avec ses amis du milieu de la musique dans un endroit dont je n'ai même jamais entendu parler. Elle garde son portable en mode vibreur, afin de ne pas manquer l'appel d'autres VIPs. Je ne suis pas certaine d'être classée dans les personnes qui valent la peine qu'on prenne leur appel.

D'un autre côté, si je joins tout le monde, je papoterai au téléphone durant des heures. J'ai besoin de dormir. Je décide de leur laisser ce que nous appelons un « bonjour-café » sur leur boîte vocale au boulot :

« Tu ne devineras jamais ce que le psy de Lauryn l'a convaincue de faire cette fois ! Appelle-moi dans la matinée et je te cafarderai tout. »

Je me couche en tentant d'imaginer la journée de demain. Débordée par la production de l'émission, je perds le contact avec Esme. C'est moi qui l'ai créée, mais maintenant mes assistants ont dû prendre le relais. Janice et John l'animent et Jen a proposé d'écrire deux scénarios. Demain, je veux consacrer ma journée à élaborer les concepts des cinq derniers épisodes de la saison.

A mon avis, les adolescentes dirigent le monde. Lorsqu'on y réfléchit, ce sont elles qui créent toutes les modes. Une adolescente est en pleine formation, mentalement et physiquement, et *tout* influe sur sa personnalité. Je veux faire d'Esme une fille qu'on aimerait avoir pour meilleure amie. Le genre de fille assez solide pour se ficher des âneries débitées par les garçons, le genre de fille en qui on peut avoir une confiance absolue.

Je regrette de ne pas ressembler davantage à Esme et de mourir d'envie de cancaner sur le dos de Lauryn avec mes copines. Mais je veux juste connaître leur avis sur la question, sans l'analyser pendant des heures.

*Demain, je te consacrerai davantage de temps, Esme. Et je ferai des efforts pour te ressembler, je le promets.*

Deux heures plus tard, je regrette de ne pas avoir appelé les filles. J'ai commencé à souffrir d'insomnies à peu près au moment où *Les illuminations d'Esme* est devenue une série. Maintenant, mes nuits sont hantées par les résultats de l'audimat et l'obsession d'élaborer des intrigues intéressantes. Je rumine aussi les propos des critiques lorsqu'ils s'intéressent à mon émission. Le sommeil réparateur me fuit.

Toute cette année (c'est-à-dire depuis avril dernier, lorsque j'ai appris que je devais produire plusieurs épisodes) est passée en un clin d'œil. J'ai à peine levé le nez de mon ordinateur.

Lorsque je me suis enfin arrachée au boulot, j'ai remarqué un léger changement dans ma relation avec mes amies. Parfois tout semblait normal et je ne ressentais rien de particulier, mais à d'autres moments nous semblions évoluer dans des directions différentes. Après la fac, lorsque nous nous sommes installées à New York, nous n'avions pas de famille proche dans les environs et nous passions un temps fou ensemble. L'existence de notre petit groupe d'amies relève soit du destin, soit d'une extraordinaire et heureuse coïncidence. Je crois que l'amitié fonctionne ainsi – les gens s'attirent mutuellement.

Beth était ma coloc à la fac. Grâce à Beth, j'ai rencontré Tommy, son frère et mon ex. J'ai présenté Beth à Lauryn. Kathy était la coloc de la cousine de Beth qui venait voir Lauryn lorsqu'elle a emménagé à New York. Nous avions tout de suite sympathisé les unes avec les autres et, nos études terminées, découvert New York ensemble.

Chacune apportait quelque chose de personnel au groupe. Lauryn son humour caustique, Beth son goût des nouvelles expériences – écumer la ville comme si elle nous appartenait par exemple – et Kathy était la pragmatique du groupe, celle qui avait du style et semblait toujours persuadée de savoir où nous allions.

Je ne situe pas le moment exact où les choses ont changé, mais ce ne peut être uniquement dû au temps que j'ai consacré au boulot. Peut-être est-ce à cause de Lauryn. C'est elle qui nous avait réunies. Quand elle a commencé à passer ses journées en pyjama, à pleurer sur Jordan, nos rencontres se sont espacées. A moins que ce ne soit à cause de Kathy, folle de son fiancé, Ron. Elle avait emménagé avec lui, déménagé en banlieue et décidé que sa raison de vivre était d'être la plus belle mariée de la côte Est. Aucune de nous n'aurait pu prédire que la fille qui dégotait les plus belles fringues dans les soldes de créateurs nous demanderait d'essayer des robes de demoiselles d'honneur gris souris. Ou alors nous avons espacé nos rencontres lorsqu'il est devenu impossible de suivre le rythme de Beth.

Beth n'a pas à se soucier d'insomnie. La plupart des soirs elle s'écroule ivre morte, à moins qu'elle n'ait avalé un truc qui la tienne debout et lui permette de faire la fête toute la nuit. Depuis qu'elle travaille pour un studio d'enregistrement, les gens pour l'accompagner dans les boîtes les plus branchées ne manquent pas. Ses nouveaux amis déjantés m'intimident. Mais je crois que l'évolution de ma relation avec Beth est liée à ma rupture avec Tommy.

Nous aurions dû rompre beaucoup plus tôt. Nous sommes restés longtemps ensemble en partie parce que nous vivions ensemble. On dit en riant jaune que les couples new-yorkais restent ensemble beaucoup plus longtemps qu'ils ne le devraient à cause des appartements. Trouver un appart ici relève de l'exploit. On paie le prix fort des espaces de la taille d'un placard.

Si je suis restée aussi longtemps avec Tommy, c'est aussi parce que je l'aimais. Et dans un sens je l'aime encore. Il est difficile de trouver un appartement à New York, mais pour moi il est encore plus difficile de trouver un mec qui me comprenne. Or Tommy me comprend. Mes excentricités et mon goût excessif pour certains plats l'amusent. Pour me faire plaisir, il parle même d'Esme comme d'une gamine de douze ans réelle.

Mais Tommy est aussi totalement immature. Sortir avec un gamin taille adulte peut être marrant quand vous cherchez des idées d'émissions pour enfants, mais vous avez aussi besoin que les événements sportifs et les jeux vidéo ne soient pas le centre de son existence et qu'il vous consacre un peu de temps.

Tommy et moi avons décidé de rester amis. J'ai emménagé avec Lauryn, mais maintenant je vais devoir soit trouver une nouvelle coloc, soit chercher un nouvel appart. Une partie de moi refuse d'abandonner l'idée que Tommy et moi reformions un couple. Dès que nous avons décidé d'être seulement des amis, nous avons recommencé à faire l'amour, ce que nous ne faisions plus lorsque nous formions un couple. Ne plus être vraiment ensemble améliore nos relations sexuelles. Est-ce une maladie ? Chaque fois nous jurons qu'il s'agit de la dernière fois, mais nous recommençons. Comme si ni l'un ni l'autre ne pouvions couper le cordon pour de bon. Il fait encore tellement partie de ma vie. J'aurais préféré qu'une des premières choses qui me vienne à l'esprit lorsque Lauryn m'a appris qu'elle partait pour le Massachusetts ne soit pas l'idée de revivre avec lui.

J'aimerais aussi que Beth s'habitue à notre rupture, comme Tommy et moi prétendons le faire. Elle est très protectrice envers son frère, mais moi aussi je prends soin de lui, ce qu'elle refuse de le comprendre.

Argh. Je hais les insomnies. Elles ramènent toutes les pensées qu'on tente de chasser dans la journée. Je ne veux pas me focaliser sur mes relations avec les autres ; je veux juste qu'elles soient normales.

Je ne peux pas continuer ainsi. Il est presque 4 heures du matin. J'ai besoin de sommeil. Je vais compter les moutons à rebours jusqu'à ce qu'il arrive.

La radio est allumée. Ma façon préférée de me réveiller – écouter 1010 WINS. Parfait pour la météo, les infos et un léger (très léger) cynisme. Peu importe le réglage du volume, la radio ne me réveille jamais. Il est 9 h 35. Pas trop mal. Dans le milieu de la télé, la plupart des gens dorment jusque bien après 10 heures. Mais j'essaie d'arriver tôt afin de donner l'exemple à mon équipe. Je ne veux pas qu'ils croient que, maintenant que l'audimat a monté en flèche, nous pouvons nous tourner les pouces. Mais ce matin impossible d'arriver tôt, encore moins de prendre une douche.

Je me brosse les dents à toute vitesse, attache mes cheveux avec une barrette et enfile un jean confortable et un pull noir. Comme d'habitude des cercles sombres soulignent mes yeux, mais je n'ai pas le temps de m'en occuper.

En chemin vers le métro, je m'arrête devant un marchand ambulant. Je m'accorde toujours le temps d'un café. Dès que j'apparais, le vendeur me tend mon café et ma monnaie. Chaque matin, je passe ici prendre un café, avec beaucoup de lait et de sucre, qui d'habitude me permet de tenir deux bonnes heures (selon que je suis ou non sortie la veille).

Les gens se plaignent toujours du coût de la vie à New York, mais le prix du café vendu dans la rue prouve le contraire. Existe-il une autre ville où trouver un café aussi délicieux pour cinquante malheureux cents ? Et si la matinée est vraiment mauvaise, je peux ajouter, pour cinquante cents de plus, un petit pain beurré. Une affaire.

Aucune place assise dans le métro. Et un peu d'humidité dans l'air. La ville est en train de basculer de la fraîcheur du printemps à la touffeur oppressante de l'été. Dans quelques semaines, la population de ce wagon sera puante et dégoûtante, et réduite à se pincer le nez et accepter l'idée de l'été.

Je fixe une pub pour les bourses accordées aux aspirants enseignants par la ville de New York. La ville finance votre mastère en sciences de l'éducation si vous enseignez ensuite dans une école d'un quartier difficile. La campagne fait mouche. La personne qui trouve ces slogans pleins d'inspiration doit être bien payée. Celui-là demande : « Vous vous souvenez du nom de votre maîtresse de CP. Qui se souviendra du vôtre ? »

Ma maîtresse de CP s'appelait Mme Gordon. Je crois qu'elle a été la première personne à apprécier mes rédactions, rédigées sur de petites feuilles de papier à rayures jaunes. Je me souviens de son parfum et de l'odeur de biscuits fourrés à la figue lorsqu'elle se penchait sur mon pupitre pour dire : « Rebecca, tu es très créative. »

Je devrais situer davantage de scènes avec Esme à l'école. Je cherche toujours comment donner aux enfants l'impression qu'elle existe vraiment. Elle pourrait par exemple découvrir qui a volé le hamster de la classe. Non, je dois trouver mieux.

Heureusement, le trajet n'est pas long. Le métro me dépose à une rue des locaux d'Explore!, à l'est de midtown. Je déteste ce quartier. ARCADE, mon dernier boulot – mon premier après la fac –, était situé beaucoup plus à l'ouest. J'étais plus à l'aise là-bas, au milieu des camionneurs et des transsexuels, qu'ici parmi les complets vestons du monde de la finance, omniprésents dans ce quartier.

Dans le hall de l'immeuble, l'un des vigiles me soumet à un contrôle de sécurité interminable, mais sans grande conviction. Une fois qu'il s'est assuré que je ne transporte aucun explosif dans mon sac à main, une imitation d'un grand couturier, je me dirige vers mon étage. Je passe devant le poster géant d'un vaisseau spatial de l'entrée, puis devant la cuisine, ce qui me rappelle que j'ai oublié d'apporter mon déjeuner, les restes de mon dîner de l'avant-veille. Zut ! A New York, le café est peut-être bon marché, mais un déjeuner dans midtown c'est autre chose.

Comme je m'y attendais, Jen est en avance. Jen est la nièce de Hackett et la coordinatrice de la production de mon équipe. Jen est en train de percer dans ce milieu et je ne sais pas trop si je suis la personne idéale pour la diriger.

— Bonjour, Rebecca.

— Quel est le programme, Jen ?

J'attends (ou plutôt espère) qu'elle réponde « rien », mais Jen est une femme toujours à la pointe des événements.

— A 11 heures nous devons discuter du titre test pour le septième épisode avec mon on… avec Hackett. A midi, réunion concernant le script. Et à 13 heures, une réunion-perte de temps avec la programmation. Inutile de chercher une excuse, notre présence est exigée. Cet après-midi, nous devons vraiment travailler sur le deuxième segment du neuvième épisode. Ah oui, un truc concernant le budget à 16 h 30. Janice avait oublié qu'elle avait rendez-vous chez le dentiste et John est en retard à cause d'une panne d'électricité.

Nous échangeons un petit sourire. Nous sommes persuadées que nos deux techniciens de l'animation, Janice et John, sortent ensemble. Ce qui dans un groupe de quatre personnes crée une dynamique intéressante.

— Avec un peu de chance, leur matinée les aura mis de bonne humeur.

Jen et moi suivons l'évolution de leur relation en observant la qualité de leur collaboration.

— Ils ont estimé la durée de leur retard ?

— Tous deux se sont montrés étrangement évasifs.

— J'aurais aimé qu'ils soient présents pour le test concernant le titre. Merde !

Ma journée s'annonce mal.

— Je vais appeler Meg, voir si nous pouvons repousser la réunion.

Meg est l'assistante de Hackett, mais on jurerait que c'est elle qui dirige la boîte.

— Merci, Jen, je peux m'en charger si tu veux.

— Non, c'est bon. Tu devrais jeter un œil sur les scénarios.

— O.K.

Je rentre dans mon bureau et ferme la porte.

Diriger une équipe me met un peu mal à l'aise. J'ai déjà du mal à m'occuper de moi-même, maintenant je dois régenter l'existence des trois personnes sous mes ordres. J'éprouve toujours une sensation bizarre lorsque Jen exécute des tâches à ma place. Elle ne cesse de proposer de passer mes fax et remplir mes fiches de notes de frais, mais je ne m'y habitue pas. J'ai l'impression d'être démunie et, pire, d'être une chef. Ce que je suis, j'imagine.

J'inspire à fond et m'étire. La porte fermée, je peux me le permettre. J'ai toujours travaillé dans un open space – ce qui me convenait – mais maintenant je dispose d'un vrai bureau, et donc d'une porte. Une porte n'est pas une mince affaire. Lorsque je la ferme, je jouis de mon propre petit espace personnel. Je peux surfer sur des sites pornos, écouter de la musique tonitruante, renifler mes aisselles ou me gratter les fesses. N'importe quoi, si j'en trouve le temps.

Je dispose aussi d'une fenêtre. D'accord, elle est minuscule et donne directement sur un mur de briques, mais c'est une fenêtre. C'est idiot, mais j'en suis fière. Ma mère est coiffeuse en Pennsylvanie et mon père travaille dans une usine. Ils ont travaillé au même endroit toute leur vie. Ils ont eu du mal à croire que je gagne ma vie grâce à ce qu'ils considèrent comme de simples dessins. D'ailleurs ils ne le croient toujours pas, même depuis qu'Esme passe à la télévision. Mais s'ils voyaient mon bureau, je parie qu'ils en tireraient une grande fierté.

Le numéro de Jen s'affiche sur mon téléphone.

— Allô ?

— J'ai retardé la réunion, dit-elle. Tout le reste est décalé aussi.

— Donc je repousse tout d'une demi-heure toute la journée.

— C'est ça. Janice vient juste d'arriver.

— Alors nous pouvons espérer l'arrivée de John dans les cinq minutes de rigueur ?

— Je suis certaine qu'il est en train de faire les cent pas autour du pâté de maisons, commente Jen. Oh, et ce soir tu assistes à la fête donnée en l'honneur de nos partenaires associés, non ?

— Merde, j'avais complètement oublié.

— Je te répète qu'il te faut un PalmPilot, mais tu t'obstines à nier la révolution industrielle.

— Je ne sais même pas de quoi tu parles. Où a lieu la fête ?

— A l'espace fête du Seaport. Pas trop loin. Je t'envoie un e-mail.

— Vraiment. Quand je pense que je suis obligée d'aller faire la conversation à des obèses chauves du Midwest.

Silence.

— … Désolée.

Jen est originaire du Midwest.

— … Et je n'aurai jamais le temps de repasser chez moi. Or je n'ai rien à me mettre.

— C'est pourquoi H & M existe. Je dois te laisser, Meg est sur l'autre ligne. On se voit dans vingt minutes.

Elle a raison, mais quand vais-je trouver le temps de me rendre chez H & M ? Mon téléphone sonne de nouveau. Ligne extérieure. Dois-je décrocher ? L'identificateur d'appel m'effraie. S'il s'agissait de quelqu'un avec qui je ne veux pas parler, ou qui veut me demander une faveur. Je tente ma chance.

— Rebecca Cole.

— Ré, c'est Beth.

— Et Kathy.

Un appel-conférence à trois. Elles exigent des détails.

— Les filles, je suis partie pour une journée d'enfer. Je viens de découvrir que j'ai une réunion genre dans quinze minutes.

— Décris-nous simplement les grandes lignes, dit Beth, légèrement irritée.

— Oui, ne joue pas l'hyper pro accro au boulot. En ce moment, tout ce que fait Rebecca est urgent, tu as remarqué, Beth ?

— Oui, répond Beth.

Je comprends leur intérêt, mais je cours après le temps et n'ai pas le temps d'épiloguer.

— O. K, l'essentiel, alors, en bref. Le divorce a été prononcé.

Les commentaires fusent mais je manque de temps pour les analyser.

— Et la cerise sur le gâteau, Lauryn quitte New York et part pour Martha's Vineyard Island.

Je ne résiste pas à l'envie de marquer une pause pour souligner mon effet. C'est par trop incroyable.

— Elle a perdu la tête ? demande Kathy.

— Elle est sous antidépresseurs, maintenant j'en suis certaine, renchérit Beth.

Beth préfère se servir dans les médicaments en vente libre mais est toujours heureuse d'apprendre qu'elle n'est pas la seule à en prendre.

— Je sais, dis-je. Je sais.

Je m'autorise à prolonger la conversation un tout petit moment avant de me remettre au travail. Elles s'enquièrent de ma décision à propos de l'appartement mais je n'ai encore rien décidé.

— N'oublie pas que ce week-end nous devons chercher les robes de demoiselles d'honneur, dit Kathy. Essaie de ne pas prévoir de réunion.

Elles éclatent de rire et je raccroche. Je suis sûre qu'elles vont rester en ligne et poursuivre la discussion. Kathy est comptable et c'est un moment creux pour elle. Beth travaille dans un studio d'enregistrement, d'où le milieu branché dans lequel elle évolue.

Je soupire après l'époque où je téléphonais trois fois par jour à mes amies depuis mon open space en tentant d'étouffer mes rires.

Je suis trop jeune pour la nostalgie, mais j'ai l'impression que j'étais bien plus heureuse lorsque mes journées étaient emplies de ragots murmurés avec mes copines plutôt que de réunions interminables.

Ma première réunion de la journée ne se déroule pas aussi bien que je l'avais prévu. Hackett prétend adorer notre travail sur les titres, mais la taille de la police de caractères ne lui convient pas. Il aurait pu le préciser trois réunions plus tôt. Mais c'est lui le boss, il a le droit de faire valoir son opinion quand il lui plaît. A nous de nous débrouiller. Nous allons devoir recommencer le rendu. Le sourire de Janice s'évanouit, mais je suis heureuse qu'elle soit présente et entende les commentaires de Hackett. Je ne voudrais pas qu'elle me croie responsable des modifications exigées.

Janice et John partent travailler sur le problème. J'espère que leur interlude matinal était assez agréable pour que travailler dur ne les dérange pas – mais pas assez agréable pour en être distraits par le souvenir. Jen et moi entreprenons de travailler sur les scénarios. Une autre réunion avec Hackett était prévue, mais il décide de se rendre à une autre, plus importante. Ce qui signifie que d'ici quelques semaines, lorsqu'il sera trop tard pour tout réécrire, il va décréter qu'il déteste les scénarios.

Si seulement je pouvais tout faire. Je m'assurerai que ce genre d'incident ne se produise pas. Jouir d'un pouvoir de décision infinitésimal, qui au bout du compte est réduit à zéro, n'est pas facile.

— Rebecca Cole.

Je réponds au téléphone en présence de Jen.

— Salut. C'est Tommy.

Jordan a dû lui parler de Lauryn et il veut savoir si je vais bien après avoir appris le futur départ de ma coloc d'un appart hors de prix.

— Ça va.

Je ne tiens pas à parler longtemps au téléphone. De plus, je déteste lui parler en présence d'autres personnes – cela ne fait que soulever des questionnements.

— J'ignore encore ce que je vais faire.

— Bon, dit-il.

Finalement, il ne semble pas si inquiet que ça.

— … Je me demandais si tu avais mon DVD de *Matrix*.

J'ai déménagé il y a presque un an, mais il trouve constamment des raisons de m'appeler. Parfois, toute contente, je me convaincs qu'il tient toujours à moi. A d'autres moments, ses appels m'agacent et je souhaiterais qu'il me fiche la paix. Pour l'instant, je suis en colère qu'il m'appelle au sujet de ses affaires et non pour s'enquérir de mon moral.

— Non, je ne l'ai pas. Je l'aurais déjà trouvé. Regarde dans le placard de l'entrée. Je parie qu'il s'y trouve.

Jen lève les yeux vers moi, puis tourne une page comme si elle se concentrait vraiment sur le scénario. Je baisse la voix.

— Jordan t'a dit pour le divorce ?

— Ouais.

— T'a-t-il dit aussi que Lauryn partait s'installer dans la région de Martha's Vineyard ?

— Oui.

— Tu n'es pas un tout petit peu curieux de savoir comment je vais me débrouiller seule avec ce loyer gigantesque ?

— Euh, je crois que si.

Là réside tout le problème de notre relation. Parfois nous sommes immédiatement sur la même longueur d'ondes, et parfois nous aurions besoin d'un traducteur. Je distingue un son électronique en bruit de fond. Tommy tente de le couvrir en parlant trop fort et trop vite.

— Alors que vas-tu faire ?

— Tu es en train de jouer à Grand Theft Auto III ?

J'ai crié si fort que Jen sursaute. Je le crois pas. Il doit quand même être capable de se concentrer pendant cinq minutes pour un coup de fil.

— Euh, ouais.

Je lui raccroche au nez. Lorsque nous sortions ensemble, nous nous étions promis de ne jamais nous raccrocher au nez, mais maintenant que nous avons rompu, tout est permis. Je souris à Jen. Je vois ses sourcils se hausser au-dessus des pages qu'elle lit.

— Donc, pour en revenir aux scénarios…, dis-je.

Nous assistons à une réunion baptisée « le conseil de guerre ». Je ne sais pas qui a pensé à ce nom, mais l'évocation d'un bain de sang donne assez bien le ton. La réunion a lieu tous les jeudis et dure presque toujours trop longtemps pour le peu accompli. La production et la programmation se tapent dessus au sujet de leurs priorités respectives, entretiennent des griefs mutuels et gaspillent le temps précieux de tout le monde.

Dans cette réunion, même s'asseoir relève du combat. Trop de chaises s'entassent autour de la table ronde, aussi tout le monde se cogne aux accoudoirs de ses voisins et passe son temps à s'excuser. La programmation revendique son territoire très tôt. Je suis toujours en retard, mais une fois j'ai réussi à arriver un quart d'heure en avance et ils étaient déjà présents, à élaborer leur plan d'attaque.

Cette semaine la programmation a décidé de me faire grise mine parce que je n'ai pas en ma possession tous les scénarios que je suis censée avoir. Pour me punir, ils décident qu'il est nécessaire de déplacer certains épisodes d'Esme à cause d'événements sportifs qu'ils semblent inventer au fur et à mesure. Comment peuvent-ils savoir que le championnat de bowling aura lieu le jour où est diffusé l'épisode dans lequel Esme comprend qui a vandalisé la bibliothèque ? Jen tente d'argumenter mais je secoue la tête. Le département programmation peut tout se permettre. Ils sirotent leur café avec assurance, le doigt sur la touche de leur portable qui les met en relation directe avec Télé-guide.

Les gens de la programmation finissent enfin par se fatiguer de jouer avec nous et décident d'attaquer Don Beckford, le producteur d'une autre émission, *Tom et la taupe*.

— Nous sommes dans les temps, déclare Don, il est certain que nous aurons treize épisodes prêts en septembre. *TV Bébé magazine* a publié un article sur le type d'animation que nous allons utiliser. Quelqu'un l'a lu ?

Don est si beau que c'en est louche. Et constamment en proie à la frénésie. Il bondit presque en parlant et vend bien son émission. (Je l'admire, c'est vrai.) Il fait aussi beaucoup référence aux publications professionnelles. Qui a le temps de lire les magazines stupides pondus par la profession pour s'autocongratuler ? Pas moi. Mais les gens de la programmation, si, et ils adorent s'en vanter – pourtant aujourd'hui ça ne fonctionne pas. Cheryl, qui occupe un poste qu'elle s'imagine clé et arbore la coupe de cheveux assortie, s'éclaircit la gorge.

— L'animation est peut-être au point, mais vous n'avez pas encore l'acteur en chair et en os. L'émission s'appelle *Tom et la taupe*. Sans Tom, c'est juste une taupe.

— Effectivement, répond Don.

Il se prépare à parler beaucoup pour ne rien dire.

— … Nous avons commencé le casting. Mettre au point l'animation est beaucoup plus difficile que de gérer un acteur.

— Quels sont les acteurs entre lesquels vous hésitez ? demande Cheryl.

Elle le prend vraiment de haut.

— Je préfère attendre avant de vous le révéler, mais je peux vous assurer que nous avons trois acteurs aux personnalités fabuleuses en lice. Ils ne ressemblent à rien de ce que les gosses ont vu jusqu'ici.

Ils jouent entre eux un jeu compliqué. Don a été débauché de chez Cranium Network afin de créer une émission pour enfants ressemblant à celles qu'il a produites pour Cranium. Personne ne semble remarquer, ou ne veut admettre, que *Tom et la taupe* ressemble beaucoup à *Henri aux écuries* et *Les aventures des animaux d'Amy*.

— Bon, montrez-nous une cassette dès que possible, dit Cheryl.

La programmation veut toujours une cassette.

— J'ai un rendez-vous à 15 heures, lance Sarah, autre mercenaire de la programmation. Je crois que c'est tout pour aujourd'hui.

Nous quittons la salle de réunion à la queue leu leu. Je regagne mon étage et me précipite aux toilettes. Tous les gens de la programmation seront dans les leurs. Le problème lorsqu'on les croise aux toilettes, c'est qu'ils tentent de parler boulot et de vous arracher des promesses alors que vous essayez de faire pipi en paix.

Il est presque 15 heures et je n'ai toujours pas pris mon petit déjeuner. J'ai une réunion à 16 h 30 et suis censée terminer le deuxième segment du dixième épisode afin que Janice et John puissent travailler dessus. Nous procédons ainsi, une fois les épisodes réalisés et approuvés, nous commençons le travail sur les voix. Je ne veux pas que la production prenne du retard sur le planning à cause de moi. Je dois aussi trouver quelque chose à me mettre pour ce soir.

Je me verse une tasse du café mis à notre disposition dans la cuisine et y ajoute une tonne de sucre. Je fouille dans un de mes tiroirs à la recherche d'un en-cas ou d'une tenue fabuleuse dont j'aurais oublié l'existence. Je ne trouve qu'un peu de pop-corn et un slip de rechange que je garde dans mon bureau au cas où. (Il n'y a pas eu de « au cas où » ces derniers temps.)

J'emporte le pop-corn dans la cuisine et pendant qu'il chauffe dans le micro-ondes, j'entreprends d'annoter le scénario écrit par Jen. Je suis impressionnée. Que quelqu'un porte un regard nouveau sur Esme me plaît. J'ai eu du mal à accepter que d'autres soient responsables de sa voix, ou de son allure, comme Janice et John lorsqu'ils l'animent.

— Hello.

Je lève les yeux. Claire Wylini, directrice des budgets de production, me sourit. Elle est cyclothymique : toute gentille… jusqu'au moment où vous dépassez le budget d'un dollar. Là, elle cesse de sourire.

— Salut.

Elle désigne la pendule.

— Il est presque l'heure de notre réunion.

Elle parle de la voix chantante d'une maîtresse de maternelle. Elle est mère d'un enfant de quatre ans et un autre de deux ans. Chacun d'eux a sa propre nanny. Sa progéniture dote Claire d'une certaine crédibilité.

Ceux qui travaillent dans le milieu des programmes pour la jeunesse ne cessent de tenter de comprendre comment s'insinuer dans l'esprit des enfants. C'est plutôt malsain. Et bien sûr, plus vous grimpez les échelons, moins vous êtes en contact avec la réalité enfantine. Les gens de ce milieu aiment vanter l'aspect juvénile de leur créativité, mais en vérité, nous sommes des adultes qui vendent un produit. Dans notre milieu, quiconque a des enfants s'y réfère constamment. Comme à un label de compétence. Ils sont toujours persuadés de la justesse de leur opinion et la défendent avec des arguments tels que : « Mon gosse de cinq ans adorerait cela. » Je soupçonne certains d'avoir fait des enfants en guise d'assurance-chômage.

— Ah, oui. J'arrive. Je finis juste ce scénario. Pop-corn ?

Je lui tends le sachet en l'agitant.

— Non, merci. C'est gentil. D'accord. On se voit à la réunion.

— D'accord, à tout à l'heure. Bye-bye.

Mince alors, *bye-bye* ? Je parle comme elle. Quel genre de fille suis-je en train de devenir ? La journée touche à sa fin et je n'ai rien fait, sinon me rendre de réunions en réunions et commenter le travail des autres. Je n'ai rien créé. Rien accompli.

Jen passe la tête par la porte.

— Mmm, ça sent bon.

Elle grappille une poignée de pop-corn.

— Oh, tu lis mon scénario. Comment le trouves-tu ?

— Très bon. Tu as fait un super-boulot. Je n'ai plus que quelques notes à ajouter.

Elle grimace.

— … rien d'important, elles concernent la continuité. Il est temps de nous rendre à la réunion.

Après deux réunions inutiles supplémentaires, je quitte le bureau et pars à la recherche d'une tenue. Comme d'habitude H & M est bondé d'une foule épouvantable. Je me faufile entre les touristes et les jeunes au look outrancier et dégote une chemise transparente à l'imprimé floral. Je m'empare d'un débardeur et d'un pantalon noir. Heureusement que je porte des chaussures noires aujourd'hui.

Le pantalon est censé être à ma taille mais se révèle trop étroit. Je dois retourner au rez-de-chaussée où les haut-parleurs hurlent du hip-hop. La foule augmente au rythme des sorties de bureau. Evidemment, le pantalon que je convoite n'est plus disponible qu'en trente-six et trente-huit. Une pré-ado s'empare de celui en trente-six. Autre raison pour laquelle les adolescentes dirigent le monde – leurs hanches minces.

Je passe devant les jupes sans m'arrêter. Je refuse d'enfiler des collants et je ne suis pas épilée. Je trouve un autre pantalon. Qui a l'air encore plus moulant. Il n'est pas doté de poches arrière, mes fesses vont donc paraître énormes. Je prends ma taille, plus les deux tailles au-dessus. Je préfère ne pas m'appesantir sur le chiffre atteint. Je travaille trop pour fréquenter les salles de gym. D'ailleurs, je déteste les salles de gym.

Il y a la queue à la cabine d'essayage. Je consulte ma montre. Jamais je n'arriverai à l'heure. Je tranche pour la moyenne et choisis le pantalon une taille au-dessus de la mienne. S'il ne me va pas, autant laisser tomber. Je prends aussi un pull, parce qu'il est bon marché et que je m'obstine à tirer la langue au trou de mon compte en banque. Plus je gagne d'argent, plus j'en dépense. Je n'ai pas fini de rembourser mes prêts étudiants.

Pour gagner du temps, je prends un taxi qui me dépose au centre commercial Seaport. A cause de la circulation, il me coûte la somme monstrueuse de seize dollars – une assiette entière de tempura. Je vais le passer en note de frais. J'aperçois une pizzeria toute proche. Je souris au type derrière le comptoir et demande à utiliser les toilettes.

Elles sont censées être réservées aux clients.

Je devine qu'il m'autorisera à les utiliser de toute façon, mais j'ai faim et une bonne odeur flotte dans la salle. De toute la journée, je n'ai avalé que deux poignées de pop-corn.

— D'accord, donnez-moi deux petits pains à l'ail.

Pendant qu'il les réchauffe, je me rends aux toilettes. Ce n'est pas l'idéal pour se changer, mais je n'ai pas le choix. Comme le miroir est minuscule, impossible de saisir l'effet produit par mon derrière en sa totalité.

Lorsque je sors des toilettes, le type derrière le comptoir siffle. Je souris, parce qu'il n'a rien de lubrique. Je paie les petits pains et les avale à la va-vite, debout au comptoir.

— Alors ? demande monsieur pizza.

— Délicieux, dis-je en me léchant les doigts.

Je remarque son regard et m'empare d'une serviette.

— Puisque vous aimez, vous devriez goûter notre pizza.

Ça sent bon, mais des petits-fours seront servis à la fête. Personne ne lésine lorsqu'il s'agit de nos partenaires affiliés.

— Une autre fois, dis-je.

— Amusez-vous bien, me lance-t-il. Soyez sage.

A l'Espace Seaport, je m'empresse de déposer mes vêtements au vestiaire. La vaste salle respire le luxe. Le décorateur pris de folie a recouvert toutes les surfaces solides de tissu blanc et de pétales de rose. Les serveurs font circuler des plateaux chargés de flûtes de champagne. J'en attrape une et jette un rapide coup d'œil à ma montre. Seulement vingt-deux minutes de retard. Pas trop mal. J'aperçois Hackett à l'autre bout de la pièce. Il me fait signe. J'avale le champagne et prends un *gimlet* à la vodka au bar avant de me frayer un chemin à travers la foule. J'ai besoin de me détendre. En chemin, j'ingurgite deux mini-pommes de terre tartinées de crème et de caviar et de fines tranches de bœuf Wellington. Dieu que j'aime la nourriture.

— La voilà. Voilà Becky, lance Hackett.

Il passe un bras autour de mes épaules. (Ai-je précisé que je déteste qu'on m'appelle Becky ? Hackett est le seul à le faire.)

— Voici la fille qui a créé Esme.

J'aurais préféré qu'il dise « femme » mais pourquoi chercher la petite bête ? Je ne bouge plus de la soirée, parle avec plusieurs personnes et dévore tout ce qui passe à ma portée. La nourriture est fabuleuse mais je ne peux même pas l'apprécier. Je suis trop occupée à déployer mon charme envers tout le monde. Chaque fois qu'on me présente quelqu'un, je n'entends que les serveurs qui présentent les petits-fours.

— Rebecca, je vous présente Mike Jasse de Boston.

— Saumon à la crème sur pain de seigle.

— Permettez-moi de vous présenter Louisa Siciliano de Baltimore.

— Toast à la tapenade.

— Il faut que vous fassiez la connaissance de Cindy Betti des bureaux de Des Moines.

— Crevettes à la noix de coco.

J'échange les mêmes paroles avec tout le monde. Comme je me tiens au côté de Hackett, les gens viennent à nous et nous apportent à boire. Je voudrais circuler, parler avec Janice, John ou Jen, mais chaque fois que j'en ai terminé avec une personne, une autre approche. Tout le monde me complimente au sujet d'Esme. Je souris et rougis beaucoup.

Avez-vous déjà éprouvé le sentiment de vous trouver à un endroit par erreur ? Que, peu importe la gentillesse qu'on vous manifeste, votre incompétence va finir par se faire jour ? C'est ce que je ressens tandis que les gens me répètent combien ils aiment Esme et combien je dois être heureuse. Plus je bois et plus je mange, plus j'éprouve l'impression d'être la reine des imposteurs. Zut, qu'est-ce que je fiche ? Esme ou moi valons-nous tous ces compliments ? Je ne peux m'empêcher de penser que tout cela va s'arrêter d'une minute à l'autre.

Je ne cesse de jeter des coups d'œil par-dessus mon épaule, guettant la personne qui va s'approcher et m'escorter dehors en disant : « Rebecca Cole, reine des imposteurs, tu ne crois tout de même pas être la star de la soirée ? »

— Vous attendez quelqu'un, Becky ? demande Hackett. Ah, voici Ellie Egher qui nous arrive droit de Denver…

A la fin de la soirée, je crois avoir rencontré et tenté de charmer tous les partenaires de la boîte à travers tout le pays. Hackett s'esquive enfin un moment et je pars à la recherche des membres de mon équipe, mais n'en trouve aucun. Une main se pose sur mon épaule. Ce que je redoutais s'est finalement produit. Ça y est. Je suis prise.

Je respire à fond avant de me retourner. Je savais que cela aurait une fin. Et je découvre la plus grande, la plus belle femme que j'ai jamais vue.

— Bonsoir. Je suis Tabitha Milton, dit-elle. On m'a dit que vous étiez la personne qu'il me fallait.

# 2

## *Beignet à la framboise*

— Bonsoir, dis-je.

Je serre la main qu'elle me tend. De l'autre, elle tient en équilibre une assiette de fromage et du pain. Sa poignée de main est ferme, ce qui m'intimide.

— Votre nom m'est familier.

— Oui, c'est moi qui ai créé le magazine *On The Verge.*

— Oh, mon Dieu. Merci pour le super-article sur Esme.

— Félicitations pour la série.

— Merci. Son succès me dépasse un peu.

— Oh ! N'avouez jamais être dépassée. Cela vous rend vulnérable. Ayez toujours l'air prête à atteindre une nouvelle cible.

— Ce sont des termes de commerciaux, non ?

— Oui, mais d'une façon ou d'une autre, nous sommes tous dans le commerce.

Un serveur approche avec un autre plateau chargé de flûtes de champagne. Tabitha en prend une. Je l'imite.

— Je suppose que vous avez raison.

— Croyez-moi, j'ai raison.

— Alors que vendez-vous ?

— En fait, je ne suis pas ici pour vendre quoi que ce soit. J'accompagne quelqu'un, le partenaire de la filiale de Los Angeles.

Elle désigne un grand mec musclé au milieu de la foule.

— Waouh.

— Je sais. Il est samoan. Nous nous sommes rencontrés sur Internet. Ce n'est qu'une passade.

J'ignore pourquoi elle me raconte tout ça, mais je me dis que je devrais peut-être consulter un de ces sites de rencontre par Internet. Rencontrer un célibataire correct (et hétéro) à New York devient difficile…

— Parallèlement à mon magazine, j'ai créé une nouvelle affaire. De sous-vêtements.

— Des sous-vêtements ? Des slips ?

— Oui. Porteriez-vous mes sous-vêtements ?

— Euh…

Sans attendre ma réponse, elle me tend son assiette, pose son verre vide sur un plateau qui passe et extrait un slip de dentelle de son sac. Il est très joliment présenté.

— Les tabous de Tabitha, dis-je, lisant le ruban.

— C'est ça. Je trouve que c'est aussi un joli cadeau pour votre mec. Je vous encouragerai à les faire circuler. Merci.

Elle s'empare d'un autre verre de champagne sur un autre plateau. Elle bouge à toute vitesse mais avec grâce.

— Eh bien, merci.

— Je vous en prie.

Elle prend une grosse bouchée de pain et de fromage.

— Graisses et glucides. Rien de tel pour se sentir vivante. A part bien sûr…

Je comprends ce qu'elle veut dire et ne peux m'empêcher de rire. En proie à une légère ivresse, j'ignore si la cause en est Tabitha ou le champagne.

— Il est presque l'heure pour moi de partir.

Elle suit son homme du regard et il semblerait qu'il fasse de même.

— C'était très sympa de faire votre connaissance. Bonne chance pour tout.

— Merci, et merci pour la lingerie. Bonne chance pour tout vous aussi.

Je prends congé de Hackett et Jen. Janice et John sont déjà partis. Je trouve tout de suite un taxi. Il est minuit et demi. Je repense à Tabitha. Elle ne ressemble pas aux autres femmes de ma connaissance. J'envie son assurance. Elle fait partie de ces gens qui croient ce qu'ils disent mais se fichent que vous les croyiez ou non. Je dois travailler mon assurance. Peut-être vais-je doter Esme d'une amie nommée Tabitha.

Je me faufile dans l'appartement en silence. Sur la porte de ma chambre, un mot me signale que Tommy a appelé. Lauryn a dessiné un visage affichant un clin d'œil comme on en envoie par e-mail. Zut ! Que Tommy aille se faire voir ! Lorsque j'aurai rencontré mon Samoan sur Internet, il me regrettera. Il pourra garder son jeu Grand Theft Auto III pour lui tout seul.

Le lendemain matin, j'arrive au bureau de bonne heure. Même Jen n'est pas encore arrivée. Je n'ai pas suspendu ma veste que le téléphone sonne.

— Rebecca Cole.

— Bonjour, Rebecca. Paul Perry à l'appareil. Comment vas-tu ?

Lorsque j'étais assistante de production chez ARCADE, Paul était l'un des dessinateurs free lance qui travaillait pour le secteur enfant. Il ne peut appeler que pour une seule raison : il cherche du travail.

— Bonjour, Paul. Comment ça va ?

Combien de temps va-t-il parler de la pluie et du beau temps avant d'en venir au fait. Il n'est pas mauvais garçon mais nous ne sommes pas amis. Il cherche un contact chez Explore !, c'est tout.

— Oh, super. Tout va très bien.

Il énumère plusieurs projets sur lesquels il travaille. J'ai envie de l'interrompre pour lui demander de me faire parvenir son CV sur cassette au lieu de me réciter sa liste des courses. Il me complimente à propos d'Esme et cite en passant quelques publications professionnelles.

— C'est la folie chez vous ?

Question piège. Je dois répondre avec prudence.

— Par moments.

Croit-il que je ne comprends pas où il veut en venir ?

— Je pourrais peut-être alléger le stress. Tu sais que je travaille en free lance maintenant ? Cranium TV a beaucoup licencié. Comme partout dans ce secteur.

Il laisse échapper un petit rire forcé. Je suis gênée de l'entendre me traiter en égal alors que je me situais tellement plus bas que lui dans l'organigramme.

— J'imagine.

— Y a-t-il un excédent de boulot chez Explore ! ?

Enfin.

— Paul, pourquoi ne pas m'envoyer ta cassette de démo ?

Cela sonne comme une rebuffade, mais il devait s'y attendre « comme partout dans ce secteur ».

M'envoyer sa cassette lui donnera l'illusion de l'action.

— Nous n'embauchons pas vraiment pour l'instant.

Il est déçu, mais je note ses coordonnées. Il me fait promettre de l'appeler si quoi que ce soit se présente. Une compétition féroce règne dans notre secteur professionnel, m'explique-t-il, nous devons nous serrer les coudes. Puis il pose une étrange question.

— Y a-t-il du vrai dans la rumeur qu'Explore ! est à vendre ?

— Hum.

Je suis prise de court. Je devrais lire davantage la presse professionnelle mais je reste dans ma bulle perso avec Esme.

— Je n'ai rien entendu de tel.

— Fais attention à toi, Rebecca, surfe sur la vague.

— Merci, Paul. Bonne chance.

Les gens sont vraiment portés sur le mélo dans ce métier. C'est désagréable, mais on est bien obligés de calmer le jeu.

Je commence à travailler sur un épisode mettant en scène la

nouvelle copine potelée d'Esme, Tabitha. Janice passe dans mon bureau dès son arrivée, l'emplissant de l'arôme de son café.

— Qui est-ce ? demande-t-elle.

— J'ai pensé qu'il était temps qu'Esme ait une copine. Tu t'es esquivée de la fête de bonne heure hier.

A la façon dont elle me regarde, je comprends qu'elle croit que je joue la chef. Pour lui prouver le contraire, je tente la plaisanterie.

— ... Tu as de la chance. C'était d'un ennui mortel. Hackett m'a obligée à parler à tous ces cadres en costard.

— Tu *es* la star d'Explore !

Nous rions toutes les deux.

— John est parti tôt lui aussi ? dis-je en haussant les sourcils.

J'aimerais qu'elle cesse de cacher leur relation, mais elle doit vouloir se comporter avec professionnalisme.

— Hum, je crois. Nous avons un truc important aujourd'hui ?

— Par rapport à d'habitude ? On doit nous apporter la musique du huitième épisode, c'est tout.

— Super. Je repasserai un peu plus tard, voir comment ça s'est passé.

Elle s'en va, sans avoir rien dit. Le téléphone sonne de nouveau. C'est Lauryn. Elle semble en colère.

— Rebecca, as-tu offert un job quelconque à Jordan ?

— Quoi ? Non.

— Il m'a appelée pour me dire que de grands changements étaient en cours et qu'il allait travailler pour ta chaîne. Il faut toujours qu'il prenne le pas sur moi. De quoi s'agit-il ?

— Il raconte n'importe quoi, tu le sais. Je n'ai aucune idée de ce dont il parle.

— Il ne va pas prêter sa voix à l'un de tes personnages ou un truc de ce genre ?

Jordan, son ex, est un serveur aspirant acteur qui ne cesse de me tanner pour que je lui donne sa chance. Malheureusement, je ne travaille pas avec des acteurs en chair et en os.

— Non. Calme-toi, Lauryn. Je croyais que tout ça ne t'importait plus du tout.

— C'est exact. Mais je n'apprécie pas que Jordan me nargue. A propos, Beth a appelé. Je n'apprécie pas non plus que vous discutiez de moi.

— Lauryn, calme-toi. Combien de fois as-tu discuté de moi, de Beth ou de quelqu'un d'autre ?

— C'est ça.

Je lève les yeux et découvre Don Beckford debout sur le pas de ma porte.

— Ecoute…

Je change de ton pour faire croire que je suis une fille sympa et non une amie exaspérée.

— … je te rappelle.

— C'est ça.

Elle raccroche. (Si elle est sous antidépresseurs, comme Beth en est convaincue, elle devrait se montrer beaucoup plus aimable.)

— D'accord, au revoir. Merci.

Je parle dans le vide. Je ne veux pas que Don Beckford pense que je suis une fille à qui on raccroche au nez.

— Bonjour, Don.

— Salut, Rebecca.

Don déborde toujours d'une bonne humeur exaspérante.

— Tu es occupée ? Je peux repasser.

— Non, que se passe-t-il ?

— Je voulais ton avis sur un truc.

Vraiment ? Don désire mon avis, entre producteurs chevronnés ? Super.

— Vas-y.

— Jordan Barsotti.

J'ouvre la bouche, puis la referme.

— Oui ?

— Tu sais évidemment qu'il est l'un des derniers en lice pour le rôle de Tom, l'acteur qui va interagir avec la taupe.

Voilà de quoi parlait Lauryn.

— … Tom et la taupe.

— Bien sûr.

Merde ! Quoi ? Il veut mon avis sur Jordan ? Il veut que je lui dise que c'est un abruti ? Qu'il est accro au jeu, se drogue à un rythme plus que récréationnel et a traité sa femme comme une moins-que-rien ? Peut-être devrais-je signaler que Jordan m'a mis la main aux fesses dans une fête (je n'en ai jamais parlé ni à Lauryn ni à Tommy) et penser à lui me donne la nausée.

— J'ai pensé que tu serais heureuse de l'apprendre. Il dit que vous êtes amis.

— Le fait est qu'avec la série à produire j'ai l'impression de ne plus voir mes amis.

Ce n'est pas un mensonge. Quelle drôle de situation est la mienne.

— Ne m'en parle pas. Tu as encore des amis ?

Il rit du même rire que Paul Perry un peu plus tôt.

— Tu le vois dans le rôle de Tom ?

Avant le divorce, j'avais vu Jordan tout jouer, depuis *Hamlet* jusqu'à Stanley Kowalski dans *Un tramway nommé désir* en passant par homme-sandwich. Il allait maintenant donner la réplique à un écran bleu où plus tard évoluerait une taupe.

— Absolument, dis-je.

Jordan réduit à jouer les faire-valoir pour une taupe fictive devrait satisfaire le désir de vengeance de Lauryn.

— … Il *est* Tom.

— Super. A plus, Becky.

Je l'ai aidé et maintenant il se croit permis de m'appeler Becky. Je déteste ça.

— … au fait, tu as récolté de super articles pour la sortie des premiers épisodes.

— Merci.

Lui sait probablement que nous sommes à vendre. Un autre café s'impose.

A 16 heures, Tommy m'appelle avec de « grandes » nouvelles. Jordan a décroché le rôle de Tom. Tommy se comporte comme si je ne lui avais pas raccroché au nez hier et comme si je ne considérais pas Jordan comme un imbécile. J'entends Tommy parler à une femme en sourdine avant de reprendre la communication.

— Que fais-tu ? dis-je, tâchant de dissimuler ma curiosité.

— Je suis au magasin.

— Quel magasin ?

— Je ne t'ai pas dit ? J'ai trouvé un boulot.

— Un boulot. Tu as déjà un boulot.

Tommy a été licencié de sa dot.com assez tôt pour obtenir une jolie indemnité de départ. Avec cette somme, il a créé un site Internet destiné aux types dans son genre, consommateurs de bandes dessinées, jeux vidéo et tout ce qui va avec. Il s'agit d'une petite boîte indépendante mais déjà culte.

— Ça ne rapporte pas assez. Mes économies touchent à leur fin et en ce moment le loyer me coûte cher.

J'hésite entre m'agacer de sa pointe et le plaindre que son rêve ne se déroule pas comme prévu.

— Alors où travailles-tu ?

— Au magasin vidéo sur la Neuvième Avenue, tu sais, celui où nous allions souvent.

— Oh, celui-ci.

— Ce n'est pas mal. Je regarde des films toute la journée, on m'accorde une réduction sur la location des jeux et quand c'est calme, j'écris un peu.

— Je vois.

— Je dois partir. Alors Lauryn qui déménage pour le Vineyard, ça ne te dérange pas ?

Enfin il se préoccupe de moi.

— Que puis-je y faire ? Si cela la rend heureuse, moi aussi.

— Oui, bon, si tu...

Il s'interrompt. J'attends.

— Transmets-lui… mes félicitations. Peut-être que Jordan et elle vont enfin passer à autre chose.

— Peut-être.

Nouveau silence. Je n'ai pas le temps de jouer à ça aujourd'hui. S'il veut me dire quelque chose, ce n'est pas à moi de lui arracher les mots.

— Bon, à plus tard.

— Oui, prends soin de toi.

Et nous raccrochons. Sans projet précis de nous revoir. Rien. C'est ainsi. Un mois s'est écoulé depuis que nous avons couché ensemble pour la dernière fois et aujourd'hui, nous prenons congé comme deux vagues connaissances. J'ignore quand la situation deviendra plus facile.

La journée s'avère un nouveau gaspillage de temps. J'ai à peine touché à l'épisode sur lequel je travaille et les compositeurs de la partition musicale ont versé dans le burlesque au lieu du farfelu. La musique va nécessiter au moins une semaine supplémentaire. Personne n'écoute. Je ne passe pas la journée en réunions mais au téléphone.

A 17 heures je comprends que si j'espère accomplir quelque chose je dois encore travailler tard. Un vendredi soir. Je dois retrouver les filles pour dîner et prendre un verre. Mon ordinateur bipe. Un e-mail annonce une réunion dans la grande salle de projection à 17 h 30. Cela ne s'arrête donc jamais ? La réunion est dite « globale », ce qui signifie que toute la boîte, les bureaux de Los Angeles compris, y assistera. Mon téléphone sonne de nouveau – Janice.

— C'est vrai ? Nous avons été rachetés ?

— Je ne sais pas. Cet e-mail est tellement obscur.

— Je parie que Jen le sait.

— Tu crois ?

— Mais elle ne me le dira pas à moi.

Je comprends à demi-mot et rejoins Janice et John à leurs postes de travail. Debout, ils guettent par-dessus la demi-cloison Jen qui murmure dans son téléphone.

— Je dois raccrocher, dit-elle en me voyant.

Je suis soulagée de constater qu'elle passe des coups de fil personnels depuis le bureau. Encore que cela pourrait bien trahir l'importance de cette réunion.

— Que se passe-t-il, Rebecca ?

— A toi de nous le dire, dit John.

Dans le fond, cela ne doit pas être drôle d'être apparentée à un gros bonnet comme Hackett. Tout le monde vous en tient un peu grief, même si vous exécutez votre tâche à la perfection.

— Tu connais l'objet de la réunion ? dis-je.

Jen semble un peu nerveuse. Autre inconvénient. Personne ne veut vous répéter les ragots, mais tout le monde compte sur vous pour les lancer.

— La réunion a lieu dans quinze minutes, dit-elle.

— Donc tu sais de quoi il s'agit ? répond Janice.

— O.K., si tu ne peux rien nous dire, je comprends, dis-je en regardant Janice.

Moi aussi je veux savoir. J'en meurs d'envie. Mais je joue le rôle du flic sympa pendant l'interrogatoire.

— … Nous l'apprendrons bientôt.

Nous partons ensemble pour la réunion. L'étage semble s'être vidé. De toute la durée de notre odyssée vers les ascenseurs, Jen ne prononce pas un mot. Lorsque nous atteignons la salle de projection (qui ressemble à un mini-amphitéâtre), elle est bondée. A l'entrée, on nous offre des cookies au chocolat. Janice, John et moi échangeons un regard. John seul exprime à haute voix ce que nous pensons tous.

— Très mauvais signe, dit-il en brandissant le cookie. J'en prends un autre.

Hackett est monté sur scène avec les autres gros bonnets, y compris Kristina Amos. Vice-présidente de la boîte, à la tête des bureaux de New York, âgée d'environ cinquante ans, Kristina est l'une de ces femmes toujours impeccable. Sa vue nous ravit. Nous adorons cancaner à son sujet.

— Bonjour, tout le monde, dit-elle après un léger grincement émis par le micro. Nous allons faire vite parce que c'est la fin de la journée.

— Pas pour nous, dit Janice.

— … Nous espérons que tout le monde a apprécié son cookie.

Ils s'attendent à ce que nous leur soyons reconnaissants de nous conduire à l'abattoir. Elle se lance dans le bla-bla typique de ce genre de réunion. Je devine que ça va être long. S'il s'agissait d'une bonne nouvelle, ils n'auraient pas attendu la fin de la journée. Bien sûr, ils tentent de se comporter comme si de rien n'était. Kristina Amos s'étend sur l'ardeur de chacun au travail, sur les ventes aussi bonnes que possible dans ce contexte économique et bla-bla-bla…

— Il est évident que souvent le meilleur moyen d'augmenter vos revenus est de trouver un partenaire disposant déjà d'un capital et dont les besoins commerciaux sont parallèles aux vôtres.

— Tu crois qu'elle voulait vraiment dire parallèle ? murmure Janice. Tu ne crois pas que ce serait plutôt le contraire ?

Je secoue la tête. Kristina Amos continue de déblatérer sur les bénéfices d'un partenariat avec une boîte qu'elle qualifie de géant de l'industrie.

— J'espère que le géant en question est Prescott Nelson Inc., chuchote John. Ils s'intéressent à la télé. Tu es déjà entrée dans leur cafétéria ? Elle est géniale.

— Donc, nous avons décidé – et je crois que vous serez tous d'accord qu'il s'agit de la décision la plus sage…

Comme si nous avions le moindre choix.

— … de nous associer à Indiana Mutual. Soyez assurés que dans l'avenir, cette mesure se révélera bénéfique pour tous et se révélera, d'un point de vue fiscal, le meilleur choix pour l'entreprise. Bonne soirée.

C'est fini. Ils quittent la scène. Ne répondent à aucune questions. Restent muets au sujet d'éventuels licenciements et autres bouleversements. Ils se contentent d'annoncer la fusion avant de détaler. Dans l'assistance, personne ne bouge. Nous sommes tous sous le choc. Je respire à fond et me tourne vers mon équipe. Janice secoue la tête, John mange les miettes de cookie tombées sur son pantalon et Jen semble au bord des larmes.

— Ai-je bien entendu ? demande quelqu'un devant moi. Nous, une chaîne de télévision, venons d'être achetés par une banque ?

# 3

## *32 parfums*

Comme d'habitude, je suis en retard à mon rendez-vous avec mes copines. Les indications obscures laissées par Beth sur ma messagerie n'arrangent rien. J'erre dans West Village, parfois l'endroit le plus déroutant de la planète, et finis par dénicher le restaurant où elles m'attendent, The Poor Man.

— Cette fois, elle a réussi en moins d'une heure, dit Beth. Sacrée amélioration, n'est-ce pas, les filles ?

Chacune de mes amies est persuadée qu'Esme s'inspire d'elle. Kathy est convaincue qu'Esme, c'est elle, à cause des lunettes. Kathy n'a jamais cru aux sottises du style : « Les hommes ne draguent pas les femmes à lunettes » et m'a entraînée plus d'une fois à trop dépenser chez Selima. Selima est le magasin de lunettes le plus génial de la ville. Un regard à leurs présentoirs et j'étais accro. Beth pense qu'elle est Esme parce qu'elle est certaine qu'Esme est portugaise, comme elle et Tommy. Et bien sûr, Lauryn croit que les compétences de détective d'Esme s'inspirent de ses découvertes concernant les problèmes d'argent de Jordan et ses infidélités.

Les filles sont déjà pompettes. Elles se sont bourrées de pain et d'alcool. Kathy est la plus élégante. Ses nuits loin de son fiancé se font rares et elle accorde plus de soin à sa tenue qu'auparavant. Beth donne dans la New-Yorkaise froide et branchée et Lauryn, sans maquillage et vêtue d'une chemise à l'imprimé indien, dans le New Age.

— Pardon. Nous nous sommes fait racheter aujourd'hui – enfin, Explore! s'est fait racheter.

Je m'assieds et demande un gimlet au serveur.

— Par qui? demande Lauryn.

Je raconte tout et explique que j'ai dû rester tard au bureau, non pour travailler mais pour tout réorganiser avec mes collègues, à l'exception de Jen, qui s'est sauvée en douce. Je leur communique les théories émises par mes collègues, et Kathy nous fait part d'anecdotes déprimantes concernant les rachats d'entreprises. Le serveur s'approche, me reprochant par sa simple présence d'être en retard et de ne pas avoir encore regardé le menu.

— Commandez, les filles, je choisirai en dernier.

J'aime les menus. J'aime me balader dans toute la ville, étudier les menus à la devanture des restaurants et décider ce que je choisirais si j'entrais. J'aime être préparée. Ces derniers temps, je commande toujours en vitesse afin de calmer la colère de mes amies agacées de mes retards chroniques. Exactement comme en ce moment où je tente de faire mon choix à la hâte.

J'ai bien évidemment lu l'article concernant The Poor Man sur les sites Zagats et Citysearch. J'ai également vu la critique dans la rubrique « Dîner chez soi/dîner dehors » du *Times*. J'ai effectué quelques recherches, mais étudier un menu dans son intégralité est une tout autre histoire.

— Et pour vous? demande le serveur.

L'heure est venue. Ce restaurant est censé célébrer la nourriture du pauvre dans divers pays avec « un petit truc en plus ». Ce petit truc en plus est apparemment le prix.

— Je vais prendre…

J'en suis encore à parcourir le menu, désespérée. Zut! J'ai besoin de davantage de temps.

— Euh…

— Oh, bon sang, glousse Kathy.

— … Je crois que…

Qu'est-ce que je veux ?

— Et c'est reparti, dit Beth d'un ton amer.

— D'accord, je crois que je vais prendre…

Minute ! Devrais-je prendre un hors-d'œuvre ? Bien sûr que je devrais. Mais lequel ?

— Elle fait ça tout le temps, explique Lauryn au serveur.

On dirait qu'elle flirte.

— O.K., j'ai juste une question, dis-je.

Elles grognent en chœur.

— Non, sérieusement. Je voulais vous demander, monsieur. Que conseillez-vous ? La *puttanesca* ou la tourte de mouton ?

— La tourte de mouton.

Vraiment.

Je consulte de nouveau le menu. Toujours incertaine.

— Rebecca ! crient-elles.

— D'accord, d'accord. Je vais prendre la salade de pissenlit et la tourte de mouton.

J'espère que c'est la bonne décision. Je déteste m'engager.

— Excellent choix, commente le serveur.

Il s'empare de mon menu que je répugne à lâcher. Lauryn commande une nouvelle tournée.

— Tu es ridicule, me dit Beth lorsque le serveur est parti.

Kathy se penche par-dessus la table et nous fait signe de l'imiter.

— Bon, dit-elle. Est-ce que vous trouvez le serveur craquant ?

Depuis que Kathy est fiancée, elle se sent obligée de prouver qu'elle fait toujours partie de la bande. Elle ne cesse de crier « Les filles sont de sortie ! » et de reluquer les mecs. Elle en fait plus que Beth, la seule célibataire. Non, attendez, Lauryn et moi le sommes aussi. J'oublie toujours que nous aussi sommes libres. Je ne suis toujours pas habituée. Quand le serai-je ? Kathy joue les amazones, mais dès qu'un type l'approche durant une de nos soirées, elle brandit son énorme bague et glousse : « Je ne suis pas libre, je ne suis pas libre ! »

— Il n'est pas mal, dit Beth.

— Pas vraiment mon genre, ajoute Lauryn.

On nous apporte nos boissons et nous en profitons pour mieux regarder le serveur.

— Il est mignon, dis-je à Kathy avec un clin d'œil.

Elle m'adresse un clin d'œil en retour derrière ses lunettes.

— Alors, les filles, vous êtes prêtes pour dimanche ? dit-elle en tapant dans ses mains.

Mais l'arrivée des hors-d'œuvre nous dispense momentanément de parler du mariage. Tenace, Kathy revient sur le sujet dès nos premières bouchées avalées.

— N'oubliez pas d'apporter vos soutiens-gorge bustiers au magasin dimanche.

Après six pénibles expéditions dans les boutiques de mariées de New York et deux dans le Connecticut, en compagnie de la sœur, autoritaire et enceinte, de Kathy, nous avons retenu cinq modèles de robe de demoiselle d'honneur. Kathy a juré de trancher ce dimanche.

— Pas de problème, rétorque sèchement Beth.

Elle donne vraiment l'impression d'avoir avalé un manche à balai. Kathy semble peinée. Nous la voyons peu, et presque toujours pour des raisons liées à son mariage. Elle a besoin d'être rassurée sur le fait qu'elle a toujours sa place dans notre groupe. Elle l'a évidemment, mais est très sensible sur le sujet.

— Tout ira bien, dit Lauryn, compréhensive.

Elle sourit à Kathy. Ce sont les paroles les plus positives qu'elle ait jamais prononcées à propos de la cérémonie. Kathy a eu la chance de se fiancer juste au moment où Lauryn quittait Jordan.

Je prends un morceau de pain de campagne et sauce mon assiette. Je sais que Kathy a peur que je ne prenne du ventre, mais je m'en moque. J'ai voté pour la robe bustier taille empire. Je travaillerai peut-être bientôt pour un employé de banque. Le pain sera la seule joie qui me restera. J'en redemande au serveur lorsqu'il débarrasse nos hors-d'œuvre. Lauryn commande une nouvelle tournée.

— Tu as toujours rendez-vous ce week-end ? me demande Kathy.

Je repose le morceau de pain.

— Oh, dis-je, me rappelant soudain quel jour nous sommes. Je suppose. Il devait m'appeler à son retour de Napa.

— Ah, dit Lauryn, je l'ai dit aux autres mais j'ai oublié de te prévenir. Il t'a laissé un message.

— D'après Lauryn il a une voix sexy, intervient Kathy.

— Il l'est. Je n'en reviens pas qu'il ait appelé.

— Comment as-tu rencontré ce mec déjà ? demande Beth, perplexe.

Originaire du sud-est du Massachusetts, elle prend son rôle de New-Yorkaise blasée un petit peu trop au sérieux.

— Je l'ai rencontré en siégeant dans un jury.

J'avais passé vingt journées exténuantes à siéger à la Cour Suprême de l'Etat de New York. (D'accord, dix-sept jours. J'avais obtenu l'autorisation de m'absenter deux fois, plus une absence pour raison religieuse – Ha !) J'étais le juré numéro 3, lui le numéro 9. Il s'appelle Seamus et le procès n'était pas terminé que notre flirt était déjà bien entamé. Si je me souviens bien, il a de belles dents et un job lié à la gastronomie. Cela semble trop beau pour être vrai.

— Qu'allez-vous faire ? demande Kathy.

Je me tourne vers Lauryn.

— Il s'est contenté de dire qu'il espérait que votre rendez-vous tenait toujours, sans préciser davantage.

— Moi je sais ce qu'ils vont faire, dit Kathy.

Elle secoue un peu la table. Elle commence à déclencher chez moi les mêmes réactions que celles provoquées par ma mère lorsque j'étais ado. Voilà ce qui arrive lorsqu'on se fiance.

— Elle ne sait même pas s'il est hétéro, dit Beth.

L'arrivée de nos plats m'empêche de lui lancer mon pain à la figure.

Nous nous empiffrons un moment de plats médiocres. (Du moins les miens sont-ils médiocres.) La croûte de la tourte et la graisse du mouton seraient délicieuses si on s'était donné la peine de les réchauffer. Tout est gras, et comme le concept de l'endroit a été imaginé par un type qui ignore à quoi ressemblent les pauvres, je ne dispose que d'une mince serviette en papier pour m'essuyer.

Le plat de saucisses françaises à la paysanne de Kathy est tout simplement mauvais, mais elle fait comme si elle ne l'avait pas remarqué. Les pierogi polonais de Beth sont bons, mais deux fois plus chers que dans East Village. La viande de chèvre séchée de Lauryn se révèle le meilleur de nos plats. Nous faisons l'impasse sur les desserts.

On nous apporte l'addition, d'un montant scandaleux. Comme d'habitude, le total de nos consommations double le prix du repas. Je sais maintenant pourquoi l'endroit s'appelle The Poor Man. Lauryn titube un peu en se levant. Je la rattrape par le bras.

— Merci, ce doit être à cause des antibiotiques…

Je regarde Beth. Elle évite mon regard.

— … Les filles, je crois que je vais faire l'impasse sur le reste de la soirée.

— Moi je fais l'impasse, c'est certain, dit Beth. Je dois retrouver un mec du boulot.

— Rebecca ? interroge Kathy.

— Hum, peut-être que je vais rentrer avec Lauryn.

— Ne t'inquiète pas pour moi, dit Lauryn.

Elle semble un peu embarrassée.

— Tu veux dormir chez nous ? dis-je à Kathy.

— Super, une soirée pyjama, dit Beth.

Elle repousse sa chaise.

— … A dimanche, les filles. Amuse-toi bien pendant ton rendez-vous, Rebecca.

Je suis sûre qu'elle n'en pense pas un mot. Elle quitte le restaurant. J'interroge Kathy du regard.

— Non, merci, Rebecca. J'ai dit à Ron que je ne rentrerai pas trop tard.

Je l'imagine se pelotonner contre lui en rentrant et un éclair de jalousie me traverse. Ma nuit de tendresse va se résumer à surveiller Lauryn à intervalles réguliers.

Nous partageons un taxi. Kathy nous dépose à notre appartement près du Flatiron Building et poursuit sa route vers la gare de Grand Central.

— Ça va, Lauryn ? dis-je derrière la porte de la salle de bains.

De drôles de bruits filtrent de l'intérieur.

— Ça va, Becca. Je me lave et j'avale un peu d'eau. Passe une bonne nuit.

Ma vessie menace d'éclater, mais je n'ai pas envie d'entrer dans la salle de bains. Je me retiens et gagne mon lit vide. J'ai bu juste assez pour m'endormir comme une souche et oublier que je suis seule dans mon lit.

Le téléphone sonne. Quelqu'un m'appelle à 10 heures un samedi. Je ne fais pas partie de ces gens qui se lèvent tôt pour décrocher la fortune. Pas le week-end. Mince, qui peut bien m'appeler ? S'il s'agit d'une télévendeuse, elle va m'entendre.

— Allô, dis-je à mon interlocutrice démoniaque.

— Rebecca ?

La voix m'est vaguement familière. Mâle. Bizarre.

— Oui.

— C'est Seamus. Bonjour. Je t'ai réveillée ?

— Non.

Je me redresse dans le lit.

— … Non, pas du tout. Je suis debout depuis… des heures.

— Oh. Superbe journée, n'est-ce pas ? Le printemps est vraiment arrivé.

— Oui, super.

J'aime le son de sa voix.

— Ça tient toujours pour aujourd'hui ?

— Absolument.

Oh-oh. J'évoque un peu trop une fille tout excitée genre c'est-mon-premier-rencard-depuis-trois-ans. Je me racle la gorge.

— … Oui, si tu es libre.

— Oui. Je réfléchissais à quelques possibilités. Je rentre de mon jogging et il fait si beau dehors, j'ai pensé que nous pourrions nous retrouver pour une balade à vélo dans Manhattan, et peut-être ensuite traverser le pont et aller chez Grimaldi.

Pizza, bien. Exercice, mauvais. Il est sérieux. Il sait que nous sommes samedi ? Je désespère peut-être, oui, mais pas à ce point. Je ne possède même pas de vélo.

— … A moins que nous ne dînions chez Esca, ajoute-t-il.

Transpirer ou déguster du poisson ? Le choix semble évident. Je ne suis même pas sûre d'avoir compris la question. Je suis trop fatiguée pour y réfléchir. Contentons-nous de nous montrer honnête envers lui. Je ne tiens pas à entamer une relation fondée sur un manque de sincérité.

— J'ai des problèmes avec ma…

Je ne connais même pas les pièces qui composent un vélo. Mes vitesses ? Ma selle ? Lors d'une de ses phases maniaco-dépressives, Lauryn est tombée sous la coupe d'un télévendeur. Elle souffrait d'une mini-dépression et il s'était montré si gentil envers elle qu'elle s'est abonnée à des magazines comme *Champs et Ruisseaux* et *Le Cycliste*. Si seulement je les avais lus, au lieu de me moquer d'elle lorsqu'ils s'échappaient de la boîte aux lettres.

— … avec mon pneu. Et j'ai un boulot monstre.

— Ah oui, ta série télé. Comment ça se passe ?

Il se souvient. Comme c'est mignon. Il est merveilleux et moi minable, et menteuse en plus.

— Super. Elle m'occupe beaucoup. J'ai beaucoup de travail aujourd'hui, Malheureusement. Je vais devoir remettre cette balade à vélo.

Passons d'abord une soirée ensemble, mon pote, et voyons où cela nous mène.

— Vraiment dommage. J'avais pris la liberté de réserver chez Esca.

Que cet homme soit béni. Il me verra peut-être transpirer avant d'avoir pu dire *sardine fraîche.*

— Super.

Nous convenons de nous retrouver au restaurant. Kathy m'adjurerait de ne jamais fixer de rendez-vous au restaurant, toujours demander qu'on passe me prendre. Mais je n'ai pas forcément envie de décrocher un mec comme Ron, le fiancé de Kathy.

Je me rends enfin aux toilettes, puis retourne dormir deux heures supplémentaires, d'un sommeil bienheureux. C'est mon samedi. Je l'ai mérité.

A mon réveil, Lauryn propose bagels et café. Elle se sent mieux. Je lui demande quel médicament a provoqué chez elle une réaction à l'alcool si pénible. Je m'attends à ce qu'elle cite un quelconque remède anti-allergie. Erreur.

— Bon, Rebecca, mon médecin m'a prescrit des antidépresseurs.

J'ai peine à le croire. Elle ne ment pas, avoue tout. Elle admet la réalité.

— Peut-être t'en es-tu rendu compte, mes histoires avec Jordan m'ont un peu, eh bien un peu déprimée. Mon psy m'a conseillé de consulter quelqu'un capable de me prescrire des médicaments.

— Oh. Pourquoi tu ne me l'as pas dit ?

— Je ne sais pas. La crainte de vous inquiéter, je suppose. Peut-être que je n'avais pas envie que vous en parliez derrière mon dos.

— Nous n'aurions jamais fait ça.

Je suis la pire amie qui ait jamais existé. C'est exactement ce que nous *venons de faire*. Lauryn montre tant de sincérité que je culpabilise.

— Je sais, dit-elle. Pose-moi toutes les questions que tu désires. Mon organisme n'est pas encore habitué à ce médicament, il serait préférable que je m'abstienne de boire pendant un temps.

Sans jouer les effarouchées, je crois que c'est une bonne chose. Je quitte New York en partie pour cette raison. J'ai besoin de rompre avec ce style de vie.

— Je le vois bien.

— Merci, Rebecca. Je suis désolée de mon attitude depuis le début de cette histoire de fou.

Elle semble au bord des larmes. Je la prends dans mes bras.

— ... je me sens mieux. Je te remercie de te soucier de moi.

Je décide de lui dire que Jordan va incarner Tom dans Tom et la taupe. Au lieu de se mettre en colère, elle rit et insinue qu'il draguera la taupe dès le premier épisode.

— Sincèrement, je crois que j'ai atteint le stade où je ne souhaite que du bien à Jordan. Du moins aujourd'hui. Mais garde un œil sur lui.

Incroyable qu'elle puisse être aussi détendue à son propos. Le médicament doit fonctionner. Aborder ce sujet avec elle me laisse une impression bizarre. Je crains un revirement d'humeur d'une minute à l'autre.

— ... Si nous nous offrions une pédicure ? La saison des sandales est arrivée et tu as un rendez-vous ce soir.

Cela me convient très bien. Et j'avoue que je suis soulagée de ne plus parler de Jordan.

J'arrive au restaurant à l'heure. Je hais mes cheveux. Ma coupe hors de prix a repoussé. Mes cheveux sont maintenant trop longs pour une coupe courte et trop rabougris pour une crinière sexy. Les mèches rousses décidées au moment de ma promotion ont repoussé aussi, révélant le châtain banal qu'elles masquaient. Mes vêtements aussi m'ont lâchée. La tenue achetée pour la fête de l'autre soir dégage une odeur de cendrier et mon vieux « chemisier noir qui les fait tous craquer » s'étire de façon peu flatteuse sur ma poitrine. Alors j'ai enfilé une large chemise de soie rouge foncé empruntée à Lauryn, qui l'a elle-même empruntée à Beth. Je doute qu'elle m'aille aussi bien qu'à elles.

Quelques points positifs tout de même. Mes ongles, doigts et orteils, ont belle allure et je me suis épilée récemment les aisselles. Je ne dis pas que Seamus va les voir – mais c'est un peu comme une assurance.

Je ne crois pas avoir réussi à exprimer le plaisir que je tire de la nourriture. Certes, j'adore les restaurants, mais savez-vous que je lis des recettes pour me distraire et qu'en cas d'insomnie, je regarde la chaîne consacrée à la cuisine ? Je trouve fantastique qu'il existe une chaîne où des cuisiniers, en majorité des hommes, cuisinent pour des insomniaques dans mon genre. Je craque pour l'un des chefs cuisiniers anglais, Jamie Oliver, mais c'est Mario Batali, *Molto Mario*, qui me fait saliver pour de bon avec ses plats italiens. Le restaurant Esca lui appartient.

Je ne sais pas ce qui m'excite le plus – l'éventualité d'entrevoir Mario, ou de revoir Seamus dont je me souviens comme d'un mec plutôt canon. Je l'aperçois assis au bar, à côté des crabes. Il est *carrément* canon et sexy. Son regard me fait penser que, malgré mes cheveux atroces, j'assure peut-être encore.

Il glisse de son tabouret et m'embrasse sur la joue.

— Salut.

Il désigne la vitrine de verre avec un petit sourire.

— On finit la soirée avec des petites bêtes qui grattent ?

Je ris. Il a assez confiance en lui pour faire une plaisanterie de mauvais goût.

— Je sais, reprend-il, jamais lors du premier rendez-vous. On prépare notre table. Tu veux boire un verre au bar ?

— Oui.

Avant que je ne réclame un gimlet, il a déjà commandé. Une boisson sombre. Un goût différent, mais agréable.

— Tu aimes ?

— Oui, c'est une saveur étrange.

— Il s'agit d'une liqueur à base d'artichauts. Une de mes boissons préférées. Ce barman la prépare très bien.

La soirée me plaît déjà. Nous prenons un verre au bar, et bientôt nous dégusterons un délicieux repas. On dirait qu'il s'intéresse à la gastronomie autant que moi. Voilà ce que j'entends par sortir à New York. Selon Tommy, ce genre de soirée représente un gaspillage de temps et d'argent. Sa conception d'une soirée romantique se réduit à une sortie au cinéma ou me convaincre de jouer au strip PlayStation. Je me lance à la conquête d'un territoire inconnu : un homme adulte, avec un boulot d'adulte.

— Que fais-tu déjà ? dis-je lorsque nous prenons place à notre table.

Il est clair que le maître d'hôtel le connaît bien.

— Je fournis les restaurants en vin. En vin italien principalement, parfois californien.

— Tu dois déguster quantité de bons repas.

— Effectivement, répond-il en souriant.

J'avais oublié qu'il avait de si belles dents.

— Tu aimes dîner dehors ?

Je me demande s'il s'agit d'une question piège.

— J'aime bien.

— Super.

Il me pousse à prendre un *primo* et un *secundo* et refuse l'idée que je ne sois pas capable de manger un premier et un second plat. Je choisis des spaghettis aux filets de thon, suivis de poulpe grillé. C'est déjà beaucoup, mais je ne peux résister aux *crostini* de pois chiches qui arrivent sur la table. Comme Seamus est connu de la maison, on nous sert aussi des amuse-bouches au crabe.

Je ne peux m'empêcher d'effectuer mentalement des comparaisons. Entre Tommy et moi existe cette espèce de langage sténographique qui nous permet de rester un moment sans parler. Seamus, lui, exprime avec éloquence une opinion passionnée sur à peu près tout. Je suis un peu intimidée et n'ose m'exprimer. Je ne cesse de hocher la tête, tout en tentant de comprendre de quoi diable il peut bien parler. Il me noie d'opinions bien affirmées.

« Tu vas apprécier ce vin. Il donne un coup de fouet, oserai-je dire. »

« Ce film n'est pas mal, mais tu n'as pas trouvé la musique un peu envahissante ? »

« J'ai adoré ce disque, mais cette obsession pour les instruments à cordes est bizarre, tu ne trouves pas ? »

J'ignore si je suis censée approuver ou désapprouver. Je ne sais plus trop que penser. Je n'ai jamais réfléchi à la plupart de ces sujets. Mais ne pas avoir d'opinion semble pire qu'approuver ou désapprouver. Si je veux rencontrer des mecs, il faut que j'aie des opinions. Je ne vais pas rencontrer un nouveau Tommy, un mec qui a déjà tout vécu avec moi. L'idée est « oserais-je dire » intimidante.

— Tu aimes tes spaghettis ?

— Je crois.

Il sourit jusqu'aux oreilles. Je reprends confiance en moi.

— … Oui, absolument.

— Tu sais, j'avais oublié que tes yeux étaient verts.

— Merci. Je veux dire, tu avais remarqué qu'ils étaient verts ?

Je ne suis pourtant pas idiote, je vous jure que non.

— Oui. Ils sont ravissants. De rien. Tu veux goûter mes pâtes ?

Oui ! Oui ! Oui ! J'acquiesce. Et me dis qu'il m'attire vraiment. Voilà une opinion que je suis capable de soutenir.

— Je peux goûter les tiennes ?

Nous échangeons nos assiettes. Je l'observe goûter mes pâtes. Parano, je redoute qu'il les déteste et ne déclare mon palais « totalement immature ». Il mastique, les yeux fermés.

— *Pepperoncino*, dit-il. On en sent vraiment le goût.

Lui aussi. Comme le fiancé de Kathy, Ron. Il doit s'agir d'une particularité inhérente aux mâles new-yorkais. Ils aiment identifier le moindre ingrédient d'un bon repas. Il ouvre les yeux. Ils ne sont pas mal non plus.

— Tu me plais, dit-il. J'ai hâte de goûter ton plat de poisson.

Evidemment. Le restaurant s'appelle Esca, après tout. Ce qui signifie appât.

# 4

## *Clair de lune*

Nous avons fini la soirée chez Seamus. Nous buvons du vin – l'un de ses préférés – et il me parle des tanins. Je crois. Il a des expressions comme « ça pétille dans la bouche » et mes idées se brouillent. Je commence à penser que ma participation n'est pas indispensable, comme si Seamus avait déjà déterminé la fin de la discussion et que je lui tenais lieu de public.

J'aime le vin, mais je ne crois pas en avoir jamais bu une telle quantité. La poitrine me brûle et mes joues s'enflamment. Seamus s'interrompt régulièrement pour me caresser les joues. J'hésite à réagir. Si je m'approche trop, je crains qu'il ne m'embrasse. Malgré le vin et mes aisselles épilées, je ne suis pas sûre de le désirer.

— Tu as des pieds adorables, dit-il.

Enfin des paroles compréhensibles. Mes sandales neuves me faisaient trop souffrir, alors je les ai ôtées. Si la pièce n'était pas éclairée aux chandelles, il distinguerait les marques rouges sur mes pieds.

— Merci.

Je me lève pour admirer les photos sur la fausse cheminée. L'endroit est agréable. Avec ses meubles d'occasion achetés il y a plusieurs années, mon appartement ressemble encore à une chambre d'étudiant. La décoration coordonnée de l'appartement de Seamus se compose de meubles neufs, qu'il a choisis lui-même.

— Ce sont mes grands-parents…, dit-il, surgissant dans mon dos.

Je tiens en main la photo ancienne en noir et blanc d'un couple.

— … en Irlande.

Je désigne l'une des nombreuses photos de paysage.

— Oh. C'est l'Irlande ?

— Non, rit-il. C'est le Chianti, au printemps dernier. Tu aimerais cet endroit à cette époque de l'année.

— Oh.

Je m'écarte un peu et me rapproche de la fenêtre, qui donne sur Barrow Street.

— Je crois qu'une de mes collègues habite dans le coin. Peut-être même dans cet immeuble.

— Etonnant.

Il me rejoint à la fenêtre et me caresse le dos. La sensation me plaît, mais je ne sais toujours pas ce que je veux. Je me raidis. Il le sent et me prend mon verre des mains.

— Je vais te resservir.

— Essaierais-tu de me soûler ? dis-je lorsqu'il s'est éloigné.

— En partie.

Il se rassied sur le canapé en me tendant mon verre. Je le rejoins mais laisse un certain espace entre nous.

— Quels sont tes projets pour demain ?

— Essayer des robes de demoiselles d'honneur avec mes amies.

Il hausse un sourcil.

— Oh… Vous êtes toutes prêtes à vous marier ?

— En apparence. Mais je ne veux pas me marier et ma coloc est déjà divorcée. Il s'agit du mariage de mon amie Kathy. J'appréhende – nous avons déjà essayé des tonnes de robes. Ce marché est un vrai racket. Et puis mon amie Beth va venir, or en ce moment elle se montre plutôt pénible. Je sortais avec son frère et maintenant…

Je raconte n'importe quoi. Pourquoi évoquer Tommy ? Je vais tout gâcher.

— Bizarre, dit-il.

— Oui. Tout est bizarre en ce moment.

— Que veux-tu dire ?

Le vin m'affecte pour de bon. Je me sens... je ne sais pas... comme dans du coton. Je n'ai même pas envie de penser à tout cela, encore moins d'en parler, mais il est trop tard. Et si je ne parle pas, je risque de faire un truc stupide, comme me jeter sur lui.

— Mes amies... Nous ne nous comprenons plus.

Je fixe mes mains. Lauryn et moi avons passé un bon moment aujourd'hui, lorsque nous nous sommes fait faire les ongles, mais depuis quand cela ne s'était-il pas produit ? Nous étions si proches. Maintenant Lauryn déménage, Beth prend des grands airs et Kathy... Kathy fait des efforts forcenés pour agir avec naturel. Ça ne va pas.

— Quel âge as-tu, vingt-cinq ?

— Vingt-sept, merci.

— Je crois que quand les copains commencent à se marier, les rapports deviennent bizarres. On partage de moins en moins d'intérêts et on finit par surtout fréquenter ses collègues de travail. Les amis proches le restent mais les projets communs deviennent difficiles. Mais on s'habitue.

— Je n'ai pas envie de m'habituer. Je les aime. Ce sont mes copines.

— Tu les soutiens en toutes circonstances.

— Oui, et elles me soutiennent toujours.

Nous échangeons un sourire. Pour la première fois, j'ai l'impression qu'il m'écoute.

— Comment as-tu acquis tant de sagesse ? Quel âge as-tu, vingt-huit ans ?

— Trente et un, merci. Alors ce type, le frère de ton amie, comment cela s'est-il terminé ?

Je secoue la tête. Je crois entendre Kathy qui me somme de, quoi que je fasse, ne surtout *pas* parler d'un ex.

— C'est fini depuis un moment. Un an, je dirais, mais officiellement depuis six mois.

Inutile de lui énumérer toutes les rechutes.

— Alors, tu es guérie de lui ?

— Oui.

D'accord, ce n'est pas la première fois que je crois l'être, mais inutile de parler de ça non plus. N'est-ce pas ?

— Bien.

Il me prend le verre de vin des mains et le pose sur la table basse. Je sais qu'il va m'embrasser, mais éprouve tout de même une sensation étrange lorsque cela se produit.

— Comment s'est déroulé ton rendez-vous hier soir ? m'interroge Kathy.

Nous avons pris le métro en direction de Queens. Afin d'obtenir les robes au meilleur prix, nous devons partir en expédition dans des quartiers lointains. Kathy prétend que c'est par souci pour nous, mais, honnêtement, le temps c'est aussi de l'argent. Nous avons toutes l'air épuisé et je me sens hors du coup.

— Tu as déjà tout raconté à Lauryn ?

— Pas encore, dit Lauryn.

Beth est censée nous retrouver sur place. Elle a laissé un message sur le portable de Kathy pour nous avertir de ce changement de dernière minute.

— C'était... intéressant.

Le wagon est bondé et seule Kathy est assise. Je déteste raconter ma vie dans le métro, j'ai l'impression que je vais me faire piquer. Je leur fais le récit du dîner, qu'elles écoutent avec politesse.

— Je t'ai entendue rentrer tard, intervient Lauryn. Qu'avez-vous fait après le dîner ?

Je décris le superbe appartement, sans mentionner à mes amies mes divagations à leur sujet. Lors du dernier arrêt dans Manhattan, nous parvenons à nous asseoir ensemble. Kathy se décale et je me place au centre.

— Alors, tu l'as embrassé ? demande-t-elle.

Elle est tout excitée.

— Oui, dis-je, levant les yeux sur une affiche en espagnol offrant de l'aide en cas de MST.

Lauryn suit mon regard.

— Tu as couché avec lui ?

— Oh, j'espère que tu as utilisé un préservatif, dit Kathy sur le ton d'une prof de SVT.

— Relax, les filles. Je n'ai rien fait.

— Vraiment ? demande Lauryn.

— Il embrasse bien ? s'enquiert Kathy.

— Ecoutez, c'était étrange. Il embrasse bien, mais je n'avais pas embrassé un mec pour la première fois depuis si longtemps que j'ai éprouvé une sensation bizarre. Je rouvrais les yeux toutes les cinq minutes, comme pour vérifier que c'était réel. Embrasser n'est pas facile, embrasser pour la première fois est carrément terrifiant.

Lauryn secoue la tête et Kathy pouffe et sourit. Un sourire que j'interprète comme signifiant : *Dieu merci, je n'aurai plus jamais à embrasser quelqu'un pour la première fois. Au contraire de mes pitoyables amies, j'ai trouvé mon âme sœur.*

— Il t'a embrassée ailleurs que sur la bouche ? demande Lauryn.

— Lauryn ! crie Kathy.

Puis elle baisse la voix, et les yeux.

— … Alors, oui ?

— Hum, oui. Il s'est débrouillé pour m'allonger sur le divan et me caresser partout à la fois. Il a ouvert les boutons de ma chemise. La poitrine me brûlait, à cause du vin je pense. C'était bon. Sauf ses mordillements – je suis habituée à être mordue. Tommy jouait à ça lui aussi. A me taquiner jusqu'à ce que je crie « mords-moi ! » Evidemment je ne pouvais pas me comporter ainsi hier soir, il aurait pu me prendre pour une dingue.

— C'est assez dingue, dit Kathy. J'ignorais que tu donnais là-dedans. C'est presque du sadomaso.

— Une légère morsure n'a jamais fait de mal à personne, intervient Lauryn, volant à mon secours. Pas de jugement. Continue.

— Il parlait beaucoup, gémissait en répétant « oui ! ». D'habitude c'est moi qui m'occupe du son. Je trouvais ça drôle, mais je me retenais de rire. Il ne faut jamais rire.

— Il ne faut absolument jamais rire, approuve Lauryn.

— Les hommes sont très sensibles sur le sujet, ajoute Kathy, se fondant, je pense, sur l'expérience. Alors ensuite ?

Que leur dire ? J'ai soulevé son visage vers moi et il m'a souri. Ses joues étaient en feu lui aussi. Il m'a de nouveau embrassée. Je me souviens avoir pensé : *D'accord, c'est bon. Je peux le faire. Je peux le faire. Je suis célibataire. Je ne sors plus avec Tommy. Me retrouver ivre et les seins à l'air est tout à fait normal.* Je sais ce qu'elles attendent. Les détails pimentés.

— Alors il me dit : « Toutes ces protéines ont décuplé mon désir pour toi. »

Mes copines hurlent de rire.

— D'accord, c'est bizarre. Mais dans le feu de l'action, on dit des trucs bizarres. Il aime la nourriture, moi aussi. Les protéines sont de la nourriture. Tout va bien. Puis ses mains descendent le long de mon corps. D'accord, me dis-je, c'est bon. J'aime. Il a décortiqué ses pattes de crabe avec expertise. Tout va très bien se passer.

— Apparemment, dit Lauryn en me donnant un coup de coude.

Nous sommes presque arrivées à notre station.

— Attends ! Il m'attrape par les hanches. Je ne crois pas que Tommy ait jamais…

— Oh ! Tu es incroyable, lance Kathy.

— Parle-m'en. Je suis débile. Je me redresse et déclare : « Je ne peux pas. » Il me regarde. Mon rouge à lèvres s'étale partout sur son visage. C'est trop tôt pour le voir ainsi. Je le connais à peine.

— Qu'a-t-il dit ? demande Lauryn.

— « Quoi ? Attends. Relaxe-toi. Ça va ? » « Ça va », ai-je

répondu. C'est juste que... je dois partir. Je ne peux pas rester. » J'ai reboutonné ma chemise. « Je suis désolée. Je t'appelle. »

— Tu ne peux pas l'appeler, dit Kathy.

— Chuuuut ! dit Lauryn.

Nous sortons du métro.

— Je sais. Je ne trouvais plus mes sandales. Il n'avait pas ôté mon soutien-gorge et il était tout entortillé. Et à cette heure, impossible de trouver un taxi dans Barrow Street.

— Barrow Street ? Beau quartier, dit Kathy.

— Chuuut ! Qu'a-t-il dit ?

— Il s'est précipité hors de la pièce et j'ai pensé qu'il était peut-être devenu dingue ou un truc comme ça.

— Et alors ?

Kathy semble horrifiée.

— Il est revenu avec la boîte contenant mon reste de pâtes de chez Esca.

— Rigolo, dit Lauryn.

— Et attentionné, ajoute Kathy.

— Je sais. Je me suis fait l'impression d'être nulle. J'ai répété que je l'appellerais. Mais je ne peux pas l'appeler.

— Bien sûr que si, dit Lauryn.

— Non, tu ne peux pas, rétorque Kathy.

— As-tu idée d'où nous allons ? demande Lauryn à Kathy qui lui décoche un regard noir. Incroyable que tu sois encore si attachée à Tommy, Becca.

— Je trouve aussi, dit Kathy.

— Je ne le suis plus. Enfin, je croyais ne plus l'être. C'est plutôt que j'avais oublié comment c'était. J'ai du mal à imaginer que je vais revivre ça avec un mec. C'est tellement étrange, vous voyez, tous les sons, le désordre, la gêne.

— Le sexe, le bon temps, dit Kathy.

— Les orgasmes, ajoute Lauryn.

— Les câlins, dit Kathy d'un air tendre.

Lauryn et moi roulons des yeux.

— Tout ça me manque, vraiment. J'ai envie de le revivre. Mais arriver à ce stade semble si saugrenu. Et si je n'en étais plus capable ?

— Tu l'es, insiste Lauryn.

— Tu dois l'être, ajoute Kathy.

— Je regrette de ne pas pouvoir sortir avec un garçon, sans me poser de question comme avant, vous voyez ?

Lauryn hoche la tête et Kathy affiche une fois de plus cette expression stupide de fille rangée.

Nous arrivons enfin à la boutique. Aucun signe de Beth. Les vendeuses ne demandent qu'à nous aider, nous forcer à essayer, nous coincer dans une cabine et rester présentes pendant l'essayage. On ne parle plus de mon rendez-vous désastreux. Et aucun signe de Beth.

— Où diable peut-elle bien être ? dit Kathy pour la troisième fois.

Elle surveille son portable de façon obsessionnelle.

— Cela ne lui ressemble pas.

Lauryn finit par consulter son portable. Elle trouve un message de Beth disant qu'elle ne se sent pas bien et ne viendra pas. Il s'agit d'un acte délibéré. Zut, quel est son problème ?

— Incroyable. Comment ose-t-elle nous faire ça ? Il va nous falloir revenir, dit Kathy, au bord des larmes.

Lauryn et moi échangeons un regard. Hors de question de consacrer un jour de plus aux robes de demoiselles d'honneur. Il faut savoir poser des limites.

— Ecoute, Kathy, on ne peut pas lui en vouloir d'être malade.

Mais on peut lui en vouloir de jouer aux charades sur nos portables.

— Elle nous dit de choisir la robe qui nous plaît et qu'elle s'en accommodera.

— Mais nous ne saurons pas à quoi elle ressemble dedans.

Kathy, toujours si sûre de son goût et de ses décisions, se transforme en boule de nerfs dès qu'il s'agit de son mariage. Je craque. J'ai essayé toutes les robes imaginables dans tous les coloris possibles.

Et je préfère ne pas me souvenir du nombre de retoucheuses qui ont vu mes seins. Je ne quitterai pas cette boutique sans qu'une décision ait été prise. Je boycotterai le mariage, s'il le faut.

— Ecoute, Kathy.

Je décide de rester calme.

— Nous savons à quoi ressemble Beth dans ces robes, dans différents styles et différentes couleurs. Je ne pense vraiment pas que nous devions attendre plus longtemps.

— Oui, dit Lauryn.

Elle me soutient.

— … Si nous attendons trop longtemps, les robes ne seront pas prêtes pour la cérémonie.

*Bien joué, Lauryn.* Elle joue sur les craintes obsessionnelles de Kathy.

— Exactement, dis-je. Choisissons celle-ci.

Kathy finit par accepter de prendre le modèle rouge avec de fines bretelles, taille empire et décolleté dans le dos. Je sais que Beth est opposée aux fines bretelles, mais c'est son problème. Le rouge est sa couleur préférée, donc elle devra faire avec. D'ailleurs la sœur de Kathy, Dina, va choisir des vestes légères ou étoles afin de nous couvrir dans l'église.

— Crise évitée, murmure Lauryn tandis que Kathy harcèle les vendeuses au sujet de la date de livraison des robes.

— Je n'en pouvais plus, dis-je. Vraiment plus.

— Je sais. Imagine, nous n'aurons à revenir ici que deux fois au minimum pour les essayages.

— Youpi.

J'ignore comment je vais survivre aux préparatifs du mariage, ne parlons pas du mariage lui-même.

Puisque nous sommes dans le Queens, je trouve naturel de profiter de la cuisine locale.

— Qui serait d'humeur pour un grec dans Astoria ou un indien dans Jackson Heights ?

— Je dîne avec Ron ce soir. J'ai promis de lui cuisiner des lasagnes.

Comme si elle ne le voyait pas tous les soirs. J'envisage de la rallier à nous en lançant « soirée entre filles ! », mais elle doit avoir hâte de s'extasier auprès de lui sur la couleur des robes. Je doute que Ron parvienne à son niveau d'enthousiasme.

— Et toi, Lauryn ?

Non. Lauryn a décidé de consacrer son dimanche soir à la librairie Barnes & Noble afin de compléter ses recherches sur les oiseaux. La connexion au câble de la télé ne fonctionne pas, donc je suis condamnée à une soirée de restes réchauffés, affalée sur le divan avec les scénarios d'Esme.

Dans l'appartement, je me sens seule. Nous n'avons jamais achevé la conversation commencée dans le train. Avant, nous passions nos dimanches ensemble, à ressasser les événements du week-end. Parfois nous nous retrouvions tard le samedi soir, commandions des sandwichs dégoulinants dans une bodega et squattions l'appart de l'une ou l'autre.

Aucune d'entre nous ne se souciait du boulot ni n'avait de sérieux problèmes. Aucun drame. Nous ne croisions pas les doigts dans l'espoir de tomber sur nos messageries respectives. Nous voulions nous parler pour de bon. Nous ne possédions même pas de téléphones portables.

Demain, je retourne au boulot, pour affronter les problèmes provoqués par le rachat de la boîte. Qui sait si j'ai même encore un job ? Je ne peux pas appeler Tommy. J'ai peur d'appeler Seamus. Je lui ai fait un sale coup hier soir, avant de m'enfuir sans chaussures. Il doit me prendre pour la pire des idiotes. Zut !

Je vais me coucher de bonne heure. Ainsi j'oublierai tout. Je me rappelle le vibromasseur offert par plaisanterie par mes copines lorsque j'ai quitté Tommy. Il est 21 h 30. La librairie ferme à 23 heures. Non, je ne devrais pas. Je me sentirais encore plus seule. Si seulement *X-Files* passait encore à la télé. Je vais appeler

Tommy. Mince, je ne suis même pas bourrée. Je n'ai aucune bonne raison de l'appeler. Il comprendrait tout de suite que je veux faire l'amour. Je soulève le combiné. Je compose les premiers chiffres. Je ne peux pas. Je ne le ferai pas.

Ensemble, nous passions des dimanches super. Tous deux accros à *X-Files*, nous avions nos rituels : sexe, joints et *X-Files*. Nous regardions le nouvel épisode, puis un classique extrait de la collection de DVDs de Tommy. Ensuite, je nous confectionnais des sundaes. Voilà en quoi consistait un dimanche parfait. Maintenant, j'en suis réduite au gadget magique rose bonbon et aux restes de pâtes. Avec un peu de chance, je trouverai un somnifère dans l'armoire à pharmacie. Je n'assure pas.

Chaque fois que je déprime, je me réconforte au souvenir d'une parole de Tommy l'un de ces dimanches soir. Elle a un arrière-goût amer, mais tout est bon pour me requinquer. Nous regardions *X-Files* – l'épisode avec un type androgyne qui se révèle être une dynamo sexuelle. Il semble appartenir à un culte religieux, mais il s'avère que les adeptes sont des extraterrestres qui quittent la planète. A ses débuts *X-Files* a produit quelques scénarios décoiffants. Enfin, dans mon précieux petit souvenir, nous dégustions nos glaces.

— Et si, avais-je dit, je venais d'une autre planète ?

— Tu viens d'une autre planète.

— Non, Tommy, sérieusement.

— Oh, tu es sérieuse ?

Il s'était penché pour m'embrasser de ses lèvres froides. Je n'avais pas bougé d'un pouce.

— … D'accord. Donc si tu étais d'une autre planète ?

— Que ferais-tu ?

Il avait haussé les épaules.

— Allez ! Tu m'as forcée à fumer… voilà le résultat !

— D'accord, d'accord. Je me dirais : « Super, ma petite amie est une extraterrestre. »

— Et si je voulais que tu reviennes avec moi ?

— Sur ta planète ?

J'acquiesce.

— … Un terrien n'y risque rien ?

— Pas s'il est avec moi.

— Si tu étais vraiment une extraterrestre et que tu désirais vraiment que je vienne vivre sur ta planète, alors je viendrais. Ça m'irait.

— Même si on n'y trouvait pas de crème glacée ?

Il avait haussé les épaules.

— … Ni de *X-Files ?* Ni d'herbe.

— Il y aurait toi. Je me dirais : « Cette fille est super, le top. C'est une extraterrestre, mais tant que je peux survivre sur sa planète et qu'elle n'est pas promise à un Klingon, que demander de plus ? »

C'était une belle nuit. Et même maintenant que nous avons rompu, c'est sympa de penser qu'à un moment de ma vie quelqu'un aurait émigré sur ma planète, juste pour moi. Je ne suis plus dans la fleur de l'âge. Ça n'a pas marché avec Tommy… et avec Seamus non plus.

Je me lève et vais à mon bureau. Je fouille dans les tréfonds de mon tiroir à lingerie et le déniche. Il est presque lumineux. J'appuie sur le bouton et ferme la porte de ma chambre. Je prie pour que Lauryn reste à la librairie jusqu'à 23 heures. Je l'entendrai rentrer. J'espère.

Je veux juste sentir quelque chose de bon. A époque désespérée, mesures désespérées.

# 5

## *Des tonnes de fric*

J'arrive au boulot à 9 h 30. Dans tout l'étage, des panneaux nous demandent de nous rendre dans la salle de projection. Ça recommence comme vendredi après-midi ?

On ne peut pas pénétrer dans la salle de cinéma, mais un buffet pour le petit déjeuner est dressé dans le hall d'entrée. Et il ne s'agit pas du bagel froid et de la crème quasi moisie habituels. Quelqu'un s'est vraiment donné du mal. Pâtisseries françaises, doughnuts géants et toutes les sortes de bagel existantes. Minute ! Est-ce du saumon fumé à la crème que j'aperçois ? Oui. S'ils tentent de m'acheter, ça commence à fonctionner. Un buffet d'omelettes pourrait bien aider à conclure le marché. Et peut-être un peu de bacon et du pain perdu. D'accord, ça pourrait toujours être mieux, mais c'est un début.

Je cherche du regard mes collègues ou une personne de connaissance, mais je n'aperçois que les habituels lève-tôt (donc aucun représentant de la création des programmes). J'entreprends alors de me préparer le plus époustouflant des bagels au saumon et à la crème jamais vu. Je trouve même des citrons frais pour l'assaisonner. Je hume une odeur de café tout à fait décente. Evidemment, un doughnut s'impose. Comment vais-je réussir à tout tenir ?

— Rebecca.

Janis et John s'approchent. J'ai mon café, mais je vais devoir sacrifier le doughnut. J'espère qu'une fois achevée l'épreuve qui se prépare, il restera encore des pâtisseries.

— Salut.

Je m'efforce d'ignorer la quiche qu'on vient d'apporter.

— Vous arrivez de bonne heure.

— Nous avons pensé que ce serait une bonne idée d'arriver tôt aujourd'hui, dit John.

— Oui, c'est marrant, nous avons eu la même idée et nous sommes rencontrés dans le métro, le reprend ostensiblement Janice.

S'ils pouvaient continuer de parler, je ferais alors le tour de la table pour goûter à tout. Si le pouvoir en place prépare des exécutions de masse, il aurait pu prévoir des Tupperware.

— Bonne idée d'arriver de bonne heure. Vous savez ce qu'on dit au sujet des horaires de fonctionnaires.

Quiconque ose quitter le boulot avant 18 heures est accusé de respecter des horaires de fonctionnaire. Désespérée, je prends à toute vitesse une bouchée de mon chef-d'œuvre de bagel.

— Comment peux-tu manger à un moment pareil ? demande Janice.

J'aurais pensé que depuis le temps elle me connaissait mieux. Rien ne me coupe jamais l'appétit. Heureusement, John vole à mon secours et je prends une nouvelle bouchée.

— Autant en profiter pendant que nous le pouvons, chérie.

Je fais semblant de ne pas avoir entendu le « chérie » et mords dans le saumon qui dépasse de mon bagel.

— Je crois qu'il vient de chez Zabar, dis-je à John, que Janice fusille du regard à cause de son mot doux. Avez-vous vu Jen ?

Ils font signe que non. C'est alors que s'ouvrent les portes de la salle de cinéma. John jure à haute voix.

— Je ne vais pas avoir le temps de déjeuner.

Il lorgne du coin de l'œil l'autre moitié de mon bagel. Je suis prête à faire beaucoup pour les membres de mon équipe, mais pas à partager du saumon fumé de cette qualité – du saumon fumé de chez Zabar. Pour que ce soit clair, je lèche la crème sur cette moitié.

— On peut te garder un siège, John, dit Janice.

J'acquiesce.

— Vous voulez que je vous rapporte quelque chose ?

Janice, à la volonté d'acier, refuse. Pas moi.

— Peut-être une mini-brioche. Si cela ne te dérange pas.

Nous suivons la foule. On a déroulé le grand écran. Nous allons assister à une projection ?

— Combien de temps crois-tu que ça va durer ? demande Janice.

— Je ne sais pas, mais j'ai des dates butoirs aujourd'hui.

Le logo d'Indiana Mutual s'affiche sur l'écran. John réapparaît et me tend une grosse brioche.

— Désolé, Rebecca, c'est tout ce qu'il restait.

Il m'adresse un clin d'œil. Le son familier d'un grincement retentit. Cette fois, au lieu de faire la grimace, nous nous taisons. Un homme d'âge mur arborant une bedaine de buveur de bière et un costume bien coupé se tient sur le podium.

— Bonjour, tout le monde, je m'appelle Cobb Michaels.

Cobb ?

— Je suis le président d'Indiana Mutual Worldwide. Ce nouveau partenariat nous enthousiasme tant que nous avons eu envie de consacrer une journée à vous faire mieux connaître l'entreprise pour laquelle nous allons tous travailler.

Une journée ? Une journée entière ? Je regarde Janice et John. Ils haussent les épaules.

Les trois heures qui suivent sont consacrées au visionnage de multiples cassettes mal réalisées se livrant à une propagande effrénée concernant les diverses entreprises réunies sous le sigle d'Indiana Mutual. Leur slogan est un truc nul du style : « Nous économisons pour vous. » Je ne crois pas que tout cela s'impose.

— Le graphisme est atroce, murmure Janice.

— Silence, mécréante, dit John en souriant.

Ils vont s'embrasser, c'est certain. J'ignore ce qui m'agace le plus, subir un lavage de cerveau ou être assise à côté du couple top-secret-mais-pas-vraiment.

Les responsables de divers départements montent sur le podium afin de se présenter et nous assurer qu'ils adorent travailler pour Indiana Mutual. Je me demande s'ils savent qu'Explore! est une chaîne de télévision. Que nous portons des jeans et lisons *Entertainement Weekly*. De qui est cette idée monstrueuse ?

— Hé, les mecs…

Quelqu'un murmure derrière nous. Don Beckford.

— … On m'a arraché d'un tournage pour ça.

Un nouvel orateur soporifique est monté au podium – une femme. Elle évoque à quel point nos entreprises respectives vont se compléter à merveille.

— Après le déjeuner, nous avons organisé un après-midi fantastique. Pour vous donner une idée, regardez ceci. Je crois que vous allez reconnaître la cliente.

Les lumières baissent. Sur l'écran défile une pub située dans une banque. L'employée appelle : « personne suivante », mais peine à distinguer la cliente. Lorsqu'elle apparaît clairement, je reste bouche bée. Je me tourne vers Janice et John, eux aussi en état de choc. Mes yeux doivent me tromper, je ne peux pas, ne peux tout simplement pas, croire ce qui se passe. Les oignons rouges que j'ai disposés avec amour sur mon bagel remontent dans mon estomac. Il s'agit d'Esme, avec une voix différente, animée de façon grossière, qui demande à l'employée d'ouvrir un compte. Etranges trente secondes. J'ai l'impression que le temps s'arrête le temps du spot, puis refuse de croire ce que je viens de voir. La seule preuve de ce qui vient de se dérouler est la pression de la main de Janice sur mon épaule. Ma langue s'épaissit. *Mon Esme* est prostituée afin de promouvoir une banque. *Quoi ?*

— Ils ont dû voler l'essai d'animation où elle achète une glace.

J'apprécie que Janice tente de comprendre comment ils ont réussi ce coup. Très Esme de sa part de jouer les détectives. Mais mon vrai souci se résume à « pourquoi » ? Et à quelle fréquence cela se reproduira-t-il ?

— Le doublage est atroce, dit John. Rebecca, ça va ?

Je ne sais quoi répondre. Les lumières se rallument et la gourou des médias qui vient de massacrer ma création avec le sourire réapparaît sur le podium.

— Allez déguster votre déjeuner, mais économisez votre énergie, nous avons un après-midi chargé devant nous.

C'est le signal qu'il nous faut quitter l'auditorium. Je suis incapable de bouger.

— Rebecca, viens, allons déjeuner, dit John.

— Hé, Becky, sacré boulot ! Au poil pour se faire bien voir des grosses huiles.

Encore Don Beckford. Je finis par retrouver la parole.

— Si tu crois que j'ai quoi que ce soit à voir avec cette mascarade, tu te trompes.

Je ne voulais pas jouer les snobs. Mais ne pas avoir le contrôle total d'Esme est une chose, là c'est bien pire. Elle vend des comptes-épargnes. On ne respecte donc rien ?

— Pourquoi pas ? demande Don Beckford. Je rêverais que la taupe leur plaise autant.

— Je le souhaite aussi. Que la taupe ouvre un compte en banque.

J'ai parlé fort, je le sais, mais je suis en colère. Je ne veux pas qu'Esme soit surexposée. Je ne veux pas qu'on prenne des décisions à son sujet sans me consulter.

— Rebecca, *allons déjeuner*, dit Janice en m'entraînant hors de l'auditorium. Calme-toi.

— Comment pourrais-je me calmer ?

— Ce n'était qu'une maquette, jamais ils ne la diffuseront.

— Peut-être pas ce segment, mais comment même imaginer qu'ils aient obtenu l'animation ?

Je les regarde, John et elle.

— Aucune idée, mais il faut que tu te détendes.

Le déjeuner ne ressemble en rien au petit-déjeuner. Il s'agit d'une sinistre plaisanterie. On nous sert des sandwichs rassis et une pomme. Je ne prononce pas un mot de tout le repas. Je suis certaine que Janice et John auraient préféré déjeuner seuls, mais ils sont coincés avec moi.

Après le déjeuner, je tente de gagner mon bureau afin de consulter ma boîte électronique, ma messagerie vocale et hurler, mais des membres du service des Relations Humaines gardent les portes. L'audience est captive. Ils profèrent des paroles du style : « Il s'agit d'une journée de transition. Il est important de s'accorder le temps de cette étape. »

Où diable est passé Hackett ? Et Jen ? Après avoir été dirigés vers les toilettes par petits groupes, nous regagnons l'auditorium. La scène s'assombrit, puis les lumières se rallument et un type entonne une chanson familière. Des danseurs font leur apparition.

— Qu'est-ce que c'est ? demande John.

— Une chanson du début des années 70. Un tube sans lendemain, je crois, dit la femme devant nous. J'ai oublié comment elle s'appelle. Je crois que j'ai vu le chanteur vendre des objets de collection sur une chaîne de télé-achat.

— Est-ce censé nous impressionner ? demande John.

Le type sur scène est un ringard de première. Je doute qu'il passe même à « Que sont-ils devenus ? » sur une chaîne locale. Je n'en crois pas mes yeux. Et le sandwich à la dinde rassis fait gargouiller mon ventre.

Je préfère oublier à jamais le reste de l'après-midi. Elle ressemble à l'idée qu'on se fait d'une réunion pour motiver les élèves d'une école à problèmes. Sans queue ni tête. Nous sommes censés compléter des slogans en criant en chœur. Des animateurs montent sur scène et crient « Indy », nous devons alors hurler : « Mu! » « Je ne vous entends pas! » ne cessent-ils de répéter. Ils font de leur mieux, mais aucun de nous ne semble avoir le moindre sens du rythme. La preuve en est qu'ils insistent pour passer à plein tube un morceau de hip-hop lamentable.

Quelques traîtres cèdent à l'appel. Je préfère croire que c'est uniquement pour se faire bien voir, qu'ils craignent tant de perdre leurs jobs qu'ils se résolvent à hurler « Mu ! » comme des vaches dont on tire trop fort sur les pis.

En récompense de leur enthousiasme, ils reçoivent des poupées représentant un caissier de banque ou des calculettes pailletées, jetés dans leur direction par les danseuses au sens du rythme inexistant. Inutile de dire que personne ne lance rien dans notre direction. J'ai été dupée. Je réponds par le silence.

On nous relâche à 17 h 30. Encore une fois, les horaires de fonctionnaire. On nous encourage à rentrer chez nous, réfléchir à ce que nous pouvons apporter à l'entreprise. Des ballons tombent du plafond. J'imagine combien a dû coûter cette journée. Je vais avoir la nausée.

A la sortie de l'auditorium, je remarque que les pâtisseries restantes du petit déjeuner ont réapparu dans le hall. Certaines brillent bizarrement. Je prends l'ascenseur, nauséeuse.

La porte du bureau de Hackett est fermée. Je regagne le mien mais en ressors toutes les dix minutes, pour le guetter et lui dire ma façon de penser, malgré les mises en garde de Janice et de John. Je comprends vite qu'il est parti pour la journée.

— Dans sa situation, on a beaucoup à perdre, déclare John, jouant soudain les sages.

Claire Wylini déambule à l'étage et lance « Salut » d'un ton léger, comme s'il s'agissait d'un jour comme les autres et que nous ne venions pas d'être rachetés par une banque.

Aucun e-mail ne m'attend, ce qui n'arrive jamais. Je peux comprendre l'absence de messages professionnels, mais aucune de mes amies n'a pris la peine de m'envoyer une photo idiote ou un lien. Comme si j'avais disparu de la surface de la terre ou étais tombée dans une faille temporelle. Deux messages sur ma boîte vocale, tous deux des Sousa, frère et sœur. Beth a appelé la première.

— Rebecca, appelle-moi. Désolée pour hier. L'idée d'une

nouvelle séance de torture des demoiselles d'honneur m'était insupportable. Je sais, je sais, je suis une amie atroce. Kathy est très fâchée ?

Je ne vais certainement pas l'absoudre, pas après la façon dont elle s'est comportée. C'est une histoire entre elle et Kathy. Il semble qu'elle n'ait même pas d'excuse. Les essayages sont enquiquinants, mais inhérents au job de demoiselle d'honneur. Personne n'aime ça, on le fait c'est tout. J'écoute le message de Tommy.

— Salut, Rebecca. Comment ça va ? Je me demandais si tu étais occupée cette semaine.

Il m'invite à sortir ? A-t-il décidé de me refaire la cour ? De grandir et se comporter en adulte ? Je pourrais alors dire adieu pour toujours au gadget magique. La vie de couple me plaît. Je ne veux plus jamais avoir à me dénuder pour la première fois devant quiconque, plus jamais m'inquiéter de dépasser le stade des formalités. Je décroche le téléphone. Puis le repose. Un vrai rituel. Lorsqu'il s'agit de Tommy, je ne sais jamais quoi faire.

On frappe à ma porte. Don Beckford.

— Salut. Tu veux venir prendre un verre ? Nous sortons à plusieurs, personne ne se sent d'humeur à travailler. Janice et John viennent seulement si tu viens.

Je suis touchée qu'ils ne fassent pas l'école buissonnière sans mon accord. Je croule sous le boulot, mais j'ai perdu toute motivation. Nous sommes lundi, mais j'ai envie de boire un verre. Je l'ai mérité.

On nous attribue une grande table dans le fond du bar. Don se montre parfois un peu lourd, mais pas ce soir. Un pichet de bière atterrit sur la table avant même que nous n'ayons ôté nos vestes. Je travaille chez Explore ! depuis un an et demi, mais c'est la première fois que je sors prendre un verre avec mon équipe. Ce soir, je fais la connaissance des jeunes assistants et des producteurs des autres émissions. Tout le monde boit de la bière et parle boulot.

Nous jouons au petit jeu de qui connaît qui et énumérons nos jobs précédents. Tout le monde a une histoire à raconter. Tout le monde s'est déjà retrouvé dans une situation délicate. Même les rares représentants du département de la programmation se laissent aller à disserter sur leurs hauts faits de guerre.

Je suis de plus en plus soûle, tant pis. J'enjoins Don Beckford de ne plus jamais m'appeler Becky. Janice et John se tiennent ouvertement la main. Je leur crie :

— Cessez de vous cacher, je m'en fiche.

J'attrape Janice par les épaules et la secoue. Elle rit.

— … Je suis heureuse que ça marche pour certains.

Je mets des chansons dans le juke-box. Don Beckford s'approche de moi. Un tube retentit et nous dansons ensemble. C'est agréable.

Trois heures plus tard, nous sommes passés aux alcools forts. Nous trinquons à la santé des fonds mutualistes. Cheryl de la programmation et l'un des types qui travaillent sur *Let's Go*, le jeu télévisé, s'embrassent. Ils le regretteront peut-être demain matin. Nous le regretterons peut-être tous.

— Il nous faut à manger, dis-je.

Tout le monde applaudit.

— Partageons, murmure Don à mon oreille.

— Quoi ?

Je me penche trop près de lui, résultat de mon ébriété. La bière me fait sortir les yeux de la tête. Peut-être que sa veste de cuir n'est pas si moche.

— Note de frais de la production. Demande à Janice de payer la moitié avec sa carte de crédit, je demande à mon assistant de payer l'autre moitié. Puis ils établissent une note de frais que nous signons. Changement de régime, les boss se poseront des questions mais ne refuseront pas de payer.

— Je peux faire ça ?

— Rebecca, tu es producteur exécutif. Ta signature est habilitée.

— Une autre tournée ! Ma signature est habilitée !

Je tambourine sur la table et tous les verres se renversent. Les autres grognent, je rigole. Je crie pour couvrir la musique :

— Une tournée pour tout le monde Autant que j'en profite pendant que je le peux...

Le lendemain matin, des coups de marteau retentissent dans ma tête. Je ne veux pas tenter la chance, mais comment arriver au boulot avant 10 h 15 ? Un mot de Hackett, gribouillé sur un post-it, m'attend sur mon ordinateur.

« B, ds mon bur aspap. St : tt – M »

C'est le code d'Hackett. Traduction : « Becky, viens dans mon bureau immédiatement, sujet : tout, Matt. » Super. Je vérifie ma coiffure dans l'écran de mon ordinateur et pioche une pastille de menthe. En chemin vers son bureau, je renifle une mèche de cheveux. Je ne sais pas entretenir ma nouvelle coupe, mais au moins mes cheveux sont-ils trop courts pour absorber la fumée.

Je frappe à la porte en lançant : « Bonjour ! » mais Hackett est au téléphone.

— Oh, pardon.

Il me fait signe d'entrer et de fermer la porte. Je hais les portes fermées. C'est mauvais signe. Il termine sa conversation.

— Becky, je suis désolé de toute cette confusion.

— Vous parlez de la production. Oui, toutes ces réunions finissent par affecter les dates butoirs de la deuxième saison.

— Rebecca, je sais que c'est déjà serré, mais il va falloir que tu respectes les dates de remise.

Il m'appelle Rebecca ; c'est encore plus grave que la porte fermée.

— Je suis promu à un poste plus important. Je reçois tous mes assistants pour les mettre au courant. Mon remplaçant commence demain. J'aurais aimé rester et faciliter la transition mais, malheureusement, Kristina Amos a quitté l'entreprise.

Typique. On la charge d'annoncer la nouvelle, puis on la vire. Super pour le moral. Hackett semble lire mes pensées.

— Elle a obtenu une belle indemnité.

— Où est passée Jen ?

— Elle ne se sent pas bien. Elle est jeune, tu sais ce que c'est. Elle ne comprend pas le monde des affaires. Dans notre secteur, les rachats sont monnaie courante.

Vraiment ? Suis-je soudain devenue une vieille de la vieille ?

— Si tu as besoin que je signe quoi que ce soit avant mon départ, s'il te plaît fais-le-moi parvenir avant 17 heures. Je prends le vol de nuit pour Londres ce soir.

— Vous allez vivre là-bas ?

— Cela n'a pas encore été décidé.

Je réalise que Hackett est un rescapé. Son comportement brutal ou non, loyal ou déloyal, ne vise qu'à conserver son job.

Je croise Don dans le couloir. Nous échangeons un sourire. Je me rappelle qu'il m'a mise dans un taxi hier soir, et que lorsque nous nous sommes embrassés pour nous dire au revoir, je me suis appuyée un peu trop longtemps contre lui. Pourtant nous ne sommes pas attirés l'un par l'autre, nous avions beaucoup bu, c'est tout. Il a l'air un peu penaud. Il lève le poing. C'est une marque de complicité un peu ringarde, mais je tape son poing du mien, juste pour le rassurer.

— Tu étais rigolote hier soir.

— Oui. C'était bon de décompresser.

— Je crois qu'on en avait tous besoin.

Il hoche la tête d'un air solennel. Je le préfère quand il a bu cinq verres.

— Tu as eu ton entretien avec Hackett ?

— Oui.

— Fais-lui signer cette note de frais avant son départ.

Il a raison, évidemment. Qui sait ce qui nous attend ?

De retour dans mon bureau, je jette un œil au calendrier. Mes dates butoirs sont délirantes, et maintenant je vais devoir les négocier avec un inconnu.

Je laisse un message à Janice et John :

— Sortons déjeuner.

# 6

## *La tarte du diable*

Tommy et moi nous retrouvons pour un dîner tardif dans un restau grec près de notre ancien appartement (maintenant le sien). J'ai toujours la nausée, et seule la soupe à l'*avgolemono* de chez Oncle Nick peut me soigner. Mes copines ont refusé de dîner dans Queens, mais Tommy est d'accord pour aller où je le désire.

Nous semblons soudain très adultes concernant notre rupture, n'est-ce pas ? N'en croyez rien. Je me surprends à m'interroger sur son caleçon et évaluer jusqu'où je peux le soûler. Très, très, mauvais.

Nous commandons une bouteille de vin blanc et l'assortiment de hors-d'œuvre. Tommy exige que le *taramosalata* soit présenté sur une assiette à part. Je sers la soupe, permettant ainsi à Tommy de relire le menu. Nous sommes venus plusieurs fois, mais il est moins familier que moi avec la cuisine grecque.

J'hésite entre le kebab d'espadon ou la moussaka. L'espadon est plus sain, mais quand l'occasion se présente-t-elle de déguster une moussaka authentique ? Jamais.

— Tu veux prendre un plat de pommes de terre à deux ?

— Rebecca, je n'ai pas très faim et j'essaie de ne pas dépenser trop.

— C'est vrai.

Mince ! Il va faire le difficile.

— D'accord, on laisse tomber les pommes de terre, mais l'addition est pour moi.

— Rebecca, tu n'es pas obligée.

— Pas de problème. Je gagne grassement ma vie et c'est moi qui ai proposé ce restau.

Les hors-d'œuvre et le vin font leur apparition. Tommy entame le rituel de la dégustation. Il préfère que ce soit moi qui m'y adonne, mais le serveur l'a versé dans son verre avant que nous ayons pu l'arrêter. Chaque fois que Tommy goûte un vin, il hausse les épaules.

— Je suppose que c'est bon.

Le serveur verse le vin dans mon verre, puis ressert Tommy. Tommy lève son verre.

— A Indiana Mutual.

— Je t'en prie, Tommy.

— D'accord. Au jeu Grand Theft Auto Vice City !

Je hausse les sourcils mais souris de le voir de bonne humeur.

— Tu veux porter un toast ?

— Oui, à ton nouveau job.

Il lève les yeux au ciel.

— … Nous devrions fêter ça.

— Ouais.

Nous buvons. Il examine les petites assiettes de hors-d'œuvre et fait pivoter le plat afin que la purée d'aubergines se trouve devant moi et le tzatziki et la sauce aux pommes de terre devant lui. Il me tend l'assiette de tarama.

— Tu peux déguster ce truc-là toute seule.

J'espérais qu'il allait dire ça. Je me jette sur un morceau de pita grillé et le plonge dedans. Tommy m'observe.

— C'est délicieux.

— Certainement.

Quelque chose le tracasse, mais j'ai renoncé à deviner quoi. Il est adulte, il est temps qu'il apprenne à communiquer. Et puis il y a des hors-d'œuvre à déguster et le serveur est de retour pour prendre nos commandes. Je me fais l'impression d'une goinfre lorsque Tommy décline un second hors-d'œuvre et commande des brochettes d'agneau. Je choisis une soupe et une moussaka (leur moussaka est tellement bonne, je n'ai pu résister. Je ne suis qu'un être humain !)

J'entame ma soupe. Il s'agit d'une soupe au poulet avec du citron, des œufs et du riz. Régalez-vous de la soupe aux *matzo*, c'est très bon aussi, mais ça, c'est du sérieux.

— Tu apprécies, hein ? Tu en grognes presque de plaisir.

— Mmm.

— Alors quand Lauryn part-elle ?

— Memorial Day, dit-elle, début septembre.

— Waouh ! Tu vas prendre une coloc ?

— Je ne crois pas avoir le temps d'en chercher une. Même en ce moment, je devrais être en train de bosser. J'ai accumulé un retard délirant.

— Tu peux assumer le loyer toute seule ?

— Je t'ai dit que j'étais grassement payée.

— Malgré ces changements intervenus dans ton boulot ?

— Tu essaies de me gâcher ma soupe au citron ?

— Non, je pose la question, c'est tout.

Il est super-irritant. Pourquoi ne se contente-t-il pas de ses propres problèmes ? Je tente une approche différente.

— Tu sais, le psy de Lauryn pense qu'il te serait bénéfique d'aller droit au but.

Il rit, mais reprend son sérieux à toute vitesse.

— Lauryn ne… elle ne parle pas vraiment de moi à son psy.

Les rares accès de paranoïa de Tommy me réjouissent toujours.

— Si, elle te rend responsable de l'échec de son mariage.

— Jordan et moi avons beaucoup joué à la Playstation, dit-il en riant.

— Ne m'en parle pas.

— Bon, je me demandais si tu reviendrais vivre chez moi.

Je manque répéter le gag préféré de Tommy et recracher ce

que j'ai dans la bouche. J'en suis dispensée parce que ces paroles inattendues sont ponctuées par l'arrivée d'un serveur qui flambe un plat à la table voisine. La chaleur nous irradie.

— Quand tu parles, c'est sans demi-mesure.

— Je ne parle pas de vivre avec moi, mais chez moi.

— Que veux-tu dire ?

— Je suis vraiment à sec en ce moment.

— D'accord, et…

— Et tu as un problème à résoudre.

Il désigne mon bol de soupe vide.

— Tu disposeras de moins de dollars à jeter par les fenêtres lorsque Lauryn aura déménagé. Or nous sommes censés être amis.

— Merci.

— Et lorsque Indiana Mutual a pris le contrôle de CBB Federal, ils ont licencié soixante-dix pour cent du personnel.

Surprenant qu'il ait effectué des recherches. Le serveur débarrasse mon bol de soupe et apporte ma moussaka. Je ferme les yeux et inspire.

— Tu sais que tu es folle, dit Tommy en riant.

— Elle sent délicieusement bon.

Je nous ressers du vin. Il me demande de réemménager chez lui, peut-être désire-t-il autre chose. Peut-être que moi aussi. Nous avons rompu parce qu'il refusait de grandir. Peut-être a-t-il dépassé ce stade. Il semble deviner mes pensées.

— Nous occuperions bien entendu des chambres séparées.

Bien entendu ? Mais ce ne sera pas drôle du tout. *Bien entendu*, c'est ainsi que cela devrait se passer, mais ça n'est pas drôle du tout.

— Tu n'habites pas un palais.

Je croque ma première bouchée. Quelle naïveté d'envisager de me contenter des brochettes d'espadon. C'est un plat sympa, certes, mais là, nous avons un mélange d'aubergines, bœuf haché et béchamel dans une délicieuse coque de pâte. Comment dit-on *paradis* en grec ?

— Non, mais je m'installerai dans le bureau, là où se trouve l'ordinateur.

— Il est de la taille d'un placard. Et je devrais traverser ta chambre pour aller faire pipi.

— J'installerai l'ordinateur dans le salon. Nous dresserions un paravent.

— Je ne sais pas, Tommy. Ce serait bizarre, si tu n'as pas envie que nous ressortions ensemble… non que j'en aie envie.

Je ne sais plus ce dont j'ai envie. Pourquoi ne donne-t-il aucun indice sur le fond du problème alors qu'il est si tranché sur des détails qui à mon avis importent peu ?

— Il est normal que tu ne saches pas. Mais réfléchis-y.

— J'y réfléchirai.

Financièrement parlant, il n'a pas tort.

— Merci de ne pas refuser tout de suite.

Il verse le reste du vin dans nos verres.

Il me parle de son site Internet. Il n'y renonce pas, mais lui consacrera moins de temps. La situation économique est catastrophique et tout le monde se fiche de ses réflexions concernant les bandes dessinées, objets de collection et autres jeux vidéo. Je ne l'écoute que d'une oreille, me répétant comme un mantra : *Tu ne coucheras pas avec lui. Tu ne coucheras pas avec lui. Ce serait si simple et sympa. Non, non tu ne dois pas coucher avec lui.*

La moussaka, délicieuse, est bourrative. J'en fais emballer la moitié que je mangerai demain lorsqu'on me présentera à mon nouveau boss. Je force Tommy à commander du pudding de riz afin de lui en chiper, et nous demandons du café grec, fort. J'en ai besoin. J'ai deux scénarios à rédiger.

L'addition réglée, Tommy me met dans un taxi. Il est minuit juste passé, heure que je considère comme le couvre-feu de la sécurité dans le métro. Nos adieux sont un peu embarrassés. Nous nous contentons d'un bisou sur la joue.

— Merci pour le dîner et pour ne pas avoir répondu non tout de suite.

— Oui, je te tiens au courant. Au revoir.

Et je m'en vais.

Le lendemain matin, on frappe à la porte de mon bureau. Avant de répondre, je m'empresse d'enfiler mes chaussures. Lorsque je suis obligée de baisser le regard pour voir la femme, petite et menue, qui me tend la main, je repense à la vilaine banquière de l'affreuse publicité de la veille.

— Delores Wagner. Je suis votre nouveau…

Elle hésite et je me penche pour l'écouter. Elle se décide enfin.

— … directeur créatif.

C'est ma nouvelle chef. Je ne suis pas intimidée parce qu'elle mesure dans les un mètre cinquante. Ses cheveux bruns ondulés pendent mollement. Je souris.

— Oh, vous êtes la nouvelle Hackett.

— Delores Wagner, répète-t-elle.

Elle parle sans vraiment ouvrir la bouche.

— Ravie de faire votre connaissance. Je suis Rebecca Cole…

J'hésite moi aussi avant d'ajouter :

— … la créatrice d'Esme.

Elle hoche la tête. Je déteste me comporter ainsi, vous savez, comme le genre de fille qui arbore son CV collé sur le front. Mais j'ai l'impression que c'est le comportement adéquat.

— Vous travaillez pour Indiana Mutual ?

— Comme nous tous.

— Oui, mais je veux dire…

Elle se montre déjà condescendante, mais elle est nouvelle et moi optimiste.

— … c'est votre entreprise d'origine ?

— A la production, oui. J'ai créé la totalité de la publicité internationale, promu les annonces commerciales à travers le monde. J'ai une grande expérience de la production.

A propos de coller son CV sur son front…

— Donc vous venez de l'Indiana ?

— Le siège international se trouve en Allemagne.

Le monde de la banque m'est totalement étranger, mais elle m'a répondu comme si j'étais idiote de l'ignorer.

— Vous voulez entrer ? dis-je, réalisant que la place de notre petite réunion est davantage dans mon bureau que dans le couloir.

— Vous voudrez bien me retrouver plus tard, afin d'étudier le travail que vous avez effectué jusqu'ici.

Je veux ?

— … Pour l'instant j'ai une réunion avec Joe Leissle.

L'un des grands patrons. Je ne sais trop ce qu'il fait, d'où il vient, ni quels ravages il va créer sur mon existence, mais Delores prononce son nom avec respect et fierté.

— D'accord. Si nous déjeunions ensemble ?

— Merci, mais non. J'ai un déjeuner de travail avec Claire et d'autres de la programmation afin d'établir notre stratégie d'attaque concernant la nouvelle saison.

— Devrais-je y assister ?

— Ce n'est pas nécessaire. Mais il est impératif que j'assiste à ce brainstorming.

Oh, elle donne dans le jargon professionnel. Ma patience s'épuise. J'ai trop à faire pour jouer à ce petit jeu.

— Quand voulez-vous qu'on se voie ?

— Vous restez jusqu'à 18 heures ?

Je reste en général bien plus tard que ça.

— Oui.

— Alors à 18 heures.

Bon, on pourrait argumenter que j'ai dit que je restais *jusqu'à* 18 heures, pas *après* 18 heures, mais je ne suis qu'un simple maillon de la chaîne.

— Super, dis-je.

— Vous m'apporterez un rapport détaillé du développement d'Esme et un calendrier complet de la production. Ça ira ?

— Super, dis-je de nouveau en essayant de sourire.

*
* *

Je regagne mon bureau et ferme la porte. Il est trop tôt pour porter un jugement. Contentons-nous de travailler. Mon téléphone sonne.

— Becca, on déjeune ensemble ?

Kathy.

— Kathy, j'ai trop de boulot. Plus tard dans la semaine ?

— Allez, c'est moi qui viens, dit-elle.

Kathy travaille quelques rues plus loin. Nous nous disons sans cesse que nous devrions déjeuner ensemble plus souvent, mais nos emplois du temps s'obstinent à ne pas coïncider.

— Je suis *tellement* débordée.

— Allons simplement chez Prêt à Manger. Je ferai vite, promis. Je veux vraiment te parler.

Elle semble désespérée. Il est presque 11 heures. Si je travaille deux heures, je peux la retrouver une vingtaine de minutes. Je devrais rester et prouver à ma nouvelle chef quelle bonne travailleuse je suis, mais je dois aussi poser quelques principes – par exemple, je ne déjeune pas à mon bureau tous les jours...

— D'accord, mais j'aurai peu de temps. On se retrouve à 13 heures.

J'arrive chez Prêt à Manger à 13 h 12. Il s'agit d'un fast-food pour gourmets proposant une grande variété de sandwichs et de salades maison. Tout est d'une propreté éblouissante. Kathy m'attend perchée sur un tabouret, sa veste posée sur un autre.

— Je suis vraiment désolée. J'ai une nouvelle chef.

Lamentable excuse, j'ai oublié l'heure, c'est tout.

— ... vraiment désolée.

— Ce n'est pas grave. J'ai dû me battre pour garder ton siège. Je t'ai pris un sandwich au poulet et un thé glacé.

Je souris. Le thé glacé annonce l'arrivée de l'été. C'est vraiment gentil de sa part. Je suis la pire des amies et je culpabilise encore davantage d'être en retard.

— Je suis désolée, dis-je.

Je sors mon porte-monnaie mais elle me tape sur la main.

— Laisse tomber. Tu paieras la prochaine fois.

Je m'assieds et entame mon sandwich. Je suis encore stressée par le boulot et j'ai du mal à en faire abstraction et discuter.

— Tu as parlé à Beth récemment ? demande Kathy.

— Pas depuis notre dîner dans cet horrible restaurant.

— Elle traîne avec tous ces gens du show-biz qui ne se prennent pas pour n'importe qui.

— Je trouve son comportement bizarre.

J'ai presque terminé mon sandwich, sans en goûter la saveur. Kathy a à peine entamé le sien. Détendons-nous. Encore quinze minutes de liberté.

— Personne ne s'occupe vraiment de mon mariage, dit Kathy. Tu es débordée et Lauryn part Dieu seul sait où.

— Dans le Vineyard.

— C'est ça, et Beth se comporte de façon tellement étrange.

— Ecoute, ton mariage me tient à cœur, à moi et aux autres aussi.

De pieux mensonges sont parfois nécessaires.

— Je crois que je vais demander à ma sœur d'organiser la petite fête traditionnelle pour la future mariée.

— Tu es sûre ?

Beth est son témoin, ce serait son rôle. Je me doute que Kathy est déçue.

— Je ne sais pas. Toutes ses histoires m'épuisent. J'ai trop à faire. Il s'agit du jour le plus important de ma vie.

Kathy est une amie géniale, mais dès qu'il s'agit de son mariage, elle se transforme en prima donna. Je comprends que Beth n'ait pas envie d'affronter ça, mais elle le doit. J'ai compris ce qu'elle attend de moi.

— Tu veux que je parle à Beth ?

J'enfourne le dernier morceau de sandwich. Rien de pire que manger pressée.

— Tu ferais ça, Rebecca ? ?

— Je vais le faire.

— Merci. Cela signifie tant pour moi.

Elle exulte. Il me reste sept minutes.

— On partage un cookie ?

Je la regarde calculer en silence si son régime le lui autorise. Puis elle hoche la tête et j'achète un cookie.

— Comment est ton nouveau boss ?

— Je ne sais pas encore.

Inutile de me porter la poisse en verbalisant mes inquiétudes.

— J'ai une réunion avec elle ce soir.

— Elle ? C'est une femme ?

— Oui, pourquoi ?

— Quel âge ?

— Assez jeune. Dans les trente-deux ans. Pourquoi ?

— Oh ! Fais gaffe, ma vieille.

Mon repas avalé à toute vitesse provoque un hoquet qui ne me quitte pas de l'après-midi. Et les paroles de Kathy ne cessent de tourner dans ma tête. Je lui ai assuré que nos secteurs professionnels, finance et télévision, étaient très différents. Mais elle m'a assené que peu importait, les femmes restaient des femmes.

— Mais je ne suis pas comme ça. Ça ne me concerne pas.

Kathy s'est contentée de secouer la tête et de me tendre la moitié de son cookie.

Au bureau, l'icône de mon e-mail clignote à vitesse double, signal d'un e-mail urgent. Toute la journée, j'ai ignoré mes e-mails non urgents afin de travailler. Vingt-trois messages au total. Le signal d'urgence le plus récent a été envoyé par Delores Wagner.

Rebecca,
J'ai à gérer un max d'urgences générées par la programmation. J'aimerais repousser notre rendez-vous à 19 heures. Je suis certaine que vous comprendrez l'importance de ces problèmes à résoudre. Merci.
Delores.

Qu'elle tienne pour acquis que je modifie mon plan de travail à sa convenance m'agace. Pour qui se prend-elle, un chirurgien ? Je laisse échapper un long soupir et m'exhorte au calme. A 19 heures, j'imprime le document que Hackett avait l'habitude de brandir sous le nez des grands chefs et m'empare de mon calendrier tout gribouillé.

En chemin vers l'ex-bureau de Hackett, je croise Claire.

— Salut, toi, lance-t-elle.

Elle esquisse un geste vers le fond du couloir, en direction de ce qui est devenu le bureau de Delores.

— Elle est super, hein ? Elle a des tonnes de bonnes idées.

J'acquiesce. Ce cirage de pompe va devenir la norme pendant un moment. Je frappe à la porte de Delores.

— Bonjour, répond-elle.

Elle se montre charmante. Peut-être l'ai-je jugée un peu trop vite. Et si elle incarnait le mentor que j'attends depuis si longtemps ? On parle toujours de mentors, mais personne ne semble en être un ou en connaître un. C'est comme les hermaphrodites ; on entend parler de leur existence, mais on n'en voit jamais la preuve.

— Comment ça va ?

— Nous sommes en train de passer l'épreuve du feu, mais c'était à prévoir.

Si elle devient mon mentor, je préférerais qu'elle s'exprime normalement. Elle me raconte une anecdote compliquée que j'écoute poliment, concernant les premiers jours de son séjour en Allemagne, dans un endroit nommé la Forêt Noire. Au fil de son récit, je me prends à imaginer Delores sous les traits d'un personnage de dessin animé incarnant une fée hermaphrodite. Je dois manquer de sommeil.

— Avez-vous apporté ce que je vous ai demandé ?

Je lui tends les papiers. Elle les feuillette et secoue la tête.

— Serait-il possible de vous procurer un exemplaire moins brouillon de ce calendrier ? Il est difficile à déchiffrer.

— Le fait est qu'il est modifié chaque jour.

Elle acquiesce d'un signe de tête.

— J'en suis consciente. J'aimerais que vous le transcriviez sous forme de fichier Excel. Il me serait plus facile de le consulter et savoir quand les scripts sont prêts, etc.

— Vous souhaitez que j'élabore un nouveau document.

— Oui. Quant à celui-ci…

Elle brandit le document créé par Hackett servant de cadre pour travailler les idées concernant Esme.

— … Je n'y comprends rien.

— Il a été conçu par Hackett.

— Oh.

Ma réponse semble la satisfaire. Je me demande si c'est parce que Hackett appartient encore à la boîte et occupe un poste plutôt élevé.

— Bon, je l'étudierai de nouveau ce soir. Pensez-vous me communiquer ce calendrier ASAP ?

— Je pense le faire ce soir.

— Merveilleux. A propos de l'animation d'Esme…

— Oui ?

— Je la trouve grossière.

Un nœud se forme dans ma gorge. Réalise-t-elle qu'Esme est mon bébé, que c'est moi qui l'ai animée à l'origine ? Immédiatement, les menottes de Delores s'élancent pour décrire de grands cercles en guise d'excuse.

— Je ne dis pas que je ne l'aime pas.

— Ah bon ?

Un petit rire sarcastique s'échappe de mes lèvres. Ce n'est pas dans mes habitudes.

— Bien sûr que non. Mais elle pourrait être plus stylisée.

— Nos créations sont destinées aux enfants. Je croyais que c'était clair.

— Il nous faut du style.

Je suis sur le point de prononcer des paroles que je n'aurais jamais imaginé prononcer. Beeeuuurk ! Je me sens déjà sale.

— Les panels de téléspectateurs l'adorent tel quel.

Prononcer des mots aussi saugrenus que « panels de télé-spectateurs » a-t-il endommagé mon cerveau ?

— Je n'en doute pas, mais nous devrions discuter de l'éventualité de réaliser l'animation en Corée.

— Quoi ?

— Ils feraient peut-être mieux.

— Mais Janice, et John – et moi, d'ailleurs – faisons du bon boulot.

— Réaliser l'animation en Corée pourrait se révéler un choix économique plus sage.

— Ou exploser le budget Chronopost.

— Ça a très bien marché lorsque je travaillais à l'international.

J'ai envie de crier à cette naine que nous ne créons pas des pubs pour les fonds mutualistes internationaux, nous sommes une chaîne de télé pour mômes. De toute évidence, elle ne connaît rien aux programmes pour la jeunesse.

— Les Coréens réalisent des animations très sexy.

Je suis parcourue des pieds à la tête par ce que Tommy qualifie de « frisson hérisson ». Un frisson qui se déclenche au son d'un mot qui le hérisse. Je comprends soudain la pleine signification du verbe hérisser. Qui emploie le mot *sexy* à propos d'un dessin animé destiné aux gamines ? C'est dégoûtant. J'inspire à fond et tente une nouvelle approche.

— Les animateurs coréens éprouveront des difficultés à travailler la voix d'Esme.

— Il y a des doubleurs pour ça, rétorque-t-elle.

— Je ne parle pas de l'accent.

Je m'interromps et déglutis. Je parle trop fort.

— … ils ne *comprendront* pas qui est Esme.

— Je n'ai pas dit que les décisions doivent être prises immédiatement.

— Ah bon ?

— A vous de prouver que votre animation est assez bonne pour ne pas être délocalisée.

Comment ? Ouvre-t-elle parfois sa bouche mince en entier ? Aucune réponse ne me vient à l'esprit.

— D'accord, finis-je par me décider. Je m'occupe de ce calendrier.

— Merci. Et très bonne soirée.

Et, comme si je n'avais pas mieux à faire, je crée un document Excel inutile. Où diable se situe la Forêt Noire ? Dans la Terre du Milieu ? Je pense appeler Tommy pour me défouler et expliquer que je travaille pour un Hobbit. La simple mention du *Seigneur des Anneaux* équivaut pour lui à des préliminaires. Peut-être me prendra-t-il en pitié et me procurera un peu de plaisir.

Non, non. Je dois repousser ces pensées. Je ne ferai plus jamais l'amour. A moins que je n'emménage chez lui et ne profite de lui dans son sommeil. Une petite détente. Non, zut, je dois travailler à une animation capable de sauvegarder l'emploi de Janice et John. Mais de quelle engeance est cette femme ? Je retarde encore le moment de me mettre au boulot et appelle Lauryn sur son portable.

— Salut, dit-elle, voyant s'afficher mon numéro.

— Où es-tu ?

— A un événement ornithologique.

Trop dingue pour être un mensonge.

— Est-ce que Delores signifie bien douleur en espagnol ?

— Je ne suis pas sûre. Je dois te laisser.

— Tu veux qu'on dîne ensemble tard dans la soirée ?

— Non, un repas est prévu ici.

— Quel menu ? dis-je en pouffant. Des pigeons ?

— Je vais raccrocher.

Et elle raccroche.

Je commence à avoir faim. Mon hoquet du déjeuner a disparu. Mon organisme a dû entrer en état de choc lorsque j'ai prononcé les mots « panels de téléspectateurs ».

J'ai le choix entre travailler sur les scénarios au bureau et me faire livrer un repas, ou bien rentrer chez moi, travailler sur les scénarios et grignoter un truc toute seule. Rien de très séduisant mais j'ai hâte de me glisser dans mon pyjama.

En chemin vers le métro, je consulte mes messages sur mon portable. Le premier me pétrifie au beau milieu de la rue. Seamus.

— Bonjour, Rebecca. J'ai attendu un peu, mais tu n'as toujours pas appelé. J'ai passé une soirée géniale l'autre soir et j'espère que toi aussi. J'espérais dîner avec toi au Tabla Bread Bar cette semaine. J'ignore si tu connais cet endroit, mais leurs mini-assiettes sont toutes incroyables.

Il me met l'eau à la bouche. Incroyable qu'il ait rappelé. Il est 21 h 40. Le message a été laissé à 14 heures. Je ne devrais pas le rappeler ce soir... mais demain. Je n'arrive pas à y croire. J'oublie complètement Delores.

Je saute dans le métro, priant pour qu'il n'y ait pas de problèmes. Il faut que je passe chez Whole Foods, le supermarché bio pour gourmets, avant sa fermeture à 22 heures.

J'y parviens de justesse. Le vigile à l'entrée secoue la tête tandis que le haut-parleur demande aux clients de se diriger vers les caisses. Je file droit à la poissonnerie et demande une livre de crevettes cuites. Le poissonnier me donne tout ce qui lui reste, une livre très exactement. Nous rions en chœur à la vue de la balance.

— Vous avez de la chance, dit-il.

— Oui, dis-je, imaginant les oignons frits bien craquants de chez Tabla Bread Bar.

J'y suis déjà allée, bien sûr, mais j'ai hâte d'y retourner avec Seamus, connaisseur de vin et New-Yorkais sophistiqué. J'ai de la chance en amour aussi. Malgré mes imperfections évidentes, un mâle new-yorkais hétéro s'intéresse à moi. Je ne paniquerai plus de me retrouver à moitié nue.

— Vous recevez ? demande le poissonnier.

— Si on veut.

J'achète du persil et de l'eau pétillante et emporte le tout chez moi. J'adore manger, mais je déteste manger seule. Alors parfois j'agrémente ma solitude d'un peu de cérémonie.

J'enfile mon pyjama, mets un disque D'Angelo dans la stéréo, sors le plateau d'argent reçu par Lauryn en cadeau de mariage et dispose mes crevettes autour du plat de sauce cocktail. Je garnis de persil, me verse de l'eau gazeuse dans une flûte à champagne (autre cadeau que quelqu'un doit maintenant regretter d'avoir offert à ce couple) et pénètre dans le salon en dansant. Je déguste les vingt-trois crevettes et savoure ma petite fête perso. Pour les amis et les mecs, j'ai bien le temps. Cette soirée m'appartient. Je suis fière de moi-même et du boulot que j'accomplis. Personne ne m'enlèvera ça.

Le disque s'achève. Je me concocte un chocolat chaud agrémenté de schnaps et regarde l'épisode de *Friends* de 23 heures.

Qu'exiger de plus de la vie ?

# 7

## *Amie-amie*

La vie est drôle. Un soir vous sirotez de l'eau gazeuse toute seule en mangeant des crevettes, le soir suivant on vous sert des mets délicats de la nouvelle cuisine indienne, tandis qu'un mec canon vous caresse le cou et vous offre des cocktails pour adultes, hors de prix, nommés Tablatinis.

Un soir, vous envisagez un appel désespéré à votre ex afin de ne pas passer la nuit seule, le soir suivant vous craignez de réveiller West Village en faisant l'amour avec votre nouveau mec.

Donc oui, ma vie regorge de surprises et certaines se révèlent très, très agréables. Par exemple, je ne m'attendais pas à remettre les pieds dans l'appartement de Seamus.

D'accord, bon, après je me suis sentie un peu mal à l'aise… Vous savez, *après*… et je ne savais pas trop si je devais rester. J'ai rattaché mon soutien-gorge sans parvenir à regarder Seamus droit dans les yeux. Il m'a proposé de rester mais je suis partie. Il est préférable de dissimuler certaines choses le plus longtemps possible à ceux qui ne vous connaissent pas. Franchement, je suis fatiguée de me montrer sous mon angle le plus favorable.

— Ça y est ? n'a-t-il cessé de demander durant la totalité de l'acte. Ça y est pour toi ?

Cela crée une pression importante. J'apprécie ses efforts, certes, mais maintenant j'ai besoin de me détendre. La nuit s'est déroulée à la perfection, alors que je craignais de la gâcher en, je ne sais pas, en criant le nom de Tommy (je jure que cette fois je n'ai pas tellement pensé à lui) ou en me livrant à d'affreuses grimaces, ou Dieu sait quoi encore. Mais non. Rien. Je n'ai pas gâché la soirée. Mieux vaut partir lorsqu'on est au top.

Tout bien considéré, j'ai franchi une étape. Je suis une femme célibataire qui vit sa vie. La tête haute, je quitte l'immeuble de Seamus et arrête tout de suite un taxi.

A la maison, Lauryn travaille sur un texte. En fumant.

— Tu refumes ?

— Pourquoi pas ? Tu en veux une ?

— Je viens de faire l'amour.

Elle me tend la main afin que je tape dedans. Nous échangeons un sourire. Je prends une cigarette. Elle me donne un peu la nausée mais je persévère. Je viens de faire l'amour. J'ai droit à une cigarette.

— Comment c'était ?

— Sympa.

Elle hausse un sourcil. Je sais ce qu'elle attend.

— Non. Ce n'est pas arrivé. Mais c'était bien.

— Tu as enfin balayé Tommy de tes pensées ?

— J'essaie. C'est fini entre nous. Mais ce n'est pas facile.

— Je sais. Je suis au courant de sa proposition. Tu veux un verre ? J'en ai assez de rédiger ces âneries de demandes d'emploi.

Je devrais refuser, demain j'ai un travail monstre, mais cela fait trop longtemps que nous n'avons pas passé un moment ensemble. Impossible de résister.

— D'accord. Un seul.

Je la regarde verser la Vodka Vanille dans un verre et ajouter de la bière de gingembre.

— Super. Tu as parlé à Tommy ?

— Non, répond-elle. C'est Beth qui m'a dit.

— Vraiment ?

— Elle rencontre des gens de plus en plus intéressants.

— Dans le milieu du show-biz.

Elle hoche la tête.

— … Elle va bien ?

— Je crois. Tu connais Beth.

Je la connais. Tout le monde croit Beth italienne, mais c'est une immigrée portugaise de la première génération. Dans la famille, la star, c'est son frère Tommy. Leurs parents descendent tout juste du bateau qui les a amenés des Açores et Beth n'a été autorisée à vivre à New York que parce que Tommy s'y installait. Leurs parents ont supposé qu'il la surveillerait. Ma relation avec Tommy ne les a jamais troublés, mais Beth n'a jamais pu leur avouer qu'elle avait un petit ami. On attend d'elle qu'elle sorte avec l'homme qu'elle épousera. Pas drôle, mais heureusement elle s'entend bien avec Tommy qui la tire perpétuellement d'affaire.

— Et quel est l'avis de Beth concernant la proposition de Tommy ?

Lauryn lève les yeux au ciel. J'en déduis que Beth pense que j'ai tort ne serait-ce que d'envisager la question. Tout allait très bien entre elle et moi tant que je sortais avec son frère, mais dès que nous avons rompu, Beth a pris son parti. Tommy ne m'en veut pas, mais il semble que Beth, si.

— Tu connais Beth, répète Lauryn. Que vas-tu faire ?

— Je ne sais pas. Financièrement parlant, ce serait le bon choix, mais émotionnellement…

— Ne m'en parle pas. Au fait, Kathy a peur d'être licenciée.

— Qui ? dis-je en reversant de la vodka.

Je suis maintenant un peu éméchée.

— Indiana Mutual.

— Excuse-moi, mais ce n'est pas toi qui m'as reproché de parler derrière ton dos ?

— Aujourd'hui, pendant que Kathy expliquait qu'elle en voulait à Beth d'avoir séché l'essayage, j'ai compris que nous aimions tout simplement discuter les unes des autres. Cela fait partie intégrante de notre amitié. Alors vas-y, parle de moi si tu veux. Ma vie est un livre ouvert.

— Comme c'est généreux de ta part.

Elle se verse un nouveau verre de vodka. A ce train je ne me lèverai jamais demain matin.

— Tu as couché avec un autre homme depuis Jordan ?

— Tu veux dire à part le soir où je me suis soûlée à mort et que j'ai couché avec le barman de Chez Roxy – paix à son âme ?

Nous respectons la minute de silence de rigueur. Suite à cette soirée, nous avons dû rayer Chez Roxy de la carte. Nous avons pardonné à Lauryn ce sacrifice car elle venait de découvrir l'étendue des trahisons de Jordan.

— … J'en ai terminé avec les hommes tant qu'ils ne se comporteront pas comme le reste de la race humaine.

— Peut-être l'un des amoureux du pluvier argenté du Vineyard te fera-t-il changer d'avis.

— Les ornithologues sont vieux.

— Tu es une femme divorcée.

— Je sais.

— Je n'y comprends rien. Les choses ne sont pas censées devenir plus faciles en vieillissant ? Par exemple, je ne suis pas censée approcher de ma maturité sexuelle ?

— Encore douze ans pour ça. Tu as simulé, n'est-ce pas ?

C'est une accusation en règle.

— J'ai essayé de vider mon esprit et de me concentrer sur l'instant, mais faire l'amour avec un nouvel amant était étrange. Je n'ai pas simulé délibérément, je lui ai juste laissé croire qu'il était sur la bonne piste.

— Eh bien, assure-toi qu'il la trouve pour de bon.

— Oui, lorsque je me sentirai plus à l'aise.

— Je vais te manquer, n'est-ce pas ? dit-elle en souriant et en soufflant un anneau de fumée.

En un éclair, je revois l'une des grimaces rigolotes qu'elle faisait à la fac. Elle va me manquer. Elle lève son verre. Je trinque avec elle.

— Bien sûr que tu vas me manquer. Sans toi, New York n'est qu'une ville froide et inamicale.

Après une réunion de deux heures avec le département des produits dérivés et Delores Wagner, je regrette de n'avoir dormi que trois heures. Pourquoi les responsables ne se contentent-ils pas de prendre des décisions, puis d'obliger les autres à s'en accommoder, au lieu d'organiser des réunions où ils font mine de se préoccuper de votre opinion avant de faire exactement ce dont ils ont envie ? De plus, comme Delores ne cesse de frimer en citant les noms de divers big boss, tout le département des produits dérivés se sent obligé de faire de même.

Je déteste les vêtements du prototype de l'Esme en peluche. Qu'Esme ait droit à une peluche à son effigie m'enthousiasme, mais celle-ci paraît factice. Et on voudrait que je m'extasie parce que le prototype d'Esme a été créé par un type qui un jour a nettoyé la salle de bains d'un type qui travaillait sur un prototype de Snoopy ou un truc de ce genre.

Ma gueule de bois à base de vodka vanille noie mon entourage dans une nappe de brouillard.

Delores fait tout un foin et s'obstine à raconter des anecdotes concernant son ex-job. Elle parle à tort et à travers sans donner une direction précise à ses paroles. Elle me fait penser à ces gadgets qui se déclenchent lorsque vous en tirez la ficelle. Elle laisse « échapper » qu'elle a étudié à Harvard.

Don, assis à mes côtés, me donne un coup de coude pour que je lise le mot griffonné sur son calendrier de production.

*« D'où sort-elle ? »*

J'écris ma réponse.

*« D'une forêt. En Allemagne. »*

Comme il rit, j'écris :

*« Sans blague. »*

— Je crois que nous devrions laisser tomber les lunettes, déclare Delores au concepteur.

Je me réintéresse à la réunion.

— On ne peut pas laisser tomber les lunettes, dis-je. Il s'agit du symbole d'Esme.

— Les enfants aiment voir le visage des personnages.

D'où sort-elle ça ? Comment sait-elle ce que désirent les enfants ?

— Je trouve les lunettes superbement réussies, dit Carl, le responsable des produits dérivés.

— Je ne dis pas qu'elles sont ratées. Mais je ne crois pas qu'elles servent notre image.

— Notre image s'adresse aux gamins. Les gamins portent des lunettes…, dis-je tandis que Don m'envoie un coup de pied sous la table.

Nous y revoilà :

— … et elles ont plu aux panels de téléspectateurs.

— Bon, il va nous falloir trancher ASAP, dit Delores.

J'ai l'impression que c'est tout tranché.

— … passons maintenant aux ex aequo du jeu télévisé.

Après la réunion, Don me prend en aparté.

— Cette réunion a traîné en longueur. Je me suis renseigné sur Delores, personne ne sait qui elle est.

— Elle arrive de l'étranger.

— Elle raconte n'importe quoi et perturbe tout le monde. Mes émissions ont cartonné. Je ne vais pas me préoccuper d'elle.

Je remarque que lorsqu'un nouveau boss débarque, chacun se croit obligé de défendre son gagne-pain.

— … Mais prends garde à toi.

— Pourquoi ?

— Durant mon entretien avec elle, elle m'a interrogé au sujet des autres émissions sur lesquelles tu as travaillé.

— Pourquoi une telle question ?

— Je ne sais pas.

J'ignore si je peux faire confiance à Don.

— … je lui ai répondu que de l'avis général, tu avais réalisé un super-boulot et qu'Esme était ta création personnelle. Ce qui est vrai.

— Merci. Qu'a-t-elle répondu ?

— Rien. Elle s'est lancée dans une litanie concernant la taupe. On attend de cette taupe douée de parole qu'elle enseigne la morale aux enfants.

— Comment s'en sort Jordan ?

— Pour l'instant ça va. Comme on s'y attendait. Il est trop peu connu pour jouer les stars.

— Exact.

— Sans vouloir te vexer.

Je hausse les épaules. Je déteste Jordan pour la façon dont il a traité Lauryn, mais je me sens un peu responsable de lui. Les programmes pour la jeunesse sont un univers sans pitié. Un univers où l'on mange les gens tout crus.

— Enfin bon, accroche-toi.

— D'accord. Merci.

Voilà qui ne me rassure guère. Tout comme John, qui m'attend à la porte de mon bureau un e-mail à la main.

— De quoi s'agit-il ?

Je lui prends le papier des mains. Le message, interminable, provient de Delores et consiste en remarques concernant les dixième et onzième épisodes, animés par John.

— Quand les a-t-elle visionnés d'ailleurs ?

— Elle les a réclamés. Je les lui ai donnés. Tu as remarqué comme tout changement qu'elle exige est ASAP. Et le tout dernier est *très* ASAP.

— Elle l'a écrit en gras.

Je lui souris, mais il ne répond pas. Je l'ai rarement vu en colère, mais il est évident qu'il l'est.

— De qui dois-je suivre les instructions ? Toi ou elle ?

— Je vais lui en parler et je te tiens au courant. ASAP.

Au moins il sourit.

Je commence à prendre en grippe ce trajet menant au bout du couloir. Je frappe.

— Entrez.

Delores déborde d'activité. Elle est tout excitée (la fièvre du pouvoir ?) et parle avec une voix de petite fille. J'imagine que c'est pour prouver sa créativité.

— J'ai vu que vous aviez rédigé quelques notes au sujet de deux des scénarios d'Esme, dis-je, tentant de parler avec fermeté mais sans agressivité.

Je repense aux paroles de Kathy. Je refuse de croire que des femmes se considèrent menacées par la présence d'autres femmes.

— Oui, j'ai deux ou trois importantes objections que vous n'avez pas soulevées.

— Je n'ai pas eu le temps d'étudier ces scénarios.

Delores ôte ses lunettes et se redresse du haut de son mètre cinquante.

— Rebecca, savez-vous à quel point il serait dangereux de nous laisser déborder ?

— Nous avons tout le temps avant d'entamer l'animation.

— Une semaine.

— Au train où vont les choses, cela me semble une durée assez longue.

— Je sais que nous sommes tous très occupés. Hier soir, je suis restée jusqu'à 23 heures.

Seigneur, elle appartient à cette engeance. Nous ne pointons pas à l'entrée, mais il y a toujours quelqu'un qui éprouve le besoin de défendre son poste en claironnant combien il travaille tard. Je hais ces personnes.

— … Mais nous devons produire ces épisodes de toute urgence.

— John et Janice font du très bon boulot sous la pression, dis-je, leur faisant les compliments qu'ils méritent.

— Il faut qu'ils travaillent plus efficacement. C'est à vous de vous en occuper.

Je suis furieuse. On dirait qu'elle ignore le calendrier établi. Mais c'est elle le boss, je ne peux qu'acquiescer.

— Okay. Je vais leur parler…

Avant de sortir, je ne peux pas résister.

— … ASAP.

— Ce serait génial.

Elle a répondu de sa voix de petite fille mais redevient soudain condescendante.

— Je n'ai pas reçu votre calendrier aujourd'hui.

— Il est identique au précédent.

— Envoyez-le tout de même. Merci.

Jamais je n'ai autant apprécié le vendredi. Je n'appartiens pourtant pas à la catégorie de ceux qui « travaillent en attendant le week-end ». Même avant Esme, j'ai toujours aimé mon job, mais aujourd'hui j'ai hâte de rentrer chez moi.

Ne suis-je pas la star de la boîte ? Celle qu'on exhibe à nos associés ? Tout cela ne compte plus ?

Au moment où j'appuie sur Envoi pour envoyer au gnome le calendrier non modifié, mon téléphone sonne. Lauryn me propose d'aller prendre un verre avec les copines. Il s'agit d'une tentative d'obtenir un cessez-le-feu entre les factions belligérantes, Beth et Kathy.

— Kathy a accepté de ne pas rentrer directement chez elle ce soir et Beth nous consacre un moment avant une fête où elle n'a pas vraiment promis de se rendre. Je suis plutôt fauchée, alors je pensais aller chez Pepe Giallo.

— Leur jardin est déjà ouvert ?

— Sais pas. Il fait assez chaud.

— D'accord, je viens.

Pepe Giallo est bon marché et on y trouve des pâtes correctes ainsi que des Italiens mignons. Si le jardin est ouvert, il se pourrait que ce soit exactement ce dont nous ayons toutes besoin pour nous détendre. J'entends soupirer Lauryn à l'autre bout du fil.

— Quoi ?

— J'ai une mauvaise nouvelle. Le bail se termine. Si tu veux conserver l'appartement, le loyer va augmenter.

— Encore ? Ils veulent notre peau ? Combien ?

— Deux mille cinq.

— Merde ! Deux mille cinq cents dollars ! Ils nous prennent pour des nababs ?

(Voilà à quoi sert un bureau muni d'une porte.)

— Trois pièces et une cuisine plutôt grande. Seulement deux étages à monter. Ils savent qu'ils peuvent les obtenir. Le quartier de Flatiron-Chelsea devient tendance et l'appart est situé en plein milieu.

— Bien.

— Il y a toujours l'offre de Tommy, raille-t-elle.

— On se voit chez Pepe.

D'accord, n'oublie pas ton sourire. Et sois là dans vingt minutes, je ne tiens pas à ce que Kathy stresse ou que Beth s'énerve.

Trente-trois minutes plus tard, je fais mon entrée chez Pepe Giallo. Kathy et Lauryn sont là, mais pas Beth. Elles ont déjà avalé la moitié d'une carafe de vin rouge et qui sait quelle quantité de pain, mais par chance la terrasse en jardin est ouverte. Lauryn fume et Kathy agite les mains pour écarter la fumée. Elle affiche un sourire forcé.

— Salut, les filles, désolée.

— Ce n'est pas grave, dit Kathy, me cognant de ses nouvelles lunettes roses lorsque nous nous embrassons.

— J'aurais parié que tu arriverais plus tard que Beth, ajoute Lauryn.

— Elle vient toujours ? dis-je.

Elles hochent toutes les deux la tête.

— Vous êtes prête à commander ? demande le serveur.

Je meurs de faim mais il est normal d'attendre Beth.

— Rapportez-nous du pain et apportez-moi un verre, dis-je au serveur, d'un ton presque suppliant.

— On se croirait en été, dit Kathy.

Elle a raison. Il ne fait pas encore nuit et on sent déjà la chaleur de l'air.

Beth finit par arriver. Elle nous embrasse toutes sans s'excuser de son retard.

— Je meurs de faim, dit Kathy, sans que je parvienne à déterminer s'il s'agit d'une pique à l'intention de Beth.

— Reprends du pain, dit Lauryn.

C'est étrange que ce soit elle qui organise cette réunion. D'habitude, c'est nous qui devons la traîner hors de chez elle. Le serveur nous apporte nos verres, à Beth et moi.

— Toi aussi tu étais en retard, Rebecca ? demande Beth.

— Un peu, dit Kathy avant que je ne puisse répondre.

Lui en veut-elle encore au sujet de l'essayage des robes de demoiselles d'honneur ? Nous consultons nos menus. Avant, nous ne nous donnions pas cette peine (à part moi, bien sûr) ; nous échangions des potins jusqu'à ce que le serveur nous demande pour la seconde fois si nous étions prêtes à commander. Aujourd'hui, nous disposons d'un paravent derrière lequel nous sommes ravies de nous dissimuler.

— Je sais ce que je veux, dit Kathy.

— Evidemment, intervient Beth. Nous sommes ici depuis une éternité.

— Je voudrais connaître les plats du jour, dis-je.

Beth se tourne vers moi.

— Ecoute, Rebecca, tu prends toujours les *pappardelle.*

— Je sais. J'ai juste envie de savoir quels sont les plats du jour. D'accord ?

— Bien sûr, dit Kathy, prenant ma défense.

— Tu te rappelles la fois où nous sommes venues ici avant la fête de ton boulot, Beth ? demande Lauryn.

— Je me souviens, dis-je. Kathy était tellement soûle qu'elle a recraché son pesto sur son chemisier blanc.

— Et elle était trop soûle pour s'en soucier, ajoute Beth.

— Alors tu m'as prêté le gilet que tu gardes toujours dans ton bureau, dit Kathy à Beth.

— Et ensuite tu as rencontré Ron, lui rappelle Lauryn.

J'adresse un clin d'œil à Lauryn. Elle joue le rôle du médiateur. Je ne comprends pas trop pourquoi il est si important pour elle que Beth et Kathy s'entendent. Peut-être est-ce une idée de son psy. Le serveur s'approche.

— Vous avez choisi ?

— Elle voudrait connaître les plats du jour, dit Beth, avant de me tirer la langue d'un air moqueur.

Les raviolis épinards-ricotta me tentent mais je décide de m'en tenir aux plats connus.

— Je crois que je vais prendre les *pappardelle* à la sauce de viande épicée.

Mes copines éclatent de rire pour se moquer de moi et je fais mine de saluer.

— Vous êtes une star, dit le serveur avec un accent italien séduisant.

Kathy choisit les gnocchi au pesto. Beth les spaghettis aux petits pois et pommes de terre et Lauryn les penne à la vodka et au poulet. Nous décidons de partager une salade de légumes de printemps et fromage de chèvre, ainsi que des tomates-mozzarella en entrée. Notre commande est identique à notre commande habituelle.

On nous sert les hors-d'œuvre, et nous nous livrons à notre petite routine. Kathy raconte les agaçantes exigences diététiques de la mère de Ron concernant le repas du mariage. Beth se plaint parce que sa mère, opposée depuis toujours à ce qu'elle sorte avec un homme, lui demande maintenant si elle veut finir vieille fille. Je me livre à une superbe imitation de Delores Wagner et Lauryn commande une autre bouteille.

La soirée est parfaite. Nous nous sentons bien. Lorsque nos pâtes arrivent, nous goûtons chacune le plat des autres en poussant des cris de délice. Une soirée comme les autres.

Puis le portable de Beth retentit.

Et elle prend l'appel.

Kathy s'excuse pour se rendre aux toilettes.

Et revient les yeux rouges.

Beth raccroche et marmonne des excuses peu sincères.

Nous mangeons un petit moment en silence.

Puis le portable de Beth sonne de nouveau et Kathy frappe de la main sur la table.

Beth baisse les yeux sur le numéro et regarde Lauryn avant de quitter la table.

Je commande une autre bouteille de vin.

Puis Kathy dit :

— Ne te donne pas cette peine. Je vais bientôt rentrer de toute façon.

— Non, buvons encore un peu, intervient Lauryn.

Lorsque Beth regagne notre table, elle reste un moment silencieuse. Elle éparpille la nourriture dans son assiette et mange une autre pomme de terre.

— Je n'ai plus faim et j'ai promis à certaines personnes de les retrouver, finit-elle par dire.

— Eh bien, amuse-toi bien avec tes copains, dit Kathy.

— Tu veux faire emballer les restes ? dis-je.

— Non. Je ne le mangerai pas.

Son sac est déjà passé sur son épaule.

— Je dois combien ?

— Laisse tomber, dit Lauryn. C'est ma tournée. Ma dernière nuit en ville.

— Et le week-end prochain ? demande Beth.

— Je serai en train de faire mes bagages. Je prends le ferry le lundi.

— Oh. Bon, je t'appellerai avant ton départ, dit Beth. A bientôt, les filles.

— Au revoir, dis-je.

— J'ai besoin de tes mensurations pour les donner à la boutique, lance Kathy sans vraiment lever les yeux.

— Je t'enverrai un mail, crie Beth, déjà presque dans le jardin.

Le serveur débarrasse son assiette. Je récupère une des pommes de terre avant qu'il ne l'emporte.

— Vous pouvez prendre mon assiette aussi, dit Kathy. Je dois aussi prendre le train. Je n'avais pas réalisé qu'il s'agissait de ta dernière soirée en ville, Lauryn. Peut-être viendrai-je t'aider à faire des cartons cette semaine.

— Merci, Kathy.

Pendant qu'elles s'étreignent, je pique l'un des gnocchi de Kathy avant que le serveur ne les emporte. Puis j'embrasse Kathy et lui dis espérer la voir ce week-end.

Lorsqu'elle est partie, nous chipotons encore un peu notre nourriture. Lauryn me tend son assiette et je m'empare d'un morceau de poulet que je trempe dans ma sauce.

— Je regrette de ne pas avoir compris que ce soir était un soir spécial, dis-je. J'aurais dû organiser moi-même la soirée.

— Ce n'est pas grave. Je suppose que tu vas emménager avec Tommy ?

— Je n'ai pas vraiment le choix.

— Je suis désolée.

— Et je suis désolée d'avoir été en retard.

— Ce n'était rien.

Elle baisse le nez dans son assiette et tortille un penne entre ses doigts.

— Rebecca…

— Oui ?

— Qui a appelé Beth d'après toi ? La dernière fois ?

— Je ne sais pas. Un de ses potes branchés, j'imagine. Pourquoi ?

— Je ne sais pas.

Elle me regarde en plissant les yeux, comme si, pour une raison inconnue, elle me jaugeait. Lorsqu'elle filait Jordan, elle m'a regardée ainsi plusieurs fois. Je fais plisser le regard d'Esme de la même façon lorsqu'elle interroge les durs de l'école qui tapent sur les autres. Jusqu'à maintenant, je n'avais jamais réalisé que c'était Lauryn qui m'avait inspiré cette expression.

— Tu ne trouves rien de… bizarre.

— Bizarre ? Je ne sais pas.

Mais quelque chose trotte dans mon esprit, une chose que je ne parviens pas à cerner. Impossible de mettre le doigt dessus et d'ailleurs, je n'en ai pas envie.

Lauryn me fixe encore quelques secondes, comme si elle voulait me poser une question.

— Tu dois avoir raison, finit-elle par dire. Finissons la bouteille de vin.

— Bonne idée. Je sais ce qui sauverait la soirée.

Elle hausse les sourcils.

— Un tiramisu ?

— Là, je reconnais ma copine.

# 8

## *Le Temps de la sagesse*

Mon téléphone sonne. Personne ne respecte donc plus le samedi ? Tous les samedis ont une impression de déjà-vu. Non, plutôt de *Un jour sans fin*, ce film dont le héros se réveille tous les matins le même jour. Je louche sur le réveil. 10 h 30. Le téléphone cesse de sonner. Que Lauryn soit bénie, me dis-je, avant de retomber endormie.

Une heure plus tard, une odeur de produits ménagers flotte dans l'air. Lauryn est en proie à l'une de ses crises aiguës de nettoyage. J'ai vraiment besoin d'aller faire pipi, mais elle est occupée à récurer la cuvette des W.-C.

— Tu ne peux pas attendre ?

— Ça risque de mal finir.

Elle ôte ses gants de caoutchouc en soupirant. Elle a noué son bandana, ce qui signifie qu'elle va s'attaquer à la cuisine.

— Qui appelait ? dis-je depuis les toilettes.

— Tommy. Il avait des questions à te poser. Tu devrais emménager avec lui, ce serait plus simple.

— Et Seamus ?

— Quoi Seamus ?

— S'il découvre que je vis avec Tommy ?

Je sors de la salle de bains et passe dans la cuisine. Elle est en train de vider les boîtes de soupe des placards.

— Eh bien, il ne saura pas qui est Tommy, dit-elle avant de se retourner vers moi. Rebecca, tu ne lui as pas parlé de Tommy, n'est-ce pas ?

— Vaguement. Je ne lui ai pas parlé de sa proposition.

— Eh bien, continue. Arrange-toi pour qu'il ne t'appelle que sur ton portable et ne le laisse jamais venir chez toi.

Les mensonges de Jordan lui ont appris un truc ou deux.

— Donc, je devrais emménager avec Tommy ?

— Je ne pense pas que Beth te propose d'emménager avec elle. Les autres sont déjà casées. A moins que tu n'acceptes de dormir sur le canapé de quelqu'un. Habiter chez Tommy tiendrait lieu de solution provisoire. N'y reste pas plus de quelques mois. Ce serait négatif.

Super de connaître quelqu'un qui tranche sans difficulté pour vous. Elle a raison. Je ne peux pas me permettre ce loyer, pas avec la dette accumulée sur ma carte de crédit.

— Pourquoi fais-tu le ménage si nous quittons l'appartement ?

— Ça me vide la tête.

Elle se tait une minute.

— Donc je peux prévenir le propriétaire de notre départ ?

— Oui. A ce prix-là, dis-lui d'aller se faire voir.

— D'accord.

Elle sort quelques paquets de pâtes et sourit. Le ménage la met en joie, je ne comprendrai jamais pourquoi.

— Que fais-tu aujourd'hui ?

— Je pensais me rendre à Madison Square Park pour travailler sur les scénarios définitifs et écrire quelques commentaires pour les animateurs. Puis j'inviterai Seamus à dîner, puisque les deux dernières fois c'est lui qui m'a invitée.

— Super. Je vais nettoyer mes placards et porter quelques affaires chez Emmaüs.

— Tu veux d'abord faire un tour chez Johnnie ?

Il s'agit d'un petit restaurant où l'on déjeune au comptoir ou à l'une des deux tables. Leurs sandwichs bacon-laitue-tomates sont les meilleurs que je connaisse.

— Penses-tu parfois à autre chose qu'à manger ?

— A quoi d'autre penserais-je ?

Elle secoue la tête mais ferme le placard. Je salive déjà.

Une heure plus tard, béate et rassasiée de bacon, je révise quelques scénarios en tentant de ne pas me laisser distraire par les adorables petits chiens qui jouent dans le parc. Parfois, j'ai envie d'avoir un chien. Si ça ne marche pas avec Seamus, je prendrai un chien. Mais ça a l'air de marcher, de ressembler au début d'une liaison. Même s'il semble plus occupé que moi.

Je repousse le moment d'appeler Tommy. J'ignore pourquoi. Seamus ne va pas me proposer par magie d'emménager dans son fabuleux appartement de West Village. Pourtant, ce serait sympa d'avoir une cheminée (même une fausse) et un petit ami qui connaît les meilleurs restaurants de New York. D'accord, il faut que cesse cette obsession au sujet de la nourriture. Ça devient grave.

Je commence à prendre au sérieux cette histoire de processus transitionnel. Nous sommes tous en « transition » – et je me sens transitionnelle. Niveau appart, boulot, mecs, amies – tout. J'éprouve un genre de mélancolie, mais en plus confus. Je voudrais redevenir normale, ne plus vivre au rythme de réunions-tests au cours desquelles nous bourrons des gamins de pizzas et de sodas afin de leur soutirer des indications utilisables dans des présentations power point destinées à augmenter les profits. Je veux redevenir moi-même.

Impossible de me concentrer sur les scénarios. Je ne veux pas penser à Esme. Lorsque j'ai commencé à travailler sur elle, elle m'a totalement habitée. J'avais l'impression de réécrire mon histoire, de créer celle que j'aurais souhaité être.

Mes amis m'avaient encouragée. Tommy avait totalement compris Esme et la connaissait aussi bien que moi. Tous ceux qui l'avaient vue disaient en avoir été marqués. Deux ans auparavant, à Noël, j'avais même fait visionner les films à mes parents. Je crois que, pour la première fois, ils avaient entrevu en quoi consistait mon travail. Ils ne comprenaient toujours pas pourquoi on me payait pour le faire, mais c'était un début.

Maintenant, Esme appartenait à tout le monde. En fait, obtenir une promotion s'est révélé le moyen le plus rapide de perdre tout contrôle. Après avoir été promue producteur exécutif, il m'avait été difficile de laisser Janice et John réaliser l'animation. Mais ils avaient compris Esme. Je ne crois pas qu'un animateur coréen, ignorant ce que signifie être un enfant dans notre pays en soit capable. Je hais l'idée que ces décisions dépendent de considérations financières, ou de personnes ignorant tout des mômes.

Lorsque je travaillais sur l'épisode pilote, j'ai suivi la suggestion de Hackett et ai transformé la sœur d'Esme en frère. Muer Ellie en Eric posait peu de problèmes, mais accepter la première modification signifiait pratiquement accepter toutes les autres. Mon boulot est ainsi. Je ne réalise pas un spectacle personnel, mais une série télé. Je ne peux pas travailler seule. Les patrons avaient leur mot à dire.

Un tout jeune épagneul noir vient renifler ma jambe.

— Hé, mon pote, dis-je.

Je le laisse poser ses pattes sur mes genoux et le caresse sous le menton.

— Vixen ! crie sa maîtresse, une blonde de vingt et quelques années en jogging taille basse.

D'une main, elle tient la laisse et de l'autre, enlace la taille d'un mec.

— Il est mignon ce chien, dis-je.

Le couple échange un sourire plein de fierté, tire sur la laisse de Vixen et s'éloigne. Ce doit être sympa d'avoir un petit ami *et* un chien.

J'inspire à fond et me concentre sur les scénarios. Ces considérations existentielles ne servent qu'à accentuer mon retard.

*
* *

Je dis à Seamus de sélectionner le restaurant de son choix et effectuer les réservations, mais qu'il a interdiction de régler l'addition. J'insiste. Je veux une relation égalitaire. Il choisit Nobu. Le vrai, pas la succursale du quartier. Délicieux, mais pas bon marché.

En temps normal, j'aurais été emballée d'aller chez Nobu, mais cette fois c'est moi qui paye. Je me suis montrée claire à ce sujet. A peine avons-nous pris place à notre table que Seamus évoque l'*omakase*. L'*omakase* est le menu du chef. Mais pas du style buffet à volonté pour neuf dollars quatre-vingt-dix-neuf. Vous avez le choix entre une multitude de plats, tous plus onéreux les uns que les autres. Seamus tient pour acquis que nous allons commander les mets les plus chers. Impossible de prétendre ne pas avoir faim parce que l'*omakase* n'est servi que pour deux personnes minimum. Et impossible d'observer Seamus se régaler de tous ces délices japonais sans y goûter moi-même.

— Ça va, Rebecca ? demande Seamus. J'ai failli réserver dans un endroit moins couru, mais je me suis rappelé que tu adorais la tempura de crevettes.

— C'est vrai. C'est génial. J'ai l'habitude des succursales, pas du vrai Nobu.

Flattée qu'il s'en soit souvenu, je décide d'oublier l'addition et d'en profiter. J'ai obtenu une promotion et payé le minimum dû sur mes cartes de crédit. C'est une goutte d'eau. Et ce ne sera pas toujours mon tour de payer.

Je commande un martini à la mangue et Seamus un saké. Il sait quel saké il désire. Il semble avoir déjà dîné ici un million de fois.

— Tu aimes cet endroit ? dis-je.

— Oui. Ce n'est plus ce que c'était, mais cela reste fantastique pour le profane.

Suis-je une profane de la cuisine ?

— … Pour moi, rien ne vaut les sushis de la côte ouest. J'apprécie Nobu, mais Matsuhisa, à L.A., lui est de loin supérieur.

Sans compter certains endroits de Vancouver qui leur disputeraient la palme.

— Bien sûr.

Lorsque je sors avec mes amis, je ne choisis pas systématiquement le restaurant, mais en général tout le monde se tourne vers moi au moment de choisir le vin. Mais j'apprends avec Seamus que mes connaissances sont limitées. C'est souvent à moi que le serveur déclare « excellent choix » lorsque je passe commande. Seamus me donne l'impression d'évoluer dans un monde supérieur, ce qui me séduit.

— J'aimerais essayer un truc avec toi, dit-il.

Oh-oh ! les choses deviendraient-elles coquines ?

— ... J'aimerais que ce soir tu dînes au saké comme moi.

— Au lieu de dîner au vin ?

— Oui. Cela sort de l'ordinaire, mais, Rebecca, je connais de grands sakés merveilleux. Fais-moi confiance.

— D'accord. Allons-y.

J'avale ce qui reste de mon martini à la mangue. J'y prendrais facilement goût.

Au premier abord, je trouve le goût de la première bouteille de saké fort et écœurant, mais je termine ma tasse. Vers la fin, je le trouve supportable, j'en reprends donc une seconde tasse. Le temps que la seconde bouteille arrive, je ne distingue plus le goût des délicieuses nourritures disposées devant moi. La morue aux haricots noirs pourrait aussi bien être un burger au poisson de chez Mac Do.

Lorsqu'on nous apporte le dessert dans son attrayante petite boîte, je ne sais plus de quoi Seamus et moi parlons. Je sais seulement qu'il m'a invitée chez lui et que je suis prête à m'y rendre. Lorsque je suis à ce point imbibée d'alcool, peu d'activités m'attirent. Et j'ai hâte de me livrer à l'une de ces activités devant la fausse cheminée de Seamus. Mes inhibitions se sont envolées.

Ainsi que mes valeurs morales. Seamus n'aura pas à demander : « Ça y est ? Tu y es ? »

On me présente l'addition. Incroyable. Malgré la brume alcoolisée qui m'enveloppe, je comprends tout de même que le total dépasse quatre cents dollars. Pourboire non compris. Jamais je n'ai dépensé autant pour un repas (un repas pour deux !). Merci, mon Dieu, d'avoir inventé les cartes de crédit.

Nous trouvons tout de suite un taxi dans lequel nous nous embrassons tout le long du trajet. Seamus règle la course – six dollars économisés (après ce dîner le moindre bout de chandelle compte).

Seamus me tend une brosse à dents flambant neuve. Il a eu rendez-vous chez le dentiste la semaine dernière. Il me donne aussi un pyjama, et je m'interroge sur son utilité. Je me brosse les dents en tentant de me rappeler le menu. Demain matin, je me détesterai d'avoir trop dépensé et trop bu pour savourer les mets, mais ce soir j'ai besoin d'un câlin.

Je me déshabille et, en soutien-gorge et slip noirs de chez Tabitha's Taboos, me dirige vers la chambre. Seamus est étendu sur le dos sur son lit, les yeux clos, toujours vêtu de son pantalon. Voilà qui semble peu prometteur.

— Seamus, dis-je, traînant sur le « mus ».

— Mmm ?

Il tourne la tête vers moi, ouvre les yeux puis les referme. Je vais devoir prendre les choses en main. La pièce tourne autour de moi, mais si je parviens jusqu'à lui, tout ira bien. Je grimpe dans le lit et enfourche Seamus.

— Que fais-tu ?

— Saaaais pas.

— Ne fais rien, dis-je, m'emparant de sa ceinture, je vais faire.

— Rebecca ?

— Oui, Seamus ?

J'approche mon visage du sien et lui embrasse le menton.

— Je crois que je fais un coma alimentaire.

On efface. Ce n'est pas censé se passer ainsi. C'est censé être la période de la lune de miel. Le début d'une liaison, c'est comme les moments clés de mesure de l'audimat. On sort les intrigues béton, les stars, les accessoires, tout. On ne se goinfre pas, ne s'enivre pas avant de tomber endormi. Pas si votre Dulcinée a besoin d'un câlin.

— Tu es sûr ?

Je l'embrasse dans le cou, caresse le devant de son pantalon. Rien.

— … Tu ne veux pas… vérifier ?

— Errrr.

Je saisis l'allusion. Je suis habituée au célibat. Si j'avais tenu le même rythme que lui au début, nos ivresses respectives auraient peut-être culminé au même moment. Je roule sur le côté.

— Tu veux que je reste ?

Sincèrement, j'aurais bien batifolé des heures, mais hors de question que je m'habille et sorte prendre un taxi. Il n'existe qu'une seule bonne réponse à ma question.

— Oui.

Il m'attire contre lui avec maladresse et manque m'étouffer. De plus, il n'a pas saisi l'opportunité de se brosser les dents. Je me tortille pour trouver une meilleure position. Il s'est étendu en travers du lit et se glisser sous les draps s'avère difficile, mais j'y parviens.

— D'accord, dis-je, espérant toujours qu'il se passe quelque chose. Règle le réveil pour demain matin.

— D'accord.

Mais il ne bouge pas.

Je tombe endormie peu après… et me réveille au matin. Un mal de tête terrible me vrille le crâne. Je n'imagine que trop bien à quel point il se sent mal. Il ronfle. Il est mignon. Je me lève et me brosse les dents.

Avant de regagner le lit, j'enfile sa robe de chambre afin de me couvrir au maximum. Le matin, je retrouve toutes mes inhibitions. Mais je laisse la robe un peu ouverte en haut.

Je suis en position de porter l'estocade, lorsqu'il ouvre les yeux, ce qui me flanque une frousse bleue.

— Oh, dis-je en relevant le visage. Salut.

— Argh, je me sens super-mal, dit-il avant de sourire. Bonjour.

Il m'attire contre lui pour m'embrasser. Son haleine ne m'incommode même pas. Je m'en arrangerai le temps d'un petit câlin matinal.

— Tu m'as vraiment soûlé hier soir, Rebecca.

Il glisse une main dans la robe de chambre. Elle est chaude.

— Moi ? C'est toi qui ne plaisantais pas concernant le saké.

Nous rions et nous embrassons. Bon, ça s'annonce bien. Puis il se recule.

— Tu veux que j'aille chercher des bagels ?

Serait-il possible que j'aie trouvé un mec qui aime manger plus que moi ? Peut-être ne peut-il pas passer à l'acte avec la gueule de bois. Les questions affluent déjà dans mon esprit. Inutile pour l'instant, le moment est passé.

— J'y vais, dis-je. Repose-toi, je rapporterai aussi du jus d'orange et du café.

— Tu es merveilleuse.

Il tend la main et effleure mes cheveux. J'ai l'impression d'être passée directement au stade « pas de chichis entre nous » – en sautant la lune de miel.

Il m'explique où se trouve la boutique de bagels et me donne des instructions précises quant à la crème qu'il désire. Dans la boutique, l'odeur de l'ail éveille mon appétit. Peut-être Seamus a-t-il raison. Un peu de carburant et nous serons aptes à nous offrir un après-midi délicieux. Je commande les bagels et prends le journal. La journée va se révéler fabuleuse. Nous allons manger, lire, sans nous soucier de rien. Un parfait dimanche d'amoureux à New York.

— Rebecca ?

Je me retourne et découvre Jen derrière moi dans la file d'attente. Pour une fille qui s'est trouvée en congé maladie toute la semaine, elle semble en pleine forme.

— Salut, Jen, comment vas-tu ? Tu nous as manqué cette semaine. Tout va bien ?

— Oui, je me sens beaucoup mieux.

Elle paraît nerveuse.

— Tout va bien, je sais que notre nouvelle responsable est…

Je ne devrais pas dire ce que je pense vraiment. Jen est la nièce de Hackett, et a le droit de se forger sa propre opinion.

— … eh bien, ce n'est pas Hackett.

— Qui l'est, dit-elle avec ironie.

— Mais tu vas bien ?

— Je crois que le changement de temps m'a affectée.

— Il a fait très chaud.

Je me demande si elle est malade ou si Hackett l'a plus ou moins prévenue de nouveaux changements.

— Tu seras là lundi ?

— Oui, tout va bien maintenant. Je me sens beaucoup mieux. Je serai là demain.

C'est vrai, demain c'est lundi. Ça m'a pris en traître… comme le saké.

— Que fais-tu dans le quartier ? Je croyais que tu habitais dans Hell's Kitchen.

— J'y habitais.

C'est là que je vivais avec Tommy.

— … Et il est possible que j'y retourne. Mais pour l'instant je vis dans Flatiron. Je suis juste venue voir quelqu'un. Il habite dans ta rue, je crois. Tu habites dans Barrow, non ?

— Oui.

— Super. Je vais t'attendre.

J'espère qu'elle ne s'imagine pas que je l'ai surprise en flagrant délit de je ne sais quoi. Il s'agit d'une simple coïncidence.

Elle détaille ma tenue. J'ai enfilé à la hâte ma chemise de soie noire moulante de la veille sur un vieux jogging de Seamus trop grand pour moi.

— ... En fait, j'ai passé la soirée avec ce mec dont je t'avais parlé.

— On dirait que tout s'est bien passé.

— Euh, oui.

Elle me regarde de côté et j'ai l'impression de me trouver face à Lauryn qui essaie de deviner si ça s'est terminé au lit ou pas. Mais on ne peut livrer ce genre de détails à ses collègues. Je préfère lui raconter que j'ai fait allusion à la liaison de Janice avec John.

— Je regrette d'avoir manqué ça. J'habite là, dit-elle en s'arrêtant devant l'immeuble de Seamus.

— Quelle coïncidence, c'est aussi l'immeuble de mon ami Seamus. A quel étage habites-tu ?

— Au second.

— Le monde est petit. Il habite au quatrième. Veinarde, tu n'as pas beaucoup d'étages à monter. L'immeuble compte combien, dix appartements ?

— Oui.

Nous entrons, prenons congé et je regagne l'appartement de Seamus. Il m'ouvre la porte, le téléphone portable à l'oreille. Il est lavé, mais ses cheveux châtain clair et bouclés sont encore en désordre. Il est vraiment séduisant. Il me sourit sans me quitter du regard.

— Oui, je te rappelle, d'accord. Salut.

Il raccroche et pose son téléphone sur la cheminée.

— Salut.

— Salut.

— Tu es mignonne dans mon jogging.

— Merci.

— Je vais t'aider à l'enlever.

— Merci...

Je veux l'informer que Jen habite dans le même immeuble, mais je n'en ai pas le temps.

*
* *

Lundi matin, je suis fatiguée, mais j'envisage l'existence sous un angle bien meilleur. Je n'ai pas passé mon dimanche en compagnie de *X-Files* ou de Monsieur propre. Au lieu de quoi, dimanche soir, Seamus et moi nous sommes rendus chez Brite Food Shop, dans mon quartier, parce qu'il n'y était jamais allé. Il a vraiment apprécié leur cuisine latino-asiatique et a adoré sa quesadilla aux haricots et champignons sauvages.

J'envisage de le considérer comme mon petit ami en titre. Faire l'amour avec un nouveau mec m'a semblé encore étrange, mais j'ai fini par me détendre et tout s'est très bien passé. Une fois. C'est un début.

Si notre liaison doit durer, le mieux est de rester discrète quant à ma domiciliation. Au cours du dîner, je fais allusion à un prochain déménagement éventuel. Ce soir il travaille, donc il ne vient pas chez moi.

Lorsque je rentre, Lauryn reste silencieuse, se contentant de hausser un sourcil. Je lève le pouce, elle me tape dans la main avec enthousiasme.

— Qu'est-ce que je fais de la télé ?

— Garde-meuble ?

— D'accord, mais si Tommy et toi cessez d'habiter ensemble, tu la prends. Tu t'es décidée ?

Oui, mais je n'ai pas encore averti Tommy. Aujourd'hui, je ne veux pas penser à lui. Je ne désire que me délecter de la belle journée passée avec Seamus. J'appellerai Tommy demain, après mon rendez-vous avec Delores. A ce moment, j'apprécierai certainement le son de sa voix.

Delores est vêtue d'une longue jupe, évasée en bas comme la queue d'une sirène, et d'une chemise grise trop grande et informe. Si je mesurais un mètre cinquante, je m'habillerais mieux. Mais je ne vais pas me montrer mesquine ; j'ai fait l'amour.

— Comment s'est passé votre week-end ? demande-t-elle.

— Oh, super.

Je décide de tenter une nouvelle approche. Peut-être pouvons-nous entretenir des rapports amicaux.

— … J'avais un rendez-vous. Comment s'est passé le vôtre ?

— Quel week-end ? Je n'ai cessé de travailler. Ma troisième année de thèse à Harvard m'avait paru difficile, mais ce n'était rien comparé à ça.

Peut-être est-elle amère parce que je rayonne de bonheur postcoïtal.

Je ne me laisserai plus abuser par le mirage de l'amitié. Si j'avais fréquenté une université prestigieuse, y ferais-je référence dans chaque conversation ? Non, j'aime à penser que j'éprouverais assez de confiance en moi pour laisser mes capacités parler d'elles-mêmes. J'essaie de sourire, comme si je comprenais ses difficultés.

Je l'écoute poliment se lancer sur le sujet des budgets. J'ai envie de lui rétorquer qu'Explore ! dispose d'un budget plus important qu'aucun autre département. Cet argent n'est pas le sien, mais pour une raison X, elle m'explique qu'elle veut que nous remplissions les justificatifs en trois exemplaires et que je dois en informer Janice et John.

— Je serais aussi curieuse de savoir en quoi consistait la note de frais signée pour Janice la semaine dernière. A quoi ont servi ces deux cents dollars ?

— A une réunion de travail.

Je savais bien que je n'aurais pas dû écouter Don Beckford. Lui est capable de se sortir de n'importe quelle situation. Moi non, mais je dis oui à n'importe quoi dès que j'ai bu un verre de trop. Le souvenir de certains fantasmes de Tommy me traverse l'esprit.

— D'ailleurs, Hackett l'a signée.

— Je voulais aussi vous parler des absences de Kim.

— De qui ?

Elle semble confuse et baisse le nez sur ses papiers. Elle oscille entre confusion, légèreté et condescendance pure et simple.

— … J'imagine que vous voulez parler de Jen.

Je décide de ne pas préciser qu'elle est la nièce d'Hackett.

— … Elle a été malade, mais je crois que ça va.

— Super. Nous allons devoir organiser une réunion concernant la ponctualité avec John et Janice.

— Ils restent parfois jusqu'à 23 heures.

— Parfois, répète-t-elle comme un perroquet. S'il vous plaît, réglez ça. J'ai également hâte de recevoir votre calendrier aujourd'hui.

— Exact. Je l'envoie ASAP.

Peut-être puis-je l'éviter. La tenir à distance à coup d'e-mails ininterrompus et de justificatifs en trois exemplaires. Trois exemplaires ? Nous avons des dates butoirs ! Nous devrions travailler et non nous réunir et remplir des formulaires à gogo.

De retour à mon bureau, j'appelle Tommy. Je le réveille. Ça lui apprendra à me réveiller un samedi avant 11 heures ! Je lui dis que je vais déménager mes affaires dès le week-end prochain. Il répond par un genre de grognement.

— J'espère que j'ai pris la bonne décision, dis-je, attendant un signe d'encouragement.

— Moi aussi, dit-il.

Très rassurant.

Je passe le reste de la journée à rédiger des notes sur trois épisodes. La totalité du doublage est prévue la semaine prochaine. Je reçois trois e-mails de Delores, chacun détaillant précisément le nouveau règlement qu'elle a établi dans le seul but de me faire perdre mon temps, ou augmenter la pile de papiers sur son bureau. Je me demande comment réagit l'autre producteur exécutif. La charge de travail me tient à l'écart des autres. Et rend presque impossible la préparation d'un coup d'Etat.

Je m'esclaffe à cette idée lorsque Seamus appelle.

— Rebecca Cole.

— Tu as l'air énervée. J'aurais cru que ce week-end t'aurait mise de bonne humeur.

— Salut, dis-je, tentant de mettre un sourire dans ma voix. C'est de la folie au boulot, mais c'est sympa de t'entendre.

— Je voulais juste te dire combien j'avais passé un bon moment hier et samedi.

Il rit. Il fait preuve d'une grande confiance en lui, mais je n'ai pas expérimenté les premiers stades d'une liaison depuis bien longtemps. Je ne me souviens peut-être plus des premiers stades. Prenons les choses comme elles viennent.

— Moi aussi. Que fais-tu ce soir ?

— Ce soir, je dois retrouver deux clients, et demain j'ai un tas de paperasse à remplir. J'aimerais t'emmener dans un restaurant marocain mercredi.

— J'ai beaucoup de travail moi aussi.

Je tente de faire taire mon besoin désespéré d'y échapper.

— … Mercredi serait parfait. J'adore la cuisine marocaine.

— Je le savais. Je t'appelle mercredi pour les détails.

Cela signifie-t-il que nous ne nous reparlerons pas d'ici là ? Si seulement je connaissais le protocole de rigueur. Nous avons fait l'amour (sans être en état d'ébriété)… n'ai-je pas droit à un coup de fil quotidien ?

— D'accord, à mercredi.

— D'accord. Salut.

— Merci, salut.

Le problème, lorsqu'on travaille dans un bureau, c'est qu'on a tendance à faire preuve d'une politesse inappropriée. Je me surprends à répondre « Rebecca Cole » lorsque je décroche mon portable et remercier mes amis lorsque je raccroche. J'espère que Seamus n'écoutait pas vraiment. Quand je le verrai mercredi, j'essayerai de suggérer un e-mail quotidien.

Je reçois un e-mail des Ressources Humaines, destiné à tous. Il annonce la suppression des sodas gratuits, ainsi que du lait frais. Et mentionne avec enthousiasme que nous aurons maintenant à disposition de la crème non lactée, nature et aromatisée, et un distributeur de soda payant. Changement monumental.

— Incroyable !

A travers ma porte close, j'entends les cris de Janice. Elle et John subsistent de sodas ; devoir les payer va peser sur leur budget.

Je reçois aussi un e-mail de Delores. Plus court que d'habitude, mais non moins agaçant.

Rebecca,
Je crois comprendre que vous avez approuvé la couleur (rouge) des lacets de la maxi Esme en peluche. Seul ce modèle de peluche sera doté de lacets, il est donc très important de choisir une couleur qui représente l'entreprise. Je suis certaine qu'en y réfléchissant, vous conviendrez que le rouge semble un peu olé olé pour le personnage. Nous devrions nous en tenir au blanc traditionnel. A l'avenir, vous voudrez bien me faire suivre toute correspondance avec le département des produits dérivés. Il pourrait se révéler catastrophique que nous ne soyons pas sur la même longueur d'ondes. ☺
Bien à vous,
Delores

A peine ai-je lu ce message que mon ordinateur clignote de nouveau. Nouvel e-mail de Delores. Impossible, elle n'a pas pu le taper aussi vite. Peut-être travaille-t-elle simultanément sur les brouillons avant de faire feu en rafale. Sa folie obéirait-elle à une logique ?

Bon, au moins je ne l'ai pas vraiment en face de moi. Je prends une profonde inspiration avant d'ouvrir le suivant. Tout aussi court, tout aussi agaçant.

Encore moi.
Je trouve que les quatre premiers épisodes d'Esme sont animés grossièrement. Nous allons devoir discuter technique avec Janice et John. J'aimerais que vous rédigiez un document détaillant les points de l'intrigue que vous jugez importants dans chaque épisode et ce qui ne fonctionne pas dans l'animation de votre point de vue. J'aurais besoin de ce document au plus tard demain à la première heure. Nous travaillerons ensuite environ une

heure ensemble sur les problèmes avant notre réunion
avec eux.
Merci,
Delores

Waouh ! Une heure entière avec elle ? Je ne crois pas pouvoir le supporter. Et comment rédiger ce document alors que je n'ai aucun « problème » ? J'ai approuvé ces épisodes – tout comme Hackett. Ils ont obtenu un audimat génial et des critiques d'enfer. Mince ! Je vais me retrouver obligée de citer les panels de téléspectateurs. Il est 21 heures. Et si j'avais un rendez-vous ? Bien sûr, je n'en ai pas, mais si j'avais une vie personnelle ? C'est une sadique. Ma nouvelle chef est une sadique.

Je commence à comprendre que mon rôle n'est plus le même. Il est devenu bien, bien pire. Je ne suis plus la fille dont on parle, ni une voix créative – ni même celle qui a voix au chapitre à propos du personnage qu'elle a créé. La porte de mon bureau est fermée, mais je vais hurler fort, plus fort que Janice. Pas le choix. C'est ça ou appeler Tommy et craquer.

Je parcours mon bureau du regard. La seule chose capable de m'aider est ce prototype d'Esme en peluche, haut de soixante-quinze centimètres et doté de ces fichus lacets rouges olé olé. J'enfouis mon visage dans son ventre mou.

Je hurle ma nouvelle identité dans l'Esme en peluche, parce que tout ça, c'est à cause d'elle. Je hurle de tous mes poumons, mais je suis presque sûre que personne ne m'entend.

JE SUIS UNE SOUS-CHEF!!!!!!

# 9.

## *Soucoupe volante*

Tous les soirs de la semaine, je ne quitte pas le bureau avant 23 heures, excepté le mercredi, pour me rendre chez Es Saada avec Seamus. La cuisine est bonne – je choisis du poulet aux amandes avec du couscous, lui commande un kebab d'agneau épicé – mais l'ambiance carrément incroyable. Des pétales de rose jonchent l'escalier en spirale. Seamus entonne une litanie au sujet des mérites comparés de l'ambiance, la cuisine et le service.

Seamus est toujours en train de débattre d'un sujet ou d'un autre. Je m'y habitue. Ses diatribes sont convaincantes et bien construites. En d'autres termes, je suis certaine que d'autres personnes avant moi en ont bénéficié. Je souhaiterais qu'il se montre un peu plus spontané... mais ses qualités l'emportent sur mes critiques mineures. Encore que mon attirance pour lui m'aveugle peut-être.

Ensemble, nous buvons beaucoup de vin, du bon vin, velouté et fruité. Le seul moment où il se tait, c'est lorsqu'il étudie la carte des vins. Cette fois, lorsqu'il lève les yeux de la carte, il me présente trois possibilités, ce qui me met au supplice. Je tente de faire le bon choix. Je ne sais jamais trop s'il me teste ou si je suis parano.

J'hésite. Il élimine une bouteille et décide que les deux restantes accompagneront l'une nos hors-d'œuvre, l'autre nos plats principaux.

Avec lui, chaque repas nécessite deux bouteilles. (Nous avons tous deux fait vœu de renoncer au saké.)

— Bois-tu parfois autre chose que du vin ?

— Si je pouvais, je boirais de la limonade instantanée.

— *Si tu pouvais ?* Pourquoi tu ne peux pas ? Au moins chez toi ?

— Je ne vais pas fabriquer ma limonade.

— Il suffit d'ajouter de l'eau à la poudre.

J'ai du mal à le prendre au sérieux.

— Oui, mais il me faudrait un pichet. Je n'appartiens pas à un monde dans lequel on achète des pichets.

— Tu veux dire que malgré tous les verres à vin que tu as chez toi, tu ne possèdes pas de pichet ?

— Le vin s'achète tout prêt.

— La limonade instantanée prend deux secondes.

C'est la première fois que je me dispute avec lui – et c'est à propos de limonade en poudre !

— Je gagne assez d'argent pour que d'autres personnes fabriquent ce que je consomme.

Suis-je trop exigeante de désirer un homme capable de verser de l'eau dans une carafe ? *Je n'appartiens pas à un monde… ?* Je découvre un aspect de sa personnalité que je ne suis pas certaine d'apprécier.

Je consacre mon vendredi à une session de doublage et regagne mon bureau pour y trouver une armada d'e-mails de Delores. Lorsque, à 20 h 30, Delores décide qu'elle veut revoir le son, je suis obligée d'annuler mes projets de dîner avec Seamus. Nous avions prévu d'aller chez Vong. Cette annulation me rend malade.

Delores porte un T-shirt à l'effigie d'Esme – qui sur son mètre cinquante tient lieu de robe. (Personne ne m'a avertie que de nouveaux T-shirts avaient été créés.)

A 21 h 30, alors qu'elle développe à n'en plus finir son opinion concernant le bruit que devrait faire l'herbe dans la scène où Esme enseigne à son frère Eric comment faire voler un cerf-volant, je rêve d'un bol de soupe au lait de coco et à la citronnelle.

Je réalise alors tout simplement qu'elle ne comprend rien ; elle n'est pas qualifiée pour son job et crève de peur. Au lieu de travailler *avec* moi, elle a décidé d'imposer ses vues. Elle s'attache aux détails afin de donner l'impression de maîtriser son sujet.

Oprah Winfrey, la star des animatrices, appellerait ça un « Moment Ah Ah ! », mais malgré cette révélation, je travaille tout de même jusqu'à 23 h 30 un vendredi soir.

— Tu étais avec Seamus ? demande Lauryn à mon retour.

Elle porte une salopette trop grande et un bandana dans les cheveux. Des boîtes et des papiers sont éparpillés partout dans la pièce. Dans une semaine, je devrai avoir quitté les lieux et la vue de ce désordre me traumatise.

— Non, j'ai été obligée d'annuler. J'ai travaillé avec un hobbit.

— Mon Dieu. Tu veux un cocktail ?

— Comme au bon vieux temps.

— C'est toujours bon. Et j'ai besoin d'un petit break.

— Pourquoi pas ?

Nous nous affalons dans le canapé avec nos cocktails. Dimanche, les déménageurs emporteront tous les meubles encombrants dans la ferme de la tante de Lauryn à Framingham. Ils y resteront jusqu'à ce que Lauryn trouve un appartement à Boston à la fin de l'été.

J'ai été informée que Jordan passerait la semaine prochaine prendre la bergère. Je m'interroge sur les paroles qu'ils ont échangées, mais les huit derniers mois de leur mariage m'ont appris que si Lauryn veut me dire quelque chose, elle me le dira.

— Je suis désolée de ne pas t'avoir aidée à faire les cartons.

— Ce n'est pas grave. Tu as travaillé tard.

— Demain, je vais travailler à la maison, à moins que ça ne te dérange. Je pourrais aller à la bibliothèque, mais pas au bureau. J'ai juré de ne plus jamais faire ça. Tu te souviens lorsque je vivais dans mon bureau, à me débattre pour finaliser un pilote approuvé par tous nos partenaires ?

— Delores semble pire que la date butoir d'un pilote. Reste à la maison demain. J'apprécierai une présence. Je cuisinerai peut-être le dîner – un dernier saut chez Whole Foods.

Elle passe sa langue sur ses lèvres d'un air séducteur.

— Ne tombe pas dans le sentimentalisme avec moi.

Nous sirotons nos boissons, observant le sol encombré du salon.

— Tu as parlé avec les filles ?

— Kathy est venue mercredi soir m'aider à faire des cartons. Nous nous sommes fait livrer des plats indiens.

— Sympa. Quoi de neuf pour elle ?

Toujours la même chose. Elle frôle la crise cardiaque avec son mariage. Elle craint que son régime ne ramollisse ses biceps. Tu devrais l'appeler. Je crois qu'elle se sent un peu à l'écart, suite à toute cette histoire avec Beth.

— C'est une « histoire » maintenant ?

Lauryn hausse les épaules.

— Elle a appelé ?

— Tu croyais qu'elle allait le faire ?

— Oui, je le crois toujours. Et alors ?

— Tu travailles trop. Tu ne vois pas le peu d'efforts qu'elle a fournis.

Elle n'a pas tort. Pire, je suis presque soulagée du manque d'efforts de Beth parce que je m'en trouve valorisée.

— Elle va appeler, dis-je, mais avec moins d'assurance.

Je passe mon samedi à travailler sur l'ordinateur portable prêté par la boîte, au son des bruits intermittents de chute en provenance de la chambre de Lauryn, suivis d'exclamations : « Je n'ai rien ! »

Je ne m'interromps que pour avaler un falafel aux aubergines afin de renouveler mon énergie. Je fais exprès d'envoyer plusieurs e-mails à Delores. Qu'elle voie que moi aussi je travaille le week-end. Je ne me ferai plus jamais piéger à avouer que je me suis distraite.

Pour chaque e-mail envoyé, j'en reçois deux en réponse. Elle s'entête à confondre des détails concernant Esme avec ceux d'autres émissions. Je le lui fais poliment remarquer. Ses e-mails expriment une certaine commisération. Peut-être l'ai-je enfin convaincue de mon dévouement.

Dans son e-mail suivant, elle évoque la difficulté de superviser tant d'émissions. Elle est revenue à la condescendance. J'aurai beau travailler comme un forçat, ma tâche ne recèlera jamais la même importance que la sienne, jamais je ne pourrai être aussi débordée qu'elle.

Dieu merci, le gnome n'a pas mon numéro de téléphone.

Lorsque je consulte la pendule, elle indique presque19 heures. Un samedi de fichu. J'entre dans la chambre de Lauryn et la trouve assise sur le rebord de la fenêtre, en train de fumer. Sa chambre est incroyablement nette, mais aussi vide.

Je me sens archinulle. J'aurais dû lui consacrer plus de temps, mais mon boulot débile me gâche la vie. Quand ai-je accepté qu'il en soit ainsi ? Ce moment ne reviendra jamais.

— Les spécialistes des oiseaux fument ?

— Pourquoi crois-tu que je fume autant en ce moment ?

— Tu es excitée ?

— Plus ou moins, dit-elle en se frottant les yeux.

— Tu as peur ?

— Plus ou moins.

Je me laisse tomber sur son lit et elle se laisse tomber de l'autre côté. Nous contemplons le plafond. Je me retourne et appuie ma joue sur sa jambe.

— Je n'avais jamais remarqué ces étoiles au plafond.

— C'est Jordan qui les a collées.

Je me tais.

— … Hier, il a pleuré au téléphone. C'est son nouveau truc.

Je lui jette un coup d'œil. Elle a les yeux fermés. Je renverse de nouveau la tête vers les étoiles et essaie d'imaginer Jordan et Lauryn heureux.

— Il a parlé de son job ? Ça marche bien ? dis-je avec précaution.

— Oui. Il crève de peur… je l'entends dans sa voix. C'est pourquoi il croit avoir de nouveau besoin de moi.

— Il est un peu tard pour ça, non ?

— Oui. Tu sais que tu as de la chance d'avoir rompu de cette manière avec Tommy. Vous vous comportez en adultes.

— C'est ça, dis-je en m'étendant sur le dos. Qui sait ?

Elle laisse échapper un long soupir.

— Allons chez Whole Foods.

Je n'ai pas envie d'abréger ce moment avec elle. Nous devrions approfondir cette discussion. Mais mon estomac gargouille, alors Lauryn rit et se lève. Une fois encore, je n'ai pas cherché à en savoir plus.

Dimanche, impossible de joindre Seamus. Il n'est pas chez lui et ne répond pas sur son portable. Je ne m'attends pas à ce qu'il soit à ma disposition, mais il est hors de question que je travaille aujourd'hui.

Lauryn a pratiquement terminé ses cartons. Les déménageurs sont attendus pour midi. Je quitte l'appartement et emporte un livre à Madison Square Park. Il s'agit d'un bouquin nul que j'ai commencé deux mois plus tôt et je ne retrouve pas ma page.

Je décide de le recommencer depuis le début.

A mon retour, je trouve la maison vide, exception faite de mon fauteuil et de ma table basse. Assise dans le fauteuil, les yeux rouges, Lauryn fixe le coin dans lequel se tenait la télé.

— Que se passe-t-il ? dis-je en me laissant tomber à ses côtés sur le sol.

— J'ai fini, je suis crevée.

— Tu veux prendre un dernier verre à New York ?

— Non, je vais me coucher.

Elle envoie son poing dans les airs.

— Hé, as-tu parlé à ton ami Seamus ?

— Non. Il a appelé ?

— Oui, il a dit qu'il espérait que tu avais passé un bon week-end. Je lui ai dit de t'appeler sur ton portable.

— Je l'ai laissé allumé, mais il n'a pas appelé. A quelle heure pars-tu demain ?

— Tôt. Train, puis ferry, puis qui sait.

Lauryn se lève et écarte les bras.

— Pas de grande scène d'adieux, d'accord ? Je ne le supporterai pas. Je t'appelle à mon arrivée.

Je fredonne *Memories* et elle me répond d'une petite tape.

Elle passe dans la salle de bains. Elle va dormir par terre dans un sac de couchage.

— Prends mon lit, si tu veux.

— Non, merci. Ça ira.

Une minute plus tard, elle passe la tête par la porte de la salle de bains, sa brosse à dents plantée dans sa bouche pleine de mousse.

— Au fait. Bech n'a chamais appelé.

Elle rentre dans la salle de bains et crache dans le lavabo.

Lorsque j'arrive au boulot lundi, un mémo de trois pages concernant l'utilisation de la musique m'attend. Delores l'a glissé sous la porte de chaque bureau. Le mémo ne se contente pas d'expliquer comment utiliser la discothèque A pour la musique, la B pour les effets spéciaux, et jamais au grand jamais la C. Non, il détaille le processus entier testé par Delores avant d'aboutir au formulaire de quatre pages que nous devons remplir en triple exemplaire chaque fois que nous utilisons les CDs stockés dans la discothèque.

Je trouve aussi un message de Seamus, datant de dimanche soir. Il espère que j'ai passé un bon week-end et que nous nous verrons mardi soir.

Si cette idée n'était pas ridicule (ne l'est-elle vraiment pas ?), je croirais qu'il tente de m'éviter.

A moins que je ne sois parano. Dans son message, il parle de Zarela. Un mec qui n'a pas envie de me voir ne parlerait pas d'un restau mexicain haut de gamme. N'est-ce pas ?

Le double signal d'un nouvel e-mail « urgent » me fait revenir sur terre. Le message destiné aux producteurs exécutifs provient de Delores.

Bonjour à tous,
Bon lundi ! J'espère que vous avez tous passé un super-week-end bien reposant. Que signifie le mot week-end déjà (ha ! ha ! LOL) ? Je suis certaine que vous avez tous reçu mon mémo au sujet des nouvelles procédures concernant les insertions musicales. (Comment, davantage de paperasse ? Hé ! Hé !) Afin de faciliter encore les choses, je vous envoie le mémo dans le joli petit fichier attaché. Je sais que vous allez tous vous empresser de remplir ces formulaires pour toutes les émissions futures, mais aussi pour la totalité des épisodes passés, car cela serait vraiment très profitable.
Merci à tous,
Bien à vous,
Delores
P.S. Le mot du jour est pagaïe écrit aïe.

Elle nous donne une leçon d'orthographe ou elle essaie d'être drôle ? Les épisodes passés ? La naine est dérangée avec un D majuscule pour Delores Débile Dérangée.

Et un lundi de plus passé la porte fermée…

Lorsque je rentre, Lauryn est partie. L'appartement vide dégage une impression de tristesse. Je ne suis plus sûre de rien. Les gens qui me sont le plus chers restent impossibles à joindre et ceux qui me sont indifférents me prennent la majorité de mon temps.

Je me rappelle mon rêve de la nuit précédente. Je cherchais Esme dans la cour de son école, parmi les autres enfants, sans parvenir à la trouver. Je la savais proche, à la façon dont on sait les choses dans les rêves, mais je ne l'ai jamais trouvée.

J'évolue dans le flou, comme si rien n'était à sa place. Je consulte les messages. Un message de Beth pour Lauryn. Il est 22 h 45 et je n'ai pas dîné. Je n'ai jamais rappelé Seamus.

Il semble qu'il soit trop tard pour tout.

# 10

## *Un homme dans une valise*

Rien de tel que l'obligation de déménager pour vous donner envie de tout abandonner, vous faire nonne ou toute autre vocation impliquant l'absence de possessions terrestres. Les possessions terrestres ne servent qu'à accumuler de la poussière. Et la poussière vous étouffe. La poussière n'est qu'une mite qui a pris des forces, s'infiltre dans vos lentilles de contact, votre nez, vous force à éternuer et – par la même occasion – à maudire votre ex.

A certains moments de ma vie, j'ai considéré Tommy comme la personne la plus drôle de la terre. Plus aujourd'hui.

— Il était vraiment nécessaire d'acheter toutes ces chaussures ?

Je préfère éviter de lui parler. Il me rend service en m'invitant à emménager. C'est ce que je dois me répéter. Cette semaine, je n'ai pas disposé d'une minute pour faire mes cartons, aussi dois-je tout emballer samedi et dimanche et déménager lundi, jour férié. Nous ne sommes que fin mai, mais il fait déjà chaud. Tommy est venu m'aider. J'avais pensé demander à Seamus, mais j'aurais dû lui expliquer pourquoi j'emménageais avec Tommy. Je préfère parler de déménageurs et signaler que mon téléphone ne sera pas installé avant un moment.

Manœuvrer le lit dans les angles n'est pas aisé et la situation est exacerbée par l'insistance de Tommy à m'appeler Mme Cole. Il trouve que mes lunettes (que j'ai dû chausser à cause de la poussière) me donnent l'air d'une bibliothécaire. J'ai cessé de chercher à comprendre ce qui le faisait tant rire. Mes bras sont douloureux à force de porter les cartons et je ne suis pas d'humeur à supporter la moquerie.

Je me répète qu'il me rend service et me rappelle que cela pourrait être pire – je pourrais être obligée de chercher un appartement à New York. Et bascule pour de bon dans la folie.

A Manhattan, déménager vous pousse à vous débarrasser d'un tas de trucs. Je décide de me défaire d'une petite étagère et la laisse dans la rue. Le temps d'effectuer un trajet avec Tommy, tous deux chargés de cartons, elle a disparu.

A New York, les camions de déménagement semblent être pistés par des groupies. Une foule s'est assemblée autour du nôtre. Je repousse les gens agglutinés autour de la commode ancienne de ma mère. Nous l'avons abandonnée près du camion l'espace d'une seconde, le temps de monter à l'arrière pour réorganiser l'espace. Une femme et un ado semblant être son fils se sont jetés dessus. Lorsque je les rattrape, ils ont remonté la moitié de la rue.

— Elle n'était pas à la poubelle.

— Oh, je l'ai vue traîner dans la rue. Je voulais vous demander si je pouvais la prendre.

La commode est restée dans la rue, à côté du camion, trois minutes au plus, et cette femme ne m'a posé aucune question. Je secoue la tête et elle repose la commode avant de s'éloigner. Tommy se tient juste derrière moi.

— Bien joué, dit-il.

Nous nous tapons dans la main comme des idiots et restons bizarrement à nous dévisager. J'aurais dû réfléchir davantage avant de réemménager avec quelqu'un de si sympa envers moi.

A la fin de la journée, nous avons enfin conduit le camion jusqu'à mon (ex et futur) appartement. Mes cuisses sont douloureuses d'avoir monté tant de marches et je rêve que Tommy me masse les pieds, mais il n'est plus mon petit ami. Ce n'est pas autorisé.

Surprise ! Lorsque je gare le camion de location, Jordan est là. Il attend dehors en fumant une cigarette.

— Qu'est-ce que Jordan fait ici ?

— Je lui ai demandé de venir, dit Tommy. Hors de question que je trimballe ces trucs sur cinq étages avec seulement l'aide d'une fille.

Tommy plaisante et je sais qu'il a eu raison d'appeler Jordan, mais comment se comporter normalement avec un homme qui a fait tant de mal à votre meilleure amie ? Je lui dis bonjour en l'embrassant et tâche de l'éviter le reste de la soirée. Pas facile lorsqu'on déménage des meubles sur cinq étages dans un escalier étroit.

A chaque mention du nom de Lauryn, je suis sur la défensive. Il va jusqu'à me demander si j'ai parlé récemment avec « mon amie ». Non, mais vraiment !

— J'ai beaucoup d'amies. Si l'une d'elles avait envie de te donner de ses nouvelles, elle le ferait.

Je préfère ignorer le regard que me jette Tommy. Mais plus tard, alors que nous transportons ma commode, il laisse éclater sa colère.

— Il fait des efforts. Tu as de la chance qu'il réponde présent pour transporter tes fichus vêtements.

— Tu as la mémoire courte.

Je n'oublie pas la manière dont Jordan a traité Lauryn. J'ai l'impression que Tommy se montre partial.

— ... Nous en parlerons plus tard. La prochaine fois, j'embaucherai des déménageurs.

C'est d'ailleurs ce que j'ai fait la dernière fois, lorsque j'ai quitté ce même appartement, ce qui m'a encore davantage endettée. Je réintègre un lieu où rien n'a changé, sauf que je suis plus pauvre.

Je commande des pizzas pour nous trois. Jordan insiste pour prendre une moitié pepperoni. Je hais les pepperoni, or quelques rondelles se sont glissées sur la moitié fromage. Seules deux parts sont comestibles pour moi, ce qui m'énerve vraiment, surtout lorsque Jordan s'ébahit de ma consommation. Lauryn devait être une sainte !

— Tu as un sacré appétit, dit Jordan.

C'est ce que Tommy appelle faire des efforts ? Qu'il aille au diable ! Il tente une autre approche.

— Ravissantes lunettes, Rebecca.

— Merci.

— On dirait la première de la classe, dit Tommy.

— Merci, dis-je une fois de plus, articulant silencieusement le mot *connard* à l'attention de Tommy.

— Tu veux jouer à un jeu vidéo ? demande Tommy à Jordan.

M'a-t-il convaincue d'emménager avec lui afin de jouer avec mes nerfs ? Dans quoi me suis-je fourrée ?

— Super, on ne m'appellera pas avant 22 heures.

*22 heures !* Un tournoi nocturne maintenant. Jordan s'empresse de contacter son revendeur pour une livraison de shit.

— Je me lève tôt demain, dis-je dans un murmure tandis que Jordan passe sa commande par téléphone.

— C'est pourquoi tu disposes d'une chambre particulière.

Bienvenue à la maison, me dis-je, alors que mon portable sonne. Seamus. J'adresse un sourire en coin à Tommy et disparais dans ma chambre.

De tous les producteurs exécutifs, seul Don a répondu à l'e-mail de Delores. Il a répondu depuis les Hamptons – c'est le week-end du Memorial Day après tout ! – et son message indique qu'il ne souhaite pas être dérangé. Delores semble perdre peu à peu la tête. Lundi, alors que les gens normaux savourent leur jour de congé autour d'un barbecue, elle nous « invite » à une réunion obligatoire pour tout le personnel à 10 heures. Mardi matin.

Mon corps se ressent encore du déménagement et j'arrive à 9 heures par miracle. Je me doutais que ne pas travailler du week-end allait se révéler un problème. J'ai à peine réussi à lever les bras pour enfiler un top, mais une fois dans le métro, je me sens mieux.

Bien sûr, mon moral s'étiole dès que je pénètre dans la salle de réunion. Delores nous reproche à tous de ne pas avoir été joignables de tout le week-end. Elle s'interroge à haute voix sur notre connaissance des dates butoirs. Son mètre cinquante bouillonne de rage tandis qu'elle exige que nous soumettions nos bibles de production revues et corrigées dès la fin de la journée.

Revues et corrigées ? La salle de réunion bourdonne. Delores a une longueur d'avance sur nous. Elle pose brutalement une boîte sur la table et en extrait d'épaisses compilations de pages reliées.

— J'ai consacré mon jour de congé à assembler ces dossiers.

Elle prononce le mot *congé* comme s'il s'agissait du mot le plus répréhensible de la langue anglaise et distribue les dossiers.

— Je vous demande à tous d'en faire votre priorité.

J'examine le dossier. Il présente un nouveau format de production et se noie en rhétorique. Les bibles de production consistent en documents imposants concernant l'émission, les personnages et les synopsis. Il s'agit grosso modo du qui, quoi, quand, pourquoi et comment d'une série. Les assembler exige un travail monstre. Les premières que Hackett et moi avons réalisées nous avaient pris environ deux laborieuses semaines. Comment respecter des dates butoirs si nous laissons notre travail en plan pour réécrire un document qui existe déjà ?

Autour de moi, tout le monde parcourt les feuillets. Regards las et hochements de tête abondent, mais personne ne semble prêt à se rebeller. Allons-nous courber l'échine sans rien dire ? Je ne peux pas gaspiller davantage de temps. Je dois créer de nouveaux épisodes – et non m'interrompre pour décrire les anciens.

Je lève la main – attendez ! Je n'ai pas besoin de permission pour parler. Je suis producteur exécutif, j'ai le droit de me faire entendre.

— Hum.

Toute la salle tourne les yeux vers moi.

— Vous ne trouvez pas que c'est un peu…

Zut, quel est le mot ? *Redondant ? Excessif ?* Lequel me créerait le moins d'ennui ? J'ai ouvert la bouche et maintenant je suis cuite.

— … beaucoup ?

Les yeux de Delores s'emplissent de méchanceté pure. J'ai osé la remettre en question. Le mot du jour est *châtiment* et c'est elle qui va l'appliquer. Jusqu'à maintenant, elle s'est conformée à l'usage, oscillant entre fausse gentillesse et condescendance calculée, mais maintenant elle va faire feu. La mutante est en fait un démon.

— Intéressant que vous souleviez ce problème, Rebecca, Esme étant l'émission qui comporte le plus d'incohérences.

— Quoi ?

Je crois que je vais bafouiller.

— Je ne pense pas le moment bien choisi pour évoquer les problèmes concernant Esme.

— Quels problèmes ?

— Mais je tiens à vous prévenir tous que si nous ne nous mettons pas sur la même longueur d'ondes, Armageddon nous guette.

Armageddon ? Et puis quoi encore ? Je ne sais que répondre. Janice tape de la main sur la table, se lève et quitte la pièce. Moi-même, je commence à trembler.

— Il y a un autre problème dont j'aimerais vous faire part, insiste Delores. L'été est arrivé, avec ses vendredis aux horaires assortis. Je sais que l'année dernière, vous étiez autorisés à quitter à 13 heures, mais pour Indiana Mutual, le week-end commence à 15 heures. Mais je suis persuadée qu'en tant qu'employés responsables vous ne quitterez pas votre poste avant cette heure.

Elle glousse, repassant en mode complice, comme si un été gâché était sujet à plaisanterie. Elle s'arrache un doux « merci tout le monde » et nous donne congé.

En chemin vers mon bureau, je fais un arrêt dans le box de Janice. John s'y trouve déjà.

— Ça va ?

— C'est mauvais, Rebecca. Sais-tu qu'ils licencient ? Tu as vu Claire récemment ? Des employés des programmes pour adultes ont été renvoyés, choisis au hasard. Ces gens ignorent tout de la direction d'une chaîne télé, et pourtant nous devons obéir à leurs directives. Comment ose-t-elle proférer de telles bêtises au sujet d'Esme ? Qu'elle aille se faire voir ! Si j'étais toi, je rédigerais mon CV dès aujourd'hui. Cette femme te considère comme une menace.

Je regarde John qui baisse les yeux sur l'un de ses trois ordinateurs. Une mutinerie se profile à l'horizon et je ne sais que faire.

— Ta réaction est excessive, dis-je à Janice.

Mais je n'en crois rien.

— Cette femme ne connaît même pas mon nom. Elle a envoyé un e-mail à toute l'équipe d'Esme en accolant mon nom de famille au prénom d'une autre. C'est John qui m'a fait suivre le message. Tu n'étais pas dans les destinataires. Elle veut que nous abandonnions les lunettes.

— Attends. Quoi ?

— C'est exact. Plus de lunettes. Je croyais qu'elles constituaient le signe distinctif d'Esme.

Dix minutes (et une cigarette) plus tard, je parcours le trajet désormais célèbre menant au bureau de Delores. Elle a ôté ses chaussures et posé l'une des taupes peluches sur sa tête. Que diable se passe-t-il ?

— Rebecca, j'allais justement vous envoyer un e-mail.

Elle est repassée en mode cordial : « Souriez pendant que je vous fais les pires crasses. »

— Sincèrement…

Je ne suis pas d'humeur à faire la causette.

— … je n'ai pas apprécié vos commentaires durant la réunion.

— Oui, bon, je sais que j'ai exprimé des griefs, mais vous semblez avoir du mal avec le protocole.

— Le protocole ? La dernière chose dont nous ayons besoin,

c'est de davantage de paperasse. Nous ne sommes pas une banque, mais un espace de création.

— Je ne suis pas certaine que vous soyez la personne idéale pour gérer une équipe, dit-elle, tentant de toute évidence de s'empêcher de sourire.

— Et moi je ne suis pas sûre que *vous* devriez gérer quoi que ce soit.

Je suis allée trop loin, mais au lieu de se mettre en colère, Delores prend un air suffisant.

— L'éclat de Janice était réellement non-professionnel.

— Les gens sont bouleversés.

— Savez-vous comment fonctionne cette chaîne ?

S'agit-il d'une question piège ? Je pense au slogan que nous diffusons sur les chaînes. *Nous sommes la famille Explore !*

— Comme une famille. Nous sommes une famille.

Ma réponse la fait bondir.

— Non, l'argent. Il s'agit d'argent et si vous et votre équipe…

Elle prononce *équipe* du même ton qu'elle a prononcé *congé*, avec dédain.

— … ne pouvez supporter cette idée, vous devriez chercher un nouveau job.

— Pourquoi ? Parce que je ne suis pas d'accord avec vous ?

*Et que vous n'avez pas la moindre idée de ce dont nous parlons ?* ai-je envie de dire. Mais je me tais.

— Non, parce que vous avez tort.

Je soutiens son regard.

— Est-ce à cause des lunettes d'Esme ?

— Les lunettes ne fonctionnent pas. Elles ne sont pas cool. Pas sexy.

— Elles ne sont pas censées être sexy. Esme est un personnage de dessin animé âgé de douze ans. Et *si*, elles sont cool.

— Les lunettes ne font pas vendre d'espace publicitaire.

Son ton me fait penser que quelqu'un l'a autorisée à me parler avec mépris.

— Vendez de l'espace pub pour des lunettes.
— Ce n'est pas si simple. La décision a été prise.
— C'est *mon* émission.
Elle me regarde de haut en bas avant de répondre.
— C'est l'émission d'Explore ! Family. Vous l'avez développée pour nous.
— Nous ?
Elle s'est transformée en *nous*. L'écume va bientôt apparaître aux commissures de ses lèvres. Je me lève.
— Je vais travailler sur cette bible.
— Vous feriez bien. J'en ai besoin ASAP.
Je manque me mettre au garde-à-vous mais si jamais je lève la main, j'ai peur qu'elle finisse en travers de sa figure.

# 11

*Une fille à quatre yeux*

Je suis assise dans mon bureau, la porte fermée. Je l'ai verrouillée afin d'empêcher toute irruption. Mes lentilles de contact m'irritent. Ma mâchoire est crispée. Un nouveau coup retentit à la porte. Je me lève pour répondre et me rends compte que je ne porte aucun vêtement. Je m'empare des pages de la bible et tente de m'en couvrir.

Lorsque j'ouvre la porte, Esme se tient devant moi. Elle est si petite que je suis obligée de baisser le regard sur elle. Ses lacets sont blancs et elle ne porte pas de lunettes. Il ne s'agit plus d'un personnage de dessin animé, et son personnage réel me ressemble beaucoup.

— Salut, dis-je.

Je suis heureuse de la voir. J'aurais une tonne de questions à lui poser, mais elle est en colère et se met à hurler.

— Je ne vois rien. Tu m'as rendu incapable de voir !

Elle continue de crier et ma mâchoire de se crisper.

Je vois alors Seamus et me rends compte que je suis dans sa chambre.

— Ça va ? demande-t-il.

Je transpire et ne porte rien sous le T-shirt qu'il m'a prêté. Je suis tombée endormie sans avoir ôté mes lentilles de contact.

— J'ai fait un mauvais rêve, dis-je.

— Je vois ça. Ça va ?

— Je crois.

Je me sens un peu embarrassée.

— Je vais te chercher de l'eau.

Lorsqu'il quitte la pièce, je me lève et pars dans la salle de bains. J'ôte mes lentilles et les place dans de petites coupes de plastique.

Il revient avec l'eau. Il est mignon en caleçon et les cheveux ébouriffés. Un mauvais rêve est peut-être une autre étape significative de notre vie de couple. J'avale un peu d'eau.

— Pelotonne-toi contre moi, dit-il.

Et il se serre contre moi – rien d'autre. Je me rendors, heureuse, en me disant que Seamus est peut-être vraiment mon petit ami. C'est mieux que me dire que j'ai déçu Esme.

Au matin, j'envisage de demander à Seamus s'il peut m'attribuer un tiroir dans son appartement. Mais lorsque je lui demande s'il veut aller chez Nobu ce soir, il répond être pris les deux soirs suivants. Humm. Serait-il possible que mon boulot et ma vie privée soient en aussi mauvais état l'un que l'autre ?

Pour couronner le tout, mes lentilles de contact ont séché dans les coupelles. Je passe ma journée de boulot à loucher tandis que nous mettons la touche finale à quelques épisodes. Dans ceux-là, Esme porte toujours ses lunettes. Le nouveau régime Delores n'entrera en vigueur que pour la prochaine série. Chaque fois que je regarde Esme, mon cœur se serre. Analyser le monde à travers ses lunettes la rend si heureuse. Elles font partie d'elle. Merde !

Je crois que j'ai déçu Janice, John et Jen en perdant cette bataille. Peut-être *suis-je* une responsable nulle. Cette affaire me fait douter de tous les aspects de mon existence.

A mon retour, je trouve Tommy sur le canapé. Il commence juste à regarder l'un de ses films préférés, avec l'un de ses acteurs préférés, Tom Hanks.

— Encore *Joe versus the Volcano*, hein ?

Lorsque j'ai quitté l'appartement hier matin, il n'était pas levé. J'ignore s'il sait que je ne suis pas rentrée depuis deux jours.

— Joli pull, dit-il.

C'est celui de Seamus. Preuve qu'il le sait. *Nous ne vivons plus ensemble, nous ne sommes que colocs.* Voilà ce que je dois me répéter.

— Tu as dîné ?

J'essaie de parler d'un ton amical.

— Ouais.

— Okay.

Je commande une petite pizza aux champignons et une soupe straticella chez Don Giovanni. En attendant mon repas, je regarde le film.

Tommy émet une certaine énergie négative à mon égard, mais je suis trop fatiguée pour me lever et me retirer dans ma chambre. Malgré l'insistance de Tommy, je ne crois pas avoir jamais regardé ce film en entier.

Tommy a tenté de me forcer à regarder nombre de films, mais très souvent, je me moquais de lui et lisais un livre ou un magazine tandis qu'il regardait ses DVDs. Dans ce film, Tom Hanks travaille dans un bureau miteux à effectuer des tests du rectum lorsqu'il découvre qu'il est atteint d'une maladie mortelle du cerveau. Il commence à se lamenter parce qu'il a souffert toutes ces indignités pour trois cents dollars par semaine.

Alors qu'il hurle à propos de ces trois cents dollars hebdomadaires, j'ignore pourquoi, je fonds en larmes. Je suis épuisée, moulue. Je ne sais ce que s'imagine Tommy, mais il s'affole. Et fait quelque chose qu'il fait rarement, il arrête le film.

— Rebecca, merde, que se passe-t-il ? Ça va ?

Impossible de cesser de pleurer. On sonne à l'Interphone. Mon repas est arrivé. Je me lève pour ouvrir au livreur mais Tommy m'en empêche.

— Je m'en occupe.

Je cherche mon porte-monnaie mais Tommy court à la porte.

Je l'entends parler au livreur dans le couloir, avant de regagner le salon. J'essaie de me reprendre.

— Heu, Rebecca, peux-tu me filer cinq dollars ?

J'éclate de rire, du rire hystérique qui suit un gros chagrin. Je trouve enfin mon porte-monnaie et le lui lance.

— Prends l'argent dedans. Ne paie pas ma pizza.

Il revient me rendre la monnaie. Je m'essuie les yeux et ouvre ma soupe. J'ai le souffle un peu court. Tommy me fixe.

— Tu ne regardes pas la fin du film ?

— Vas-tu me dire ce qui se passe ?

— Ce n'est rien, dis-je.

Je préfère oublier que c'est arrivé.

— Rien. Tu es assise là, normale, enfin aussi normale que *tu* peux l'être. Puis tu fonds en larmes. Que s'est-il passé ? On dirait de la science-fiction.

Je me rappelle qu'il a dit un jour être prêt à me suivre sur ma planète, mais je n'en parle pas. Je hausse les épaules.

— C'est peut-être mon syndrome prémenstruel.

En temps normal, la moindre allusion à cette condition mensuelle l'aurait fait taire, mais Tom Hanks doit lui avoir insufflé un courage étrange. C'est terrifiant en un sens, comme si quelqu'un avait remplacé mon prof de gym ignorant par une prof bizarre qui sait qu'avoir ses règles ne constitue pas une excuse pour ne pas jouer au volley.

— Si c'était moi qui suggérais une chose de ce genre, tu me sauterais à la gorge. Que se passe-t-il ?

— Esme a perdu ses lunettes.

Il déglutit, pris au dépourvu.

— C'est dans le scénario ? Tu veux que je t'aide à imaginer comment elle les retrouve ?

A l'âge d'or, lorsque l'audimat était élevé, avant que notre relation ne plonge dans les trente-sixièmes dessous, Tommy m'aidait à trouver des idées pour les courts métrages de soixante secondes que je créais pour Esme. Lui aussi lui était très attaché. Lorsque j'ai appris qu'on lui accordait sa propre émission, nous avions déjà rompu. Mais j'en étais réellement fière. J'avais parfois l'impression qu'elle était notre enfant. J'en avais la garde, mais j'avais été une mauvaise mère et les services sociaux venaient de me la prendre. Et une force du mal nommée Delores allait maintenant l'élever. Je me remets à sangloter.

— Mon Dieu, Rebecca. Je vais t'aider.

— Ce n'est pas le scénario. Elle a perdu ses lunettes.

— Je ne comprends pas.

— Plus de lunettes. Peut-être va-t-elle porter des lentilles, je ne sais pas.

— Quoi ?

Il est sur le point de renoncer.

— La satanée minus pour qui je bosse ne veut plus qu'Esme porte des lunettes. Ce n'est pas assez sexy.

— Quel âge a-t-elle ? Douze ans ?

— Les lunettes ne font pas vendre d'espace publicitaire.

— C'est pas vrai.

Il se passe la main dans les cheveux. Voilà la raison pour laquelle je ne pourrais jamais être fâchée avec Tommy ni le bannir de ma vie. Quoi qu'il se passe entre nous, il comprend toujours ce qui est important pour moi.

Je remets le film en marche, mange deux parts de ma pizza et lui donne les deux autres.

Le lendemain, Kathy m'appelle au boulot. Dès que j'entends sa voix, je cherche avec anxiété un prétexte pour raccrocher. Dans la seconde qui suit, je culpabilise, puis m'inquiète. Je gagne largement plus de trois cents dollars par semaine, mais cela vaut-il tout ce stress ? Si l'une de mes amies m'appelle, évidemment que je vais lui répondre.

Selon les critères habituels, Kathy est sexy, mais ce qui la rend encore plus sexy, ce sont les lunettes aux couleurs audacieuses qu'elle porte tout le temps. Elles sont devenues son signe distinctif, comme celui d'Esme. Qu'un objet soit lié de la sorte à son identité me rend jalouse. C'est elle qui la première m'a emmenée chez Selima, c'est avec elle que j'ai enfin trouvé une paire de lunettes qui me plaisait.

Si quelqu'un est capable de comprendre ma douleur, c'est Kathy. Je lui raconte ma longue et sordide histoire. Lorsque je me tais, elle prend son temps avant de prendre la parole.

— Cela transmet le pire des messages. Si j'étais une petite fille plutôt complexée, j'adorerais qu'un personnage cool comme Esme porte des lunettes.

— Il faut souvent quantité de tests avec des panels de téléspectateurs et de réunions avant que les pros ne déduisent ce qui paraît évident aux téléspectateurs. Impossible de se contenter d'un concept qui fonctionne. Lorsqu'un programme marche bien, on cherche constamment à le modifier. Seigneur ! Je hais mon boulot.

— Tu sais ce dont tu as besoin ?

— Une tempura de crevettes.

— Rebecca !

— Une bonne cuite.

— Non, d'une visite au magasin d'optique préféré de tout le monde.

Le secret des gens qui bossent à la télé, c'est que la majorité d'entre eux voudraient travailler dans le cinéma. L'une des choses les plus dingues que Tommy et moi avions l'habitude de faire à l'époque où les choses allaient bien entre nous, c'était de transformer en parodie cinéphile nos différentes conversations. Par exemple s'il me demandait ce que je voulais manger pour le dîner et que je répondais, « des westerns spaghettis », il devait alors reposer la question façon Sergio Leone.

Si par exemple je racontais une anecdote de boulot, il pouvait demander : « Comment tu réaliserais la scène pour un film noir ? » Parfois, j'imagine ma vie comme un film dont je remodèle certains aspects en différents genres cinématographiques. C'était beaucoup plus facile lorsque je disposais de plus de temps libre.

Si j'avais un jour l'opportunité de réaliser une comédie musicale à gros budget en Technicolor, je tournerais une scène où l'héroïne (tous mes protagonistes seraient des femmes) achèterait des lunettes chez Selima. Les vendeuses et clientes danseraient entre les présentoirs vitrés et les instruments géants en levant les bras et criant « Selima ! »

Les motivations de Kathy s'avèrent plus égoïstes que je ne le pensais. Elle prend livraison des lunettes en nacre accentuée de jaune qu'elle a commandées pour son mariage. Elles lui vont à merveille, mais après que je me suis extasiée à coups de oh ! et de ah ! sur la beauté incomparable de ses lunettes, parfaitement assorties à sa robe de mariée et son bouquet de fleurs jaunes, j'estime que c'est mon tour.

Kathy est expert comptable, mais en fait devrait être conseillère en vêtements. Les vendeuses binoclardes de chez Selima sont de bon conseil, mais elles ne font pas le poids face à Kathy. Vous avez à peine ajusté la branche derrière votre oreille qu'elle déclare « non », « peut-être » ou « fabuleux ! » Elle est très sûre d'elle et sait ce qui va bien à ses amies. Nous examinons les vitrines, suivies de la vendeuse admirative, et Kathy me fait essayer diverses lunettes jusqu'à ce qu'elle soit satisfaite.

Bien que j'aie acheté une nouvelle paire l'année dernière – monture noire de chez Martine Sitbon dont Tommy adore se moquer –, Kathy a décrété que l'acquisition d'une nouvelle paire, moins sérieuse, était exactement ce qu'il me fallait pour me remonter le moral.

Nous avons réduit le choix à quatre modèles. Les marrons presque carrées me plaisent vraiment. Kathy vit un véritable cas de conscience, hésitant entre une paire d'épaisses lunettes turquoise et marron et une rouge. Sans compter celles à monture en titane suggérées par la vendeuse que j'ai prises juste pour la calmer.

Kathy me fait d'abord essayer celles en titane, puis les élimine d'un revers de la main.

— Kathy, je pense que ce sont celles-ci qui s'imposent, dis-je, ma paire favorite à la main.

Je regarde la vendeuse, qui hausse les épaules, effrayée à l'idée de parler sans que Kathy lui ait adressé la parole. Kathy m'observe un long moment.

— Je ne crois pas qu'elles conviennent à la forme de ton visage.

Personne n'a jamais parlé de lunettes avec autant de ferveur. Kathy ferme les yeux telle une médium habitée par un esprit.

— Je te vois dans un long manteau camel, avec un col roulé de cachemire écru qui dépasse. Oui, j'aime cette image, mais elle est très conservatrice, très hiver. C'est l'été maintenant, Rebecca. Il fait chaud, tu es sexy. Essaie les turquoise.

Je les essaie. Me regarde dans le miroir. Elles sont vraiment sympas, mais mangent le visage.

— J'hésite, Kathy. Elles me plaisent mais me semblent un petit peu trop envahissantes.

Elle ferme les yeux, blessée. Elle prend tout ça au sérieux. La vendeuse secoue la tête.

— Je veux juste dire qu'elles sont un peu épaisses.

Elle ouvre les yeux et opine, abandonnant un peu de lest.

— Okay, tu as le droit de ne pas les aimer, je te l'accorde.

Je savoure cette petite victoire.

— Mais je les trouve sexy. Essaie les rouges.

J'essaie les rouges. Je regarde Kathy. Kathy sourit et opine. Je regarde la vendeuse, elle acquiesce du menton et penche la tête. Je regarde dans le miroir.

— Je ne sais pas, dis-je.

Elles sont bien. Mais rouges ? Kathy soupire.

— Ces lunettes sont l'équivalent d'un peignoir de soie ou d'un tailleur Prada. Elles disent : « Je suis productrice de programmes pour la jeunesse mais je suis une vraie vamp ! »

— Kathy !

Je jette un œil à la vendeuse qui rit nerveusement.

— … avec quoi les assortir ?

— Elles sont rouges. Tout va avec le rouge.

— Même le rose, intervient la vendeuse.

Elles se sont liguées contre moi. Une autre cliente approche. Une femme dans les quarante-cinq ans qui arbore une jolie robe mais une coupe de cheveux atroce.

— C'est une superbe couleur pour vous, me dit-elle. J'aimerais pouvoir porter cette couleur.

Kathy me regarde, les sourcils haussés au-dessus de ses lunettes violette vintage branchées. Elle me l'avait bien dit.

— Pouvez-vous m'aider à choisir entre ces deux paires ? demande la cliente à Kathy.

J'ai de la peine pour la vendeuse. Je me regarde de nouveau dans le miroir. Lunettes rouges, lacets rouges, peut-être est-ce ça, la solidarité.

— Je vais les prendre, dis-je à la vendeuse.

Elles me plaisent vraiment. La femme à la coupe de cheveux atroce raconte à Kathy ses expériences de rencontres sur Internet.

— C'est pourquoi vous devez prendre celles-ci.

Elle brandit une monture bleu nuit.

— Cette monture brune vous vieillit de dix ans. Je portais une paire vert et brun de forme similaire lorsque mon fiancé a fait sa demande.

— Mon Dieu ! s'exclame la femme avec une admiration béate.

Kathy tend sa bague.

— De chez Tiffany's, dit-elle.

La femme se récrie. Kathy se rengorge.

— Je sais, dit-elle.

Kathy se lance dans le récit complet de la demande en mariage de Ron. Les exclamations fusent. Je signe le reçu de la carte de crédit en me massant les tempes. Encore davantage de dettes, youpi !

Kathy reporte son attention sur moi.

— Quand les lunettes seront-elles prêtes ?

— La semaine prochaine.

— Je veux les revoir sur elle, dit-elle à la vendeuse, avant d'éclater de rire. Et je veux qu'on me fasse une remise. Je fais marcher les affaires. Elle prend celles-ci sur mon conseil, et cette autre dame prend celles que j'ai suggérées.

La vendeuse ajuste les lunettes sur mon visage et entreprend de rédiger un coupon de dix pour cent de réduction à l'intention de Kathy. Elle le transforme en quinze pour cent lorsque Kathy s'éclaircit la gorge. Je me tourne vers Kathy.

— Elles sont vraiment superbes sur toi, dit-elle, la langue au coin de sa lèvre supérieure. Mmm.

— Je parie que tu gardes tes lunettes en faisant l'amour, dis-je.

— Seulement s'il assure.

Nous quittons le magasin. Kathy souhaite bonne chance à la femme à la coupe horrible. Elle est tout excitée d'avoir joué la bonne fée des lunettes pour tant de personnes. Je me suis encore endettée sur ma carte de crédit, mais je refuse d'y penser. Je mérite un petit plaisir.

— Tu veux aller chez Nobu ? demande Kathy. Ça te mettrait de meilleure humeur ?

— Je suis d'excellente humeur. Je viens de payer très cher des lunettes dont je n'ai pas besoin.

— Evidemment que tu n'en as pas besoin. Mais elles sont sexy, alors sois heureuse et allons manger un tempura.

— Tu ne dois pas rentrer retrouver ta future corde au cou ?

— Ce soir, il assiste à un match.

Je salive déjà à l'idée de la sauce crémeuse et épicée. Je me fiche de tenir lieu de roue de secours à Kathy.

Kathy et moi partageons un dîner vraiment sympa. Cela faisait longtemps que nous n'avions pas passé un moment ensemble, juste toutes les deux. Parfois, j'aime bien voir mes amies seule à seule. Nous ne parlons pas du tout de Beth ou de Lauryn. Et

– oh surprise ! – Kathy évoque à peine le mariage. Je me retrouve à parler boutique bien plus qu'il ne faudrait.

Nous partageons un soufflé au chocolat en guise de dessert et Kathy me raconte qu'une série de licenciements va avoir lieu à son boulot. Elle le sait parce qu'elle a dû signaler toutes les personnes superflues. Ça la met mal à l'aise.

— Je croise tous ces gens dans l'ascenseur ou dans le hall d'entrée. Bien sûr, pour moi ce ne sont que des noms, mais je sais que les licenciements vont inclure certaines de ces personnes. Je me sens horriblement mal. Je voudrais hurler « Faites des économies ! Evitez les gros achats ! Vous faites partie du dégraissage ! »

— Quoi ?

— C'est ainsi qu'on appelle l'opération. Un dégraissage.

— Tu plaisantes.

— Non.

— L'expression a presque une connotation positive.

— Je sais. C'est ainsi qu'ils arrivent à t'avoir. Je dois discuter le sujet et en comprendre le bénéfice économique, mais je ne peux pas imaginer combien ça va être pénible.

— Dégraisser ?

— Je sais, dit-elle. Je sais.

— Waouh, je vais probablement faire partie d'un dégraissage et je viens de claquer quatre cents dollars dans des lunettes rouge rubis.

— Ne t'inquiète pas. Ils ont besoin de toi. La série, c'est toi.

Je secoue la tête et reprends du délice chocolaté. Je n'aime pas tant que ça les desserts, mais je mangerai tout.

— Tu ne crois pas que les victimes du dégraissage pensaient eux aussi être indispensables ?

Elle acquiesce. Je vois bien que cette histoire la déprime. C'est pourquoi elle n'a fait allusion à aucun détail idiot concernant le mariage.

— Parfois ça craint d'être adulte, dit-elle.

Delores passe le reste de la semaine à un congrès de gestion dans les locaux de la maison mère à Gary, dans l'Indiana. Elle ne doit pas consacrer beaucoup de temps aux réunions parce qu'elle me harcèle à coup d'e-mails et de messages sur ma messagerie vocale. Mais je préfère ne pas l'avoir dans le secteur. Sa seule vue réveille mes allergies.

Le premier samedi de juin, Seamus loue une voiture. Nous consacrons la journée à remonter Long Island jusqu'au bout. La circulation est phénoménale, mais il tient ma main et les fenêtres sont ouvertes. C'est sympa de sortir de la ville où l'on commence à étouffer.

— J'aime tes lunettes de soleil, dit-il en me contemplant.

— Obtenues sur ordonnance, dis-je.

Résultat d'autres emplettes en compagnie de Kathy l'été dernier.

— Joli.

Nous faisons halte dans quelques vignobles. Au soleil, le vin me fait plus d'effet que je ne m'y attendais. A moins que ce ne soit les médicaments contre l'allergie. Le vin n'affecte pas Seamus parce que, après chaque gorgée, il le tourne dans sa bouche avant de le recracher. Cela m'embarrasse un peu mais les personnes qui nous font goûter le vin se comportent comme si c'était normal.

Pour dîner, nous faisons halte dans un lieu nommé Country Kitchen. Un petit endroit charmant, avec des nappes violettes et des corbeilles de pain contenant des *focaccia*. Nous nous régalions d'un bon repas de fruits de mer pêchés dans les environs. Il choisit le vin et je me sens glisser légèrement dans l'ivresse.

— Je bois toujours beaucoup avec toi.

— Ça me plaît. J'aime la façon dont tes joues se colorent.

Il se penche par-dessus la table.

— ... du même rouge que ces lunettes.

— Elles sont neuves. Je les ai achetées cette semaine. Je repose un peu mes yeux des lentilles de contact.

— Elles sont super. Cette couleur te met en valeur.

— Tu crois qu'il va nous falloir longtemps pour regagner New York ?

Je prévois de renoncer au dessert.

— Je pensais que nous pourrions rester dormir par ici, si tu es d'accord. J'ai réservé un motel un peu plus loin.

— Vraiment ?

Je n'en reviens pas.

— … c'est une jolie surprise. J'adorerais.

Ce soir, je vais garder mes lunettes, histoire de corser l'affaire…

Nous passons une soirée superbe et buvons l'une des bouteilles de vin qu'il a achetées. Le motel est propre et sympa. Sans chichis, ce qui rend le tout encore plus excitant, comme si nous entretenions une liaison adultère. Les lunettes fonctionnent elles aussi. Nous passons un bon moment. Au matin, nous nous promenons le long de la baie située juste derrière le motel. Pour le petit déjeuner, nous retournons au Country Kitchen. Je commence à laisser courir mon imagination et rêver que nous sommes chez nous et faisons des escapades au motel sur la baie. On dirait que nous devenons enfin un couple, ce qui signifie qu'un jour, dans l'avenir, nous aurons un passé.

Ce week-end a scellé quelque chose entre Seamus et moi. Nos emplois du temps respectifs ont provoqué plusieurs faux départs, mais notre histoire a pris de l'ampleur. Je m'imagine emménager chez lui. Habiter le même immeuble que Jen sera un peu étrange, mais on s'arrangera. Et cette fois, j'engage des déménageurs, c'est sûr. Peut-être, chaque matin, concocterai-je de la limonade instantanée pour Seamus. Peut-être Tommy viendra-t-il parfois dîner et tous deux discuteront de… eh bien, ils doivent bien avoir un intérêt commun. Moi. Ils pourront parler de moi ! Non, ça ne marche pas. De quoi pourraient-ils parler ?

— Ça va ? demande Seamus.

Il presse ma main et la pose sur sa jambe.

— … Tu sembles à un million de kilomètres !

— Oh non. Je suis bien là. Je pensais simplement combien ce week-end avait été agréable.

Je souris tout le long du trajet de retour dans le Queens. Où il m'annonce qu'il participe à la colocation d'une maison d'été dans les Hamptons dès le 4 juillet. Je n'ai jamais été très portée sur les colocations estivales, mais j'espère qu'il va me demander si je suis intéressée. Il ne le fait pas. On fait beaucoup la fête dans ces maisons des Hamptons. Si notre relation s'approfondit et s'officialise, ce serait sympa d'être incluse dans ses projets concernant les week-ends d'été.

— Alors tu seras absent durant les week-ends ?

Je m'efforce de ne pas paraître désespérée, ni blessée, ou quoi que ce soit d'autre qui pourrait être mal interprété.

— Non. Il ne s'agit que d'une location à mi-temps. Une demi-colocation.

— Une demi-colocation.

Je répète plus que je ne pose la question.

— Oui. Tu pourras même venir parfois, si tu as le temps. Deux de mes potes participent eux aussi. Je crois qu'on va beaucoup rire. Quand on ne peut pas passer l'été sur la Riviera…

Il tente une plaisanterie et sourit.

Comment suis-je censée réagir ? Notre histoire prenait son essor, mais nous voilà revenus à la case départ.

— Tu n'es pas fâchée, n'est-ce pas ?

— Non, bien sûr que non.

Je souris sans ouvrir la bouche. Tommy, lui, comprendrait que je le suis. Non seulement je suis furieuse, mais je suis aussi une pseudo-petite amie au comportement de paillasson, avec tendance à la victimisation. Et lâche par-dessus le marché.

— Tu veux venir chez moi ce soir ? On peut se faire livrer des sushis ou des plats indiens ?

Il ne cuisinera pas lui-même, évidemment. Mais il ne m'achètera pas. Je ne vais pas me laisser corrompre par de la nourriture et des faveurs sexuelles. D'accord, si je pensais que cela nous mènerait quelque part, je me laisserais corrompre. Mais où cela nous mène-t-il ? Quand avons-nous passé deux nuits d'affilée ensemble ? Peut-être a-t-il besoin de temps. Non, zut. Je dois me montrer forte.

— Non, j'ai du travail.

— D'accord.

Nous n'ajoutons pas grand-chose jusqu'au moment où il me dépose chez moi en disant qu'il m'appellera. Je l'embrasse à la va-vite et m'efforce de ne pas claquer la porte de la voiture de location.

Tommy n'est pas à la maison. Je m'assieds sur le canapé et cherche un truc intéressant à la télé. Rien. Quelle est l'utilité du numérique ?

Pas de mec. Pas de sexe. Pas de *X-Files*. Plus de piles. Zut !

Et comme si ça ne suffisait pas, demain c'est lundi.

# 12

## *Perturbée*

Dès mon arrivée lundi, je reçois deux e-mails perturbants, alors que je suis censée revoir un montage d'Esme. Cette Esme ne portera pas de lunettes, aussi je repousse autant que possible le moment de regarder ma petite créature aveugle.

Le premier e-mail est de Hackett. Le bon moment pour lui de réapparaître dans le secteur. E-mail adressé à tout le département. Nous sommes conviés à nous réunir hors des bureaux lundi prochain au Chelsea Piers. Les mots *Activités destinées à développer l'esprit d'équipe* me glacent d'effroi.

La boîte n'a pas d'argent pour stocker du lait dans le frigo, mais nous pouvons nous offrir un golf au Chelsea Piers.

L'e-mail d'Hackett me frappe par sa concision. Il veut que nous nous retrouvions au Chelsea Piers, point final. Ça me rend folle, mais sa façon d'aller droit au but, au contraire de la reine de la logorrhée, me manque.

L'e-mail suivant est de Delores. Il contraste de façon abrupte avec celui de Hackett. Elle me convoque à une réunion dans son bureau, sans pouvoir s'empêcher de mentionner qu'il est important que nous soyons « sur la même longueur d'ondes » concernant Janice et John. Je crois percevoir un sous-entendu concernant leur relation. Le mot du jour est *incendiaire*. Son e-mail comporte également une justification extensive de son poste sous forme du nombre d'heures qu'elle a travaillées ce week-end, chez elle, malgré l'absence d'air conditionné. Je ne suis pas certaine que cette précision soit faite sur le mode amical.

Je ne me donne pas la peine de répondre. Je ne peux pas. Je veux un nouveau boulot, mais je ne peux pas abandonner Esme. Esme m'appartient.

Sans répondre par écrit, je me présente à son bureau à l'heure dite.

— Bonjour, dis-je.

J'essaie d'ignorer la nausée qui déferle en moi à sa vue.

— Bonjour.

Elle est assise d'étrange façon.

— Avez-vous passé un bon week-end ?

Je devine sa réponse.

— Très occupé, mais il fallait s'y attendre. Je dois vraiment cesser de travailler jusqu'à 23 heures chaque soir.

Je m'efforce de ne pas relever.

— Nous rencontrons quelques problèmes concernant la gestion du personnel. J'espère que nous les résoudrons durant les activités de développement de l'esprit d'équipe.

Qu'elle avoue des problèmes me surprend. Et je crains les « activités » auxquelles nous allons devoir nous livrer devant toute la boîte. Beurk. Elle redresse son mètre cinquante au-dessus de son bureau d'une façon qui me paraît peu naturelle.

— Je voudrais que vous preniez des initiatives quant à la production de *L'Hacienda d'Hannah*.

Elle farfouille dans ses papiers sans trop se rapprocher de son bureau.

— Que voulez-vous dire ?

*L'Hacienda d'Hannah* est à l'ordre du jour depuis un moment. A l'origine, la série qui s'intitulait *L'Hacienda de Joanna* et mettait en scène une jeune citadine américaine partie vivre en Amérique latine, était censée promouvoir la diversité culturelle. Le tout tourné en images réelles. A un moment, lorsque l'émission était destinée à l'animation, j'en avais été chargée.

— La série est revenue au service animation ?

— Non.

Elle continue de se tenir assise étrangement loin de son bureau. Sommes-nous sur écoutes ou quoi ?

— Mais si vous avez le titre de producteur exécutif, j'estime que vous devez travailler sur plus d'une émission.

— C'est un test ?

— Non, une expérience qui vous est nécessaire.

Elle me regarde comme si elle avait déjà gagné la bataille.

— La maison de production de Jack Jones a exprimé son intérêt pour cette émission. Nous en sommes déjà au casting. Vous pourriez superviser la production.

— Et Esme ?

— Je suis certaine que vous êtes capable de gérer les deux. J'ai reçu des directives d'en haut. Si j'étais vous, je choisirais mes batailles.

Je n'ai jamais travaillé sur des images réelles. Je m'en sortirais probablement si je n'étais chargée que de cette émission à produire, mais pas avec Esme en plus. C'est impossible et nous le savons toutes les deux. C'est sa façon de me virer.

*Contentez-vous de me virer*, ai-je envie de dire. *Dégraissage, licenciement, achevez-moi, je m'en fiche. Je n'en peux plus.*

Je ne le dis pas. Je ne dis rien.

Je comprends enfin pourquoi elle est assise de façon si étrange. Elle s'efforce de faire en sorte que je remarque la carte qu'elle a posée en évidence à côté du bouquet sur son bureau. Signée de Hackett.

*Delores,*

*Je sais que vous travaillez très dur. Vous faites un super-boulot.*

*Matt*

Comment peut-il écrire une chose pareille ? Hackett est censé superviser tout le département mais, partageant son temps entre Londres et New York, il n'a apparemment pas la moindre idée de ce qui se passe ici. Pire, Delores sait que j'ai vu la carte, comme elle le voulait. Elle sourit.

— Nous savons tous que Jack est quelqu'un qu'il est important d'impressionner.

Jack Jones est une ex-star de sitcom des années 70. Quel que soit leur degré de ringardise, Explore ! aime être associé aux célébrités. En théorie, elles nous confèrent une image plus cool alors que tout le monde nous considère comme une chaîne ringarde. Mince à nous ! Nous, ce n'est pas moi.

— Bien sûr.

— Demain à 9 heures, il participe à une réunion avec nous et Hackett. Faites en sorte d'être à l'heure et de vous adonner à un maximum de lèche.

— Je l'embrasserai carrément, avec la langue.

J'ai vraiment dit ça. Je vais vraiment me faire virer.

Lorsque je passe devant le bureau de Don, il est au téléphone. Rien de pire que rôder autour de quelqu'un lorsqu'il est en communication. Mais Don me fait signe d'entrer.

— Est-ce un problème, Kurt ? Tiens-moi au courant.

Il raccroche.

— J'allais justement passer dans ton bureau après ce coup de fil.

— Pourquoi ?

— Ton ami Jordan aurait-il un problème de drogue ?

Je souris.

— Non. Je ne crois pas.

Je sais qu'il fume de l'herbe et lorsque les choses se sont gâtées avec Lauryn, j'ai entendu parler de cocaïne. Je ne sais pas jusqu'à quel point je peux faire confiance à Don.

— Mon producteur, Kurt Cressotti, me dit qu'il arrive en retard et n'est pas dans le coup.

— Il pourrait parfois agir de façon plus responsable.

C'est la dernière chose que j'aie envie d'entendre. Don soupire.

— Tu ne passais pas me voir pour parler de ça.

— On vient juste de me mettre sur *L'Hacienda d'Hannah*.

— Cela va vraiment se faire ?

— La maison de production de Jack Jones est sur le coup.

— Tu sais combien nous aimons nous faire baiser par les célébrités.

Sa grossièreté me fait rire.

— … Et à propos de problème de drogue, j'ai vu l'émission sur Jack Jones dans *Histoires vraies d'Hollywood*.

— Apparemment, c'est du passé. Il est maintenant le candidat parfait pour un programme de jeunesse. Que je dois produire. Je n'ai jamais travaillé sur un tournage réel.

— Ils essaient de te pousser à l'échec ?

— On dirait, tu ne trouves pas ?

Je regarde par la fenêtre.

— Comment ça va ?

— Chaque fois que j'arrive ici, j'ai la nausée.

— Il m'est arrivé exactement la même chose chez Playtime, dit-il, en secouant la tête.

— Je ne sais vraiment pas quoi faire. Devrais-je donner ma dem ?

— C'est ce qu'ils veulent. Ne le fais pas, tu n'obtiendrais aucune indemnité. Ça craint. Elle est jalouse de toi.

— Exactement. Je n'ai jamais compris ce genre de femme. Elle m'a transformée en harpie alors que je ne lui ai rien fait.

— Elle rend tout le monde fou. Tout le monde la déteste et tout le monde t'aime bien. Je suis heureux de ne pas être une femme. Désolé.

— Merci. Si tout le monde la déteste et la trouve aussi nulle, pourquoi est-elle ici ?

— Jamais ils ne vireront quelqu'un qu'ils viennent de mettre en place. Juste après la fusion, ils sont prêts à tout pour éviter une mauvaise presse. Ils obéissent aux gros bonnets de Indy Mutual, et c'est de là qu'elle vient. Nous n'avons pas d'autre choix que nous taire. Je t'aiderai comme je peux. Si tu as besoin de conseil. De quoi que ce soit.

— Merci. Tout ça est de la politique de merde, dis-je dans un soupir.

— Rebecca, écoute-moi. Quoi qu'il arrive, tu ne peux pas donner ta dem. C'est ce qu'ils veulent. Ce qu'ils espèrent. Jamais ils ne la vireront. C'est un test. Si tu donnes ta démission, tu ne toucheras aucune indemnité compensatoire, ni indemnité chômage. Ne fais pas ça. Tu y perdrais trop.

— Et la paix de mon esprit ? Mon niveau de stress ?

— Ce ne sera plus long maintenant. Tiens le coup.

Tout le monde semble savoir qu'on m'a mise en position d'échec. Au cours de la journée, plusieurs personnes entrent dans mon bureau, ferment la porte et m'expliquent qu'ils trouvent la situation scandaleuse. Je ne crois pas que Don ait vendu la mèche à tous ces gens – du moins pas si vite. Mais les infos circulent à leur façon. Cette certitude est tout de même étrange.

J'apprécie le soutien, mais je sais que personne ne peut rien pour moi. Rien ne m'empêchera d'être une victime du dégraissage.

Je voudrais appeler quelqu'un – pas Seamus – une de mes copines ou Tommy. Mais je risque de fondre en larmes au téléphone. Or je me suis promis à moi-même que je ne pleurerais jamais au boulot.

Je parcours la paperasse concernant *L'Hacienda d'Hannah*. Pourquoi tout le monde est-il si friand d'allitérations ?

Je ne parviens pas à me concentrer. J'agis machinalement. Quoi que je fasse, cela ne fera aucune différence, alors pourquoi essayer ? L'issue sera la même dans tous les cas.

Vers la fin de la journée, Delores passe la tête dans mon bureau.

— Je ne pars pas, dit-elle. Je sors juste déjeuner.

La bonne réponse consisterait à souligner qu'il est presque 19 heures. N'est-elle pas un bon petit soldat ? Elle travaille si tard qu'elle n'a pas eu le temps de déjeuner !

Je me contente d'acquiescer. S'il faut se comporter ainsi pour conserver mon job, je suis heureuse d'être virée.

Je consulte mon téléphone portable. Un message de Seamus, qui appelle « juste pour dire bonjour ». Il doit travailler tard. Il espère que nous pourrons nous voir jeudi.

Je décide de quitter tôt, mais j'emporte une pile de classeurs avec moi. Soyons préparée, juste au cas où.

En fermant la porte de mon bureau, une idée me traverse l'esprit. Je remonte le couloir jusqu'au bureau de Delores. Le bouquet est là, mais la carte n'est plus en évidence contre le vase. Elle n'était là que pour moi.

Cette mesquine petite teigne ringarde se sent vraiment menacée.

Il fait encore jour lorsque je quitte l'immeuble. Je n'ai pas envie de rentrer chez moi. Je décide de me rendre chez Lupa, m'installer au bar et me commander un dîner bien consistant. Le restau est bondé mais le maître d'hôtel me trouve un siège au bar. Je commande une petite carafe de vin blanc et des pâtes *cacio e pepe*. Plutôt un menu d'hiver, mais réconfortant. Et très simple : des pâtes au poivre et au fromage.

Le seul problème, c'est la boule dans ma gorge qui m'empêche de les avaler. Je chipote la nourriture dans mon assiette une bonne demi-heure avant que le barman me demande s'il doit emballer le reste.

— Oui, s'il vous plaît.

Je ne demande pas d'autre boisson, juste l'addition. Je rentre à pied le long de la Sixième Avenue. Le ciel d'été a viré au rose. Je passe devant Bryant Park. Bientôt, on y projettera des films gratuits le lundi soir. Il y a des choses que j'adore dans les étés new-yorkais. Je devrais me sentir plus heureuse, mais j'ai l'impression que cela ne dépend pas de moi.

Lors de la réunion concernant *Hannah*, je suis totalement hors de mon élément. Je n'ai pas la moindre idée des budgets appropriés pour une émission en images réelles, ni même de l'objet de cette réunion. Budgets et casting pour une émission à l'avenir hypothéqué. Qui a décidé de produire cette série déjà ? Ai-je mentionné que Jack Jones est un *has been* d'un sitcom des années 70 reconverti dans la production de programmes pour la jeunesse ? Je crois que oui.

Il se vend avec l'assurance de ceux qui pensent ne pas avoir besoin de se vendre. Il est persuadé que c'est dans la poche, et ça l'est. Explore ! recherche désespérément le genre de presse que génère ce genre d'association avec une célébrité, même de sous-troisième classe. Pire, il exige une somme exorbitante.

Delores dirige la réunion et s'évertue à impressionner Hackett par sa fausse efficacité et ses mots pédants. Elle glisse une anecdote concernant Harvard, juste au cas où Jack Jones ignorerait quelle université elle a fréquentée.

— Bien, lors de la prochaine réunion, il nous restera à ajuster le budget, mais tout semble au point.

Elle évoque vraiment une caricature de cadre de l'univers médiatique. Elle se tourne vers Hackett.

— A moins que vous n'ayez quelque chose à ajouter, Matt ?

Bon, voilà qui est agressif. Seuls trois de nous ici représentent la chaîne. Ne pas me demander si j'ai quelque chose à ajouter équivaut à me demander de servir le café. Le but de cette réunion est de démontrer que je n'ai aucune importance aux yeux de personne.

— Passons au casting.

Jack Jones fait partie de ces mecs à moitié chauves et dotés d'une bedaine proéminente qui s'obstinent à porter une longue queue-de-cheval dans le dos. Il ne cesse de jouer avec durant toute la réunion.

— Vous savez que nous avons envisagé qu'Hannah soit issue d'une minorité ethnique…

Il étale sur la table les portraits de gamines mignonnes. Je saisis tout de suite l'un d'eux, ignorant les yeux de Delores qui roulent dans leurs orbites. J'aime étudier le CV des jeunes acteurs. Que des parents fassent jouer la comédie à leurs enfants dès l'âge de six mois me surprend toujours – beaucoup de ces filles sont dans le métier depuis qu'elles sont en âge de téter.

— Celle-ci est dans le peloton de tête, dit Jones, désignant la photo que je tiens en main. Mais je crois qu'elle est d'origine hawaiienne. Or vous savez ce qu'on dit des Hawaiiens. La simple vue du buffet sur le tournage suffira à la faire engraisser.

Je le regarde pour vérifier qu'il plaisante, mais il ne plaisante pas. Je me tourne vers Hackett qui semble lui aussi perturbé. Delores, elle, opine du chef.

— Je crois qu'elle ne lit pas assez l'asiatique, dit-elle.

Que peut bien signifier « lire assez l'asiatique » ? J'étudie son CV. Elle est née au Japon et parle couramment le japonais. Elle vit en Californie.

— Hum…

Je tente d'intervenir.

— … je crois qu'en fait elle est japonaise.

J'ai hâte d'apprendre leur opinion sur les Japonais.

Delores m'ignore.

— Si nous choisissons une minorité, je crois que nous devrions faire dans les Latinas.

Elle s'empare d'une photo.

— … Les Latinas sont très sexy en ce moment. Que pensez-vous de celle-ci ?

Je suis dégoûtée. A-t-elle lu ça dans *USA TODAY* ?

— Elle est à demi-indienne et ne joue pas la comédie. Bien sûr, si vous aimez son look, on peut lui donner des cours et lui faire jouer une latina.

Delores hoche la tête, étudiant la question.

— Excusez-moi…

Pourquoi parler ? Pourquoi ai-je décidé d'ouvrir ma bouche ? C'est un piège.

— Nous devrions choisir l'actrice à qui le public s'identifiera le plus facilement. Prendre du poids n'est pas une tare. Et je ne sais pas s'il est indispensable que la fille appartienne à une minorité précise.

Je m'interromps quand je me rends compte que Jack Jones ne s'intéresse qu'à sa queue-de-cheval. Il a déjà compris que je n'ai pas voix au chapitre. Mal à l'aise, Hackett compulse ses documents, et Delores se redresse. Elle esquisse une ombre de sourire.

Je n'ajoute pas un mot. J'ai fait exactement ce qu'ils désiraient, justifier les choix qu'ils auraient effectués de toute façon. A la fin, ils choisissent une blonde et laissent tomber l'idée de l'actrice principale issue d'une minorité. On donnera le rôle d'un des professeurs à un ou une black. Peut-être. Cela ne leur semble plus si important.

Après la réunion, je sauvegarde la plupart de mes fichiers et prépare deux ou trois trucs à rapporter chez moi.

Jen pénètre dans mon bureau en sautillant d'un pied sur l'autre. Je crois d'abord qu'elle vient m'offrir son soutien et consacrer un peu de temps à débiner Delores, mais elle se comporte bizarrement.

— Tu veux fermer la porte ? dis-je.

J'hésite entre rester assise toute la journée, porte fermée, et garder ma porte ouverte en essayant de donner le change.

— Okay.

Elle ferme la porte et s'assied. Elle ne tient pas en place.

— Ne t'inquiète pas, Jen. Rien de grave ne peut t'arriver. Tu as Hackett dans ta manche.

J'espère que ma voix ne trahit pas mes problèmes avec son oncle.

— Il ne s'agit pas de boulot. Tu sors toujours avec ce mec qui habite dans mon immeuble ?

— Seamus ? Oui.

— Il s'agit de Seamus.

Elle semble bouleversée.

— Pourquoi ? Tu l'as vu ?

— Non.

— De quoi s'agit-il, Jen ? Tu agis bizarrement.

— Eh bien…

Elle triture ses cuticules.

— Je ne cesse de voir cette fille dans mon immeuble.

Elle s'interrompt et fait la grimace. Je respire à fond, incertaine d'où cela nous mène, mais suspicieuse.

— Aujourd'hui, après avoir pris un café chez le vendeur de bagels où nous nous sommes rencontrées l'autre jour, j'ai revu la fille sur le quai du métro.

— Quelle fille ?

— Elle s'appelle Petra.

— Petra ?

Je n'aime pas ça.

— Nous nous sommes reconnues et je lui ai adressé la parole. « Vous habitez dans le même immeuble que moi ? » lui ai-je demandé.

— Qu'a-t-elle répondu ?

— « Non, c'est mon petit-ami. »

J'ouvre la bouche. La referme. L'ouvre de nouveau.

— Et son petit ami s'appelle Seamus ?

Elle acquiesce.

— Je suis désolée, Rebecca. Ça me tue de te dire ça. J'espérais que peut-être tu t'étais remise avec ton ex.

— Non.

— Je suis désolée.

— Ce n'est pas ta faute. Je suis contente que tu m'en aies parlé.

Enfin j'imagine que je suis contente. J'ignore ce que je ressens.

— Je suis désolée, Rebecca.

— Je sais. Tu l'as dit. Ça ira.

Elle semble ne pas savoir que faire. J'ai vraiment envie d'être seule.

— Ça va aller.

Elle comprend l'allusion et quitte mon bureau. Je prends le téléphone dans l'intention d'appeler Seamus. Si je filmais, je filmerais la scène comme un film d'horreur ou un drame étranger tout en nuances. Je repose le combiné. Je n'ai pas envie de régler ça maintenant. Il se met à pleuvoir des cordes. Je verrai Seamus jeudi, nous dégusterons un bon repas, puis j'aborderai le problème. Pour l'instant, je ne peux pas m'en occuper.

Nous nous rendons au Blue Water Grill parce qu'on peut y dîner à l'extérieur, dans le patio. Je m'obstine à guetter chez Seamus un signe quelconque. J'essaie de comprendre. Va-t-il rompre avec moi ?

J'ai tourné et retourné la situation dans ma tête. Non, je n'en ai parlé à aucune de mes amies. Personne n'est au courant à part Jen, qui rôde autour de moi, l'air gêné. Ce n'est pas drôle non plus d'être à sa place. Pas facile d'annoncer une si mauvaise nouvelle à quelqu'un. Du coup, je me sens une responsabilité envers elle, celle de crever l'abcès, de le plaquer avant qu'il ne me plaque. Jen sait que je le vois ce soir. Je lui serai donc redevable d'un compte rendu.

Je n'ai rien dit à personne en partie parce que je veux croire qu'il existe une explication. Si je n'en parle pas à mes amies, elles ne le traiteront pas de salaud, en particulier à des moments où je préférerais oublier qu'il en est un.

Malgré moi, j'ai repassé les événements dans ma tête en cherchant des raisons de l'absoudre. Un autre Seamus habite peut-être l'immeuble. Avant que je ne lui parle de lui, Jen ne connaissait pas Seamus. Peut-être qu'en mentionnant l'incident à Seamus, je vais découvrir une heureuse coïncidence. Demain je reviendrai au bureau, expliquerai le malentendu idiot et nous en rigolerons, ha-ha-ha.

Ou alors cette Petra est une maniaque qui le harcèle. Peut-être sont-ils sortis ensemble, ont-ils rompu et maintenant rôde-t-elle aux alentours de son immeuble. Seamus est trop gentil pour porter plainte. Demain, je reviendrai au bureau et décrirai la vie tragique de cette fille, le malentendu qui s'en est suivi et nous rigolerons, hi-hi-hi.

Il est possible qu'il nie tout en bloc, que je le croie et que demain je parle à Jen qui m'expliquera qu'elle a souffert sans le savoir d'une infection de l'oreille l'empêchant d'entendre correctement. Elle a entendu Petra (qui s'appelle probablement Kendra) dire qu'elle sortait avec Seamus, mais en fait Petra parlait de Raymond qui habite au 3B. Jen me demandera de lui verser des gouttes dans les oreilles, je m'exécuterai, puis nous rirons de ce malentendu délirant, ouarf-hi-ha.

Seamus se comporte tout à fait normalement. Pendant que nous dégustons nos salades émincées, il disserte sur le procédé utilisé pour fabriquer la vodka aux myrtilles mêlée à cette délicieuse citronnade que je bois, ce qui nous amène à une discussion sur l'huile d'olive infusée au basilic. Attentive à son discours, je me rends compte que chaque fois que nous discutons, je me contente de l'écouter. La conversation ne souffre en rien de mon silence.

Quelque chose me retient de poser la question. On nous apporte notre plateau de fruits de mer à trois étages, chargé d'huîtres, de crevettes et de crabe. Il sourit, prend une huître et la mastique consciencieusement. Peut-être est-ce simplement l'idée de lui qui me plaît en lui. J'aime être avec quelqu'un qui sait tant de choses, s'habille avec goût et a les ongles polis. Mais je dois aller au fond des choses. Impossible qu'on me trompe et que je l'accepte. Je peux renoncer à une idée, n'est-ce pas ?

— Quoi de neuf, Rebecca ?

C'est le moment idéal.

— Rien.

Quelle lâche ! Non, minute. Je dois le faire. Mais je ne peux pas.

— Tu penses au boulot ?

Pour la première fois depuis un bout de temps, je n'y pense pas. Je devrais me faire plaquer plus souvent, afin de détourner mon esprit du boulot.

— Non, j'étais juste en train de…

Allez, vas-y. Oh, j'ai une meilleure idée… un test.

— Je repensais à notre premier rendez-vous.

— Vraiment ?

Il se contorsionne. Ça me plaît.

— … Nous n'avions pas dîné ici, n'est-ce pas ?

— Non.

Le salaud.

— Nous étions allés chez Jewel Bako ?

— Tu ne m'as jamais emmenée chez Jewel Bako.

C'est là qu'il emmène Petra ?

— Regarde ! s'exclame-t-il. Ces gamins sont rigolos.

Je regarde par-dessus les buissons qui nous séparent de la rue. Un groupe d'enfants passent, les mains accrochées à une grosse corde blanche.

— Bizarre.

Film surréaliste concernant une rupture.

— Il doit s'agir d'un centre aéré nocturne pour gosses de riches.

— Certainement.

— On ne voit ça qu'à Manhattan.

Je hoche la tête. Je veux revenir à nos moutons. Mais il change de sujet.

— Goûte la patte de crabe.

Je goûte. Elle est bonne, fraîche, parfaite pour une journée d'été. Mais je ne me laisserai pas distraire par la nourriture. Pas cette fois.

— C'était chez Esca, dis-je. Tu ne t'en souviens pas ?

— Oh, bien sûr. Désolé, j'ai eu un trou. Je me souviens maintenant.

— Vraiment.

Je joue à un jeu idiot, mais pour une raison X, je ne peux m'en empêcher..

— Avec qui es-tu allé chez Jewel Bako ?

— Euh… Ce devait être un client.

— Certainement.

— Vous avez terminé ? demande le serveur.

— Oui, dis-je.

— Non, dit Seamus, s'emparant de la dernière crevette. Voilà, maintenant nous avons terminé. Tu veux aller au Boat Basin prendre un verre ?

— Je sais que tu as une autre petite amie.

Voilà. C'est dit. Il ne lui reste plus qu'à confirmer ou nier. Je suis prête. Je crois.

— Quoi ?

— Oui, une fille avec qui je bosse habite dans ton immeuble. Imagine.

Il avale sa salive et prend son couteau à beurre. Il cherche ses mots.

— Ecoute, nous n'avons jamais décidé d'avoir une relation monogame.

Le serveur qui approche avec le menu des desserts intercepte les paroles de Seamus et s'immobilise, gêné. Moi j'appelle ça un service soigné.

— Non. Nous couchons ensemble. Je n'ai pas pensé qu'il fallait préciser.

Seamus remarque le serveur.

— Tu veux du café ? demande-t-il.

— Pas pour l'instant.

La colère monte en moi.

— Qu'en pense-t-elle ? Lui as-tu parlé de moi ?

— Brianna est une fille très évoluée.

— Brianna ? Je croyais qu'elle s'appelait Petra ?

Il semble complètement pris de court.

— … Qui est Brianna ? Combien as-tu de copines ?

Il soupire et se tait un long moment. Je crois qu'il fait des calculs et réfléchit au moyen de s'en sortir.

— Ecoute, Rebecca, nous sommes à New York. Je sais que je suis un bon parti. La ville ne regorge pas d'une tonne de mecs hétéros célibataires qui savent traiter une femme. Il serait égoïste de ta part de me garder pour toi seule.

— Tu plaisantes, n'est-ce pas ?

— Non, je suis honnête. Nous sommes entre adultes.

— Tu n'as pas été honnête depuis le début.

— Nous ne nous sommes jamais engagés à rien. Ce n'est pas ma faute si tu t'es méprise.

Il me regarde dans les yeux.

La honte me submerge. Je comprends que j'espérais une faible excuse de sa part, une excuse que j'aurais acceptée. Voilà jusqu'à quel point je désespère de décrocher un petit-ami qui en jette. Apparemment, je ne suis pas la seule.

— Non, ce n'est pas ta faute.

Je repousse ma chaise et sors cinquante dollars de mon porte-monnaie.

— Merci pour le dîner et bonne chance pour le reste.

— Rebecca, cela ne doit pas forcément se terminer comme ça. Pourquoi ne pourrions-nous pas nous amuser ensemble ?

Je secoue la tête.

— Il est encore tôt, Seamus, tu peux encore prendre ce verre en ville avec une autre.

Lorsque je rentre, Tommy est assis au bord du canapé et joue à La Coupe du monde de Football en vidéo.

— Comment s'est passée ta soirée ? demande-t-il.

— Très bien, dis-je en fermant ma porte.

A propos de portes fermées… Vendredi à 16 heures, le téléphone sonne. Je suis en train de lire un e-mail de la sœur dominatrice enceinte de Kathy concernant la fête pour Kathy. Je consulte l'identificateur d'appel. Il s'agit d'un mec des Ressources Humaines que je connais à peine. Je décroche.

— Rebecca, c'est Matt.

Hackett m'appelle depuis les Ressources Humaines ? Lorsqu'on me demande de descendre, je comprends immédiatement de quoi il retourne. Je savais que ça allait arriver. Je m'y attendais, mais jamais je n'aurais imaginé ce que j'allais ressentir.

# 13

## *Je vais bien, je crois*

Je dispose d'une heure pour vider mon bureau et entasser mes affaires dans la boîte mise à ma disposition. J'ai diffusé un court e-mail avec ma nouvelle adresse, indiquant que je ne serai plus joignable à ce numéro. Puis mon e-mail cesse de fonctionner. Heureusement que j'ai fait le ménage dans mes fichiers ces derniers jours. On frappe à ma porte fermée. J'hésite (on vient peut-être me demander de me dépêcher), mais ouvre. C'est Janice.

— Que s'est-il passé ?

Elle lit l'expression de mon visage.

— Entre.

Elle regarde le carton et se retourne vers moi.

— Non !

— Ce n'est pas vraiment une surprise.

— Quand ?

— Il y a cinq minutes.

— Ils ont attendu parce qu'à cause des horaires d'été, beaucoup sont déjà partis. Les salauds ! Ça va ?

— Euh, oui. Je suis sous le choc. Je dispose d'une heure pour enlever mes affaires.

— Tu plaisantes. Une heure ? Comme si tu étais une criminelle ? Quelles raisons ont-ils données ?

— Le mot employé par la naine est *renvoyée*. Hackett a adouci la chose en parlant de « se séparer de moi » mais elle a insisté et répété « renvoyée ». Deux fois.

— Quelle salope. Je vais lui rendre la vie impossible.

Je lance quelques coupures de presse concernant Esme dans la boîte.

— Fais attention.

— Qu'ils nous virent. Qu'ils nous virent tous, zut ! Cela ferait un super-article. Tu as besoin d'être seule ou je peux aller chercher John ?

— Va le chercher. J'emballe des affaires encore environ une demi-heure, jusqu'à ce qu'on m'envoie les vigiles.

— Tu crois qu'ils enverraient les vigiles ?

— Qui sait ?

Janice part puis revient avec John. Il me fixe en secouant la tête.

— Tu lui as mis ton poing dans la figure ? Tu t'en tirerais probablement. Accès de démence.

— Non, je n'ai pas dit un mot. Je ne voulais pas la rendre plus heureuse qu'elle ne l'était déjà.

— Je n'ai pas mis Jen au courant, dit Janice. Le devrais-je ? Elle devine qu'il se passe quelque chose.

— Vas-y. Ça n'a plus d'importance.

John m'aide à ôter mes posters des murs. Le téléphone sonne. C'est Don. L'un de ses assistants m'a vue emporter un carton dans mon bureau.

— Que se passe-t-il ?

— J'ai une heure pour déguerpir. On se sépare de moi…

Je me reprends.

— … je suis renvoyée.

Il soupire. Jusqu'à cet instant, je nous considérais, Don et moi, comme de simples collègues. Je me rends compte maintenant que nous sommes amis, et j'en suis heureuse parce que là, j'apprécie les conseils de quelqu'un qui a traversé la même épreuve.

— Okay, je ne vais pas te faire perdre ton temps en répétant que c'est dégueulasse. Ça, c'est réservé aux soirées dans les bars. Première chose, te proposent-ils une indemnité compensatoire ?

— Oui. Ils m'ont fait une proposition. J'ai jusqu'à vendredi pour la signer.

— Bien. Te convient-elle ? Tu n'es pas obligée de me préciser le montant, mais je connais un ou deux avocats.

— Ça ne m'étonne pas, dis-je en riant. Ça ne me dérange pas de te le dire. Mon salaire serait encore versé pendant deux mois. C'est correct ou pas ?

— Normal. Et le motif? La vraie raison nous la connaissons tous, mais qu'ont-ils écrit sur les papiers ?

John laisse entrer Janice et Jen. Je fais signe à Jen qui semble sur le point de fondre en larmes.

— Mes performances. Ma prestation durant la réunion avec Jack Jones, je suppose. Ou autre chose.

— Bon Dieu. Le tournage reprend, mais je t'appelle ce week-end. Ce n'est pas si terrible. Tu étais affreusement malheureuse, or maintenant tu as deux mois de congé. Tu as des économies ?

— Pas vraiment.

Il me donne le numéro d'un avocat qui l'a aidé à négocier un contrat par le passé. Ça vaut le coup d'essayer.

— Bon, on trouvera quelque chose. Tiens le coup.

— D'accord, salut.

Je raccroche et Jen se précipite pour m'étreindre.

— J'ai peine à le croire.

— C'est l'œuvre de ton oncle, dit Janice.

Je secoue la tête.

— Hackett s'est contenté de suivre le mouvement.

J'imprime les fichiers que je n'ai pas emportés, tout en écoutant Janice, John et Jen répéter leur écœurement. Je ne désire qu'une chose : en finir et ne jamais revoir cet endroit.

— Tu veux aller prendre un verre ? demande Janice.

— Ou cinq, ajoute John.

— Non, je crois que j'ai juste besoin de rentrer chez moi.

— Tu as besoin d'aide ? demande Janice.

Ils doivent craindre que je ne me tranche les veines ou un truc de ce genre.

— Je peux transporter chez toi tout ce que tu veux, propose John.

— Ça va. Je vais prendre un taxi. Tout va bien.

— Je peux t'envoyer des trucs lundi, dit Jen.

— D'accord, dis-je. Bonne idée. Je vais te laisser tout ce que je ne peux pas emporter maintenant.

— Nous devrions la laisser seule un moment, dit Janice.

— Mais appelle-nous si tu as besoin, ajoute John.

Quand ils quittent mon bureau, je me demande s'ils n'ont pas davantage besoin de réconfort que moi. Je n'ai peut-être pas encore intégré la réalité. Je dois survivre jusqu'à la fin de cette heure, ensuite je m'autoriserai à réagir.

Ils sortent et je leur dis au revoir. Toujours bouleversés, ils tentent de me traîner boire un verre. Je donne à Jen un sac de cassettes et de scénarios et étreins tout le monde. Je crains que Jen ne soit la plus affectée, parce que Hackett est impliqué.

Dans l'ascenseur, deux membres de l'équipe de Don sont en train de discuter mon cas, bouleversés.

— Vous allez bien ? me demande l'un.

— Oui, merci.

— Don nous a appris. C'est vraiment nul.

Il y a des tonnes de personnes que je ne connaîtrai jamais et ces deux mecs en font partie. Sans emploi, comment vais-je rencontrer quelqu'un ? Vais-je finir à la rue ? Non, il faut que je sorte d'ici, c'est tout.

Je passe aux Ressources Humaines déposer mon badge.

*Je suis certain que vous vous comporterez avec toute la dignité dont vous avez toujours fait preuve,* m'a dit le mec des Ressources Humaines en me signalant que je disposais d'une heure pour vider les lieux. Je ne crois pas lui avoir jamais parlé auparavant, excepté pour vérifier que mon dentiste était agréé par mon assurance-maladie.

Je pourrais prendre un taxi mais je dois commencer à faire des économies. Je mérite un taxi, mais je prends le métro et le regrette instantanément. L'humidité me donne mal à la tête. Les gens me lancent des regards noirs à cause de mon gros carton. A New York, sacs et cartons dans le métro se rangent dans la même catégorie que les parapluies sur les trottoirs. Indésirables.

Je lève les yeux sur une pub pour les bourses pour enseignant : « Personne ne revient dix ans plus tard remercier son boss. » Non, c'est sûr.

Le temps que je remonte à l'air libre, mon chemisier est trempé de sueur. Je monte les cinq étages qui mènent à mon appartement en haletant, mais heureuse d'avoir décidé d'emménager. Si je devais payer deux mille cinq cents dollars de loyer, je m'ouvrirais peut-être les poignets.

Je trouve Tommy – vous avez deviné où ? – sur le canapé en train de jouer à Spider Man. Il a atteint un nouveau niveau hier soir, aussi est-il tout fébrile. Il me crie hello. Je laisse tomber mon carton dans le couloir. Il nous faut l'air conditionné, sinon nous ne tiendrons pas tout l'été ensemble dans cet appartement.

— Il fait chaud, hein ? dit-il en me regardant. Qu'est-ce que tu as fait, tu es rentrée à pied ?

— Je me suis fait virer.

Il arrête le jeu pour de bon (sans le mettre sur pause).

— Ça va ? dit-il en se levant.

— Je ne sais pas.

Je m'assieds par terre et fonds en larmes.

Samedi matin à la première heure, Tommy se procure l'air conditionné. La machine est là à mon réveil. Il ne travaille pas du week-end, mais je l'entends téléphoner à tous les copains qu'il avait invités à un tournoi de Playstation afin d'annuler. J'apprécie. Je lui confectionne du pain perdu fourré à la banane avec du pain *challah*. Je suis au chômage. J'ai le temps de cuisiner.

Nous passons le week-end sur le canapé à regarder des films, nous faire livrer de bons repas et jouer au jeu vidéo de boxe. Nous ne parlons pas de mon job. Je ne consulte pas mon téléphone portable. Et, au cas où vous vous poseriez la question, nous ne couchons pas ensemble.

Lundi est mon premier jour de chômeuse officielle. Tommy doit travailler au magasin. Il promet de rapporter quelques films à la maison. Je fais du café et regarde *The View*. Je ne veux même pas envisager l'idée de chercher un nouveau job. Jamais. Je peux vivre ainsi ; me reposer dans l'air conditionné, regarder *The View*. Nous avons le câble. Je peux faire glacer mon café. Ça va être génial.

Je reçois plusieurs messages de (ex) collègues. Tous me font le récit de la réunion du lundi matin, à laquelle Hackett a assisté, et de l'annonce de mon départ, présenté comme si j'avais décidé de mon plein gré de démissionner. Alors que Hackett sait très bien que tout le monde sait que c'est faux. Chacun gratifie Hackett et Delores d'un terme choisi, rappelle combien l'ambiance est morose et jure de ne plus jamais les regarder dans les yeux, ni de les aider s'il les croise à terre dans la rue. J'envisage d'enregistrer ces messages et de les intégrer à un projet artistique expérimental. Peut-être est-ce ainsi que je vais dorénavant gagner ma vie.

Chaque message se termine par : « Il faut qu'on se voie bientôt. » Je me félicite de travailler (avoir travaillé) avec des gens aussi épatants. Je me fais l'effet d'un gladiateur acclamé au moment où il entre dans l'arène pour être décapité. C'est toujours ça, non ?

Je dois encore apprendre la nouvelle à ceux qui ne sont ni Tommy, ni mes collègues. Je m'accorde un jour supplémentaire de flemmardise et regarde les trois DVDs de *Retour vers le futur* avec Tommy.

Mardi, je réorganise les placards de la cuisine et récure les toilettes. Je réponds à tous mes appels professionnels. La dernière nouvelle est que Claire Wylini est en congé maladie à cause d'un étrange mal de dos, mais tout le monde sait qu'elle est virée. Je rappelle Kathy et Lauryn qui m'ont toutes deux laissé des messages embrouillés après avoir reçu mes nouvelles coordonnées. Je les informe aussi de ma situation – ou ma non-situation – avec Seamus.

— Pour ton job, c'est ennuyeux, mais ce Seamus avait l'air d'un con. Tu es dans une phase transitionnelle, dit Lauryn, avec son vocabulaire bizarre. Pourquoi ne viens-tu pas me voir d'ici deux semaines ?

— C'est tentant, mais je devrais chercher un job.

— Tu plaisantes ? Profites-en. J'aimerais avoir un boulot afin de me faire virer.

Dit la fille qui passe l'été sur une île touristique à observer les oiseaux. Je lui assure que je vais réfléchir à la question. Mais je suis encore réticente à faire des projets. Encore que si je trouve un job, Explore ! ne versera plus mon salaire. Or, j'ai bien l'intention de leur faire cracher jusqu'au dernier sou.

Lauryn semble plus heureuse que jamais. Elle me raconte ses journées au soleil. Les oiseaux, les fruits de mer. Je promets de lui rendre visite.

— Je me suis fait virer, dis-je à Kathy.

Elle a une sorte de hoquet.

— Oh, chérie, tu vas bien ? Mais tu t'en doutais. Tu étais plus ou moins préparée, n'est-ce pas ?

— Je le suppose. Ça fait tout de même bizarre de ne disposer que d'une heure pour débarrasser ses affaires.

— Je sais.

J'imagine que, dans son secteur professionnel, cela n'a rien d'exceptionnel.

— Maintenant, tu peux te permettre de déjeuner en ville.

L'idée est plutôt séduisante, bien que dans cette ville, déjeuner coûte cher. Kathy déborde d'idées intéressées.

— … tu peux aussi faire comme ces gens qui arrivent à Bryant Park vers 15 heures et étendent une grande couverture pour réserver un bon emplacement en vue de la projection des films du lundi soir.

— Super.

— Peut-être même pourrais-tu effectuer quelques courses à ma place pour le mariage !

Kathy parle plus vite qu'elle ne réfléchit.

— Hum, nous verrons.

Je lui parle de Seamus, mais elle semble distraite. Je crois l'entendre taper légèrement sur les touches de son clavier.

— Je suis désolée d'apprendre ça, chérie.

Je sais qu'elle est désolée pour moi, parce qu'elle considère qu'à vingt-sept ans, nous frôlons le statut de vieilles filles.

— … on se voit la semaine prochaine, d'accord ? Je veux te parler du dîner de la répétition du mariage.

— Okay, bien sûr.

— As-tu appelé un avocat ? Tu devrais, juste afin de t'assurer que tu ne peux pas poursuivre la boîte qui t'a pris quelques-unes de tes meilleures idées. Pour l'amour du ciel, c'est toi qui as créé Esme !

Je tombe sur la messagerie de Beth, ce qui ne me surprend pas.

> Salut, c'est moi. Je t'appelle pour te donner les détails de mon licenciement. Je vais bien, mais si tu veux me joindre, appelle-moi à la maison ou sur mon portable.

Je ne parle pas de Seamus. Comme je me sentais mal à l'aise suite à ma rupture avec Tommy, je ne lui ai pratiquement rien raconté concernant Seamus. J'aimerais que ma rupture avec Tommy n'ait pas créé de problème entre Beth et moi – qu'elle s'en moque comme elle se moquait de ma relation avec Seamus.

J'appelle l'avocat, Kraig Hitchcock. C'est un ami de Don. Je n'ai jamais appelé d'avocat auparavant. Je n'ai jamais été arrêtée, n'ai jamais divorcé. Je commence à penser que lorsque la décision a été prise de consacrer une série à Esme, j'aurais dû me faire conseiller par un juriste. Mais j'étais si excitée par le fait que mon idée soit transformée en émission. Je me suis montrée naïve, et je le paye en n'étant pas indemnisée.

J'explique mon histoire à l'avocat qui m'écoute gentiment et soupire aux moments appropriés. Je lui explique que j'ai jusqu'à vendredi pour signer l'agrément m'accordant deux mois de salaire, lequel stipule que je renonce à toutes poursuites éventuelles.

— Il est malheureux que vous n'ayez pas consulté d'avocat du show-biz lorsque votre série a été sélectionnée.

— Je sais.

— Pour résumer, vous pensez être virée parce que votre nouvelle chef est une hystérique incompétente affligée d'un complexe de Napoléon…

Il schématise, mais je suppose que je n'ai pas précisé qu'elle avait passé un pacte avec le diable dans la forêt sombre, ou noire, je ne sais plus d'où elle vient. Mais cela semble maintenant sans nécessité.

— En gros, oui.

— Malheureusement, Rebecca, je vais fortement vous conseiller de signer. Deux mois, c'est correct. A moins que vous ne pensiez avoir été victime de harcèlement sexuel, ou de discrimination, vous ne pouvez pas faire grand-chose.

— Ai-je pu être victime de discrimination parce que je suis grande, efficace et douée d'une certaine puissance de travail ?

Il rit.

— Malheureusement, en matière de licenciement abusif, la loi ne fonctionne pas ainsi.

Je note qu'il utilise beaucoup le mot *malheureux* et ses dérivés. Il doit s'agir d'un truc d'avocat pour faire passer la situation pour plus bénigne qu'elle n'est.

— Donc, en gros, je n'ai pas une chance.

— Je sais que vous êtes blessée dans votre orgueil, mais votre situation est meilleure que celle de beaucoup d'autres. Et vous savez quoi ? Vous pouvez toujours vous présenter chez leurs concurrents, une autre chaîne de programmes pour la jeunesse. Vous me semblez très jeune. Je vous conseillerais de ne pas brûler vos cartouches. A un moment donné, vous retravaillerez peut-être avec ces mêmes personnes.

— Non, merci.

Je regrette aussitôt ma brusquerie.

— Merci pour le conseil.

— Pas de problème.

— Je peux vous envoyer un chèque ?

Lorsqu'il s'agit de payer des trucs dont je n'ai pas l'habitude, je suis toujours gênée. Je me demande combien de tempuras de l'heure il facture...

— Pour une conversation de dix minutes ? Avec une amie de Don ? Non ! Mais lorsque vous concevrez votre prochaine série, passez-moi un coup de fil. Je vous aiderai à négocier un meilleur contrat dès le départ.

— Merci.

J'éprouve un respect nouveau pour les avocats.

Lorsque je raccroche, j'inspire à fond puis expire. Je préfère ne pas m'appesantir sur le tort que je me suis fait en ne négociant pas les droits concernant Esme. Comment ai-je pu faire preuve de tant de stupidité ?

D'accord, n'y pensons plus. Ma seule petite vengeance consistera à ne pas envoyer l'agrément signé avant la date limite dont doit faire foi le cachet de la poste. Victoire minuscule, mais victoire quand même.

Je finis par appeler mes parents en Pennsylvanie. Je redoute ce moment parce que je sais que, pour eux, se faire virer est une catastrophe. Ils vivent dans un univers où les indemnités compensatoires importent peu. Etre viré est synonyme d'échec et de réputation ruinée. Ce n'est pas si éloigné de ce que je ressens, mais je dois faire bonne figure.

Comme je m'en doutais, ma mère est à la maison et mon père au travail. Comme mon père et moi parlons peu au téléphone, je suis ravie que ce soit ma mère qui réponde et apprenne la nouvelle à mon père, m'épargnant la gêne de l'informer moi-même.

— Ma chérie, mais c'est affreux. Est-ce à cause de tous tes retards ?

— Non, maman, c'est parce que nous avons été rachetés par une banque.

Bon, mensonge – mais sûrement plus comestible pour ma mère. Un jour, j'ai commis l'erreur de lui dire que ma journée commençait à 10 heures. Je ne crois même pas qu'elle m'ait crue, mais elle y a vu la preuve de mon manque de responsabilité.

— Tu te rappelles quand tu travaillais à la banque, chérie ?

— Oui.

Où veut-elle en venir ? J'ai travaillé à la banque lorsque j'étais au lycée, et l'été qui a suivi ma première année de fac. J'étais au guichet. Les seuls bénéfices que j'ai retirés de cette expérience ont consisté à m'offrir une voiture et comprendre que jamais je ne voulais exercer un métier en rapport avec l'argent. Jamais.

— Peut-être devrais-tu travailler dans un secteur de ce genre. Tu sais, un secteur moins risqué.

Je compte jusqu'à dix avant de reprendre la parole. Je fixe mes ongles de doigts de pied peints, et me rappelle que ma mère est allée chez la pédicure pour la première fois de sa vie lorsqu'elle m'a rendu visite l'été dernier. Elle a gloussé tout le temps.

Elle ne changera jamais. Elle pense que travailler dans une banque est « un bon travail ». En comparaison, mon boulot semble peu sérieux – et donc source d'inquiétude. Je ne l'ai pas avertie que j'avais réemménagé avec Tommy.

— Maman, je ne vais pas changer de profession. Ne t'inquiète pas, et n'inquiète pas papa. Tout ira très bien. Je vais toucher mon salaire durant deux mois. Comme si je travaillais, sauf que je ne travaillerai pas. Tu comprends ? Je toucherai de l'argent, mais je n'aurais pas à travailler.

Je me sens un peu mieux de prononcer ces paroles. Si je convaincs les autres que ce n'est pas si terrible, je m'en convaincrai moi-même.

— D'accord, chérie. Quand vas-tu commencer à chercher un nouveau job ?

Je n'ai encore rien établi, mais le plan qui me vient soudain à l'esprit me plaît.

— Durant une quinzaine de jours, je vais faire ce que je n'ai jamais le temps de faire. Des courses, des balades en ville. Ensuite j'irais rendre visite à Lauryn à Martha's Vineyard, ensuite…

— Vit-elle toujours séparée de son mari ?

— Ils sont divorcés. Le divorce a été prononcé il y a deux semaines.

— Oh.

Victoire. J'ai vingt-sept ans et suis finie professionnellement parlant, mais je sais que ma mère se félicite que je ne sois pas divorcée. Tout n'est pas négatif chez moi.

— Qu'allez-vous faire au niveau de l'appartement ?

— Rien. J'y suis toujours.

Encore un mensonge, mais il faut parfois mentir à ses parents afin de les préserver.

— J'ai appelé chez toi, mais le numéro n'est plus attribué.

Je suis soudain confrontée à Maman Sherlock. Dans cinq minutes, elle va me déclarer qu'Esme est inspirée d'elle. Heureusement, je me suis préparée.

— J'ai décidé d'économiser un peu d'argent en utilisant uniquement mon portable. Les appels de nuit et du week-end sont gratuits et ceux longue distance très bon marché. De nos jours, l'utilité d'un poste fixe est très réduite.

Je noie le poisson en parlant technologie.

— Bon. Préviens-nous si tu as besoin de quoi que ce soit, ou si tu viens nous voir, maintenant que tu en as le temps.

— D'accord. Au revoir, maman.

— Prends soin de toi, chérie.

J'adore mes parents et ils me manquent. Mais en des moments comme celui-ci, je suis heureuse de ne plus vivre près d'eux. Leur inquiétude me rendrait folle.

Mercredi, je sors enfin de l'appartement et me rends à pied jusqu'au marché d'Union Square. D'habitude j'y viens le week-end, lorsque c'est bondé. C'est génial de pouvoir vraiment se balader et goûter les fromages et les pains. J'achète des piments et décide de cuisiner un chili de haricots blancs pour Tommy.

Bêtement, je me touche les yeux après avoir émincé les piments. Je suis en train de les rincer au-dessus de l'évier lorsque mon portable sonne. J'ignore pourquoi, je réponds alors que mes yeux me brûlent.

— Rebecca, c'est ton père.

Il crie dans le téléphone.

— Hé, papa, quoi de neuf?

J'essaie de m'essuyer les yeux du revers de la main.

— Ta mère m'a dit de t'appeler sur ce téléphone parce que tu n'en as plus de vrai.

— C'est un vrai téléphone.

— Il paraît que tu es virée.

— C'est vrai, euh, licenciée.

Pourquoi, mais pourquoi ai-je oublié de ne pas toucher mes yeux?

— Je voulais te dire que si tu avais besoin de quoi que ce soit, ta mère et moi sommes là. Nous pouvons t'aider à payer ta note de téléphone, les courses, tout ce que tu veux.

— Merci, papa. Je crois que ça ira. Comme je l'ai dit à maman, je touche mon salaire encore deux mois.

— Oui, bien. Ta mère te fait coucou. Tiens-nous au courant. Nous sommes là. Au revoir.

Je suis sûre que mon père est ravi d'en avoir terminé avec cette conversation. Mon père, endetté depuis toujours et qui conduit une voiture vieille de douze ans, m'offre son aide. Lorsque je suis entrée à la fac, ils ont contracté une seconde hypothèque sur leur maison, et maintenant je ne suis même pas capable de conserver un job.

*
* *

— Tu as encore pleuré ? demande Tommy en rentrant.

Il brandit un DVD.

— … J'ai pris *Mad Max*.

Je mens en reniflant.

— Non, c'est juste le chili.

Jeudi je ne sors pas, je me contente de regarder *The View* à la télé et manger les restes du chili. Vivre de télé et de nourriture devient une dangereuse habitude.

Vendredi, je signe l'agrément concernant mon indemnité et le poste. J'envisage de cracher sur la boîte aux lettres, mais ce comportement est indigne d'une dame. A moins que si ? J'appelle mon assurance chômage. Je dois appeler chaque semaine afin de toucher quatre cent quinze dollars. Ce qui représente environ vingt-cinq tempura de crevettes et presque un tiers de mon ex-salaire hebdomadaire.

Samedi, Tommy et moi allons au cinéma, ce qui me distrait un moment. Peut-être vais-je passer l'été à aller voir tous les grands succès commerciaux…

Samedi, je ne parviens pas à dormir et je me demande si Tommy et moi devrions revivre ensemble. Qu'entends-je par là d'ailleurs, puisque je vis chez lui et que nous sommes ensemble non-stop ? Il n'a reçu aucun de ses amis ces derniers temps. J'ignore si c'est par égard pour moi et mes humeurs changeantes, ou si lui aussi réfléchit à cette éventualité.

Pour autant que je sache, il ne voit pas d'autre fille. Peut-être ma présence gâche-t-elle ses chances. Cela dit, je ne lui avais pas vraiment parlé de Seamus, aussi vit-il peut-être des choses que j'ignore. Mais *j'ai* passé des nuits chez Seamus. Tommy n'a jamais découché. Il est toujours là lorsque j'ai besoin de lui.

Je dois simplement être en manque d'affection. Je ne suis pas en état de prendre des décisions sentimentales. Heureusement, Tommy a la décence de ne pas profiter de la situation pour obtenir de fabuleuses et complexes relations sexuelles.

Lorsque je m'endors, je rêve d'Esme. Elle ne porte pas de lunettes et a les yeux rouges. Elle marche vers moi mais ses baskets tombent. Je ne cesse de lui dire bonjour mais elle ne répond pas. John et Janice la suivent en secouant la tête et en sautant à cloche-pied.

Parvenue à ma hauteur, Esme me lance une poignée de piécettes à la figure et je me réveille.

Qu'essaie-t-elle de me dire ? Que je n'aurais pas dû signer l'agrément ? Obtenir dès le début un meilleur arrangement ? Qu'en savais-je alors ? A l'époque, j'aurais payé pour produire ma propre série. Peut-être Esme croit-elle que seul l'argent m'importe.

C'est moi qui l'ai créée et maintenant, c'est elle qui me perturbe.

# 14

## *Quelques jours*

A New York, la fête des restaurants a lieu deux fois par an. Cet événement me fait penser à l'excitation d'une rentrée des classes pour un écolier. (Une occasion de porter des vêtements neufs.) En théorie, cette fête permet de fréquenter les plus grands restaurants de la ville et d'en tester l'ambiance. Ce devrait être le meilleur moment de ma vie.

En fait, il s'agit d'un complot.

Un, désormais sans emploi, je suis à même de téléphoner souvent et sur-le-champ. Par exemple à 9 heures, le jour où la liste des restaurants est publiée, je suis déjà en ligne afin de réserver déjeuners et dîners dont faire profiter mes amis. Rien ne devrait être déjà réservé, mais tout l'est.

Deux, en une semaine, je dépense davantage en déjeuners et dîners que si je m'étais contentée de deux bons dîners à des prix normaux. Je me rends compte que ce n'est pas la fête des restaurants qui est à blâmer mais plutôt mon absence de maîtrise de soi.

Trois, nombre de restaurants où je souhaite dîner ne proposent que l'option déjeuner.

— Nous sommes complets toute la semaine, m'annonce l'hôtesse de chez Felidia lorsque je demande à réserver un déjeuner mercredi.

— Désolé, nous sommes complets ce soir-là, et pour être

franche, toute la semaine, répond la femme chez One if by land, Two if by sea.

Je sais que je ne devrais même pas essayer d'obtenir une réservation dans ce que je tiens pour le restaurant le plus romantique de la ville alors que je n'ai personne pour m'accompagner, mais à l'idée de leur bœuf Wellington, je ne réponds plus de mes actes.

— Je ne peux que vous proposer une table à 14 h 30, dit la femme chez Acquavit.

— Et la veille ?

— Il ne reste plus que des tables pour le déjeuner à 14 h 30.

C'est ça. Comme si dans notre civilisation, il s'agissait d'une heure de déjeuner normale. Mais je ne me résoudrai pas à la défaite. Je suis déterminée à investir la place. Je suis munie d'espèces sonnantes et trébuchantes et prévois de consacrer vingt dollars à cette superbe expérience.

— Je prends.

Maintenant, si je me trouvais un compagnon de table, ce serait parfait. Je crains de devoir sacrifier ma réservation parce que tous mes amis travaillent.

Dans les autres restaurants, même réponse, à peu de choses près. Pas de réservation possible, dîner à 23 heures. Je finis même par obtenir le numéro de fax de l'un des restaus. Cette ville fait tout pour me contrarier.

Le seul endroit où je n'appelle pas, c'est Nobu. Dans le cadre de la fête des restaurants, il ne propose qu'un déjeuner et le souvenir de mon dîner avec Seamus continue de me hanter. J'espère qu'il ne m'a pas gâché l'endroit. Je vais devoir m'y rendre afin d'exorciser mes démons, mais je jure de ne jamais, sous n'importe quel prétexte, pardonner à Jewel Bako d'être le lieu où il a emmené l'une de ses innombrables petites amies.

J'imagine l'hôtesse de Nobu en train de se moquer de moi parce que je tente de réserver à une heure où il est certain que le restaurant sera complet. *Nous sommes complets pour toute cette semaine ainsi que la semaine suivante et, ah oui, une bonne partie du mois d'août. Et vous savez quoi ? Ces gens sont désireux de payer le prix normal parce qu'ils ont de vrais boulots payés. A propos, ils ont aussi des petits amis dépourvus d'une flopée d'autres petites amies. Ces gens sont de bons amis de Nobu. Ils l'appellent « No ». Au fait, je mange des tempura de crevettes chaque fois que j'en ai envie et parfois, j'en laisse même un peu dans mon assiette parce que j'en mange en toute occasion. Bien sûr, je ne me gave pas parce que je suis grande, mince et belle – le seul genre de personnes censées fréquenter cet endroit. Bye bye.*

Je ne crois pas pouvoir le supporter.

Mon téléphone sonne. J'envisage de filtrer l'appel, puis y renonce. Tout le monde me sait sans emploi. A quoi d'autre pourrais-je employer mon temps par cette belle journée d'été si ce n'est rester chez moi, à imaginer que les hôtesses des plus grands restaurants cherchent à me piéger ? J'inspire à fond et décroche le téléphone.

— C'est Kathy. Tu es chez toi.

Ben oui, c'est là qu'elle m'appelle.

— Oui.

— Tu es assise sur ton canapé.

— Hum.

Je regarde autour de moi, à la recherche d'une caméra. La parano me guette.

— Oui.

— Je suis super-jalouse... je donnerais n'importe quoi pour ficher le camp d'ici. Je hais le boulot. Tu as une chance inouïe.

Tout dépend sous quel angle on observe les choses.

— Merci.

— Tu as regardé tes mails ?

— Euh non.

— Je t'ai envoyé quelques idées concernant les arrangements floraux. Je voulais savoir ce que tu en pensais.

— Pour où ?

— Pour les tables.

Oh, *c'est vrai*. Le mariage. Comment ai-je pu l'oublier ?

— Je vais regarder.

— Ça va ? Tu as l'air déprimée.

Parce que je ne couine pas de joie à l'idée d'avoir la chance de choisir entre du lilas et des lys ?

— Non, non. Je vais bien.

— Tu as parlé à Beth ces derniers temps ? Elle ne me rappelle pas.

— Bienvenue au club.

— Elle devient aussi pénible que toi lorsque tu travaillais sur ton pilote.

Je ne sais trop que répondre à cela. Essaie-t-elle de me rappeler qu'un jour j'ai eu une vie ? Au petit son de gorge qu'elle émet, je la soupçonne de regretter ses paroles.

— La semaine prochaine, c'est la fête des restaurants.

— Vraiment ?

— Oui. Je sais que tu es un peu juste en ce moment, et que toi et Tommy ne sortez pas vraiment ensemble.

Elle bute sur les mots. Je me reproche mon amertume envers elle.

— … Bref, Ron et moi pensions que vous aimeriez peut-être sortir dîner. Ron a des réservations pour un restau italien de downtown.

— Merci, Kathy.

Elle désire me faire plaisir, même si elle va probablement me forcer à discuter le plan de table toute la soirée.

— Laisse-moi parler à Tommy. Cela me rappelle l'époque où nous sortions tous les quatre ensemble…

— Tu peux amener quelqu'un d'autre…

— Je sais, mais Ron veut me réconcilier avec Tommy.

— Tiens-moi au courant. C'est jeudi soir.

— D'accord.

Je dois le reconnaître, je ne suis pas fan de Ron. Il a fait partie d'une de ces associations d'étudiants dont les membres portent une casquette de base-ball blanche. Bien qu'il n'y ait en soi rien de répréhensible à cela, je crains qu'il n'ait une sérieuse tendance à la bêtise. Kathy semble heureuse de se caser. Je m'attendais à ce qu'elle choisisse un artiste aux cheveux longs, le genre dont elle s'amourachait lorsqu'elle s'est installée à New York. Ron se montre parfois odieux avec les serveurs, signe certain d'ânerie camouflée.

Autre défaut, Ron adore parler pendant les films. Il fait partie de ceux qui devinent à voix forte la suite du film, désireux d'émerveiller l'assistance par leurs capacités de déduction. J'ai regardé assez de films chez eux pour savoir qu'il s'agit d'un défaut chronique. Comment Kathy peut-elle désirer passer le reste de sa vie avec un homme qui ne prend pas le cinéma au sérieux ? Heureusement, je ne suis allée au cinéma avec lui qu'une seule fois.

Malgré ces défauts, Tommy et Ron s'entendent bien. Le sport et Batman leur tiennent lieu de terrain d'entente. Même si, sans Kathy et moi, ils ne seraient certainement jamais devenus amis, sortir tous les quatre ne les dérange pas.

Que les mecs de vos amies s'entendent bien est important. Kathy a été secrètement soulagée lorsque Lauryn et Jordan ont rompu, parce que Ron et Jordan ne s'entendaient pas. A l'opposé, elle a été déçue lorsque Tommy et moi avons rompu parce que Ron et elle allaient devoir construire une relation avec quelqu'un d'autre. Seamus et Ron ne se seraient jamais plu, j'en suis certaine. Chacun aurait essayé de parler plus fort que l'autre. Je les imagine se disputant au sujet de la recette du ragoût. Peut-être est-il préférable que ça n'ait pas marché entre Seamus et moi.

Tommy prend le courrier. Mon courrier commence seulement à suivre et mes factures sont en double. Je viens juste de rater la date limite de paiement de ma carte de crédit. Je fixe la facture du mois de mai, qui inclut toutes mes orgies chez Nobu, y compris la fois où j'ai invité Seamus. Il en valait si peu la peine.

Je vais aussi devoir payer mes nouvelles lunettes chic. Jamais je ne viendrai à bout de mes dettes ! Maintenant plus que jamais serait le moment rêvé de chercher un emploi. Je devrais passer des coups de fil, mais impossible de me motiver. Ce qui ne me ressemble pas. Je suis (j'étais !) quelqu'un qui travaille dur, mais je me sens épuisée. J'ai besoin d'espace.

Je rédige un chèque du montant minimum exigé par ma carte de crédit, sachant que la prochaine facture comptera une amende pour le retard. Payer mes factures me rend folle. Si seulement je pouvais les fourrer dans un tiroir et les oublier ! Que faire pour éponger mes dettes ? Elles semblent insurmontables. J'ai accepté mon statut d'endettée et m'obstine à vivre à ma guise. Le jour viendra-t-il où je ne parviendrai même plus à payer le minimum ? Lorsque mon indemnité compensatoire cessera, je suppose.

Peut-être devrais-je me trouver un mec mûr qui m'entretienne…

— Je croyais que tu étais au chômage, dit Tommy lorsque je lui parle du dîner. Il est temps que tu abandonnes tes vices.

— Euh… j'ai mon indemnité compensatoire, dis-je d'un air de défi et un brin d'arrogance.

Mais si je veux le convaincre, je dois changer de tactique.

— Il faut bien manger.

— La dernière fois que je l'ai ouvert, le frigo regorgeait de nourriture.

— C'est la fête des restaurants. Le dîner coûtera dans les trente dollars.

— Au moins soixante avec le vin que Ron va insister pour commander. Kathy est ton amie, pourquoi tu n'y vas pas seule avec elle ?

— Allez, tu aimes bien Ron.

— Rebecca, dit-il en souriant. Je ne suis plus ton mec. Je ne suis plus obligé d'aimer les mecs de tes copines. Ni de consacrer mon temps à des trucs que je n'ai pas envie de faire. Je suis libéré.

Il lève les bras en l'air et crie « libéré ! » dans toutes les pièces de l'appartement, puis dans la salle de bains où il s'enferme. J'éclate de rire malgré moi.

Il n'a pas tort. Si je veux tirer un trait sur notre histoire, je ne peux pas lui demander de jouer les roues de secours. Je regrette de ne pas être de celles qui coupent les ponts avec leurs ex. Moi, je n'y parviens pas. Je voudrais me persuader que la seule raison à ma présence ici est financière, mais aussi tordues que soient nos relations, Tommy est le seul de mes amis avec qui j'ai encore l'impression de communiquer. Je m'approche de la salle de bains, attendant qu'il sorte.

— Bon sang, dit-il en sortant. Fiche la paix à un pauvre mec. Tu as cuisiné à dîner ?

— Tu t'intéresses à moi quand il s'agit de cuisiner, mais pas quand il s'agit de dîner dehors ?

— Je m'intéresse à toi pour un tas de raisons, dit-il en haussant les sourcils.

Il ne flirte pas, il plaisante c'est tout.

— Pour les gâteries par exemple.

Je joue le jeu. Lui non plus n'est pas prêt à assumer certains aspects de notre relation.

— Que se passe-t-il entre vous, les filles ? demande-t-il en sortant un bloc de fromage du frigo.

— De quoi parles-tu ?

Sur la défensive, je ne suis pas sûre de vouloir entendre ce qu'il va dire.

— Ça vous arrive encore de, je ne sais pas moi, vous détendre ?

Je déteste être analysée, surtout par Tommy et ses semblables.

— Que veux-tu dire ?

— D'accord, calme-toi.

Il coupe un morceau de fromage.

— Vous ne vous retrouvez plus comme avant, tu sais, entre filles.

— Beth t'a dit quelque chose ?

— Non.

Il a l'air contrarié.

— Elle ne me parle pas ces temps-ci. J'ai l'impression qu'il se passe quelque chose de bizarre.

— Eh bien…

Je prends un morceau de fromage.

— … L'année dernière, Lauryn a vécu des moments pénibles, et nous nous étions transformées en commères qui analysaient ses problèmes. Pas méchamment, mais parler d'elle nous occupait. Maintenant qu'elle est partie, je ne sais plus ce que nous avons en commun. J'aime toujours voir mes amies, mais d'autres sentiments interfèrent. J'ignore si nous nous voyons parce que nous nous y sentons obligées ou parce que nous voulons recréer les bons moments du passé. Je crois que lorsque nous avons échangé nos nuits blanches à faire la fête dans les bars contre des petits dîners au restaurant, nous avons perdu quelque chose.

— Je sais de quoi tu parles. Récemment, je me suis interrogé sur mes conversations avec Jordan. On dirait qu'il cherche toujours à m'impressionner, mais nos relations sont superficielles. On dirait qu'il se cherche.

J'acquiesce. Jusqu'ici, je n'avais jamais parlé de tout ça et je suis heureuse d'entendre que Tommy éprouve lui aussi ces sentiments perturbants.

— Tu crois que Beth va bien ?

Il hausse les épaules.

— Tu crois que Jordan va bien ?

Je hausse les épaules.

— Jusqu'à quel point devons-nous nous impliquer ? Et est-ce bien de poser une telle question ?

— Je ne sais pas. Mais je me pose la même.

— Viens dîner avec moi, s'il te plaît. C'est une affaire de seulement trente dollars ! Je sais que ta sœur ne voudra pas venir et je ne veux pas être seule avec Kathy et Ron ensemble.

— D'accord. Mais ne prends aucun autre engagement pour moi.

Le restaurant se situe dans SoHo. Osteria del quelque chose. J'oublie son nom dès que l'hôtesse insiste pour mettre ma veste d'été au vestiaire.

— Vos amis sont déjà arrivés. Ils prennent un verre en haut.

Nous montons un escalier en spirale jusqu'au bar qui surplombe la salle. Quantité de lourds rideaux plongent le restaurant dans la pénombre, ainsi que les chaises à dossiers hauts. J'aperçois Ron qui regarde tout le monde avec un petit air supérieur. Ce genre d'endroit lui correspond. Kathy lui parle mais il ne semble pas lui prêter attention.

— Salut, dit Tommy.

Kathy se retourne dès qu'elle l'entend.

— Bonjour, vous deux. N'est-ce pas un endroit agréable ?

Elle nous attire contre elle et nous embrasse.

— Si vous preniez un verre ? suggère Ron avant d'appeler le serveur.

— J'attends de passer à table, dit Tommy.

Mais le serveur est déjà là.

— Bon. Qu'avez-vous comme bière ?

— Peroni et Morretti, dit le serveur.

— Pas de bonne vieille Bud light ici, commente Tommy.

— Ils font des *bellini* sensationnels, dit Kathy.

Peut-être remarque-t-elle que je roule des yeux.

— Désirez-vous un bellini ? me demande le serveur.

— Hum, certainement.

Je n'apprécie pas ce genre de pression dans les restaurants.

— Je vais prendre une Peroni, ajoute Tommy.

Je lui souris pour lui exprimer ma gratitude concernant ce qui va se révéler, je le crains, une soirée d'un ennui mortel, mais il ne croise pas mon regard.

Ron est commercial dans une boîte pharmaceutique. Il gagne beaucoup d'argent et aime parler de tout ce qui y a trait. Je lui ai expliqué une fois que je voyais l'argent en terme de tempura de crevettes, mais il n'a pas compris.

— Comment marche ton site Internet, Tommy ?

Tommy n'a même pas encore son verre en main qu'il doit déjà défendre ses rêves brisés.

— Comme la plupart des autres boîtes liées à Internet. Je travaille à temps partiel en attendant de prendre une décision.

Ron se lance dans une analyse de l'éclatement du marché de l'Internet et affiche son mépris quant à ceux qui ont eu la stupidité d'y croire. Je décroche. Il ne cesse de répéter :

— Je dis juste qu'il faut vendre quelque chose.

J'ai l'impression que Ron a déjà répété ces paroles très souvent, à beaucoup de personnes, et peut-être même à moi. Je regarde Kathy. Elle sourit à Ron comme s'il se présentait aux élections. Quand je pense que cette fille aimait les mecs aux cheveux longs qui jouaient de la guitare. Que fiche-t-elle avec lui ? C'est ça, le père potentiel génial des enfants qu'elle veut avoir avant trente ans ?

Je m'excuse pour aller aux toilettes. Je suis accueillie par une hôtesse. Je déteste les restaurants qui disposent d'hôtesses dans les toilettes. C'est gênant. Je n'ai pas mon porte-monnaie, mais même si je l'avais, je trouve déplacé de laisser un pourboire pour utiliser les toilettes. Je n'ai pas d'argent, donc je dois endurer le regard réprobateur de l'hôtesse tout le temps que je me lave les mains. Ça ne m'étonne pas que Ron ait choisi ce type d'endroit. Il adore être servi.

Ce n'est pas un mauvais garçon. Mais pourquoi Kathy tient-elle tant à se marier dès maintenant ? Nous avons vingt-sept ans. Autant dire tout le temps. Lauryn s'est mariée tôt, et regardez où cela l'a menée ! Après la fac, le mariage de Lauryn semblait une suite naturelle. Leur mariage ne m'avait pas perturbée parce qu'il n'avait rien changé à leur relation. De retour à notre table, je regarde de nouveau Ron. Je ne comprends vraiment pas.

On nous installe dans un box. Kathy décide qu'elle peut en toute sécurité cesser d'accorder la totalité de son attention à Ron, et m'entreprend sur le sujet des centres de table. Dès qu'elle cesse de l'écouter, Ron l'interrompt et lui explique ce qui d'après *lui* constituerait le plus beau centre de table. Une dispute éclate à propos du prix du centre de table préféré de Ron. Mais il ne s'agit pas d'une véritable querelle. Tous deux conservent une politesse forcée, qui rend la scène encore plus pénible.

Je jette un coup d'œil à Tommy, guettant un signe, mais il fixe le menu avec intensité. Je l'ouvre. Aucune trace de menu à prix fixe ou de menu « fête des restaurants ». Je jette un coup d'œil par-dessus l'épaule de Tommy, cherchant la présence d'un encart spécifique. Il lève les yeux en secouant la tête. J'ai un problème.

— Je trouve simplement que quatre mille dollars est une somme excessive pour des centres de table, dit Kathy.

— Tu as raison, Kathy, dis-je. Où se trouve le menu spécial fête des restaurants ?

Ron et Kathy s'emparent enfin de leurs menus et les ouvrent. Pas de menu spécial.

— Peut-être faut-il dîner au bar pour en bénéficier, dit Ron.

— On peut demander, dit Kathy.

Je crois qu'elle essaie de me calmer. Elle se tourne vers Ron afin de terminer la « discussion » sur les centres de table, mais il est distrait par la carte des vins.

— Que penseriez-vous d'un vin rouge ?

Je regarde Tommy. Je voudrais dire que de l'eau me suffirait, mais Tommy hausse les épaules. Lorsque le serveur revient, Ron commande une bouteille d'un vin italien dont je n'ai jamais entendu parler. Il ne pose pas de question sur le menu spécial et Tommy non plus.

— Kathy veut faire des économies sur le mariage, dit Ron.

Il lui caresse la joue de sa main plutôt poilue.

— Je veux qu'elle ait le plus beau des mariages, comme elle le mérite.

J'éprouve une légère gêne à être ainsi impliquée dans leurs querelles. Peut-être Kathy a-t-elle envie que le père de ses enfants croule sous le fric. Les guitaristes aux cheveux longs sont rarement stables financièrement et, zut, il faut bien que quelqu'un puisse lui offrir les lunettes de star auxquelles elle est habituée.

— Je pense qu'il faut poser des limites, répond Kathy.

— Tu as raison, dit Tommy avec son visage de joueur de poker.

Il se comporte comme si tout cela ne l'affectait en rien, comme s'il ne serait pas mieux chez lui à regarder *Star Wars* pour la centième fois. Je crains qu'il ne soit en train de calculer intérieurement le coût de tout ceci.

— … Il faut poser des limites quelque part.

Le serveur revient avec le vin. Ron demande à Kathy de le goûter.

— Non, Ron, c'est toi l'expert, proteste Kathy.

— Allez, je t'ai montré comment faire.

Le serveur a compris leur manège et verse le vin dans le verre de Kathy. Ron la regarde le siroter en hochant la tête.

— Excusez-moi, dis-je au serveur, y a-t-il un menu spécial fête des restaurants ?

— Il est au bar, répond-il d'un air hautain. Je vais vous le chercher.

Je souris à Tommy dont l'art de cacher ses sentiments atteint la perfection. Ron pourrait s'en inspirer. Pour l'instant, il réprimande Kathy parce qu'elle ne goûte pas le vin correctement.

— Tu as juste avalé, tu ne l'as même pas goûté.

— Ron, je n'allais pas me livrer à cette comédie dans le restaurant.

— Pourquoi pas ? C'est ainsi qu'on goûte le vin.

Le serveur me tend le menu du déjeuner spécial fête des restaurants – il n'en existe pas pour le dîner. Je les hais, lui et son attitude. Nous n'avons pas d'autre choix que de commander un plat de pâtes à vingt-huit dollars. Je désigne le mot déjeuner à Tommy et articule silencieusement « désolée. » Il soulève son verre à l'adresse des deux tourtereaux en train de se disputer.

— Trinquons au vin qu'on avale sans cracher ! lance Tommy.

Nous faisons tinter nos verres contre le sien.

De retour de notre dîner à soixante-cinq dollars par personne, nous grimpons les cinq étages jusqu'à notre appartement. Ron et Kathy ont été assez gentils pour nous ramener dans leur taxi. Kathy a insisté pour payer. Tommy s'est porté volontaire pour s'installer à l'avant afin de ne pas supporter les théories de Ron concernant les échanges boursiers.

— Je suis désolée, dis-je avec conviction.

— A quel propos ?

— Le coût de la soirée, les discours incessants de Ron, mon insistance pour te faire venir.

— Et le peu de bières proposées, le serveur qui nous regardait de haut en nous servant nos plats ?

— Je ne te redemanderai plus jamais un truc pareil.

— Oh, tu peux toujours demander, je n'irai jamais, c'est tout.

— Je suis désolée. Cela confirme ma théorie sur la fête des restaurants. Il s'agit d'escroquer d'innocents dîneurs. Je ne parviens pas à croire que Kathy l'épouse.

— Pourquoi ?

— Tu as vu comme il ne cesse de l'interrompre ?

— Elle semble heureuse.

— Je crois qu'elle veut juste se marier.

Tommy hausse les épaules, comme il l'a fait toute la soirée. Même s'il est l'un de mes rares amis avec qui je me sente encore à l'aise, ce dont j'ai vraiment besoin en ce moment, c'est d'une fille avec qui décortiquer tout ça.

D'un jour à l'autre, mes sentiments à propos de chômage varient. Certains jours, je suis incapable de me motiver pour quoi que ce soit. D'autres jours, j'erre dans la ville ou appelle de vieilles copines de fac à qui je n'ai pas parlé depuis une éternité, ou j'envoie des mails à Lauryn. Parfois j'établis la liste des actions qui s'imposeront lorsque mon salaire ne sera plus versé. Une seule constante : pas de boulot avant d'y être absolument obligée.

Je marche souvent jusqu'au cinéma équipé de l'air conditionné de la 42e Rue. Une fois à l'intérieur, je passe de salle en salle, souriant aux ouvreurs lorsqu'ils ont des soupçons. La plupart des projections de jour n'ont pas beaucoup de public. Et j'ai l'impression de me glisser momentanément dans la vie d'autres personnes.

Parfois, je me sens atrocement coupable. Certains travaillent bien plus dur que moi. Tout le monde ne jouit pas de confortables petites indemnités et cela me gêne encore plus. Mes sentiments et mon humeur font le yo-yo. Quelqu'un a tiré le tapis sous mes pieds. Je n'ai aucune idée de la façon dont va évoluer mon existence.

Mon inertie va à l'encontre de l'éthique de mes parents, mais je déprime trop. A une époque de ma vie, je voulais créer des personnages pour les enfants. Maintenant je sais que je travaillais pour une chaîne ciblant des annonceurs désireux de faire subir un lavage de cerveaux aux enfants. Comment ai-je pu faire preuve d'une telle naïveté ?

Alors, lorsque je fais preuve d'un peu d'indulgence envers moi-même, je me répète que le temps passé sur le front professionnel m'a donné droit à cet intermède. C'est ma vie, celle de personne d'autre. Inutile de me sentir coupable de posséder ce que d'autres n'ont pas. Lorsqu'on m'interrogera sur mes projets d'avenir, je répondrai : « Je me ressaisis. » Mais personne ne me posera la question. Tout le monde s'attend à ce que je musarde jusqu'à la fin de mes indemnités, donc je n'aurai pas à m'expliquer.

Certains jours, Esme me manque tant. Difficile d'accepter que votre création – une part si importante de vous-même – appartient maintenant à une entreprise. Je revois son expression le jour où elle a découvert pourquoi le chat de son voisin était malade, ou la façon dont elle a résolu le mystère de la disparition du drapeau de l'école. Histoires simples, mais que j'avais inventées. Je redoute ce qui l'attend.

Peut-être que j'ai besoin d'instaurer une routine. Je décide de cuisiner à dîner pour Tommy et moi tous les soirs. Je ne peux plus me permettre d'aller au restaurant, mais je continue de désirer des mets de choix. Je prépare des plats légers parce que c'est l'été. De la salade d'orzo à la feta, des moules, des mélanges de fruits de mer grillés. Je prends l'habitude de me rendre un jour sur deux à Union Square, les jours de marché, afin d'acheter des légumes et des fruits frais, du pain de campagne. Des fruits de mer et du fromage. Le vendredi, j'achète des fleurs coupées.

Tommy apprécie mes efforts, mais je sens qu'il tente de maintenir une distance, ce que je comprends. Il est aussi hésitant que moi quant à l'attitude à adopter.

Je retrouve Janice pour déjeuner. Presque trois semaines se sont écoulées depuis la dernière fois que je l'ai vue. Elle m'appelle pratiquement tous les jours pour me donner les dernières nouvelles de ma chère petite Esme, mais j'ai fini par accepter de la voir en personne. Ma vie sociale est tellement réduite que j'éprouve une légère anxiété. Et puis je m'inquiète de la note de restaurant.

Nous allons chez Baluchi, un restau indien. Janice me scrute, je ne sais pas trop pourquoi. Comme je ne suis plus au courant de rien, je me demande de quoi nous allons parler. Sans emploi, je me fais l'impression d'être un membre sans intérêt de la société. Mais ce n'est pas grave, parce que Janice a quantité de choses à me dire.

— Jen accuse sérieusement le choc.

— Elle est si jeune, dis-je.

Il n'est pas rare de perdre ses illusions dans son premier job en sortant de la fac.

— Elle a porté une voilette noire toute la première semaine suivant ton départ.

Je ris. On nous apporte nos plats, poulet *tikka masala* pour elle, *chana saag* pour moi.

— Elle peut se le permettre.

— Oui, mais ce doit être embarrassant pour Hackett. Je n'aimerais pas être à leur table familiale à Thanksgiving.

Elle hésite.

— Cela t'ennuie d'en parler ?

— Non, pas du tout. Je suis curieuse, j'imagine.

— Personne n'accorde un regard à Delores. Cheryl, du département programmation, ne cesse de répéter combien tu étais créative durant les réunions.

— Vraiment ? J'ignorais que Cheryl m'aimait bien.

— Je ne sais pas si elle t'aime bien ou s'il s'agit d'une tactique pour nuire à Delores.

— Seigneur, la politique !

— Tout le monde s'ennuie de toi. Nous voudrions t'inviter à boire un verre pour te dire au revoir dans les règles. Es-tu prête à voir tout le monde ?

— Bien sûr, il n'y a rien dont j'aie à avoir honte, n'est-ce pas ?

— Non, tu es innocente, rit-elle. La semaine prochaine ? J'ai été désignée pour tout organiser.

— Ça me va.

Un autre sujet titille ma curiosité.

— Comment ça va entre John et toi ?

Elle sourit. Elle doit se rendre compte qu'il est enfin possible de ne plus rien me cacher.

— Super. Nous envisageons d'emménager ensemble.

— Waouh ! C'est une étape importante.

— Tu vivais avec ton petit ami, non ?

— Oui, c'est ce qui nous a achevés.

Tout le temps que nous avons travaillé ensemble, je ne lui ai jamais vraiment parlé de Tommy.

— Mais tu vis toujours avec lui, n'est-ce pas ?

Elle semble décontenancée et je comprends combien tout cela doit paraître bizarre quand on ne connaît pas toute l'histoire.

— Hum, ouais, c'est plutôt pour des raisons financières.

Elle roule les yeux. Nous sommes maintenant assez proches pour nous envoyer des coups de coude.

— Est-ce que vous... ? demande-t-elle.

— Non, pas depuis un moment.

C'est vrai ! Cela fait plus de quatre mois que nous n'avons pas fait l'amour.

— Tu voudrais ?

— Dieu seul le sait. Les choses sont parfois si compliquées. Nous sommes si proches et partageons tant de choses. Tout un bagage commun.

Elle acquiesce.

— Tes idées vont s'éclaircir. Tu sembles savoir quoi faire.

— Je suis heureuse de donner cette impression.

— Tu n'as pas idée combien tout le monde est de ton côté.

— Je crois que j'ai une idée.

Arrive l'addition et Janice insiste pour payer.

— Tu n'es pas obligée.

— Ce n'est que justice. Lorsque j'étais au chômage, on payait toujours pour moi. Profites-en.

Je la laisse payer.

# 15

## *Légère comme une plume*

Ma fête de « départ » a lieu jeudi. J'ai grossi parce que aucune de mes tenues d'été ne me va plus. Le corsaire noir qui me seyait si bien l'été dernier, lorsque Esme captait toute mon attention et que je consacrais peu de temps à me nourrir, se tend sur mon estomac et moule mes fesses de façon indécente. L'un des bons côtés du chômage, c'est que je vais manger moins. Je suppose.

J'envisage de faire de l'exercice, mais les salles de gym ne sont pas gratuites. Et si je me procurais un DVD d'aérobic ? Peut-être que je risquerais de ne plus jamais quitter l'appartement.

Ce soir, je me dirige vers un bar près de la gare de Grand Station, choisi parce que la moitié des employés d'Explore ! vivent dans le Connecticut ou plus loin. Je me décide pour une jupe paysanne et une paire de sandales sexy, aux talons plus hauts que ceux que je porte d'habitude. Des ampoules vont apparaître d'ici la fin de la soirée, c'est certain, et si je bois suffisamment, je vais tomber face contre terre. (J'espère que mes ex-collègues seront assez gentils pour me relever.)

Beaucoup de monde s'est déplacé pour moi, oserais-je dire – même certains des spécialistes embauchés ponctuellement. Tout le monde me répète combien j'ai l'air en forme. J'en viens à éprouver l'impression d'avoir survécu à une maladie mortelle. Janice, John et Jen sourient avec bienveillance, comme s'ils étaient chargés de relayer ma bonté. Je sais qu'ils ont alimenté le bureau en menues informations me concernant.

Tout le monde boit et médit, se plaint de budgets réduits de façon drastique, des méchancetés proférées par Delores et de l'horreur de travailler pour une chaîne détenue par une banque.

A cause de mon départ, ils sont maintenant forcés d'assister à divers séminaires organisés par les Ressources Humaines afin de renforcer l'esprit d'équipe. Des expressions propres aux cadres exécutifs fusent. « Parking » semble un terme en vogue, comme par exemple dans « Inutile d'en parler maintenant, envoie ça au parking ».

Selon Sarah, de la Programmation, la « politique d'embauche et de licenciement » de la boîte est un sujet type parking.

— Un truc détestable chez les gens des Ressources Humaines, c'est la façon dont ils ne cessent de répéter votre nom, continue Sarah. Ils ne se contentent pas de dire « bonne idée », ils se sentent obligés de dire « bonne idée, Sarah, très intéressant, Sarah ». Ils répètent votre nom pour vous faire croire qu'ils vous écoutent.

— Sarah, quelle observation pertinente, tu as vraiment mis le doigt dessus, Sarah, dis-je, imitant cette manie.

Elle rit. Durant tous les conseils de guerre auxquels nous avons assisté ensemble, je n'avais jamais remarqué qu'elle avait le sens de l'humour.

— Le départ de gens comme toi m'afflige. Nous allons devenir une boîte sévère dirigée par des gens comme Delores.

— Raconte-lui ta découverte, dit Janice.

Elle se tourne vers moi.

— … Tu vas adorer.

— Oui, tu ne vas jamais le croire !

Sarah doit commencer à être ivre car elle m'attrape par la manche.

— Delores a quel âge ? Trente-quatre ans ?

— Je pense, dis-je.

Janice grimace à la mention de Delores.

— … Ma demi-sœur a environ le même âge et a étudié à Harvard. Comme Delores juge nécessaire d'évoquer sa soi-disant université d'origine dès qu'elle ouvre la bouche…

— Tout le temps ! renchérit Janice opinant du chef avec exagération.

Elle aussi a trop bu.

— Soi-disant ? dis-je.

— Ecoute, dit Janice, se pourléchant les babines, je lui demande si elle connaît ma sœur. Pour une fois, elle ne se lance pas dans une de ses interminables digressions.

— Mais décide de faire bref, ajoute Janice, de plus en plus excitée.

— Cela ne t'ennuie pas de parler d'elle, n'est-ce pas ? demande Sarah, soudain en proie aux scrupules.

— Allez, raconte-lui la suite, intervient Cheryl.

Elle me regarde.

— … si tu es d'accord ?

— Je crois pouvoir le supporter, dis-je.

— Donc je sens qu'elle cache quelque chose. Alors je pose des questions. Habitait-elle dans un dortoir ? A quel club appartenait-elle ?

— La demi-sœur de Sarah est Vice-Président exécutif chez Disney, déclare Cheryl, de toute évidence impressionnée. Tu aurais dû voir Sarah, elle a donné un nouveau sens aux mots « Pilonnage durant un conseil de guerre ».

Janice semble hésiter à révéler leur tactique, puis hausse les épaules.

— Donc, je sens qu'elle flippe, tu sais comment elle se comporte lorsqu'elle prétend être stressée. Alors j'ai vraiment eu envie de savoir.

— Alors ? dis-je.

Je suis curieuse d'où cela va nous mener.

— Eh bien…

Sarah regarde autour d'elle, en direction de Janice, de Cheryl.

— Il s'avère qu'elle a simplement participé à un stage d'été consacré à l'animation à Harvard. Pas vraiment ce qu'on entend par université d'origine !

— Tu plaisantes ?

Vraiment, j'ai peine à le croire.

— Non, dit Sarah, éclatant d'un rire hystérique.

— Tu le crois ? commente Janice.

— Tu mens, dis-je. Impossible.

— Je ne mens pas.

Je suis ébahie.

— Mais alors pourquoi en parle-t-elle autant ? Elle attire l'attention sur le sujet.

— Parce qu'elle brasse du vent, intervient John qui se joint à la conversation. C'est parce qu'elle brasse du vent que tu n'as plus de boulot.

Notre groupe redevient sérieux l'espace d'une minute, puis j'aperçois Don qui entre. Il sourit et se fraye un chemin jusqu'à nous. Malgré la chaleur, il porte sa veste de cuir noir. Et en dépit de la pénombre du bar, des lunettes de soleil.

— La voilà ! s'exclame-t-il en m'embrassant sur les deux joues. Pardon d'être en retard. Nous avons eu une journée d'enfer. Laisse-moi aller te chercher un verre. Un gimlet, c'est ça ?

J'acquiesce et il se dirige vers le bar.

— Il est tellement mignon, dit Sarah.

Je la regarde et souris. Après un verre en sa compagnie, j'éprouve un respect nouveau à son égard. Je comprends aussi qu'elle appartient au genre de femmes qui considère comme un échec de ne pas être mariée à trente ans.

Don réapparaît et nous bavardons un moment. De jour, je ne suis pas du tout attirée par Don, mais après quelques verres, il m'apparaît plutôt séduisant. Hé, on ne travaille plus ensemble, nous pourrions sortir ensemble, juste un soir, non ? Puis je regarde Sarah. Peut-être devrais-je en rester là.

— Tu nous manques, dit Don. Que deviens-tu ?

— Pas grand-chose, tu vois bien.

Il sourit.

— Je te communiquerai quelques noms, et je parlerai de toi à quelques personnes. En attendant, profites-en.

Toujours positif. Il parle du chômage comme d'un autre cycle de l'existence. J'apprécie de me sentir normale, pour changer.

— J'ai appelé ton copain avocat. Il m'a conseillé d'accepter leur proposition d'indemnités. J'ai compris que j'avais été stupide de ne pas négocier un meilleur contrat – et rien du tout concernant Esme.

— Ce n'est pas évident de tout comprendre dès la première fois. Je me suis fait avoir jusqu'à l'os lors de mes premières séries. Lorsque tu travailleras sur la prochaine, tu auras compris la leçon. Et il y *aura* une prochaine.

— Merci. Comment va Jordan, alias Tom ?

— Pas très bien.

Je commence à craindre qu'il ne parle de Jordan.

— Pourquoi ?

Il me regarde, incertain.

— … Pourquoi ? Ton ami semble avoir des problèmes émotionnels, et peut-être d'autres… liés à la drogue.

— En fait, il s'agit de l'ex d'une amie, et d'un ami de mon ex. Va-t-il perdre son job ?

— Eh bien…

Don avale une grande gorgée de son verre.

— … Nous avons déjà pas mal de séquences en boîte, ce serait du gâchis de ne pas s'en servir. Nous allons peut-être supprimer progressivement son personnage au profit d'un cousin. Cela devrait fonctionner. Je doute que l'émission connaisse un succès immédiat, donc personne ne va s'habituer à lui. Mais je ne suis pas pressé de recommencer le casting de zéro.

— Zut. Je suis désolée de l'apprendre.

Devrais-je avertir Tommy ou Lauryn ?

— Hé, il nous a eus nous aussi. Ne t'inquiète pas pour ça.

Il me sourit.

— Tu veux un autre verre ?

— Sûr, mais c'est moi qui vais le chercher.

— Ne m'insulte pas, dit-il en me caressant la joue, c'est ta soirée.

Au bar, il se tourne vers moi et me sourit. C'est le moment ou jamais. S'il m'intéresse un tant soit peu, ce soir pourrait être le grand soir. Je regarde Sarah et reste sur ma réserve à cause de ses remarques. Je ne sais pas du tout où j'en suis, donc je doute que ça en vaille la peine. Je ne suis pas assez soûle pour lui sauter dessus. Ni assez sobre pour comprendre que j'éprouve un léger sentiment de solitude et une certaine culpabilité à l'idée de m'intéresser à lui après que Sarah m'a avoué son intérêt pour lui.

J'appelle Sarah et entreprends de lui poser des questions nulles concernant la programmation. Lorsque Don revient avec mon verre, je le remercie et mentionne le fait que Sarah aimerait déménager dans East Village (en fait, elle a parlé de downtown, mais tout est bon pour les aider à se connecter.) Don habite East Village et Sarah l'interroge sur un bar qu'elle aime bien. Don me regarde, mais continue de lui parler. Je m'excuse pour aller parler à Kim des produits dérivés. Elle se délecte à me faire le récit des attentes ridicules de Delores.

— Elle décide d'un tas de changements qui me force à lui expliquer que « si ce n'est pas dans la charte, je ne dispose pas de la palette de couleurs ».

— Incroyable, dis-je.

Je comprends à cent pour cent son problème.

— Et tu as entendu l'histoire à propos d'Harvard ?

— Incroyable, dis-je une fois encore.

Kim reçoit un appel sur son portable. Je regarde en direction de Sarah et de Don, tentant de jauger si je devrais les rejoindre. Je décide de bavarder avec Jen, assise au bar à fumer une cigarette.

— Comment ça va ? dis-je en me juchant sur un tabouret.

J'ai l'impression qu'elle est ma petite sœur.

— Ça va.

— Je ne savais pas que tu fumais.

— Seulement lorsque je bois.

— Tant qu'on a encore le droit.

Elle me tend son paquet.

— Tu es sûre ? Le prix des cigarettes étant ce qu'il est.

— Non, prends-en une.

— Tu t'amuses ?

— Tout le monde fait la fête, or je ne pense pas que nous devrions.

— Tu ne peux pas être révoltée tout le temps.

— Je sais, mais tu n'as plus de boulot.

— Regarde le bon côté des choses, je bénéficie de longues vacances d'été.

En présence des autres, je me sens obligée de donner le change.

— Tu as entendu le truc sur Harvard ?

— Oui, incroyable.

— Tu sais, j'étais excitée à l'idée de travailler chez Explore! parce que j'aimais l'idée d'avoir une influence sur les enfants. J'ai cru à toutes ces histoires, et maintenant tout le monde ne parle plus que d'argent. C'est nul.

— Je sais. Moi aussi j'ai commencé ainsi. Je t'offre un verre ?

— Laisse-moi t'en offrir un.

— S'il te plaît, Jen, on m'a gâtée toute la soirée. J'adore ça, mais j'aimerais vraiment t'offrir un verre.

— D'accord.

— Un gimlet pour moi et…

— Une cuervo gold margarita on the rocks pour moi.

Je souris.

— Ça, c'est une vraie boisson.

Je règle la note, lève mon verre et nous trinquons.

— A faire ce qu'on aime !

— Et aux pré-adolescentes, ajoute-elle.

— Aux pré-adolescentes.

*
* *

Beth invite Tommy à une fête pour le 4 Juillet. Le patron du studio qui l'emploie possède une résidence d'été à Long Island. J'ai droit à une invitation. J'aimerais m'en tenir à mes principes et ne pas m'y rendre. Dans un sens, j'ai envie de punir Beth de se tenir éloignée de mon existence, mais je n'ai pas envie de rester à la maison. De plus, nous réduisons au maximum la consommation d'électricité et la seule chose pire que rester seule et désœuvrée à la maison est de rester seule et désœuvrée dans l'équivalent d'un four.

— Elle dit d'apporter ton maillot de bain, me dit Tommy au dîner. Ce mec possède une piscine géante. Je crois qu'il est bourré de fric.

Nous dînons de pain accompagné d'une salade de tomates, de basilic et de mozzarella fraîche. Même menu que deux jours plus, mais j'aime vraiment le fromage frais. Peut-être ai-je pris l'habitude d'en consommer un petit peu trop. Aucun de mes vêtements ne me va plus.

Après dîner, je fouille dans mes maillots de bain. Je possède un bikini marron et un une-pièce noir. J'essaie le bikini pour rire et me fixe dans le miroir. J'ai pourtant toujours été la première à apprécier mes courbes – mais là, c'est trop. Ventre flasque, cuisses épaisses, et je suis certaine que mes seins ont commencé à pendre. Le fait que mon corps entier soit d'un blanc crayeux n'améliore aucun de ces détails.

Je dois diminuer ma consommation de fromage. Me mettre à la gym. Faire *quelque chose.*

Même le une-pièce noir me va mal. Je l'ai acheté lorsque nous sommes partis en croisière avec les parents de Tommy et il est vraiment classique. Mon ventre pointe encore davantage. Le coloris me fait ressembler à Casper le petit fantôme.

Je m'assieds sur le lit et m'enroule dans une couverture. La fête a lieu demain et les magasins sont fermés. D'ailleurs, je crois que je ne supporterai pas d'essayer des maillots dans la lumière crue d'une cabine d'essayage, cernée d'un miroir à trois faces accentuant chacune de mes vergetures. Je soupire après les jours vécus avec Lauryn. J'aurais pu exprimer ma frustration. Et, si je me souviens bien, elle possède plusieurs paréos très seyants.

— J'appelle Beth.

— Salut. Tu viens demain ?

— Oui, merci.

Je ne sais pas si elle a envie que je vienne ou bien si avec mon quasi-ventre de femme enceinte, je vais anéantir son image de fille si cool.

— Comment vas-tu t'habiller ?

— Je me suis acheté un nouveau maillot de bain et une robe d'été. Les invités sont des gens chic.

Merci de me prévenir.

— Aurais-tu des sur-maillots ?

— Quoi ?

— Tu sais, des paréos – pour porter sur mon maillot de bain…

Au secours !

— … Je me trouve un peu bouffie.

— Trop de tempura ?

Le ton est moqueur. J'apprécie.

— J'aimerais bien. Non je suis simplement une grosse gloutonne sans emploi.

— Je vais voir ce que j'ai. Je dois te laisser – on m'appelle sur mon autre ligne. A demain. C'est Jordan qui conduit.

— Jordan vient ?

— Oui. Tommy l'a invité. Il a une voiture.

— Depuis quand ?

— Rebecca, je ne sais pas. Je dois répondre sur mon autre ligne.

Le ton est devenu irritable.

— D'accord. Salut.

Esme et moi nous tenons par la main. Nous marchons autour d'une piscine. Elle est plus grosse que d'habitude, mais ce n'est toujours pas une vraie femme. Elle porte l'un des paréos de Lauryn. Moi je porte mon Bikini et mon estomac pend sur mes cuisses. Cela ne me dérange pas vraiment. Nous cherchons quelque chose, mais peu importe la distance que nous parcourons, la piscine s'agrandit de plus en plus.

— Que cherchons-nous ? dis-je encore et encore. Où est le panda ?

Le panda est l'ami imaginaire d'Esme qui l'aide à résoudre les énigmes. J'ai le sentiment que nous pourrions bien être à sa recherche, aussi je lui repose la question.

— Que cherchons-nous ?

Elle s'arrête et désigne la piscine. Lorsqu'elle parle, sa voix résonne différemment.

— Tes amies.

Je me réveille en sueur. Mon réveil affiche 6 h 32. J'envisage de me lever, mais je reste étendue dans le lit jusqu'à ce que je tombe endormie.

Jordan et Beth passent nous prendre dans le nouveau break de Jordan, tous deux vêtus comme s'ils sortaient d'une pub pour Ralph Lauren. Et tous deux portent des lunettes de soleil dignes de top models, hors de prix. Comment font-ils pour être aussi bronzés ? Beth monte à l'arrière avec moi tandis que Tommy, à l'avant, est vraiment impressionné par le nouveau joujou de Jordan. Je me demande si Jordan parviendra à conserver cette voiture lorsqu'il sera remplacé. D'ailleurs, comment expliqueront-ils l'absence de Tom alors que l'émission s'intitule Tom et la taupe ? Pourquoi n'ai-je pas posé la question à Don ? Et que s'est-il passé entre Don et Sarah ?

Jordan est vraiment de très bonne humeur et je me demande s'il est aidé par des substances illicites. Beth reste silencieuse et fixe la fenêtre tandis que nous traversons le tunnel de midtown.

— Je ne t'ai pas montré le truc le plus génial, mec !

— Quoi ? demande Tommy.

Il semble contaminé par l'enthousiasme de Jordan. Celui-ci s'empare d'une télécommande.

— C'est pour la radio.

Je me penche vers le siège avant.

— Tu veux dire que tu disposes d'une télécommande qui t'évite de tendre la main pour presser des boutons, dis-je, incrédule.

— Oui, répond Jordan, hochant la tête. Oui !

— Mec. C'est génial ! enchérit Tommy.

— Tu les entends ? dis-je à Beth qui me répond d'un faible sourire.

Jordan insiste pour laisser les fenêtres ouvertes et passer du hip-hop à pleins tubes durant tout le trajet. Beth, jouant les petites sœurs agaçantes, oblige Tommy à remonter sa fenêtre et ne prononce pas un mot de tout le parcours.

Jordan et Tommy se parlent en hurlant pour couvrir la musique et ratent la sortie.

— Jordan, je le crois pas ! hurle Beth en se propulsant entre les sièges.

Sa réaction virulente me prend par surprise.

— Tu sais que c'est important !

— Calme-toi, Beth. Je vais faire demi-tour.

Il baisse le volume de la stéréo et la fusille du regard dans le rétroviseur. La colère dans la voix de Jordan me surprend et la familiarité entre lui et Beth me perturbe. Je touche l'épaule de Beth, dont je sens la clavicule. Elle m'ignore.

— Merde, quelle humeur changeante ! dit Jordan à Tommy avant de remonter le son de la stéréo.

— Oui, répond tranquillement Tommy.

Je sens que lui aussi est perturbé. Beth ôte ses lunettes et donne un petit coup à Tommy sur la nuque.

— Toi aussi, tu aurais pu faire un effort vestimentaire. Il ne s'agit pas d'un barbecue dans le jardin.

J'ai peine à croire qu'elle lui parle ainsi. Ils ne se sont pas disputés de la sorte depuis longtemps. Tommy se tortille sur son siège.

— Qu'est-ce qui ne va pas chez toi ?

Beth répond quelque chose en portugais, langue qu'ils ne parlent avec personne d'autre qu'avec leurs parents. Puis tout le monde se tait et c'est mon tour de regarder par la fenêtre.

Il nous faut une demi-heure supplémentaire pour trouver la maison. Nous roulons en silence, écoutant la musique, tendus.

— Je crois que tu dois tourner ici, mec, dit Tommy.

Il a raison. Nous tournons dans une allée privée et grimpons une colline. Nous dépassons des courts de tennis, un cottage et une immense piscine avant d'atteindre la propriété principale, où stationnent quantité de voitures.

— Tu vois, Beth, dit Jordan. Je ne crois pas que nous leur avons manqué.

La fête est chic, avec quelque chose de forcé. Cinq ans plus tôt, l'endroit m'aurait impressionnée, mais maintenant que je n'ai plus un sou, il me semble excessif. Il ne s'agit effectivement pas d'un barbecue dans le jardin d'un copain. Des serveurs vêtus de blanc font circuler des petits-fours et un buffet propose des assiettes de viande découpée dans le porc qui tourne sur une broche. L'hôte s'approche de Beth et l'embrasse sur les deux joues avant de nous serrer la main avec vigueur.

— Ma maison est la vôtre, dit-il en brassant l'air autour de lui. Faites un tour à la piscine et dégustez du porc. Il rôtit depuis l'aube.

L'humeur de Beth s'améliore immédiatement. J'ai la sensation qu'elle n'a pas envie de moi dans ses basques. Tommy doit éprouver la même chose parce qu'il fonce vers la piscine. J'erre sans but au milieu des fêtards sirotant de la bière. Je ne me sens pas à ma place et je n'ai personne à qui parler, mais j'aime être ici. Le décor est ravissant et exempt de bruits de klaxons, de sirènes, ainsi que de hauts immeubles surchauffés. Je suis heureuse d'échapper à la ville, même pour une seule journée.

Je retrouve Tommy à la piscine, qui joue au water volley-ball avec une mordue d'âge mûr contre un couple homosexuel. Malgré tous ces corps musclés, j'enlève mon débardeur, remonte ma jupe, me balade en maillot de bain (ou presque) et reprends la lecture de mon roman de gare. Le soleil caresse ma peau et je ris lorsque Tommy frime en démontrant ses talents de volleyeur.

Ses talents ne suffisent pas. Lui et sa partenaire, Jill, sont battus à plate couture par Jonathan et Owen. Nous gagnons tous la résidence afin de nous enquérir du cochon. C'est plus animé maintenant. On y trouve des DJs et quelques personnes dansent. Jordan et Beth ne sont nulle part en vue.

Nous nous servons quelque chose à manger et nous asseyons autour d'une grande table, où nous buvons et racontons des histoires. La femme musclée, Jill, est chef des ventes pour le studio. Jonathan est l'un des ingénieurs, et son petit ami, Owen, un musicien professionnel qui envisage d'intégrer une école de cuisine.

Jonathan et Owen dorment dans l'une des chambres d'invités. Ils font surgir une bouteille de tequila et nous buvons un verre. La conversation ne s'en porte que mieux. Je distingue l'odeur caractéristique de la marijuana et souris à Tommy, certaine qu'il désire en localiser la source.

— Tu as vu Beth ? demande-t-il.

Je fais non de la tête.

— Je n'ai pas vu Jordan non plus.

— Tu crois que nous allons rentrer ce soir ?

— Vous voulez partir si tôt ? demande Owen.

— Non, je m'interrogeais juste au sujet de notre chauffeur, dis-je.

— Ne t'inquiète pas, répond Tommy. Je suis relativement sobre et je vais cesser de boire. Je conduirai si nécessaire.

— Au pire des cas, vous pouvez dormir dans notre chambre. C'est ce que va faire Jill, propose Jonathan.

— Merci, répond Tommy en toute ingénuité.

— Mais essayez de ne pas faire trop de bruit, plaisante Owen.

Il suppose que nous formons un couple et aucun de nous ne le détrompe.

Après deux heures et deux visites supplémentaires au buffet, il commence à faire sombre. Les invités s'éparpillent dans la propriété, tout comme les torches. Beth et Jordan s'approchent de notre table.

— Vous voilà ! s'écrie Beth. Je vous ai cherchés partout.

— Nous étions à la piscine, dis-je. Mais nous sommes revenus depuis un moment. Où étiez-vous passés ?

— Dans le coin.

Elle se comporte de façon beaucoup plus amicale, presque trop amicale. Elle ne cesse de me tapoter les cheveux.

— Oh, je t'ai apporté le paréo, j'avais oublié.

Il est trop tard pour qu'il me soit utile, mais je suis touchée qu'elle s'en soit souvenue. Jordan parle avec Tommy et Jill. A l'expression de Tommy, je comprends que Jordan n'est pas très compréhensible. Il se ridiculise sous les yeux d'Owen et Jonathan. Jill se lève et quitte la table. Je soupçonne que c'est parce que Jordan lui hurle dans l'oreille.

Je reprends ma conversation avec Owen et Jonathan. Beth s'obstine à nous interrompre bruyamment et de façon peu intelligible. Mais je suis soûle moi aussi, peut-être est-ce ma faute si je ne la comprends pas.

On installe un buffet de glaces autour duquel tout le monde s'agglutine. Beth réalise un sundae vraiment impressionnant avec tous les suppléments et une tonne de crème chantilly, mais elle ne le mange pas, se contentant de lécher la crème chantilly sur ses doigts.

Tommy et Owen ont envie de se baigner de nouveau. Nous retournons à la piscine. D'instinct, je tiens fermement Beth qui refuse de s'asseoir dans l'une des chaises longues.

Jordan plonge en poussant des hurlements. Il éclabousse tout le monde et Beth part d'un rire hystérique. Jonathan annonce qu'il va se coucher et Owen l'accompagne. Owen réitère son offre mais nous déclinons.

— Je veux aller dans l'eau moi aussi, dit Beth.

Ni elle ni Jordan ne semblent calmés.

— Allez viens ! crie Jordan.

Je suis toujours accrochée à elle. Je ne crois pas qu'il s'agisse d'une bonne idée.

— Non, Beth, on s'en va, dit Tommy. Nous sommes fatigués et il va nous falloir deux heures pour rentrer.

— D'accord, Tommy.

Nous rentrons et patientons tandis que Beth fait des adieux pleins d'effusion à tout le monde.

Arrivés à la voiture, Tommy et Jordan se disputent le volant. Hors de question que je monte dans une voiture conduite par Jordan. Tommy n'a pas bu un verre depuis cinq heures. Je ne me mêle pas de la discussion car il défendra mieux son cas que moi.

— Allez, Jordan, tu as dit que je pouvais la conduire.

— Je sais, mec, mais ça va.

— Oui, ça va, ment Tommy, mais quand aurai-je une autre occasion de la conduire ? Tu pourras utiliser la télécommande.

Jordan accepte et je tapote l'épaule de Tommy. Puis, malgré la musique, je sombre dans le sommeil. Lorsque je me réveille, nous passons le tunnel de midtown. Beth parle toujours très fort, mais Jordan semble s'être calmé. Je suis la seule à être tombée endormie. Tommy prend la direction de chez Beth.

— Je la déposerai, dit Jordan. Je peux conduire et vous déposer dans uptown.

— Non, ça va, c'est sur le chemin, dit Tommy.

Ça ne l'est pas du tout mais il a parlé d'un ton très ferme. Jordan se retourne et jette un œil à Beth, avant de s'adresser à moi.

— Tu as bien dormi ?

C'est la première fois de la journée qu'il me regarde.

— Tu as une voiture très confortable.

— Je sais.

Je le soupçonne de vouloir que je raconte à Lauryn combien il s'en sort bien. La façon dont Beth claque la porte lorsque nous la déposons devant son immeuble me fait penser qu'elle soupçonne la même chose.

# 16

## *Etendus dans nos tombes*

Kathy m'appelle lundi pendant que je regarde *Port Charles*. Je n'ai jamais été portée sur les feuilletons sentimentaux, mais je trouve qu'ils proposent aux jeunes en vacances et aux femmes sans emploi des scénarios dans lesquels il est agréable de s'immerger, ce que je fais. Je coupe le son parce que Kathy a apparemment pleuré.

— Qu'est-ce qui ne va pas ? dis-je.

— Rien. Je te dérange ?

A l'écran, un couple fait l'amour. L'appel de Kathy semble crucial, mais je croyais que le couple était frère et sœur. Maintenant, je n'en saurai jamais plus.

— Non, pas du tout.

J'éteins la télé. Quel genre de fille suis-je devenue ?

— Tu es au boulot ?

— Non.

— Oh, mon Dieu. Tu t'es fait dégraisser ?

— Non, portée malade.

— Qu'est-ce qui ne va pas ?

— Je ne sais pas.

Sa voix tremble.

— Enfin, Kathy. Il s'agit de Ron ?

— Non, enfin, un peu.

— Quoi ?

Le mariage est annulé ? Oserai-je poser la question ?

— Je ne sais pas. Je ne sais pas.

Elle s'interrompt. On dirait qu'elle pleure. Je me sens atrocement mal pour elle.

— Tu veux que je vienne te voir ?

— Non, non. Je ne sais pas.

— Que se passe-t-il ? C'est le mariage ?

— C'est tout. Trop de choix.

— Que veux-tu dire ? Tu parles des cadeaux-souvenirs aux invités ?

Je ne comprends rien de rien.

— Nooooon ! sanglote-t-elle. C'est tout ça. Je ne supporte pas de me réveiller le matin. Je me sens tellement bizarre. Je n'ai pas mes règles. C'est tout ça. J'aurais voulu vivre cinquante ans plus tôt, je n'aurais rien eu à décider. Ma mère pense que j'ai besoin de voir un psy.

— Ça dure depuis combien de temps ?

— Deux mois.

— Deux mois ? Pourquoi n'as-tu rien dit ?

— Je ne sais pas. Je ne comprends pas. C'est censé être le moment le plus heureux de ma vie.

J'ai envie de l'aider, mais impossible de me mettre dans cet état d'esprit. Peut-être changerai-je d'avis lorsque je serai fiancée, mais sincèrement, me mettre dans la peau de ma grand-tante Phyllis n'est pas très excitant.

— Bon, Ron t'aide-t-il à organiser le mariage ?

— Plus ou moins, il essaie. Il ne s'agit pas que de ça. C'est un ensemble. Je suis sur les rangs pour cette super-promotion au boulot, mais ils veulent que j'obtienne mon MBA et il y a tant à faire. Tu sais ? Tant !

Elle renifle puis se remet à pleurer.

— Kathy, tu sembles surmenée.

Je parle avec prudence parce que je ne voudrais pas qu'elle m'accuse de manquer de compassion.

— Peut-être essaies-tu de faire trop de choses en même temps. Le mariage, le boulot, tout.

— Oh, je n'aurais pas dû t'appeler.

Super, j'ai réussi ! Je vais être rayée de la liste des demoiselles d'honneur avant même d'avoir pu jeter un œil sur les garçons d'honneur.

— … tu as tes propres problèmes.

— Non. Ça va, vraiment.

— Chacune vit sa vie. On ne se voit plus.

Elle n'a pas tort.

— Ça ne signifie pas que nous ne pouvons pas compter les unes sur les autres, ou que nous ne sommes pas excitées à propos du mariage. Mais aucune de nous ne se doutait de ce que tu ressentais.

— Parce qu'on ne se voit plus.

On dirait qu'elle a cessé de pleurer, mais sa voix continue de frôler l'hystérie. Je ne suis pas sûre d'être prête à gérer cela. Peut-être devrais-je appeler les poids lourds, Lauryn et Beth. Mais peut-être qu'elles ne répondraient pas.

— Prends les choses avec calme.

— Je n'y arrive plus. Ron ne parle que d'acheter une maison, mon boulot me met une pression d'enfer. Ma mère est persuadée qu'il s'agit de son mariage. Ma sœur va avoir son deuxième gosse et a des caprices de diva.

— Bon, il faut que tu laisses tomber.

— Quoi ?

Elle rit pour la première fois.

— … Laisser tomber quoi ?

— Je ne sais pas. C'est juste une façon de parler.

Je veux continuer de la faire rire.

— Personne n'a répondu à ma sœur concernant mon enterrement de vie de jeune fille. Et on va déclencher son accouchement la semaine prochaine. Dina a l'air de craindre qu'à cause de mon mariage, elle ne perde les eaux ou je ne sais quoi.

— Mince!

J'avais totalement oublié ce mail.

— Elle a envoyé un e-mail le jour où je me suis fait virer et je n'ai jamais répondu. Je suis désolée.

— Non, soupire-t-elle. Au moins, toi, tu as une raison. Lauryn et Beth n'ont pas répondu non plus – ni ma coloc de la fac. Ne crois pas que c'est à cause de ça. C'est un ensemble. Parfois, je n'ai pas envie de sortir de la douche parce que je n'ai pas envie de cesser de pleurer.

— Mince. Ça va vraiment mal.

— Je sais. Je me sens si peu normale.

— Tu vas avoir un superbe mariage et une superbe carrière.

Elle rit.

— … et une superbe existence, très heureuse.

— Merci, Rebecca. Merci. Je me sens tellement, je ne sais pas. Je n'ai pas vingt-huit ans et je me sens si vieille.

— Tu n'es pas la seule, j'en suis sûre. Je parie que beaucoup de gens ressentent la même chose avant leur mariage. Te marier ne signifie pas que ta vie va s'arrêter. Tu sembles subir une forte pression.

L'affaire reste fragile. Elle a baissé la garde, mais critiquer le mariage peut être assimilé au blasphème.

— Tu as raison. Mais je regrette que nous ne puissions pas simplement fuguer et nous marier.

— Tu plaisantes ? Après les essayages de toutes ces maudites couleurs dans trois Etats différents ?

Elle rit vraiment très fort, le genre de rire qui peut s'achever en pleurs d'une minute à l'autre.

— Ah, je vois. Il s'agissait d'une simple distraction. Penses-y lorsque tu feras l'amour à ton mari tout neuf dans le sud de la France.

— Arrête, arrête. Je ne parviens pas à t'imaginer dans ce modèle dos-nu.

— Oui, mes fesses ne vont pas tenir, merci, c'est malin. Tu crois que j'ai besoin de ça ?

Je commence à penser que nous allons peut-être nous en tirer.

— Que fais-tu ce soir ?

— Je ne sais pas.

Elle soupire. Peut-être me suis-je montrée trop brusque.

— Ron assiste à un match. Je devrais commencer mes recherches concernant les programmes de MBA. Je n'ai cessé de repousser l'échéance.

— C'est le problème, Kath. Pourquoi ne pas prendre une soirée de congé ? Pas de projet domestique, de mariage, de travail ou de recherches sur les écoles supérieures.

— Quoi alors ?

— Je dois retrouver des copains d'Explore ! au Bryant Park pour la projection des films du lundi soir. J'y vais de bonne heure pour réserver une bonne place. Tu veux venir ?

— Y aura-t-il des gens que je connais ?

— Non, juste moi.

Cela pourrait être rédhibitoire.

— Super, à quelle heure ?

— Que penses-tu de 16 heures ?

— Okay, tu trouves que c'est bien alors que je me sois portée malade ?

— C'est la beauté du geste.

— Tu as raison. Que dois-je apporter ?

— A boire, et en quantité.

Le soupir de soulagement de Kathy vaut largement d'avoir raté la scène d'amour incestueuse du feuilleton que je ne devrais pas regarder.

— … ordre du docteur.

J'avais prévu de marcher jusqu'au marché d'Union Square, mais une fois hors de l'appartement, je suis enveloppée d'une chaleur oppressante. Il fait si chaud que je me sens mal. Je décide de prendre le métro malgré la puanteur et les millions de personnes qui traversent Times Square chaque jour. Je marche jusqu'à la gare, coupant par les allées et les parkings des hôtels afin d'éviter les touristes. C'est le pire moment question affluence, pourtant c'est le moment où tout le monde semble vouloir visiter New York.

Je prends le train jusqu'à Union Square. Une partie de la foule du déjeuner hante toujours le marché. J'ai promis à Janice et John que je cuisinerai et réserverai un emplacement s'ils apportaient du vin et de la bière. Je n'ai plus qu'à décider quoi cuisiner.

J'ai beaucoup regardé *Molto Mario* sur la chaîne consacrée à la cuisine. Il insiste sur l'idée d'acheter chaque jour des produits frais au lieu de faire son marché avec une idée en tête. Je tente d'appliquer cette idée.

Je fais un premier repérage. Je ne peux rien choisir de trop long à préparer. Il est déjà 13 h 30, donc quoi que je cuisine, je dois me dépêcher pour me retrouver dans Bryant Park à 16 heures. J'ai repéré ce que les différents étals ont à proposer et ceux auxquels je préfère acheter des tomates plutôt que des légumes verts et des herbes. Mes préférences ne sont que très vaguement influencées par le charme des vendeurs.

Je me décide pour un pain de campagne complet aux noix, quelques belles tomates bien rouges, de l'arugula et du parmesan. Je descends la 14e Rue et m'arrête au Jardin d'Eden, un marché pour gourmets où je me rends parfois avec Lauryn. Je choisis une boîte de pesto. Je n'aurai jamais le temps de préparer le mien.

Je saute dans le train pour regagner Times Square. Je traverse à pied le long tunnel jusqu'à la sortie de Port Authority et sors sur la Huitième Avenue, plus proche de mon appartement. Le temps que je monte les cinq étages avec mes sacs, je suis en sueur. Je me sers un peu de café glacé et prends une douche rapide.

A ma sortie de la douche, il est 15 heures. J'ai presque oublié en quoi consistait avoir des horaires. Mais je ne vais pas me presser. Il fait bien trop chaud. Comme Tommy travaille jusqu'à 19 heures, je reste enroulée dans ma serviette et laisse sécher mes cheveux.

Je coupe le pain dans le sens de la longueur et tartine les deux côtés de pesto. Je tranche les tomates finement, dispose l'arugula et le parmesan. J'ajoute sel et poivre – et ne peux résister à un petit filet d'huile d'olive de Croatie pour laquelle j'ai craqué dans un moment de faiblesse.

Je presse les deux parties de pain ensemble et tranche le tout en onze tranches. J'enveloppe ma préparation de papier alu et de serviettes en papier et dispose le tout dans un sac en plastique.

J'enfile un débardeur et ma jupe passe-partout à taille coulissante. Je m'inonde de déodorant, puis replonge dans Manhattan transformé en four.

Bryant Park commence déjà à se remplir. J'aime aller au cinéma en été, mais parfois les gens prennent les choses un peu trop au sérieux. Des personnes seules et quelques couples ont déjà étendu deux ou trois couvertures en attendant leurs amis. Plus personne ne bosse ou quoi ? Je fais glisser mes chaussures et me faufile à travers la jungle des couvertures.

Le film ne commencera pas avant encore au moins quatre heures et demie, au coucher du soleil. A ce moment-là, plus un millimètre de pelouse ne sera disponible entre les gens assis sur leurs chaises et ceux debout autour de Bryant Park. N'empêche, ces spectateurs de la première heure se montrent hargneux si vous empiétez même très légèrement sur leur territoire. Je supporte quelques regards mauvais en me disant que je tiendrai ma vengeance lorsque leurs amis leur feront faux bond. J'étire mon drap le plus possible. Je ne sais pas trop sur combien de personnes je dois compter, mais j'espère que nous tiendrons tous sur le drap étendu sur l'herbe.

Je me plonge dans la lecture de mon roman nul, jetant de temps à autre un regard sur les passants. Mon portable sonne. Kathy.

— Hé, où es-tu ? dis-je, me levant pour survoler le parc du regard.

— A gauche de l'écran.

J'aperçois ses cheveux blonds.

— Tu vois le type avec les ballons rouges Joyeux anniversaire ?

Elle se tourne et aperçoit les ballons. J'agite les bras.

Elle se met à sautiller.

— Je te vois.

Elle se faufile jusqu'à mon drap. Elle porte une super-paire de lunettes de soleil, peut-être pour cacher ses yeux rouges. Nous nous embrassons. Heureusement, elle a apporté de l'eau. Nous nous étalons sur le drap et papotons de tout et de rien.

— Tes biceps sont superbes, dis-je.

Je sais qu'elle les travaille afin d'être belle dans sa robe bustier.

— Merci.

Je lui raconte la fête à laquelle je me suis rendue avec Beth, mais je ne parle pas de l'étrange relation entre Beth et Jordan.

— Comment va Tommy ?

— Sympa, dis-je. Toujours le même.

Ses sourcils se haussent au-dessus de ses lunettes de soleil, mais heureusement elle n'émet aucun jugement. Mon portable sonne. C'est Janice. Jen et elle se trouvent d'un côté du parc et nous cherchent. J'agite la main pour qu'elles nous voient. (Comment faisions-nous avant les téléphones portables ?)

Je fais les présentations. Janice m'annonce l'arrivée de John pour un peu plus tard. Il n'est que 18 h 30 mais le parc se remplit des gens sortant du boulot.

— Les gens sont tellement snobs, dit Janice, surprise par les regards noirs et les commentaires endurés pendant la traversée.

— Ce ne sera pas drôle lorsqu'on aura envie d'aller aux toilettes, dit Jen.

Des toilettes publiques sont situées aux coins du parc, mais les atteindre n'est pas aisé. Pourtant je suis certaine de devoir y aller bientôt parce que tout le monde a apporté des packs de bière déjà entamés.

Je crois que le soleil accélère notre ivresse et je commence à me sentir un peu pompette. Je peux dire que mes amies aussi. Janice et Kathy rigolent vraiment fort ensemble.

— Il faut que j'aille faire pipi, dis-je.

— Surprise, dit Kathy, apparemment assez remise de ses traumatismes de l'après-midi pour me ridiculiser devant mes anciennes collègues, elle a une vessie de la taille d'un petit pois.

— Donc je suppose que tu ne viens pas, dis-je, au milieu des gloussements généraux.

Je me fraye un chemin dans la mer de couvertures et de grincheux sans plus me soucier d'où je pose le pied.

Une longue file s'est formée devant les toilettes, or je ne peux pas attendre. Je ne vais jamais y arriver. Je pénètre dans le restaurant Bryant Park et me dirige droit vers les toilettes, faisant la sourde oreille à l'hôtesse qui m'appelle. Enfin le soulagement ! En me lavant les mains et rafraîchissant mon brillant à lèvres, je remarque combien mes joues ont rougi, sous l'effet de l'alcool ou du soleil, ou bien des deux. Elles sont presque assorties à mes lunettes.

Je remercie l'hôtesse à l'expression renfrognée. Je me fiche de son attitude ; le public désagréable m'a endurcie. Le ciel d'été a viré au violet et les tables et les chaises à la lisière du carré de pelouse se sont remplies.

Une fois de plus, je me faufile à travers la foule, me régalant du fait que beaucoup de ces oiseaux de la première heure se sont fait plaquer par leurs amis et en sont maintenant réduits à se bagarrer pour préserver leur couverture. Au fur et à mesure que le temps passe, les gens envahissent clairement leur espace. J'entends retentir un « Hé ! » Je suis déterminée à l'ignorer, comme d'habitude, mais j'entends mon nom. Je lève les yeux et mon regard tombe sur Sarah, de la programmation.

— Oh, hé, comment ça va ?

Elle me présente quelques anciennes copines de fac. Je lui explique que je suis accompagnée de Janice et de Jen. Elle me dit qu'elle m'appellera sur mon portable après le film si elle n'est pas trop fatiguée.

— J'adore *Le Père de la mariée*. J'ai hâte de voir l'original, dit-elle.

— Quoi ?

— Le film.

— Je croyais qu'il s'agissait de *Double Indemnity.*

— C'est l'un de mes films préférés. « Moi aussi je bois à la bouteille », dis-je, citant le film.

Sarah ne comprend pas la référence et ses copines me lancent de drôles de regards.

— Non, c'est la semaine prochaine. Cette semaine c'est le *Père de la mariée.* Tu sais, avec Liz Taylor ?

Oh zut, j'espère que ça ne va pas faire trop pour Kathy. Sarah incline la tête.

— Au fait, comment ça s'est passé avec Don ? dis-je.

Je surprends un échange de regards entre elle et une de ses copines. Vis-à-vis de moi, elle s'arrange pour garder une expression neutre. Je me rends compte qu'elle ne se rappelle pas avoir fait allusion à son penchant pour lui, ni du fait que je les ai sciemment laissés en tête à tête, Don et elle.

— Bien, pourquoi ? Il a dit quelque chose ?

— Non.

L'une de ses copines fait la grimace. Je ne sais pas si je dois la croire. Peut-être va-t-elle s'imaginer que Don a parlé d'elle, ce qui lui donnera de l'assurance en sa présence.

— Je me demandais, c'est tout.

— Il ne s'est rien passé.

Elle semble toujours suspicieuse.

— Salue les autres pour moi.

Lorsque je reviens à la couverture, John est arrivé.

— Il faut que je fiche le camp, clame-t-il.

Il parle d'Explore !

— J'aurais pu rester toute la nuit, vidé, sucé jusqu'au sang.

J'essaie de ne pas éprouver de jalousie à l'idée qu'il était en train de travailler sur Esme. Je l'embrasse et explique que je viens de rencontrer Sarah, sans mentionner Don. Selon eux, les rapports entre la production et la programmation atteignent le summum, maintenant qu'ils sont unis contre Delores. Je parodie une révérence.

— Je suis ravie que mon gagne-pain ait été sacrifié pour le bien des relations de la chaîne.

— Quand allons-nous consommer cette chose odorante et appétissante ? demande John, désignant mon maxi-sandwich.

Comme j'ai faim, je l'ouvre et en fais passer un morceau à chacun, accompagné d'une serviette en papier.

Le pesto et l'huile d'olive se sont mêlés et ont imprégné pain et tomate. Les différentes saveurs se mêlent à merveille. J'observe les autres pour voir si c'est juste parce que je suis affamée. Apparemment non, tout le monde s'empiffre.

— C'est délicieux, dit Kathy entre deux bouchées.

— Mmm, parfait, dit Jen.

— Tu sais vraiment faire un sandwich, dit Janice.

— Il en reste ? demande John, louchant sur le sac.

Nous en reprenons tous une seconde fois et John une troisième.

— Peut-être Rebecca fera-t-elle la course avec nous, dit Janice en regardant Kathy.

Mes amis ont comploté à mon sujet derrière mon dos ? Les gens qui travaillent ont des choses à dire. Ça doit être sympa d'avoir un boulot et des choses à dire.

— Quoi ?

— C'est une bonne idée, répond Kathy.

— Quoi ? dis-je une fois encore.

Voilà que maintenant ils ont des secrets et de bonnes idées. Ce n'est pas moi qui ai tiré Kathy de son humeur noire ?

— Il y a une course de dix kilomètres à la fin de l'été, pendant le Labor Day, explique Kathy. J'ai beaucoup couru. Je vais participer à la course, et Janice aussi. Ce sera super, deux semaines avant le mariage.

— Je ne cours pas, dis-je.

— Il ne s'agit que de dix kilomètres. Ce n'est rien, dit Janice.

— C'est dix kilomètres de plus que ce que je ne peux courir.

— C'est ce que j'ai répondu au début, Rebecca, dit Jen.

— Il te reste presque deux mois, dit Kathy. Tu devrais commencer à t'entraîner.

Je crois la voir loucher sur mon ventre. D'accord, le sandwich me boudine un peu.

— Tu t'intéresses à la course ou à mon look dans ma robe de demoiselle d'honneur ?

Ma question semble mettre tout le monde mal à l'aise. Ce n'était pas le but.

— Elle veut que tu *coures* en robe de demoiselle d'honneur, dit John, tentant de briser la glace.

Jen change de sujet et évoque son week-end dans la maison en copropriété de sa sœur sur une plage de Jersey. J'évite le regard de Kathy pendant un moment.

Des heures plus tard, le soleil se couche enfin. Quelqu'un annonce le début du film, déclenchant des salves d'applaudissements. Nous devons tous être soûls de bière, de soleil et de longues journées d'été. Je jette un coup d'œil à Kathy pour vérifier si elle se formalise que le film parle de mariage, mais elle me sourit. Je crois qu'elle s'inquiète à l'idée que je sois agacée qu'elle me trouve grassouillette.

Une pub pour les sponsors du film envahit le grand écran. Les habitués du lundi soir se lèvent et exécutent une petite danse rigolote en tapant dans leurs mains. Kathy, qui n'a jamais assisté à cette projection, se lève et se balance tandis que Janice et John font les idiots. Jen et moi échangeons un regard en rigolant.

— Pas mal, leur dis-je quand ils se rassoient.

Il ne fait plus aussi chaud. Le film commence par un vieux dessin animé de *Bugs Bunny*. Tout le monde applaudit de nouveau. Attendre aussi longtemps a décuplé les énergies.

J'essaie de trouver une position aussi confortable que possible sur la couverture que je partage avec quatre autres personnes. Je remarque que mon estomac pointe plus que d'habitude.

— Peut-être vais-je me mettre à la course à pied, dis-je à Kathy dans un murmure.

Elle acquiesce en souriant.

Le lendemain matin, je me réveille avec la sensation d'avoir trop chaud et d'être trop grosse. Je me contemple longuement dans le miroir en pied et tente de décider si Kathy voulait insinuer que j'ai pris du poids. Depuis que j'ai perdu mon job, il est certain que je sors moins. Mais je crois que le mal date de l'année passée, avec tous ces repas aux notes salées, consommés à mon bureau tandis que je me tuais à la tâche.

Un jour, je me suis inscrite dans un club de gym. Je possède encore les baskets hors de prix qui le prouvent. J'appartiens plutôt au style sport en salle. Bon d'accord, ça fait un bout de temps que je ne me suis pas assise sur un vélo. Ni que j'ai fait preuve d'une énergie quelconque.

Je ne suis pas un petit format et ne le serai jamais. D'ordinaire, j'aime bien mon derrière, mais en l'examinant dans le miroir, je le trouve trop rembourré pour ma santé.

J'engouffre un pot de yaourt géant et allume la télé. Je vais sortir et faire quelque chose, mais d'abord, je vais regarder un peu la télé. L'idée de sortir dans la chaleur ne m'attire pas et je ne peux certainement pas m'inscrire à une autre salle de gym. Alors je vais me contenter de déguster mon yaourt, cuiller par cuiller.

Je zappe entre différentes chaînes lorsque je tombe dessus. Esme – la nouvelle Esme – épisode numéro onze. C'est une animation à laquelle j'ai participé, mais de toute évidence j'étais partie lorsqu'ils ont travaillé le son. Esme ne porte pas de lunettes et est dotée d'une voix complètement différente. Elle parle comme une demeurée. La voix de mon actrice – la voix que je lui ai donnée – était grave, flirtant constamment avec l'ironie. Cette voix-là est sucrée et mielleuse.

Je m'empare du téléphone pour me plaindre à Janice, puis je raccroche. Elle le savait, bien sûr, mais ne me l'a pas dit. Je ne le lui reproche pas. Qu'aurais-je pu faire à part être bouleversée comme je le suis maintenant ?

J'envisage d'appeler Tommy, mais il faudrait que je cesse de faire appel à lui dès que quelque chose va mal. Si je suis certaine de ne plus vouloir être sa petite-amie, je dois me sevrer de l'habitude de chercher son réconfort. Or je suis certaine de ne plus vouloir l'être. D'accord, presque certaine.

Je regarde l'épisode d'Esme en entier avec un pincement à l'estomac. Il est clair qu'elle ne m'appartient plus. Si seulement j'avais fait preuve de plus de jugeote quand j'ai développé la série, peut-être aurais-je encore un semblant de contrôle. Si seulement…

Je regarde défiler le générique. Je vois mon nom : « d'après un personnage et un concept imaginés par Rebecca Cole. » Tant que durera l'émission, ce sera précisé, mais impuissante à imposer ma vision d'elle, je ne suis pas certaine d'avoir envie d'en recevoir le crédit.

Dans le placard, je cherche mes baskets et trouve un short de cycliste et divers T-shirts que j'essaie. Rien dans mes tiroirs ne couvre mon derrière. J'entre dans la chambre de Tommy, totale violation de nos accords. Mais je ne vais pas sortir dans la ville étouffante avec mon derrière à la merci des critiques du moindre maçon ou livreur.

Tommy possède un T-shirt extra-large de l'incroyable Hulk. Je l'enfile et relève mes cheveux. J'ai négligé de me faire couper les cheveux et dois rattacher les plus longues mèches. Je prends aussi mon iPod. Il est déchargé, mais si je récolte les sifflets que l'été multiplie par dix, je veux donner l'impression de ne pas les entendre. Ne croyez pas que je pense être sexy, mais le machisme new-yorkais agit quelle que soit votre apparence.

Je marche d'un pas rapide jusqu'à l'Hudson. Il fait chaud, mais moins qu'avant et, arrivée à la jetée, une légère brise souffle. Je commence à courir.

Je cours vraiment lentement, mais c'est plutôt agréable. Je lève les yeux sur le métro et dépasse le dépôt de la Circle Line.

Je croise quelques autres personnes qui me sourient vaguement lorsqu'elles arrivent à ma hauteur, à pied ou à vélo. J'appartiens à une communauté de personnes tentant d'améliorer leur santé.

Chaque fois qu'un cycliste me frôle, je sursaute. Davantage encore lorsqu'ils font tinter leur petite sonnette. Il fait chaud et le reste des coureurs semble s'en accommoder. Evidemment, la plupart sont plus dénudés que moi – des hommes passent torse nu et la plupart des femmes sont vêtues d'ensemble Nike aux brassières et shorts moulants assortis, exhibant leurs fesses sans défauts. Jamais je ne ressemblerai à ça.

Tout le monde court plus vite que moi, alors que je commence à souffrir d'une crampe à l'estomac. Je tente juste de respirer. Inspirer et expirer. Rien de difficile, mais on dirait que je ne parviens pas à réguler ma respiration. Personne d'autre ne rencontre ce genre de problèmes. Tout le monde est capable de soulever ses pieds d'une façon qui m'est impossible. Tous ceux qui passent courent d'une façon différente. Certains donnent l'impression de courir avec effort, comme s'ils livraient une bataille, et d'autres semblent glisser dans l'air. Moi je traîne les pieds.

Lorsque j'atteins Chelsea Piers, je fais une pause, puis je recommence à courir jusqu'à Chelsea Market. Il fait beaucoup plus frais à l'intérieur, et au lieu d'acheter un lot de délicieux fromages au marché italien, j'achète un jus de fruit frais à un stand. Exactement ce qu'il me fallait. Rafraîchie et reénergisée, je parviens à regagner mon appartement en marchant et en courant.

J'ai peine à croire avoir couru dans les quatre kilomètres ! Oui je dégouline de sueur, mais j'éprouve un sentiment d'accomplissement. Peut-être vais-je vraiment participer à la course. Que ferais-je d'autre de tout ce temps libre ? Je m'assieds sur le perron de mon immeuble et prends de longues respirations laborieuses. De tout le temps où j'ai couru, je n'ai pensé ni à Esme, ni à Tommy, ni à mes amies, ni à manger, ni à rien. Je n'ai fait que regarder autour de moi et tenter d'éviter la crise de spasmophilie.

Je ne peux pas croire combien mon esprit est clair. Encore que lorsque je me relève du perron, mes genoux fléchissent un peu, mais je me saisis de la rampe à temps pour saluer le facteur qui sort de notre immeuble.

— Pas de panique, me dit-il.

— Vous non plus, dis-je dans un murmure, incapable de m'arracher autre chose qu'un halètement.

Je vérifie le courrier. J'ai reçu mon chèque du chômage, mon paiement d'indemnité et ma carte de crédit. Je n'ouvre les chèques que lorsque je parviens au palier du troisième étage.

Dans l'appartement je prends une douche qui ne m'empêche pas de continuer de souffrir de la chaleur excessive. Enroulée dans une serviette, je m'étends sur le canapé et allume la chaîne culinaire. J'ai mérité une petite récompense, et maintenant, je ne veux plus jamais bouger.

Lauryn appelle pendant l'émission, juste au moment où je commence à m'exciter légèrement en regardant le chef cuistot farcir un poulet.

— Quelqu'un a dit transpiration ? demande-t-elle.

— Comment ça va ? Il fait aussi chaud ici que là-bas ?

Je plie et déplie mes jambes douloureuses.

— Plus chaud ici. Et en été cette ville regorge de mecs sexy. Le seul problème, c'est que j'habite dans le quartier sobre, donc je dois conduire jusqu'à la zone alcoolisée. Et ensuite je ne peux pas rentrer en voiture.

— Sois prudente.

— Oh, je le suis. Ils ne plaisantent pas avec la conduite en état d'ivresse ici, ce qui est très bien.

— Ils protègent et servent la population. On dirait que tu t'es remise en selle.

— Plus ou moins.

— Des nouvelles dignes de ce nom ?

— L'autre soir, j'ai embrassé le barman. Rien de tel qu'un premier baiser.

— Je n'en sais rien. C'est quoi ton truc avec les barmen ?

— Ils possèdent ce que je désire. De plus, je suis obligée de leur adresser la parole. Ça m'oblige à surmonter ma timidité.

— Parce que tu es vraiment très timide.

— Oui.

— C'est ça.

— Il s'est passé autre chose ?

— Il m'a ramenée chez lui et tous ses colocs m'ont inspectée du regard. Puis il m'a parlé de la fille avec qui il était en train de rompre.

— Tu lui as parlé de Jordan ?

— Bien sûr que non. Ce n'était pas un talk-show. J'avais juste envie de m'amuser un peu, de faire l'amour sans engagement.

— Je te reconnais bien là !

— Il faut bien qu'une fille assure sa subsistance.

— Ne m'en parle pas, dis-je, sentant un petit creux à la vue du chef cuistot versant de l'huile d'olive sur des pommes de terre.

— Alors que s'est-il passé ?

— Rien.

— Rien du tout ?

— Il avait des problèmes. Tout ce discours sur la mort de sa liaison l'a ramolli.

— Waouh !

— Je sais. Où sont passés les mecs qui veulent juste s'éclater ? Soudain ils ont grandi et ont décidé d'éprouver des sentiments ?

J'éclate de rire et me sens mieux. C'est incroyable l'effet qu'une amie peut produire.

Je lui parle de mon jogging, ce qui la laisse sans voix. Elle a appelé au moment parfait. Je n'avais rien envie de faire d'autre que de parler avec Lauryn, étendue sur mon canapé. Elle écoute tout ce que je dis, c'est un peu comme si nous étions encore au lycée.

Cela fait longtemps que nous n'avons pas été capables de communiquer et rire ainsi. Cela m'a manqué. Je lui annonce que je viens lui rendre visite de jeudi à lundi. Elle doit effectuer un travail de terrain tôt le matin, mais elle est vraiment heureuse que je vienne.

— J'ai vraiment besoin d'un peu de temps entre filles, dit-elle. Et attends d'avoir vu la plage.

— J'ai hâte ! On va s'amuser.

# 17

## *Intermède marin*

Lorsque le ferry entre dans le port de Martha's Vineyard, Lauryn me fait signe depuis le quai. Le trajet pour arriver jusque-là, train, bus et ferry est long, mais lorsque je sens la mer et vois Lauryn, je me dis que ça valait la peine.

Je descends du bateau et me précipite à sa rencontre. Nous nous étreignons. Elle paraît si heureuse et bronzée. Elle s'empare de mon sac de marin.

— Quelqu'un a dit long week-end? dit-elle à sa manière habituelle.

— Quelqu'un a dit bronzer?

— Oh, regarde, dit-elle en désignant des oiseaux qui frôlent la surface de l'eau. Des pluviers siffleurs. Ils sont beaux, n'est-ce pas?

— Quelqu'un a dit drôle de fille fan des oiseaux?

Elle me donne un coup de coude et observe les oiseaux un instant, abritant ses yeux du soleil brûlant. A sa façon de les regarder, je comprends qu'il s'agit pour elle de davantage qu'un hobby.

— Partons. La circulation va devenir terrible et je veux faire un saut chez Net Result pour acheter quelques homards.

L'idée d'embouteillages sur cette île minuscule me fait sourire, mais à presque 18 heures, la route principale qui fait le tour de l'île pullule de jeeps. Y compris la nôtre, puisque Lauren a loué une jeep pour l'été. Elle est de bonne humeur et tape de ses mains bronzées sur le volant, en rythme avec la radio. Sa décontraction est contagieuse.

— Les retours de la plage, dit-elle en guise d'explication. Je me suis dit que tu serais peut-être fatiguée. Nous pourrions rentrer à la maison, voir si nous avions envie de sortir plus tard. Il faut marcher un peu pour rejoindre les bars, ou bien prendre un taxi. Comme ça te chante.

— Discuter à la maison et voir plus tard me semble très bien.

En vérité, je suis assez fatiguée et après mon voyage de six heures, me décontracter en compagnie de Lauryn me convient parfaitement.

Nous nous garons devant une cahute et prenons possession d'un homard d'un kilo que Lauryn a commandé par téléphone plus tôt. On nous l'a fait cuire à la vapeur. L'endroit sent le poisson. Mon estomac gargouille, ce qui fait rire Lauryn.

— Avant une demi-heure, tu dégusteras le meilleur homard de ton existence.

De retour à l'appartement qu'elle loue, elle concocte une salade et ouvre une bouteille de vin blanc. Elle fait chauffer un peu de beurre pour le homard. Nous dressons la table sur le balcon. Elle vit seule dans son trois-pièces. Des étudiants habitent les deux étages du dessous.

— Ils sont bruyants ? dis-je tandis que nous nous installons pour le dîner.

Je la regarde qui dépiaute son homard comme une pro.

— Non, je bois parfois un coup avec eux. Je sais, je me sens vieille. Mais tout le monde est très sympa sur l'île. J'ai des horaires tellement bizarres. Je me lève super tôt et vers 13 heures je rentre faire une sieste jusqu'au dîner.

Ses travaux lui rapportent déjà quelques revenus.

— On dirait que tu as trouvé un bon plan, dis-je.

Je trempe un morceau de la queue du homard dans le beurre. Délicieux.

— Je sais, dit Lauryn en souriant. Je me sens si chanceuse. Attends d'avoir vu la plage demain. Je travaille sur le terrain très tôt, mais ensuite nous pourrions aller à Sun Beach bronzer et nager.

— Ça me paraît super. Je ne suis allée qu'une fois à la plage cette année.

Je ne précise pas qu'il s'agissait de la fête à la plage, où je me suis rendue avec Jordan. Elle n'a pas parlé de lui depuis un moment et ce n'est pas moi qui vais le faire. J'attaque les pinces du homard, de façon moins distinguée. C'est tellement bon que j'hésite à me laisser distraire par la salade.

— Tu te rappelles lorsque nous allions à Jones Beach chaque week-end ?

J'acquiesce.

— … J'ai l'impression que c'était il y a une éternité.

— Je sais. C'est très fréquenté ici ?

— Parfois. Demain, ce sera super. Ce week-end, ce sera bourré de touristes. Mais nous pourrions sortir vendredi soir.

— Oui. Rester tranquille à la maison ce soir me convient tout à fait.

— Et nous éclater à mort demain soir.

— Tu t'éclates à mort, fille aux oiseaux ?

— Juste un peu. Tu n'as pas fini, n'est-ce pas ?

Elle désigne la carcasse de mon homard.

— Quoi ? Je devrais sucer ce qui reste ?

Elle secoue la tête comme si elle contemplait une consommatrice amateur. Elle parvient à gratter une centaine de grammes supplémentaires de mon homard en se livrant à une étrange chirurgie homardienne qu'elle a dû apprendre sur cette île.

— Qui eût cru qu'une fille de Pennsylvanie…

— Mme Gordon serait si fière.

Nous observons le coucher de soleil et ouvrons une nouvelle bouteille de vin. Pour le dessert, nous mangeons des glaces à la cerise de chez Ben & Jerry's et écoutons de la musique. Nous restons éveillées jusqu'à minuit à parler sur les chaises longues, les genoux repliés sous le menton. Je lui raconte en détail mon boulot et Seamus. Elle me dit tout de son travail de terrain. Je ne comprends pas vraiment tout, mais j'en sais assez pour me rendre compte qu'elle est fascinée. En une soirée, elle a souri davantage que durant toute l'année passée. Je bâille sans le vouloir et Lauryn insiste pour préparer mon matelas gonflable.

— Pardon d'être aussi à plat ce soir.

— Ne t'inquiète pas, je dois me lever d'ici environ quatre heures. Je suis contente que tu sois là. Nous avons tout le temps.

Je me lève aux environs de 10 h 30. Je me rappelle vaguement la venue de Lauryn tôt ce matin, pour récupérer son ordinateur portable, et savoure ma grasse matinée. La chambre d'amis est agréable et fraîche. J'ai apporté mes baskets, ce que je ne fais jamais d'habitude. J'ai couru régulièrement toute la semaine et je sais que si je ne m'y tiens pas, je ne m'endurcirai jamais.

J'enfile mon short et un T-shirt, attrape mon iPod et sors. Je n'ai aucune idée d'où je me rends, mais je projette de rester à l'écart des routes fréquentées et bifurquer systématiquement à gauche. Je cours environ un quart d'heure, puis rebrousse chemin. Il fait bien plus frais sur cette île que dans l'humide Manhattan. Ne pas combattre la chaleur oppressante me donne une sensation de force. Je dépasse nombre de petites maisons et me rends compte que j'apprécierais un été de congé au calme. Si je retravaille un jour, peut-être achèterai-je une résidence d'été… mais j'aurai alors moins de temps pour m'y rendre. Travailler comporte bien des inconvénients.

J'aperçois la jeep de Lauryn dans l'allée et grimpe l'escalier menant à la terrasse, toujours en courant. En short et haut de maillot de bain, Lauryn sirote un café glacé, installée dans une chaise longue. Elle me sourit.

— Regarde-toi, marathonienne. Je n'aurais jamais cru voir le jour où tu courrais pour gagner autre chose que ton dîner.

Elle fait glisser ses lunettes sur son nez.

— Pour l'instant, je cours de courtes distances. Bêtement, j'ai accepté de courir dix kilomètres avec Kathy. Je crois que c'est un stratagème pour obtenir des demoiselles d'honneur plus séduisantes.

Lauryn lève les yeux au ciel.

— Il y a du café glacé pour toi au frigo. Tu veux prendre une douche ? De toute façon nous allons à la plage, alors…

— Super, juste le temps de me changer.

La plage n'est pas bondée comme Jones Beach à Long Island, mais on y croise pas mal de monde, pour la plupart des familles et des étudiants. Lauryn et moi étendons nos couvertures et entamons nos sandwichs. J'ai choisi un énorme sandwich de crudités et Lauryn un cubain avec de la viande et des cornichons. Je ne mange que la moitié du mien et remballe le reste.

Nous nous enduisons mutuellement de crème et nous étendons sur les couvertures avec des livres et des magazines. Lauryn dit qu'elle a enfin annulé tous ses abonnements. Elle a bien meilleure allure que moi en Bikini, malgré ma semaine de jogging. Ces cuisses géantes minciront-elles un jour ? Quarante-cinq minutes plus tard, j'ai vraiment chaud, et je décide d'entrer dans l'eau.

— Tu es certaine de ne pas préférer digérer davantage ? dit Lauryn, jouant la maman.

Elle allume une cigarette et me tend le paquet, mais je secoue la tête.

— Je vais attendre que tu aies fini, puis nous irons nous baigner.

— Tiens, tu devrais lire ça.

Elle me montre un article de magazine dont le sujet est : « Comment oublier votre ex en changeant de coiffure. »

— Merci, mais j'ai déjà essayé.

— Et obtenu des résultats épatants, dit-elle en exhalant la fumée.

— Et toi, grande prêtresse, comment as-tu fait ?

Qu'elle puisse rire à ce sujet prouve le chemin parcouru.

— Je suis prête.

Elle écrase son mégot dans le sable et le fait glisser dans sa bouteille vide. Elle se fiche peut-être de ses poumons, mais pas de l'environnement.

Je la suis dans l'eau. Les vagues sont puissantes. Nous restons plantées une minute à laisser l'eau lécher nos orteils. C'est froid. C'est maintenant ou jamais. Je cours et plonge. Lauryn me suit en hurlant. Mon corps gèle avant de devenir insensible, puis revient à la normale. Nous nous amusons et body-surfons dans les vagues.

Quand nous sortons de l'eau, presque une heure plus tard, je frissonne. Lauryn me tend une serviette et, bien enveloppées, nous nous pelotonnons sur la couverture. Mes pieds sont couverts de sable, mais je m'en moque.

— Je pourrais rester là toute la journée, dit Lauryn.

— Je sais, tu dois être folle de joie de disposer de ton été.

— C'est plutôt sympa. Tu es heureuse d'avoir quitté la ville ?

— Oui. Où en es-tu ? dis-je prudemment. Tu sais, avec tout ce qui s'est passé…

— Ça va bien, dit-elle avec un sourire. Tout va bien.

— Tu prends toujours des médicaments ?

— Oui. Ils m'aident. Ils m'aident vraiment. Tu veux en parler ?

— Seulement si toi tu le veux.

— En fait oui. J'aimerais qu'on ne me pose plus de questions. Ça ne me dérange pas d'en parler. Plus je parle de ma dépression, mieux je me porte. Je me souviens du jour où je t'ai appris que je prenais des médicaments, j'ai eu l'impression de te mettre mal à l'aise.

— Je devais l'être.

— Durant toute cette histoire avec Jordan, je ne devais pas être facile à vivre.

— J'ignorais toujours à quoi m'attendre.

J'ai peine à croire que je lui parle ainsi.

— A un moment, je me suis retrouvée dans une posture vraiment difficile. As-tu déjà éprouvé la sensation de ne pas être toi-même, d'oublier même ce que cela signifie ? Je ne me retrouvais pas moi-même. J'étais heureuse avant, tu sais. J'étais drôle.

— Tu *es* drôle, dis-je en lui touchant le bras. Tu me sembles redevenue comme avant. Déjà la dernière fois que nous avons discuté.

— Mais pourquoi ai-je dû traverser toutes ces épreuves ? Prendre des médicaments ? J'avais peur de vivre sans lui ? D'être seule ?

— C'est à cause de nos origines. Chez nous, nous serions déjà mariées, avec des enfants. J'ai vingt-sept ans et ma mère me considère comme une vieille fille.

— Ce doit être mêlé de ressentiment. Regarde ce que tu as accompli.

— Quoi ? Le chômage ?

— Tu es au chômage en ce moment. Mais tu produisais ta propre émission – tout le monde ne réussit pas aussi bien.

— Mais au final, en quoi cela m'a-t-il aidée ? Est-ce que cela avait un sens ?

— Oui, je crois que oui. Une tonne de petites filles se moquent maintenant de porter des lunettes.

— Hum, maintenant elles ne s'en moquent *plus*. Esme n'en porte plus. Elle ressemble à toutes les autres petites filles de la télé. Les lunettes n'étaient pas sexy.

— C'est débile. Je regrette que tu n'aies pas pu garder le contrôle d'Esme. Pour ta prochaine émission, tu dois être la responsable en titre.

— Quelle prochaine émission ?

Je secoue la tête et enfouis mes pieds dans le sable. Je lui parle de Kathy, de son appel lorsqu'elle a souffert de sa mini-dépression, disant qu'elle souffrait d'avoir trop de choix.

— Elle va se sentir tellement perdue après le mariage. Tous les cadeaux seront ouverts, la robe nettoyée et emballée par le teinturier. Ils se retrouveront face à face. Seuls et endettés.

— Ron a de l'argent.

— Mais qu'est-ce qu'elle lui trouve ?

— Je ne sais pas. J'imagine qu'une certaine alchimie se produit lorsqu'ils se retrouvent seuls.

— Que devient Beth ?

— Je ne sais pas. C'est elle qui m'inquiète le plus. Elle continue de faire autant la fête que dans nos périodes les plus débridées.

— Avec qui ?

Je hausse les épaules. Je connais assez bien Lauryn pour deviner qu'elle me scrute, mais aussi pour lui mentir.

— Des collègues de boulot, je suppose. Je ne sais pas comment elle fait.

Je décide de changer de sujet.

— Je ne peux plus faire la fête comme avant – mon corps ne récupère plus, tout simplement. Mais je vais la faire ce soir.

Après douche et sieste, nous nous rendons dans un pub en ville. Assises dans un box, nous commandons des pintes de bière, des moules et une petite pizza avec figues, tomates rôties et feta. Je fume des cigarettes avec Lauryn et nous bavardons.

En chemin vers le bar suivant, nous faisons halte à la boutique chic de la plage. J'achète un anneau d'orteil et un paréo. Je fais de l'exercice mais une certaine dissimulation reste nécessaire. Dans le bar suivant, des épluchures de cacahuètes couvrent le sol. Nous commandons des pintes de leur bière maison. Nous dégotons deux tabourets de bar et buvons et fumons jusqu'à ce que quelques étudiants viennent s'asseoir avec nous. Leurs noms glissent sur moi dans une espèce de brouillard, mais je suis encore en état de me délecter du fait qu'ils nous croient de leur âge.

Je me détends en parlant basket avec deux costauds. Hier encore, j'aurais affirmé ne rien y connaître, mais la bière maison m'a dotée de larges connaissances sur le sujet.

Je souris à Lauryn. Elle se tient particulièrement près d'un type arborant un sweat de Block Island. Peut-être s'agit-il d'un Lothario local qui saute d'île en île pour faire sa cour aux jeunes femmes divorcées. Son plus grand dilemme consiste à décider s'il se rend ensuite à Nantucket ou à Shelter Island. Je souris, me sentant libre et légère.

— Je veux que tu saches que j'ai vraiment aimé Jordan, entends-je Lauryn me dire, tandis que l'un des mecs explique qu'il prépare médecine.

Le temps que je me retourne pour lui parler, elle est en train d'embrasser le mec en sweat-shirt.

Durant le trajet de retour à la maison, je ne parle pas de ce qu'elle a dit concernant Jordan. Nous faussons compagnie aux étudiants. Il est évident que le Casanova de Lauryn désire davantage, mais elle lui donne son numéro en l'informant d'un ton ferme que nous rentrons. C'est l'avantage de se faire un tout petit peu plus vieilles ; nous ne nous comportons plus comme des filles faciles, nous sommes décidées. (A dire vrai, ma période de fille facile a été un peu écourtée par mon idylle avec Tommy lors de ma troisième année de fac, aussi est-il possible que je verse légèrement dans l'erreur de jeunesse avant de me montrer d'une fermeté absolue…)

Nous entonnons l'une des chansons entendues au bar, *Allez Eileen* tout le long du trajet de retour. La voix de Lauryn grimpe dans les aigus et elle me tient la main tandis que nous coupons à travers les allées et remontons la route en file indienne.

Samedi, nous retournons à la plage. L'eau est plus calme, et je ne sais pour quelle raison, je décide de me mettre moins d'écran total. A la fin de la journée, la peau de mon visage me tire. Nous décidons que le meilleur remède consiste à nous rendre dans l'un des pubs le long de la jetée. Nous nous asseyons sur le patio à ciel ouvert, buvons du thé glacé et dégustons des moules.

— C'est délicieux, dis-je, tandis que le beurre dégouline sur mon menton.

Nous contemplons le soleil qui plonge dans la mer et sentons un souffle de vent. Dire que des gens vivent ainsi. Le monde de l'entreprise semble à des années lumières.

— Tu es encore avec moi ? demande Lauryn.

— J'aurais dû venir te rejoindre dès que je me suis fait virer.

— Tu te plais ici, hein ?

— Ouais.

— Eh bien, souviens-toi que tu es en vacances.

— Je sais. J'aurais dû passer le temps de mon indemnité ici.

— Je pense que tu finirais par t'ennuyer.

— Je pourrais peut-être travailler dans une librairie ou un truc de ce genre. Mais je suppose que ça annulerait mes indemnités chômage.

— Je ne te vois pas travailler dans un magasin pour le restant de tes jours.

— Tu me vois faire quoi ?

Lauryn hausse les épaules et fait des bulles avec sa paille dans le fond de son verre.

— Encore une tournée ? demande la serveuse au bronzage parfait.

Nous hochons la tête.

— Et d'autres moules, s'il vous plaît, dis-je.

Je me tourne de nouveau vers Lauryn.

— Alors ?

— Tu ne vas pas travailler pour une autre chaîne ?

— On ne peut pas dire que je sois assourdie par la sonnerie de mon téléphone.

— Tu ne devrais pas utiliser ton réseau professionnel ?

— J'imagine que si. Mais la période n'est pas bonne. Beaucoup de chaînes réduisent leurs coûts.

— Et ce sont tes recherches en profondeur sur le sujet qui te l'ont appris.

Elle joue les je-sais-tout.

— … Tes indemnités vont bientôt se terminer, non ?

— Bientôt.

Je soupire.

— … Ces indemnités sont une si belle invention.

— Alors que vas-tu faire ?

— Je ne sais pas.

— Bon, si tu ne veux pas en parler, ce n'est pas grave.

— Je n'en ai pas envie, mais je suppose que je dois le faire. Peut-être vais-je changer de carrière, comme toi.

— Suis ton instinct.

— Qu'est-ce que ça signifie exactement ? Suivre son instinct permet-il de rembourser ses dettes et de déguster de temps à autre un repas dans un restaurant acceptable ?

— A l'occasion, dit Lauryn en haussant un sourcil.

— Hé, j'ai mis un frein à mon obsession alimentaire. Je ne plaisante pas. Comment suivre son instinct lorsqu'il faut joindre les deux bouts ? Et si nous pensons suivre notre instinct alors qu'il est contrôlé par les espaces publicitaires et les critiques Internet ?

— Qu'as-tu vraiment envie de faire, Rebecca ?

— Qui diable le sait ? Je croyais que c'était créer des émissions pour enfants.

— Donc tu crois que notre avenir est lié aux enfants ?

Elle réussit très bien à conserver un ton léger à la conversation. Nos rôles ont été inversés. Durant toute l'année dernière, j'ai tenté de lui remonter le moral et l'aider à décider de sa vie. Maintenant, elle fait la même chose pour moi.

— Un truc de ce genre. Lorsque j'y réfléchis, je me demande à quoi ça sert.

Nos nouvelles boissons arrivent. Nous levons nos verres, trinquons et buvons.

— Les gamins vont regarder mon émission, découvrir Esme, fille cool et sans détour, et la voir se transformer en fille à la voix aiguë portant une demi-jupe. Ils apprendront la leçon de toute façon. Grandir, ça craint. Qu'y gagne-t-on ?

— Le divorce, propose Lauryn, pensive.

— La cellulite.

— Des ulcères.

— Des dettes.

— Des ordonnances.

— Des dysfonctionnements sexuels.

— Des hommes incapables de s'engager.

— Pas d'hommes, point.

— Peut-être une MST.

— Seulement si tu as la chance de coucher avec quelqu'un, dis-je. A ce propos, que vas-tu faire si le type d'hier soir rappelle ?

— Coucher avec lui, dit Lauryn.

Et elle ingurgite une moule d'une façon dont personne ne l'a jamais fait. Les contorsions de son visage ajoutées aux effets du daiquiri glacé m'obligent à me précipiter aux toilettes en gloussant.

Dimanche, le temps est couvert et j'ai un coup de soleil. Lauryn suggère que nous allions observer les oiseaux sur l'île et, avant que je n'aie pu dire non, je me retrouve à plat ventre à ses côtés dans les herbes hautes.

Mais ça vaut la peine parce que dimanche soir, nous nous rendons dans un restau chic pour déguster une délicieuse salade verte et de merveilleux steaks bien épais.

Lauryn insiste pour payer. Je tente d'essayer de la convaincre de me laisser payer, étant donné qu'elle m'héberge, mais elle ne veut pas en entendre parler.

— Depuis que je suis arrivée sur cette île, j'ai eu envie de t'emmener ici. Fais-moi plaisir.

— D'accord. Merci.

Lundi arrive trop vite. Je voudrais prolonger mon séjour, mais je sais que Lauryn a négligé ses recherches pour me consacrer du temps. Je dois regagner la fournaise de la ville et décider quoi faire du reste de ma vie.

Munies de cafés glacés et de beignets portugais, Lauryn et moi nous asseyons sur le quai, observant les pluviers siffleurs décrire des cercles et plonger pour pêcher des poissons. Le ferry arrive. Le ciel est couvert aujourd'hui, ce qui rend le départ un tout petit peu plus facile.

— Je me suis bien amusée. J'ai goûté un peu à l'été.

— Très certainement, dit Lauryn, adoptant un ton formel. Que le ciel soit avec toi durant ton voyage.

— Merci, dis-je, tentant de prendre ma meilleure voix de capitaine de navire. Je sais au fond de moi que je te laisse dans les mains efficaces du jeune costaud rencontré l'autre soir à la taverne.

— Oui, je prie pour que ses mains soient fermes.

— Qu'il en soit ainsi.

Nous nous étreignons un court moment.

— Merci d'être venue. Dis bonjour à tout le monde de ma part.

— Je le ferai.

Je grimpe sur le plus haut des ponts et fais signe à Lauryn sur le quai. Je suis triste de partir, mais pressée d'être en route. La sirène retentit et Lauryn fait comme si le sifflement faisait souffrir ses oreilles.

Nous continuons de nous faire signe jusqu'à ce qu'elle devienne très petite et que je ne puisse plus la voir.

# 18

## *Amours importunes*

Je gagne mon appartement à pied depuis Port Authority, m'arrêtant en route dans une poissonnerie acheter de la morue salée. Je trouve Tommy assis sur le perron de l'immeuble, en train de discuter sur un portable.

— Hé ! Nouveau téléphone ?

— Nouveau téléphone *et* nouveau boulot.

— Quoi ?

— Je travaille toujours dans le magasin de DVD, mais je garde aussi deux petits garçons trois fois par semaine.

— Quoi ? D'où sortent ces gamins ? Tu les surveilles pendant qu'ils font quoi ?

— Leurs parents sont toujours fourrés au magasin. Apparemment leur nanny est repartie en Estonie. Ils cherchaient une solution et disent avoir toujours eu envie qu'un mec s'occupe de leurs enfants. Je ne m'occuperai pas d'eux après l'école. Leur mère est employée à mi-temps et leur père travaille beaucoup. Mais il loue de bons films. Beaucoup de films d'horreur cultes et de science-fiction. Il en sait presque autant que moi concernant la trilogie *Evil Dead*.

Je suis impressionnée.

— Waouh, je pars faire un tour et quand je reviens tu es devenu un *manny*.

— Quoi ?

— Une nanny mâle. J'ai lu ça dans la section Tendances du *New York Times.*

C'est ainsi que je découvre l'existence de beaucoup de tendances. Lauryn ignorait que son mariage était un mariage temporaire jusqu'à ce que je l'identifie comme tel.

— Je suppose que je suis un *manny*, même si ce n'est pas le mot employé par les Greaney. C'est leur nom.

— J'ai compris.

— Le salaire est sympa.

— J'imagine.

— Et c'est marrant de s'occuper de gamins, de lancer un ballon, aller au parc, regarder des films, manger des hamburgers et, bien sûr, jouer à des jeux vidéo.

— Bien sûr.

Il n'y a que Tommy pour être payé à faire ce qu'il adore. Je suis jalouse qu'il passe du temps avec des enfants. De vrais enfants, pas ceux qu'on observe derrière une vitre pendant qu'on leur arrache des réponses concernant votre série télévisée.

— Tu veux fêter ça ?

— C'est-à-dire ?

— Aller au restaurant.

— Pour de bon ?

Je suis épatée.

— Ouais. Rien de trop luxueux. Que dirais-tu du Half King ?

Je consulte ma montre. Nous sommes lundi, mais les gens ne sont pas encore sortis du boulot.

— En nous dépêchant, peut-être obtiendrons-nous une table sympa dehors.

Le Half King est un super-bar/pub de Chelsea. L'hiver, il vous coupe toute envie de ressortir dans le froid. L'été, on se laisse porter par les bavardages ambiants et le sentiment de fête privée en plein air.

Tommy et moi nous approprions un siège à l'extérieur et commandons des pintes de bière fraîche.

L'endroit se remplit petit à petit et nous nous décidons pour des hamburgers mexicains. Je choisis l'option végétarienne.

— Tu suis un régime ? interroge Tommy d'un ton accusateur.

— J'essaie juste de me nourrir de façon plus saine. Je ne rajeunis pas. Et mes vêtements deviennent trop petits.

— Tu fais du jogging… je ne l'aurais jamais cru.

— C'est la faute de Kathy. C'est elle qui m'a convaincue.

— Ouais.

— *Tu* peux parler. Ces gamins vont te mettre K.O. en quelques secondes.

Je désigne son hamburger.

— Ecoute, ma marathonienne de choc, je te prends à la course quand tu veux.

— Tu crois ça, hein ?

— Ouais, et sans entraînement.

— Oh, vraiment ?

— Ouais, et il en va de même pour tous les types pépères dans mon genre.

On dirait un sportif injuriant l'équipe adverse.

— Quand faisons-nous la course ?

— Faisons la course lors de la vraie course.

— Marché conclu.

— Si je gagne, qu'est-ce que je gagne ?

— Je ne sais pas, un jeu vidéo ?

— Non, ça, je peux en avoir un au magasin. Que dirais-tu d'une caisse de Guinness ?

— D'accord, et si c'est moi qui gagne ?

— Un dîner chez Nobu.

— Le vrai ?

Je m'emballe.

— Calme-toi. Une succursale de Nobu.

Waouh ! C'est super. Nobu. Demain je me donne à fond à la course. Ce soir, je m'enivre un peu. Nous nous serrons la main pour sceller notre marché.

Tommy est tellement excité par son nouveau boulot que c'en est contagieux. Nous parlons, pour de bon, de toutes les choses dont nous parlions auparavant. J'ai l'impression qu'il a un regain d'énergie. Mes relations avec Lauryn sont revenues à la normale et celles avec Tommy se stabilisent. Nous sommes des adultes, capables d'être amis. Tout va bien.

Le jardin ferme afin de limiter le tapage nocturne, mais nous prenons un verre au bar. Tommy m'avoue s'inquiéter au sujet de Beth. J'ai l'impression qu'il est en colère après elle mais refuse de l'avouer.

— Combien de fois a-t-elle négligé de retourner tes coups de fil ?

— Souvent. Je ne m'attends plus qu'elle me rappelle.

— Qui sont ces abrutis avec qui elle traîne ?

— Je ne sais pas, mais Jordan et elle jouent le même jeu dangereux.

— Qu'est-ce que cela signifie ?

Pour la première fois ce soir, il semble énervé. Je fais machine arrière, incertaine de ce que je veux dire. Je préfère parler de Jordan.

— Tu veux dire qu'il pourrait perdre son boulot ?

— Ouais.

— Depuis quand est-il sur la sellette ?

— Il ne satisfait personne depuis le début.

— Pourquoi ne m'as-tu rien dit ?

— J'ai supposé que tu savais. Et puis tu refuses toujours de parler de Jordan. Tu te mets tout de suite sur la défensive.

— Je vous ai entendus Lauryn et toi le critiquer à mort. Je refuse de participer à ces commérages.

— Maintenant tu comprends. Il est irresponsable. C'est incroyable que tu ignores à quel point il n'assure pas.

— Il aime repousser les limites. Il soutenait que tout allait bien dans son job.

Tommy plisse le regard et contemple le bout de ses chaussures. Je n'avais pas l'intention de casser l'ambiance.

— Hé, reprenons une bière. Nous fêtons ton boulot.

***

Une bière se transforme en deux bières car le barman nous offre une tournée. Nous rentrons ivres. J'ai du mal à monter les cinq étages. Tommy ne cesse de me faire taire. Il est 3 heures du matin et je ne courrai certainement pas demain.

— J'aime être au chômage, dis-je en chantonnant.

Tommy tente de me faire taire mais rit très fort lui aussi.

— Pendant que tu joueras avec tes mômes, moi je dormirai.

— Ne quitte pas ton job pour devenir chanteuse, dit-il, tâtonnant pour glisser la clé dans la serrure. Ah, c'est vrai, tu n'as pas de job.

— Je peux danser!

J'imite Michael Jackson sur le palier et manque dévaler les escaliers. Tommy me pousse à l'intérieur.

— Du calme.

— Je ne peux pas me calmer. Pourquoi ne sors-tu pas ta guitare? Je vais te jouer une chanson.

— Ne la touche pas, d'accord?

Tommy manifeste un attachement anormal à sa guitare. Il n'a jamais appris à en jouer, mais aime s'asseoir et en gratter les cordes. Je me perche sur l'accoudoir du canapé.

Je me rappelle Tommy jouant de la guitare, la première fois que nous avons fait l'amour. Ce souvenir me fait rire. Tommy rit aussi, sans raison apparente.

— Qu'y a-t-il de si drôle? finit-il par demander.

— Je sais, dis-je, me laissant gagner par un rire hystérique. Je sais.

— Que sais-tu?

— Je sais pourquoi tu as joué de la guitare cette fois-là.

J'ai du mal à finir la phrase sans rigoler.

— La première fois que nous avons fait l'amour. Je sais pourquoi tu as joué de la guitare.

— Que veux-tu dire? dit-il, soudain dessoûlé.

Je sais qu'il est coupable. La première fois que nous avons fait l'amour, c'était dans sa chambre de la cité U. Son coloc était chez sa petite amie. Je m'étais rendue aux toilettes au bout du couloir. Lorsque j'étais revenue dans la chambre, il avait saisi sa guitare et commencé à jouer.

— Tu avais pété ! dis-je dans un hurlement de rire.

Je me laisse tomber sur le canapé, les jambes sur l'accoudoir. Je me tiens le nez et ris en même temps.

— Tu avais peut-être dissimulé le bruit, mais il restait l'odeur.

— Tais-toi ! dit Tommy, faussement agacé.

Puis il se remet à rire.

— Ne joue pas les fleurs délicates. J'ai souvent été ébahi par l'aspect de la salle de bains lorsque tu en sors !

— La ferme ! La ferme !

Durant la première année de notre relation, j'ai souffert de constipation chaque fois que nous étions ensemble. Mais lorsque nous avons vécu à New York et que j'ai entrepris d'écumer les restaurants, le problème a pris fin. Je lance un coussin à la tête de Tommy. Il saisit celui du fauteuil et m'en frappe.

Nous nous adonnons à une féroce bataille d'oreillers pendant cinq minutes, avant de nous écrouler à terre, soufflant et hoquetant.

— Aaarh ! gémit Tommy. Comment vais-je tenir la distance avec des gamins de huit et dix ans ?

— Je crois que tu feras un manny formidable.

— Tu n'es pas banale, dit Tommy en me regardant dans les yeux. Je suis désolée pour Esme. Tout le monde joue plus ou moins un jeu, mais toi non.

— Merci.

— Je suis sincère. Je ne peux pas oublier qui elle était lorsque tu l'as créée.

Il fixe la stéréo une minute. Je crois qu'il est ému.

— … Ce genre de chose me rendra toujours fier de toi.

Waouh ! J'ai pas mal perdu confiance en moi, mais les paroles de Tommy me rappellent qui je suis. Une part de moi reste liée à mon métier. J'aimais travailler pour une chaîne destinée aux enfants, mais plus encore, j'aimais travailler pour les enfants, créer des images qui leur plaisaient.

Je touche la main de Tommy. Et alors, j'ai envie de plus. J'ai envie de l'embrasser, et je l'embrasse. Dans les films, les scènes de sexe se déroulent dans la passion. Par le passé, Tommy et moi avons fait l'amour le visage impassible, façon stars du porno. Mais ce dont j'ai envie là, c'est de réconfort. Un moment familier, où je sais à quoi attendre.

Nous avons couché ensemble des milliers de fois. Il n'y a pas de surprise et c'est ce dont j'ai besoin. Je ne me demande pas si je commets une erreur ou non.

Tout se déroule sur le canapé. Lorsque nous avons terminé, Tommy s'assied et me regarde. Nous avons tous les deux dessoûlé.

— C'était bien ?

— Oui.

Il hésite quant au comportement à adopter.

— Tu veux… venir dormir avec moi ?

— Hum, non, je ferais mieux de regagner mon lit.

— D'accord, dit-il en me caressant la joue.

Toujours plus de questions, toujours moins de réponses.

Je me lève à 10 heures. Tommy est déjà parti, Dieu merci. Je ne souffre pas d'une gueule de bois aussi terrible que je le redoutais. Je m'assieds sur le canapé et un flash-back de la soirée de la veille me submerge. Tout s'est passé avant que je n'aie le temps de me demander si j'étais idiote ou quoi. Tout allait si bien, et voilà que j'ai tout gâché.

Je me fais l'impression d'être égoïste et n'ai aucune idée de ce qu'éprouve Tommy. Si seulement il communiquait. Non, c'est ma faute – j'envoie des signaux ambigus.

Mieux vaut aller courir et penser à autre chose. La température est descendue à 27 degrés aujourd'hui, plutôt frais pour le mois d'août. Le temps que j'atteigne le fleuve, je sue à grandes eaux et apprécie la brise. J'accorde mes pas à mon souffle et fais le vide dans mon esprit. Le vide de tout sauf de l'instant présent, de la circulation d'un côté, de l'Hudson de l'autre. N'existent plus que mes pieds. Je cours, jusqu'au moment où je n'ai d'autre choix que de faire demi-tour. Je trouve alors un surplus d'énergie. Si l'état Zen existe pour les joggeurs, je l'ai expérimenté et il m'a apporté la joie.

En rentrant, je regarde la pendule. J'ai couru quarante-cinq minutes. Ma plus longue course. Je serai peut-être capable de courir dix kilomètres. Incroyable.

J'appelle Lauryn qui, à mon grand plaisir, se trouve chez elle. Je lui décris ma longue course puis mentionne négligemment que j'ai couché avec Tommy.

— Quelqu'un a dit « sexe avec mon ex » ?

— Suis-je une fille horrible ? Je me conduisais si bien.

— Rebecca, tu es retournée vivre avec lui, me gronde-t-elle. Tu ne te conduis pas si bien que ça.

— Bon, j'essaie.

— Quelqu'un a dit « se voiler la face » ?

— Je *sais*, dis-je dans un gémissement. Sur le moment, cela semblait la bonne solution. Je devais vivre ma vie au jour le jour.

— Dans le sens où on parle de vivre de feuille de paie en feuille de paie ?

— A peu près.

— Mais tu es au chômage.

— Organiser l'enterrement de vie de jeune fille de Kathy va consister en un job à plein temps pour la semaine.

Je n'ai pas apprécié le rappel de mon statut professionnel. Je joue à être vexée, puis change de registre.

— Tu viendras à New York pour l'occasion, n'est-ce pas ?

Nous avons eu la même conversation cinq fois hier.

— J'ai besoin de toi. La sœur de Kathy me fait confiance et je déteste ça. Je dois sélectionner un endroit. Et Beth ne m'est d'aucune aide.

— Les restaurants, c'est ton rayon.

— J'admets. Alors, quoi de neuf durant les dernières vingt-quatre heures ?

— Eh bien moi aussi je me suis envoyée en l'air.

J'étouffe un petit cri.

— Avec l'étudiant ?

— Exactement.

— Ça a été rapide. C'était bien ?

— Eh bien, euh oui ça l'a été.

— Super.

— Je suppose.

Elle semble un peu triste.

— Ça va ?

— Oui. Mais j'ai compris combien le sexe pouvait sembler futile lorsqu'on ne connaît pas son partenaire, ou qu'on ne s'en soucie pas vraiment.

— Je suis tout à fait d'accord, dis-je, voyant une chance de justifier mon comportement.

Puis je me souviens de ses médicaments.

— Mais tu vas bien ?

— Oui.

— Tiens le coup. Dans une semaine et demie, tu seras ici.

— D'accord, au revoir.

Tommy téléphone pour me prévenir qu'il passe la soirée avec Jordan. Je pense qu'il ne veut pas donner l'impression de m'éviter. Mais je crois quand même qu'il m'évite.

Avec la morue achetée, je confectionne une salade. J'utilise des pommes de terre nouvelles, des tomates, beaucoup d'huile et de jus de citron frais. L'été rien d'intéressant ne passe à la télé, même sur le câble.

Je parcours le guide de restaurant *Zagats* jusqu'à la dernière ligne afin de dénicher un endroit où organiser l'enterrement de vie de jeune fille de Kathy. Un endroit assez cool et assez new-yorkais pour celles qui viennent d'ailleurs, mais, comme nous serons nombreuses, pas un de ces endroits où on vous presse pour manger.

Organiser un dîner pour tant de personnes oblige à prendre en compte quantité de paramètres. A me rappeler que toutes les invitées n'ont pas un tempérament culinaire aventurier, ce qui élimine pas mal d'endroits. Et aussi que certaines personnes ne font pas la différence entre les diverses cuisines italiennes et sont choquées – oui choquées – de ne trouver ni spaghettis ni boulettes de viande au menu.

La dernière fois que la sœur de Kathy est venue à New York, elle redoutait beaucoup le métro. Ma liste d'invitées atteint un total de quinze. Certaines travaillent avec Kathy, d'autres sont des cousines qui feront le voyage. Pour elles, il s'agit d'un week-end en ville entre filles. Je pense cantonner les activités à midtown, où les rues sont bien éclairées et où personne n'aura à s'éloigner des hôtels sécurisants de Times Square.

Organiser la soirée me plaît et je suis la seule à en avoir le temps, mais c'est aussi une pression énorme. Je décide de me détendre et de feuilleter le guide jusqu'à ce que je trouve l'inspiration.

J'en suis presque à la fin des pages R et envisage Ruby Foo's lorsque le téléphone sonne. C'est Tommy. Bouleversé.

— Peux-tu venir à l'hôpital ? Saint-Vincent. Jordan a eu un accident.

La salle des urgences grouille de monde. Aucune trace de Jordan, mais Tommy est assis la tête entre les mains. Je m'assieds à côté de lui et lui tapote le genou.

— Hé.

Il lève les yeux.

— Merci d'être venue. Tu as appelé Lauryn ?

— Non. Je voulais d'abord savoir ce qui s'est passé.

— Il était défoncé et a envoyé son poing à travers une vitre. C'est pas joli. Vingt points de suture. Les médecins ont fait vite parce qu'il perdait du sang. Et aussi pour vérifier qu'il ne souffrait pas d'un traumatisme suite à sa chute. Il s'est cassé une dent.

— Quel gâchis.

— Pourquoi n'appelles-tu pas Lauryn ?

— Pour la conforter dans l'idée que Jordan est décidé à gâcher sa vie ?

— Zut, Rebecca, appelle-la et cesse de juger les autres.

— Tommy, je me fous de ce que Jordan fait de lui-même, mais je suis peinée que tu m'appelles pour que j'apprenne la nouvelle à Lauryn.

Comme il ne répond rien, je me lève et sors téléphoner. Les ambulanciers amènent un autre blessé. L'endroit est bruyant. Je décide de descendre Greenwich Avenue et de rejoindre Perry Street. Je m'assieds sur un perron au hasard, appuie ma tête sur la rampe et compose le numéro en soupirant. Lauryn répond à la troisième sonnerie, d'une voix ensommeillée.

— Lauryn, c'est moi.

— Mince, il est tard. Je me lève à 5 heures.

— Tu es seule ?

— Oui, mais pas pour longtemps.

Elle entreprend de me raconter sa conversation téléphonique avec l'étudiant. Je l'interromps.

— Jordan est à l'hôpital.

— Il va bien ?

L'inquiétude perce dans sa voix.

— … Il est vivant ?

— Oui, il a passé le bras à travers une vitre, souffre d'une commotion, s'est cassé une dent.

— Et je suis censée faire quoi ?

Elle commence à s'énerver.

— … Je n'ai pas eu mon compte de ces merdes ?

— Si, Lauryn, si. Mais Tommy m'a demandé de t'appeler.

— Rebecca, peut-être qu'un jour, tu apprendras à ne pas faire ce que les imbéciles te demandent.

Je ne mérite pas ça et nous le savons toutes les deux, mais elle souffre.

— J'ai aussi pensé que tu voudrais être au courant. Je ne voulais pas te réveiller.

Nous restons toutes deux silencieuses si longtemps que je crois la communication coupée.

— Allô ?

— Je suis là, Rebecca. Excuse-moi. Je ne sais pas ce que je suis censée faire. Je ne sais que dire.

— Je sais. Tu voudras que je te donne des nouvelles ?

Elle laisse échapper un soupir. Je l'entends allumer la lampe près de son lit. Je sais que je l'ai condamnée à une nuit sans sommeil.

— Ouais.

— D'accord, je t'appellerai.

— Merci. Je suis sincère, Rebecca. Je…

Je perçois un sanglot que j'aurai du mal à oublier.

— Je t'appellerai, dis-je.

Une boule obstrue ma gorge. Je raccroche.

Les révélations soudaines se produisent aux moments les plus bizarres. C'est comme être enceinte, on ne peut pas être seulement un peu enceinte. Et quand la vérité commence à s'imposer, on regrette presque de l'avoir apprise. Jordan a sombré dans une profonde dépression et essayé de s'en sortir à l'aide de substances variées.

Je me souviens de la fête du 4 Juillet durant laquelle Beth et lui ont disparu la majeure partie du temps. Peut-être étaient-ils en train de fricoter ou de s'adonner à d'autres loisirs. Mince ! Dans tous les cas, ça craint.

A mon retour, Beth a rejoint Tommy dans la salle d'attente. Elle affiche une mine de déterrée. Son mascara a coulé et elle est trop mince. Elle a le nez rouge. Quand l'ai-je vraiment regardée pour la dernière fois ? Elle parle trop fort. Tommy semble indifférent à tout ce qui l'entoure.

— Pourquoi a-t-il fait ça ? Quel idiot ! ne cesse de répéter Beth.

J'ai envie de me trouver n'importe où, ailleurs que dans cette pièce avec eux.

— Qu'a dit Lauryn ? demande Tommy.

— De la tenir au courant.

— Elle ne vient pas ?

— Qu'est-ce que tu crois, Tommy ? lance Beth, d'un ton incroyablement cassant.

Nous attendons encore trois heures, allant à tour de rôle boire un café lavasse et bon marché au bar du coin. Beth est excitée, moi anxieuse et Tommy reste silencieux. Un certain Dr Shinners informe Tommy de la situation. Tommy me regarde. Il a besoin que je l'épaule. Durant l'entretien avec le docteur, Tommy me tient la main. Beth le remarque et secoue la tête.

— Nous l'avons recousu, mais devons effectuer une radio. Son organisme était bourré de drogues et certains examens permettent de supposer que leur absorption était volontaire.

— Ce qui signifie… ? demande Tommy.

— Votre ami aurait-il tenté d'attenter à sa vie ?

— Non, répond Tommy.

Il me regarde.

— … Tu crois toi ?

— Non, pas vraiment, dis-je.

Mais la possibilité est réelle, tout comme ma récente révélation. J'aimerais ne pas en savoir tant.

— Nous allons le garder en observation. Au moins vingt-quatre heures, je pense.

— Pouvons-nous le voir ?

— Oui, mais pas trop longtemps. Il est en salle C.

— Beth, tu veux rentrer ? demande Tommy.

— Ça va, je vais attendre.

— Beth, dit-il.

— Laisse-la, Tom, dis-je.

— Ouais, Tom, imite Beth d'un ton moqueur, laisse-la.

*
* *

Jordan se trouve toujours aux urgences, dans une salle bondée. Pâle, il fixe le plafond mais sourit à notre arrivée. D'un sourire vide.

— Comment ça va, mon pote ? demande Tommy.

— Ça va.

Il se tourne vers moi.

— Je suppose que je ne joue plus Tom.

— Non. Maintenant, tu vas devoir donner la réplique à de vraies personnes.

J'ignore si c'était la chose à dire. Je l'entendais comme une plaisanterie. Où est passé le mode d'emploi ?

— Tu as appelé Lauryn ?

— Nous n'avons pas réussi à la joindre, s'empresse de répondre Tommy.

Jordan se détourne et couvre son visage de son bras indemne. J'effleure ses cheveux. Pour une fois, je me sens mal pour lui. Peut-être ne sait-il pas se comporter autrement que comme un raté.

— Elle ne viendra pas, dit Jordan. Je croyais être capable de tout réussir.

— Je vais rester avec toi ce soir, mon pote, dit Tommy, avant de s'adresser à moi. Tu devrais rentrer.

— Tu es sûr ?

— Oui.

Tommy baisse la voix.

— Occupe-toi de Beth, d'accord ?

— Oui. Au revoir, Jordan. Soigne-toi bien.

Lorsque Beth et moi arrêtons un taxi, le soleil se lève. Nous le partageons jusque chez moi, puis Beth continue jusqu'à son appartement ou je ne sais quel autre endroit à problèmes. Les chariots vendant café et petit déjeuner apparaissent dans les rues où les passants ensommeillés entament leur journée. J'ai l'impression que le café a remplacé le sang dans mes veines et m'interroge sur la substance qui coule dans celles de Beth.

— C'est là, dis-je au chauffeur. Prends soin de toi, Beth.

Je descends. Beth intime au chauffeur de laisser tourner le compteur et descend elle aussi.

— Pourquoi cette attitude, Rebecca?

— Quelle attitude? J'ai besoin de dormir, c'est tout.

— Pour affronter la dure journée de chômage qui t'attend?

— Beth, rentre chez toi.

— Dis ce que tu as à dire, Rebecca.

— Il n'y a rien à dire, Beth. Je vais me coucher.

— Ce n'était rien, tu sais.

Je secoue la tête – je ne veux pas savoir.

— C'était juste pour s'amuser, tu sais. Pas la peine d'en faire une montagne.

— Tu parles de l'ex de Lauryn.

Elle hausse les épaules. Je détourne les yeux. Je ne veux pas la voir à la lumière.

— Lauryn est ton amie.

— Cette histoire n'avait aucune importance.

— D'accord, dis-je. Je n'en ferai pas une montagne. Au revoir.

A la maison, j'enclenche l'air conditionné, allume la chaîne culinaire et m'enveloppe dans une couverture sur le canapé.

Esme me tire par la manche. Depuis que je la regarde à la télé, elle ne me parle plus. Elle se contente d'apparaître dans mes rêves et de marcher à mes côtés. Parfois elle plonge dans l'Hudson et à mon réveil, j'entends son rire, mais aujourd'hui elle m'attend dans une salle de classe.

— Tu veux aller courir? lui dis-je.

Elle secoue la tête.

— Que veux-tu?

Je ne sais pas si je pose la question ou si je la pense, mais elle comprend. Elle répond d'une voix rauque, celle dont je me souviens. J'ai écouté un million de CDs avant de découvrir l'actrice dotée de la parfaite voix de pré-ado grave.

— Je veux te présenter mon amie.

Elle désigne un pupitre où est assise une fille au teint pâle, aux cheveux roux et une multitude de taches de rousseur.

— Comment s'appelle-t-elle ?

— Kim.

L'amie d'Esme sourit, révélant une bouche colonisée par un appareil dentaire.

— J'aime cuisiner.

— Salut, dis-je, à demi éveillée. Enchantée de te rencontrer…

Tommy entre. Surprise, je me redresse d'un bond et coupe les hurlements de la télé. Il me tend un sac de papier blanc d'où s'échappe l'odeur du bacon. A l'intérieur, je trouve deux sandwichs bacon, œuf et fromage.

— Béni sois-tu.

Je souris et lui fais de la place sur le canapé.

— Comment va-t-il ?

— Bien. Je n'avais aucune raison de rester et je dois aller travailler.

— Oui.

— J'ai essayé de lui parler de son boulot, explique Tommy, de lui dire qu'il ne pouvait pas ficher ce job-là en l'air, mais il s'est contenté de boire. Tu ne crois pas qu'il…

— Je ne sais pas, dis-je très vite. Je ne pense pas. Cela n'aurait aucun sens, mais qu'en sais-je ?

Nous mangeons nos sandwichs, tout en regardant le chef cuisinier Sarah, confectionner des enchiladas. Dehors, la circulation a repris. Les autres se rendent quelque part ; nous, nous sommes là.

— Je regrette de ne pas avoir été conscient de ce que nos amis vivaient ces derniers temps, dit Tommy.

— Oui, je sais.

Je range le dernier morceau de mon sandwich dans le sac.

— … Moi aussi.

— Que se passe-t-il avec Beth ?

Beth est la sœur de Tommy, mais, en dépit des apparences, c'est aussi mon amie.

— Je l'ignore.

— On dirait que tout le monde vit au jour le jour.

— Je crois que c'est le cas. Aucun d'entre nous ne semble plus avoir la moindre idée de ce qu'il fait.

— A quoi jouons-nous ? A quoi ça rime ?

— Tommy…

C'est trop. Tout ça est trop.

— … je ne sais pas.

Il me regarde. Nous sommes assis si près l'un de l'autre. Tout pourrait arriver, mais rien n'arrivera.

— Je me sens tellement nul.

— Je sais. Pour chaque pas en avant, j'ai l'impression d'en faire deux en arrière. Je ne comprends pas ce que je dois faire de ma vie, de tout, de toi.

Je lui avoue que, lorsque j'ai le cafard, je me raccroche à ce jour où il a accepté de me rejoindre sur ma planète. Je ne sais pas pourquoi je le fais cette confidence. Mais j'ai envie de me livrer avec sincérité.

— Je m'en souviens. Mon Dieu, comme *X-Files* me manque, plaisante-t-il. Ne fais pas cette tête, c'est vrai. Tu veux connaître un souvenir auquel je tiens ? Notre retour du mariage de Matt Miller.

Matt est un copain d'école de Tom et de Jordan.

— Lauryn et Jordan dormaient sur la banquette arrière de la voiture. Tu conduisais et *Pressure* est passé à la radio. J'ai dit : « Ça devait être fou pour Queen et David Bowie, tous deux dingues, d'enregistrer ce morceau ensemble ? » Tu as répondu. « Oui, ils se donnent à fond, c'est fou. »

— Je m'en souviens.

— J'ai ajouté : « Ensemble, ils sont encore meilleurs. » Et tu as répondu : « Exactement comme nous. » J'ai embrassé ta main, posé ma tête sur ton épaule, et la voiture a continué de filer. J'avais confiance alors. Confiance en toi et confiance en mes amis.

Que répondre à ça ? Nous nous taisons. Tommy gagne sa

chambre. Je reste un moment sur le canapé, puis pars dans ma chambre.

Nous ne reformerons jamais un couple. Je crois que je commence seulement à accepter ce fait.

# 19

## *Guidée par l'amour*

Je zappe entre Food Network et Sundance Channel, comme à mon habitude, lorsque je tombe sur Explore! Family. Juste pour me torturer, je reste sur la chaîne et regarde quelques pubs. Je prie pour qu'aucune bande-annonce d'Esme ne passe, tout en ayant envie d'en voir une.

Au lieu de quoi, j'ai droit à une bande-annonce pour le lancement de *L'Hacienda d'Hannah*, sauf que maintenant cela s'intitule *Un foyer pour Hannah* et que la star en est une fille blonde et très menue. Apparemment, elle ne succombe pas aux sirènes du buffet sur le tournage. Puis une autre pub annonce l'arrivée surprise d'un membre de la famille de Tom. Jordan sourit et danse, comme si tout allait bien et qu'il débordait d'enthousiasme à l'idée de présenter son remplaçant aux téléspectateurs. Don me dit que personne n'a encore été choisi, c'est pourquoi ils jouent le mystère.

Tout cela ne devrait plus m'affecter. Je dois me considérer comme extérieure. Chaque fois qu'un ex-collègue d'Explore! m'appelle, il me demande si j'ai envie d'entendre les potins avant de me les raconter. Je ne réponds jamais non, mais peut-être devrais-je commencer. Cette expérience nous lie pour toujours, mais peut-être devrais-je cesser de me replonger au cœur de cette époque.

Pour une fille au chômage, je travaille beaucoup. Mon programme pour l'enterrement de vie de jeune fille de Kathy a obtenu l'approbation de sa sœur. Sa sœur, qui vient d'avoir un bébé, semble considérer ce week-end plutôt comme une occasion de sortir qu'une soirée dédiée à Kathy.

La soirée débutera au Royalton. Un grand espace, tout blanc et très classe, où l'on vous sert des boissons fortes à des prix excessifs. Ensuite, j'ai réservé au Blue Fin pour 21 h 30. De là, j'emmènerai celles qui tiennent encore debout (j'ai comme l'impression que ces dames vont attaquer fort et de bonne heure) chez O'Flaherty Ale House. Après tous ces chichis, la décontraction d'un pub sera la bienvenue.

Mais je ne me suis pas consacrée qu'à l'organisation de festivités. J'ai aussi étudié deux ou trois sites Internet de chaînes destinés aux enfants. Les seuls articles concernent des émissions violentes pour les garçons. J'espère que ce courant n'a pas le vent en poupe.

A presque 23 heures, je regarde le spécial Super Chef Cuistot lorsque Tommy rentre. Il a l'air bizarre. Cette semaine, il a passé un temps fou en compagnie de Jordan, convalescent, afin de le réconforter, j'imagine.

— Que se passe-t-il ?

— Rien, répond-il.

Je me replonge dans mon émission. Mais il ne tient pas en place. Ne cesse de se lever du canapé, d'aller dans sa chambre et d'en ressortir.

— Quel est l'ingrédient du jour de ton émission ?

— Intestin de porc.

— Argh.

— Oui, et le défi consiste à confectionner un dessert avec. Il semble que l'intestin se marie bien avec la pâte brisée.

— Argh.

— Tu as vu Jordan ? dis-je, sans quitter l'écran des yeux.

— Non, pas ce soir.

— Waouh, tu baby-sittes tard. Les parents de ces gamins ne rentrent jamais s'occuper d'eux ?

— Je n'étais pas avec eux non plus.

Je le regarde. Il a l'air étrange.

— Qu'est-ce qui ne va pas ? Où étais-tu ? Pourquoi te comportes-tu si étrangement ?

— Rien. J'étais avec une fille. Parce que je ne sais pas comment tu vas réagir.

Je ne réagis pas. Je l'écoute me parler de cette nanny qu'il a rencontrée au parc. Elle s'appelle Nancy, est originaire de Californie et a très certainement les hanches minces (bien qu'il n'en dise rien). Selon Tommy, elle ne connaît rien à la culture pop, déteste la télé, ne va jamais au cinéma et n'écoute que de la musique classique. Elle vit dans l'Upper West Side, dans une famille qui l'emploie comme nanny pour s'occuper de jumeaux en bas âge. Elle étudie la musique et joue du violoncelle. Elle a vingt-trois ans.

— Je n'aurais jamais cru avoir des choses à lui dire, mais je la rencontre tous les jours au parc et si, nous avons des choses à nous dire.

— C'est génial, dis-je.

— L'autre jour, nous avons déjeuné ensemble, et aujourd'hui nous sommes allés dîner.

— Je suppose que la prochaine étape est le petit déjeuner, dis-je, tentant sans succès de ne pas paraître amère.

— Je ne devrais pas te raconter tout ça, n'est-ce pas ?

Je hausse les épaules. Cela me fait penser à la question posée par mes anciens collègues. Je n'ai pas envie de savoir, mais envie de savoir quand même.

— Nous sommes amis, non ?

Des amis qui ont couché ensemble la semaine dernière.

— … nous devons être capables de nous confier l'un à l'autre, n'est-ce pas ?

— Je suis heureux de te l'entendre dire, Rebecca. Quoi qu'il arrive, tu es ma meilleure amie.

Il m'embrasse sur le front, se lève et passe dans sa chambre.

Je ne devrais pas être surprise, si ? Je n'ai aucun droit d'être bouleversée, je le sais. Il ne va pas faire vœu de chasteté.

Les juges n'ont pas apprécié le chausson à l'intestin de porc. Super-Chef Cuistot n'a pas été vaincu. Super-Chef Cuistot – 1, Rebecca – 0.

Mercredi, après m'être rendue au marché d'Union Square, je ne peux pas résister à une petite halte au magasin Anthropologie. Je cours depuis presque quatre semaines et je crois que, sous le choc, mon corps a évolué. Rien de drastique, mais je me sens plus solide. Je surveille mes finances, certes, mais j'ai été si sage... n'ai pas mis un orteil chez Nobu depuis tant de mois... J'ai besoin de m'offrir quelque chose, peut-être simplement une chemise pour le dîner d'enterrement de vie de jeune fille de Kathy.

Je me dirige droit au sous-sol, là où on trouve les articles en solde. Je ne me laisserai pas corrompre par la ravissante robe kimono de soie rose que j'ai repérée du coin de l'œil. Je n'achèterai un article que si son prix est réduit. Je trouve un super-débardeur rouge à l'encolure délicatement brodée de perles, un haut bleu sombre, de style oriental, aux courtes manches transparentes. Je craque pour un pantalon corsaire à prix normal que quelqu'un a placé en bas pour pousser les filles comme moi à l'acheter.

Je ne peux pas l'essayer. Après mon jogging, je dégouline de sueur. Mais j'ai assez confiance en moi pour l'acheter dans ma taille habituelle, 42, avec l'intention de le porter.

Je me rends à la caisse et pose les vêtements sur le comptoir. Le caissier me rappelle quelqu'un. On croise parfois dans New York une personne qui ressemble à un copain de fac ou un ex-collègue, sans pouvoir la situer avec précision. Ce mec semble plus âgé que moi d'environ cinq ans, mais me paraît si familier que je dis bonjour.

— Salut, dit-il, semblant lui aussi me reconnaître. Alors cette robe a fait l'affaire pour le mariage ?

— Vous me confondez avec quelqu'un d'autre. Pourtant je crois aussi vous connaître. Je m'appelle Rebecca Cole.

— Oh, Rebecca, salut, répond-il en souriant. Je ne t'avais pas reconnue. Je suis Paul Perry.

— Oh, Paul ! Salut.

Depuis son appel au début de l'été, lorsqu'il cherchait un job, je n'ai plus repensé à lui. Et je ne l'avais pas revu depuis notre collaboration à ARCADE. Nous nous embrassons, un peu gênés. J'espère ne pas sentir trop mauvais.

— Comment ça va ? Tu as pris un jour de congé ?

— Je suis en congé permanent, dis-je en riant.

Il plisse le regard.

— … Rien de grave. Je me suis fait virer.

— Rebecca, c'est affreux. Ils ont beaucoup licencié ?

— Plusieurs personnes, oui, dis-je, toujours en souriant. Mais seulement moi à la production. Je crois que je posais un petit problème.

— Toi ? Je ne peux pas le croire.

— Moi non plus, mais on s'y habitue.

— Tu as retrouvé un job ?

— Euh, non, pas encore. Mon salaire me sera versé pendant encore deux semaines.

Jusqu'à la fin de la semaine prochaine, pour être exacte. Mais inutile d'alarmer Paul Perry ou frôler la panique alors que j'entre sûrement de nouveau dans un 42.

— Je suis certain que tu jouis d'un réseau de relations étendu, dit Paul.

Et il va entreprendre de me soutirer des informations sur certaines de ces relations.

— Ainsi tu travailles à Anthropologie ? Tu dois bénéficier de supers réductions.

— Oui, les femmes adorent…

Paul sourit avec nervosité.

— … et puis c'est un boulot alimentaire qui me laisse une

chance de me concentrer sur l'écriture. J'ai deux projets d'émissions à proposer...

Paul commence à parler. Au fur et à mesure qu'il débite son CV à toute allure, je décroche. Je vais devenir comme ça ? Dès la fin de la semaine prochaine, ZUT ! Je n'aurai plus un sou de plus que les quatre cents dollars hebdomadaires des indemnités chômage et ZUT ! Elles aussi finiront par s'arrêter.

Evidemment, être embauchée comme vendeuse chez Anthropologie ne devrait poser aucun problème. Ne serait-ce pas fabuleux d'obtenir cette robe kimono de soie dont j'ai détourné le regard avec une réduction de mille pour cent ? Mais ZUT ! Que diable vais-je faire du reste de ma vie ? Je me reconnecte sur Paul juste au bon moment.

— ... Je suis certain que l'une de ces idées va se vendre. J'aimerais que tu les lises et me fasses part de tes remarques. Tu sais comme les commentaires extérieurs peuvent se révéler précieux. Maintenant que tu es sans emploi, peut-être pourrons-nous travailler ensemble sur un projet ?

Paul ne me ferait jamais cette proposition si je n'avais pas produit ma propre émission. Mais on finira par oublier que j'ai produit une émission. Et alors quoi ? Alors plus personne ne se souciera de mon opinion. Etape suivante, les gens m'enjamberont sans sourciller dans la rue.

J'ai vécu dans un univers de rêve. J'ai été une femme qui déjeune en ville, court partout, regarde la télé et ne se rend pas compte que tout a une fin. Que vais-je faire ?

— Paul, tu sais quoi ? Je crois que je vais me contenter des tops en solde et ne pas prendre le pantalon.

Je vais devoir me contenter du corsaire noir taille 42 de l'année dernière. Je vais devoir m'employer à trouver un travail.

Jeudi, j'établis une liste de tous les gens que je connais dans la profession, dans diverses chaînes. Je les classe en commençant par ceux que je soupçonne avoir le poste le plus important, et donc les plus susceptibles de pouvoir m'aider. J'ai perdu le contact avec beaucoup d'entre eux, mais peut-être quelqu'un saura-t-il où les joindre. Je ne suis pas très douée pour entretenir un réseau professionnel – je déteste me vendre –, mais je n'ai pas le choix.

J'appelle mon premier boss chez ARCADE. Il a maintenant un job important dans une chaîne destinée au public féminin. Je décline mon identité et son assistante me met en ligne. Je crois que si mon nom n'avait fait aucun effet, mon cœur se serait brisé. En tant que boss, il était O.K. Un peu trop autoritaire, c'est certain. D'ailleurs il pouffe au son de ma voix.

— Rebecky Cole…

Il trouve drôle de m'appeler Rebecky ?!

— Bonjour, Jake.

Fraîchement émoulue de la fac et débutant dans mon premier job, j'avais commencé par l'appeler Monsieur Sullivan et découvert que ça ne passait pas.

— Comment vas-tu ?

Ça va.

— J'ai lu des trucs supers au sujet d'Esme. Je me suis dit : « Hé ! C'est moi qui ai appris à cette gamine tout ce qu'elle sait ! »

Je déglutis, incapable de préciser qu'âgée de vingt-sept ans, je suis une femme, seule responsable de ma propre carrière. J'émets un rire n'engageant à rien.

— Je voulais savoir si vous embauchiez en ce moment.

— Tu ne travailles plus chez Explore !? Je ne peux pas croire que Matt Hackett t'ait laissée partir.

— J'ai été licenciée.

Qu'il pense ce qu'il veut sur la raison de mon renvoi. Je déteste faire l'article à mon sujet.

— … alors j'ai pensé tenter ma chance.

— Oh, Rebecky, les temps sont durs.

Même s'il m'offre un job tout de go, j'exige que mon contrat stipule l'interdiction de m'appeler « Rebecky ».

— Oui, je sais.

— Pour l'instant, nous n'avons rien. Mais tu peux bien sûr m'envoyer ta démo.

Les lois du karma… Je paie pour la façon dont j'ai traité Paul Perry. Demander la démo est l'équivalent de « on vous rappellera. »

— … Bien sûr, si tu travailles une idée ou mets au point un nouveau concept, je suis toujours intéressé. Et je ferais n'importe quoi pour mon ex-assistante.

J'aime qu'on me rappelle mes humbles débuts. Mais je suppose que ces désagréments sont inévitables lorsque vous faites du porte à porte.

— Merci, dis-je.

— Si tu m'appelais dans quinze jours, lorsque tu auras donné chair à quelques idées, ou pour me proposer tes concepts destinés aux enfants ? Nous pourrions déjeuner ensemble.

— D'accord, merci.

J'appelle ensuite Jennifer Juliano de la chaîne pour enfants Playtime Kids Network. Elle est sur la liste que Don m'a donnée. J'obtiens sa messagerie et laisse un message stupide afin de me présenter. J'ai l'air idiot, c'est certain. Je me retiens de simplement dire « Embauchez-moi, je vous en prie, la semaine prochaine je ne toucherai plus de salaire… je vous en prie, embauchez-moi. »

J'appelle le reste de la liste et laisse des messages pitoyables sur les messageries ou échange des propos insipides avec ceux que j'obtiens en direct. Personne n'a eu vent d'un job quelconque, mais je confirme « Il faut qu'on se voie bientôt » avec quantité de personnes qui n'ont probablement jamais le temps de voir qui que ce soit.

Personne ne me donne beaucoup d'espoir concernant un job, mais plusieurs me communiquent les coordonnées d'autres personnes, avec qui j'entretiens les mêmes conversations déprimantes.

Jennifer Juliano me rappelle. J'en suis ébahie parce qu'elle est directeur créatif chez Playtime, poste qui vous autorise à charger un subordonné de le faire. Elle parle d'une voix jeune et agréable.

— Je dois le reconnaître, je suis une grande fan d'Esme. Un personnage comme le sien était nécessaire sur le marché.

— Merci.

— Je regrette qu'elle ne porte plus de lunettes.

— Moi aussi… c'est en partie la raison pour laquelle je n'ai plus de boulot.

Pourquoi ai-je dit ça ? On va croire que je n'ai pas l'esprit d'équipe. Je tends l'oreille, pour guetter si Jennifer est choquée de mes tendances subversives, mais elle reste imperturbable.

— Je serais tout à fait prête à envisager votre candidature pour tout poste qui se présenterait chez nous. Je serais ravie de recevoir votre démo. Et si vous avez une idée d'émission, faites-m'en part.

— J'ai travaillé sur plusieurs idées.

Qu'ai-je fait de mon été ? Pourquoi n'ai-je pas travaillé sur ma prochaine émission ?

— En ce moment, la mode est au style garçon, sans nuance. Ne dites pas que c'est moi qui vous l'ai dit, mais plus c'est agressif, sanglant et dégoûtant, mieux c'est.

C'est ce que je craignais.

— Cela semble merveilleux, dis-je.

Evidemment, elle sait que je mens.

— Je vous envoie ma démo. Quand j'aurai finalisé mes concepts, je vous les communiquerai.

Nous raccrochons. J'ai en projet de dégoter un ancien T-shirt d'Esme (avec lunettes) et de le lui envoyer. Je ne serai jamais capable de concevoir un scénario assez violent. Mais je peux essayer. (Encore que je ne sois pas sûre d'en avoir envie.)

Je décide d'aller courir. En ce moment, c'est ma façon préférée de décompresser. Mais nous sommes en août, un jour où il fait chaud. Le temps que j'atteigne la 34e, je souffle et hoquète. Je ne reste pas dehors très longtemps.

Après une douche, je mets un peu de musique et m'assieds à mon bureau, décidée à réfléchir à quelques idées. Que diable puis-je faire d'autre ? Bien sûr, je me laisse distraire et commence à imaginer des scénarios où je développe une autre émission qui devient populaire et finis par retrouver un bureau où j'attends l'arrivée d'un boss insupportable et jaloux.

Tout cela me donne mal à la tête. J'ai envie de regarder la chaîne culinaire. Je veux un tempura de crevettes.

Il n'existe aucune émission de cuisine pour enfants. Ne serait-ce pas génial de créer une émission de cuisine dans laquelle les enfants mettent la main à la pâte et confectionnent des plats ? Je pourrais la proposer aux chaînes traitant du quotidien comme aux chaînes pour enfants. Génial ! L'émission pourrait être présentée par un enfant, une fille. Est-ce que ça sous-entendrait que seules les filles cuisinent ? Elle pourrait recevoir des invités garçons. Est-ce que ça sous-entendrait que c'est une fille facile ?

Il faut la doter d'un appareil dentaire, exactement comme l'amie d'Esme, Kim. Je m'emballe, et avant de m'en rendre compte, une heure et demie est passée et j'ai rempli trois pages de gribouillis et d'idées.

Lauryn appelle. Elle demande des nouvelles de Jordan, ce que je n'ai pas, et m'annonce qu'elle vient en ville demain après-midi. Elle rendra visite à Jordan samedi matin.

— Tu veux que je vienne avec toi ?

— Non, je préfère y aller seule. Cela pourrait dégénérer.

— Ne laisse pas la rencontre dégénérer.

— J'essaierai. Mais j'aimerais qu'on se fasse une soirée vraiment sympa vendredi soir. Un petit tempura de crevettes ne me déplairait pas.

J'adore lorsque je réussis à convertir quelqu'un.

— Super. On pourrait demander à Kathy si elle a envie de venir. Je crois que la délégation n'arrive que samedi matin.

— Et à Beth.

— Beth, oui.

J'ignore quels sentiments elle éprouve à mon égard. Nous n'avons pas parlé depuis l'hôpital. J'ai lâchement laissé un message sur son répondeur pendant les heures de boulot, afin de ne pas affronter la situation. Je préfère ne rien raconter de tout ça à Lauryn.

— J'aimerais vraiment la voir. Cela fait longtemps.

— Je sais.

Je lui parle de mes idées pour l'émission, afin d'obtenir une première réaction. C'est alors que la porte s'ouvre et que la voix de Tommy retentit, accompagnée d'une voix féminine inconnue. D'accord, nous sommes amis, et les amis se fichent qu'on ramène des filles à la maison, mais nous sommes aussi des ex, et les ex ne s'en fichent pas. Moi, je ne m'en fiche pas. Au milieu de l'après-midi, en plus.

— Lauryn, je te rappelle.

Dans le salon, je trouve une étrangère. Une étrangère très jeune, jolie, en twin-set et collier de perles.

— Bonjour, Rebecca, j'ignorais que tu étais là.

Je suis au chômage, où pourrais-je bien me trouver ?

— Je suis là.

J'observe l'intruse. Je ne vais pas me comporter en ex typique. Mais en nana sympa. Je tends la main.

— Rebecca.

— Bonjour, je suis Nancy.

Une nanny qui s'appelle Nancy. Comment Tommy peut-il supporter ça ?

— Pardon, je suppose que c'était mon rôle, dit Tommy, l'air gêné. Nous partions juste pour le cinéma. Je suis rentré me changer.

— Super.

— Tu peux venir avec nous si tu veux, dit Nanny Nancy.

Je crois qu'elle parle sérieusement. Elle est incroyablement dépourvue de sueur dans son twin-set. Qu'ai-je fait pour me retrouver dans cette situation ?

— Je suis en train d'écrire.

C'est vrai, j'ai un métier créatif. Et toc.

— Tommy m'a dit que tu écrivais.

— Oui. Pour la télé.

C'est toujours ça. Tommy regarde la télé, mais pas elle.

— Je ne suis pas fan de la télé, même si maintenant je la regarde avec les jumeaux. Tommy va me donner une cassette de ton émission. Il dit qu'elle est brillante.

Je ne peux pas croire qu'il ait dit ça. D'accord, je peux le croire, mais pas à elle.

Tommy revient. Sa chemise est rentrée dans son pantalon ; l'affaire est sérieuse. Il sourit à Nancy.

— Alors tu veux venir, Rebecca ? demande-t-il sans me regarder.

— Non, non merci.

— C'est ton père, Tommy ?

Nancy désigne une photo de Tommy avec Robert De Niro qu'il a rencontré une fois. Incroyable ! Voilà qui va calmer les ardeurs de Tommy, malgré ses petites fesses rebondies.

— Non, c'est Bobby D. Un acteur. On te voit plus tard, Rebecca, répond Tommy.

— A plus, dis-je.

— Ravie d'avoir fait ta connaissance, dit Nancy, sincère.

— De même, dis-je, souriant de mon mieux.

Lorsqu'ils sont partis, je fixe Bobby D et Tommy. C'est moi qui ai pris la photo. Comment croire que Tommy sorte avec une fille incapable de reconnaître son acteur préféré ? Mais ce que j'ai le plus de peine à croire, c'est qu'il m'a à peine regardée tout le temps qu'il se trouvait dans la pièce. Il ne m'a pas ignorée, mais par le passé, chaque fois que nous nous trouvions près l'un de l'autre, il me prêtait son entière attention. C'est maintenant qu'il ne le fait plus que je m'en rends compte.

J'attends Tommy en travaillant mes concepts. Ils sont encore mal dégrossis, mais commencent à prendre forme. Tommy rentre à l'heure respectable de 23 h 30. Je devine qu'il est seul. Je vais me contenter de tendre l'oreille et deviner ce qu'il fait, sans l'approcher. Je ne veux pas donner l'impression d'y accorder trop d'importance. Je l'entends se diriger vers ma chambre en fredonnant.

Il frappe. Je prends ma voix la plus détachée.

— Entrez.

Il ouvre la porte. Un changement s'est opéré en lui. Il rayonne. Je retiens ma respiration.

— Tu vas bien ? demande-t-il.

Il continue de sourire. Je crois qu'il est amoureux.

— Ça va, dis-je, en déglutissant. Comment s'est passé ton rendez-vous ?

— Super.

Je crois le voir fermer les yeux une seconde.

— Super, dis-je.

— Je crois…

Il détourne le regard et interrompt ce qu'il allait dire.

— … elle pose sur le monde un regard tellement inhabituel et adorable.

— Hum, dis-je en hochant la tête.

Il faut que je sois heureuse pour lui. Si je désire que l'amitié fonctionne entre nous, je ne dois en aucun cas me montrer égoïste.

— Elle semble vraiment sympa.

— Elle l'est. Elle aussi t'a trouvée super.

Il s'exprime différemment, comme si toute sa personnalité était bouleversée. Il n'était pas censé rencontrer quelqu'un le premier. Il était censé patienter pendant que moi je rencontrais quelqu'un.

Il désigne mes carnets d'un geste.

— Ça avance comment ?

— Ça va.

— Je ne vois aucun dessin.

— Je n'en suis qu'aux concepts, dis-je.

Je sais qu'il a autre chose en tête, mais veut m'épargner en s'abstenant de radoter sur Nanny Nancy.

— … Je repousse le moment de décider s'il s'agira d'animations ou de personnages réels.

— Bonne idée.

— Merci. Quand la revois-tu ?

Je lis le soulagement sur son visage. Il croit devoir obtenir ma permission avant de parler d'elle.

— Je vais certainement la voir demain dans le parc. D'ailleurs je pensais l'inviter à dîner ici demain soir. Ça t'ennuie ?

— Non, dis-je très vite. Lauryn vient à New York et nous allons chez Nobu.

— Tu dois être ravie.

Je crois qu'il essaie de démontrer combien nous sommes proches, à quel point il me connaît. C'est mon prix de consolation.

— Oui, dis-je.

Je plisse le regard. Non, je dois me montrer positive. Et aider Tommy dans ses projets amoureux comme lui m'aide en tout.

— Tu veux de l'aide ? Pour concocter un menu.

— Rebecca…

Il sourit et secoue la tête.

— … j'allais te le demander. Tu veux bien ?

— Bien sûr, dis-je en souriant.

Tommy est capable de cuisiner quelques spécialités portugaises, point.

— Il faut qu'on l'impressionne.

— Je te suis vraiment reconnaissant.

— Pas de problème.

Je hausse les épaules et baisse le regard sur mon carnet, juste pour m'assurer que je n'ai pas de larmes dans les yeux.

— Je suis si heureux de pouvoir t'en parler.

— Bien sûr, dis-je, souriant toujours. Parle-m'en tant que tu en as envie.

— Merci. Personne ne me connaît mieux que toi.

— Je sais.

Je rebaisse les yeux sur mon carnet.

# 20

## *Bonne fortune*

J'aide Tommy à cuisiner son super-dîner. Nous préparons des petites bouchées au crabe et une salade de tomates fraîches. J'ai choisi les tomates moi-même, ce matin au marché d'Union Square.

Une femme plus immature aurait confectionné pour la nouvelle élue de son ex un brownie aux propriétés laxatives. Pas moi. Je dissuade Tommy de servir de la bière et suggère des bellini aux oranges sanguines en guise d'apéritif. Je tiens la recette de chez Babbo et sais qu'elle fait de l'effet. Vous voyez à quel point je suis bonne et compréhensive ?

L'idée du dîner remplit Tommy de joie. Il se lève vers 7 heures et part s'occuper des enfants. Il rentre pendant leur séance d'entraînement de foot et nous concoctons le festin.

Puis il ressort chercher les enfants. Je prévois de quitter les lieux bien avant son retour. Je ne crois pas pouvoir supporter de le voir se pomponner pour une autre. Et je ne tiens pas du tout à être présente à l'arrivée de Nanny Nancy.

Je me douche et enfile un de mes nouveaux tops. Je rentre effectivement dans mon vieux corsaire noir. *J'adore courir.* Mon portable sonne, c'est Janice. Je jette un coup d'œil à la pendule. Je ne peux pas parler longtemps, mais nous n'avons pas discuté depuis un moment.

— Quoi de neuf?

— Rebecca...

Elle commence à glousser.

— Oh, mon Dieu, je vais aller droit en enfer.

— Quoi ?

— C'est affreux, vraiment.

Je l'entends qui tente de reprendre contenance.

— ... je ne devrais pas me réjouir, mais je ne peux pas m'en empêcher. Et puis personne n'est mort.

— Janice, de quoi parles-tu ? Tu es soûle ?

— Un peu. Nous sommes tous sortis prendre un verre. Nous sommes à Jersey. Je suis sortie pour t'appeler.

— Oh, je crois que Jen m'a vaguement parlé d'une conférence à l'extérieur.

— Oui, ça doit être la cinquième, censée renforcer notre moral. Dans une prochaine vie, je veux être réincarnée en directrice des Ressources Humaines.

— D'accord. Alors qu'est-il arrivé ?

Je ne voulais pas m'y intéresser mais tant pis.

— Nous étions en train de nous livrer à des exercices concernant la confiance. Mais comment sommes-nous censés faire confiance à quiconque alors qu'un tas de personnes viennent de se faire virer ?

— Vraiment ?

— Oui, réplique-t-elle platement. Le département Promo. Liquidé. Evidemment on ne prononce pas le mot licenciement, on parle de reconversion.

— C'est le nouveau mot à la mode ?

— Ouais, donc nous exécutions cet exercice qui consiste à monter sur une échelle et se laisser tomber en arrière. Chacune des huit personnes de l'équipe est censée te rattraper. Oh, mon Dieu, c'est horrible, mais personne n'est mort.

— D'accord, qui n'est pas mort ?

— Rebecca... en résumé, personne n'a rattrapé Delores.

Elle s'écroule de nouveau de rire.

— Attends, que s'est-il passé ?

Cette fois, Janice semble incapable de se reprendre. Elle est en proie à un fou rire haletant entrecoupé de « mince ».

— Que s'est-il passé ?

— Chacun a dû penser qu'un autre la rattraperait et s'est cru dispensé de faire le moindre geste.

— Mais personne n'a bougé ?

— Non.

— Mon Dieu. Je crois que moi aussi je vais aller en enfer.

Nous laissons libre cours à notre fou rire pendant au moins trois minutes. Chaque fois que j'imagine tout le monde, debout les bras le long du corps, je repars de plus belle.

Mon téléphone bipe mais je l'ignore.

— Quelqu'un dit que les secouristes parlaient de la plâtrer des pieds à la tête…, explique Janice.

— Oh non.

Je cesse de rire.

— C'est trop affreux. Je veux dire, c'est horrible.

— Oui, mais elle n'est pas morte, raisonne Janice. Cela pourrait être bien pire. Elle est tombée sur l'herbe, pas sur le ciment.

— Tu as raison. Personne n'est mort.

Nous rions de plus belle.

— Nous sommes horribles.

— Ne culpabilise pas trop à son sujet. John pense qu'elle peut les poursuivre en justice. On pense que le règlement doit imposer une taille minimale et que ce détail a été ignoré.

— Mon Dieu, parce qu'elle ne mesure qu'un mètre trente-cinq ?

Nous rions encore un peu. Je sais notre comportement indécent, mais je crois fermement au karma et au destin. Pour la première fois, j'ai l'impression que l'univers se range de mon côté.

Janice et moi nous promettons de nous voir bientôt. Elle propose en plaisantant de nous retrouver à l'hôpital durant les heures de visite. Je lui explique que je cours beaucoup et suis décidée à participer aux dix kilomètres du Labor Day.

***

J'ai envie de m'éloigner de l'appartement, de ne pas être témoin du début de leur rendez-vous. Je m'offre une pédicure. Un vendredi d'été, presque tout le monde a déjà rejoint sa destination estivale et il n'y a pas beaucoup d'attente. J'arrive chez Nobu de bonne heure, préviens l'hôtesse que nous serons quatre et attends les autres au bar.

Je trouve un message de Lauryn sur mon portable. Elle l'a sûrement laissé pendant que j'étais au téléphone avec Janice. Elle a raté le ferry prévu et celui sur lequel elle se trouve maintenant arrivera beaucoup plus tard. Elle va devoir faire l'impasse sur Nobu et me rappellera dans la soirée. Je préviens l'hôtesse que nous ne serons que trois.

Mon téléphone bipe de nouveau. Un message de Kathy. Pour une raison qu'elle doit bénir, mon téléphone n'a pas sonné. Qu'est-ce qui cloche avec mon téléphone ? Elle est vraiment désolée, mais elle ne peut pas venir, elle espère que je comprendrai. Je lui suis reconnaissante de ne pas m'offrir une excuse lamentable. Et certaine qu'elle est ravie de ne pas avoir été obligée de me parler directement. Nous sommes toutes très douées pour nier l'évidence. Je préviens l'hôtesse que nous ne serons que deux. C'est ma deuxième modification en huit minutes. Elle m'adresse un sourire poli et me dit de l'avertir lorsque je serai prête à passer à table.

Donc, cela nous laisse Beth. Je décide de lui accorder quarante-cinq minutes. Nobu ne m'attribuera pas de table tant que tous les convives ne seront pas arrivés. Je commande un San Pellegrino au bar. A n'importe quel moment maintenant, l'hôtesse va approcher pour me déclarer que je suis une pauvre fille qui n'intéresse personne et que je ferais mieux de rentrer chez moi.

Mais je ne peux pas rentrer chez moi, parce que cet idiot de Tommy a un rendez-vous avec Nanny Nancy. Quarante-cinq minutes s'écoulent, accompagnées d'un autre Pellegrino et d'un verre d'un chardonnay pas donné parce que je le vaux bien.

Beth ne va pas se pointer.

Je pourrais me contenter de manger un peu de tempura de crevettes toute seule. J'ai déjà dépensé le prix du plat en boissons. Mais je n'y prendrai aucun plaisir. J'ai trop souvent dégusté mon plat préféré en solitaire ces derniers temps.

Pourquoi en ce moment nourriture et amitié sont-elles si compliquées ?

Je règle l'addition et pars. L'hôtesse m'adresse un sourire chaleureux. Sa vie est simple et sans problème, c'est certain. Elle déguste des tempura de crevettes chaque fois qu'elle le désire.

Dehors il fait encore jour. Je décide de rentrer à la maison à pied. Comme mes sandales mettent mes pieds à la torture, je vais marcher lentement. Le temps que j'arrive, peut-être seront-ils passés dans sa chambre. Argh ! Je ne me crois pas capable de supporter le bruit de leurs ébats. Je ne peux pas rentrer chez moi. Je vais aller chez Rudy, ou un endroit de ce genre. On y trouve de la bière bon marché et des hot-dogs gratuits. Je vais boire, manger et tout sera super. Evidemment, je devrais slalomer entre le vomi et des types bourrés. Et si Tommy décidait d'inviter son substitut maternel dans l'un de ses bars préférés et qu'ils me voient ? « Oh, regarde, c'est mon ex, celle qui va entendre grincer notre lit – que fait-elle ici toute seule ? »

Mon quartier m'est interdit.

Une pancarte faisant de la pub pour une bière bon marché se dresse devant moi, tel un épouvantail sur la route. Tiens, je filmerai mon film sur la solitude en noir et blanc, et en couleur, et il révolutionnera le cinéma. Je ne m'attendais pas à trouver de la bière à deux dollars la pinte dans ce quartier. C'est de la mauvaise bière, sûr, mais Tommy et Nancy ne s'aventureront jamais jusqu'ici. Je serai en sécurité.

J'entre. Le pub semble flambant neuf. Le métal des tabourets reluit. Le bar de bois et les tables ne présentent aucune rayure. On se croirait en hiver ici, il ne fait pas une chaleur brûlante et humide comme à l'extérieur.

Je m'assieds au bar. Le barman mignon me demande ce que je

désire. J'ai peine à croire avoir droit à une pinte de Magic Hat n° 9 pour deux dollars, mais c'est possible. Alors j'en prends une.

— Pourquoi est-ce si peu cher ?

— Nous venons juste d'ouvrir.

— C'est super. Comment s'appelle l'endroit ?

— On ne sait pas encore, on réfléchit. C'est un sujet délicat. Comment vous appelez-vous ?

— Rebecca.

— Ouais, on pourrait choisir n'importe quel nom.

Un petit flirt innocent – ou bien pas si innocent ? – ne me déplairait pas. Lauryn se débrouille bien en général avec les barmen. Celui-ci est mignon mais distrait par les clients de l'autre côté du bar.

A une table d'angle, un groupe de filles boivent des bouteilles de bière. Elles doivent avoir environ deux ans de moins que moi. Elles se trouvent à ce stade où les amies représentent encore tout pour elles. Je regarde si Beth a appelé. Rien.

— Quelque chose ne va pas ?

Un mec vient de sortir de la cuisine, en veste de chef cuistot et pantalon écossais.

— Non, dis-je, tentant de sourire. J'ai juste… non.

— Vous voulez une autre bière ?

Il me reste deux gorgées dans mon verre mais je hausse les épaules. Il se dirige vers le fût.

— Magic Hat, c'est ça ?

— Oui. Vous vendez des cigarettes ?

Si je bois seule, je peux aussi bien fumer.

— Non, mais je vais vous donner une des miennes.

— Oh non, vous n'êtes pas obligé.

Il fouille dans sa poche et m'offre son paquet.

— Je ne peux pas accepter, pas à New York. Ce ne serait pas sympa.

— Pas de problème. J'en ai acheté deux cartouches dans le

New Hampshire. Vraiment bon marché. Je peux en donner. D'ailleurs, je suis censé arrêter.

Il allume ma cigarette, plus une pour lui.

— Ben, fish and chips ! hurle le barman depuis l'autre côté du bar.

— Le devoir m'appelle. C'est moi le cuisinier. A dans cinq minutes ?

J'acquiesce. Ses yeux pétillent.

— Il paraît que notre fish and chips est super. Je ne mange pas de poisson, mais je sais le cuisiner.

— D'accord.

Il disparaît derrière la porte. Sa cigarette brûle toujours dans mon cendrier. Ce qui signifie qu'il va revenir. Je mets quelques chansons dans le juke-box. Les filles chantent « Joyeux anniversaire ». Je souris et lève mon verre.

— Quel âge avez-vous ? dis-je à l'héroïne de la soirée.

— Trente ans.

Alors peut-être l'espoir est-il permis pour moi et mes amies. Je regagne mon tabouret et écrase ma cigarette. Celle de Ben n'est plus qu'un affreux tas de cendres. Il ressort et dépose une part de gâteau au chocolat devant moi avant d'aller servir un client à l'autre bout du bar. Ben l'observe croquer sa première bouchée. Moi aussi. Le client échange un sourire avec Ben en souriant. J'ai faim et j'ai envie que Ben revienne. J'imagine que la part de gâteau m'est destinée mais je n'y toucherai pas avant d'avoir le feu vert.

— Vous n'aimez pas le chocolat ? C'est offert par la maison.

— Merci, mais je n'ai même pas encore dîné.

— Rien ne vous oblige à suivre les règles.

Il est mignon. Quelque chose en lui me semble familier.

— … Une autre bière ?

— Pourquoi pas. Si ça va avec gâteau au chocolat.

— Qu'est-ce qui n'irait pas avec la bière et le chocolat ?

J'avale une bouchée de mon gâteau.

— Délicieux.

Mon moral remonte ne flèche. Que plus aucun client ne commande quoi que ce soit ! Je meurs d'envie qu'il cuisine pour moi, qu'il reste avec moi.

— Ben, se présente-t-il.

— Rebecca.

Je lui tends la main. Il essuie la sienne sur son pantalon avant de me serrer la main. Un peu dépassée par les événements, je ne sais pas quoi dire.

— C'est génial comme endroit.

— Oui. J'adore.

— Vous en êtes propriétaire ?

— Non, j'aimerais bien. Le propriétaire est un ami.

— Ça marche bien ?

Je louche sur sa main à la recherche d'une alliance. Il semble plus âgé que moi.

— Jusqu'à maintenant, tout va bien. Ce n'est que la première semaine.

— Grâce à votre fish and chips, j'en suis sûre. Comment se fait-il que vous n'aimiez pas le poisson ?

— Ben, deux tourtes à la viande, lance le barman.

Je le trouvais mignon mais commence à le regarder d'un sale œil.

— J'en ai pour cinq minutes. Il suffit de les réchauffer.

Il soutient mon regard.

— … Rebecca, vous restez ?

— D'accord.

J'aime sa façon de prononcer mon nom. Si je reste, peut-être le répétera-t-il encore.

Le juke-box diffuse mes chansons. Je bois une gorgée de ma bière. Pour la première fois depuis longtemps, j'ai envie de rester où je me trouve. Je ne ressens ni anxiété, ni tristesse, ni hâte. Qu'a-t-il mis dans ce gâteau au chocolat ?

Lorsqu'il revient, il sourit, comme s'il avait craint de ne pas me retrouver. Il me tend une assiette de fish and chips et part servir la table désignée par le barman. A son retour, il sourit devant sa cigarette consumée.

— Nous n'avons pas encore de serveuse. Vous connaissez quelqu'un qui cherche un job ?

— Moi, dis-je en levant la main. Mais je ferais une serveuse nullissime. Je ne suis pas sympa avec les inconnus.

— Je n'en crois rien, se moque-t-il.

Est-il normal qu'il soit déjà aussi familier avec moi ?

— Merci pour le plat.

Je pioche une frite.

— Attention, c'est chaud.

— De plus, avec moi la nourriture n'atteindrait jamais la table. Je mangerais tout en chemin.

Nous échangeons un sourire. Zut ! Ma nervosité réapparaît. Embarrassée, je pioche une frite. Elle est chaude, craquante. Parfaite. J'inspire pour me rafraîchir.

— Ch'est délichieux.

— Merci. Je vais vous chercher de l'eau et une bière ?

Et il s'exécute. Il me fait maintenant office de barman, serveur et cuisinier. Que deviendra-t-il de plus ?

— Vous m'avez demandé pourquoi je ne mangeais pas de poisson ?

Il y a une éternité, mais il m'écoutait.

— … je suis végétarien.

— Vraiment ?, dis-je, sur le même ton que s'il m'annonçait qu'il avait six orteils. C'est drôle que vous cuisiniez autant d'aliments que vous ne consommez jamais. J'imagine que le menu du pub comporte quantité de viandes.

— C'est vrai. Je suis presque végétalien, mais je craque parfois pour du fromage, grillé ou sur des pâtes.

— Mon Dieu, je serais incapable de vivre sans fromage, dis-je avec ferveur.

Il rit. Je me fais l'effet d'une ringarde absolue.

— J'aime bien vos lunettes.

Peut-être prouvent-elles l'étendue de ma ringardise.

— Merci. Elles viennent de chez Selima, un magasin. Mon amie Kathy devrait s'y faire embaucher.

Je lui raconte que Kathy porte des lunettes en permanence et aide les gens à trouver la paire idéale. Il me regarde de la même façon dont, j'en suis sûre, je le regarde, comme si tout cela était fascinant. Le barman l'appelle pour prendre un verre.

— Je reviens tout de suite. C'est une de nos petites traditions. Vous allez rester ?

— Bien sûr, dis-je sans réfléchir.

Mais je ne regrette pas parce qu'il sourit. Je l'observe avaler son verre. C'est vraiment étrange. Se montre-t-il aussi sympa envers tous les clients ? Peut-être est-ce un truc pour faire marcher les affaires.

— Le whisky aura ma peau. A moins que ce ne soit la nicotine. Vous voulez une autre cigarette ?

Je hoche la tête et me sers dans son paquet.

— Vous avez fini votre assiette, c'est très bien.

— C'était délicieux. J'aime laisser les assiettes propres.

Merde, qu'est-ce que je raconte comme âneries ?

Il me regarde.

— Quel âge avez-vous ? dis-je.

Il rit.

— Pourquoi ?

— Je m'interrogeais, c'est tout. Alors, quel âge ?

— Trente-cinq. Et vous ?

— Vingt-sept.

— Que faisiez-vous avant de ne pas avoir de boulot ?

— J'écrivais et produisais une émission intitulée *Les Illuminations d'Esme*.

En parler à l'imparfait me fait toujours aussi mal.

— Vraiment ? Je crois en avoir vu des extraits. Il s'agissait de pubs, n'est-ce pas ? Lorsque j'habitais Santa Barbara, je regardais souvent Explore ! en sortant du boulot.

— Oui, c'était devenu une série.

— Super. La série a été supprimée ?

— Non, moi seulement.

— Je suis désolé.

Il le dit comme s'il le pensait vraiment.

— Merci.

J'ai envie de me pencher sur le bar et d'embrasser ses lèvres. Je dois commencer à être un peu ivre.

— Ben, tu aurais un sandwich à la dinde dans ta boîte à malices ?

Je hais le barman. Ben me regarde toujours. Je crois que lui aussi a envie de m'embrasser. La bande de filles derrière moi me distrait. Le charme est rompu. Je me retourne vers elles.

— Bonne nuit, me dit la fille dont c'est l'anniversaire, complètement soûle.

— Joyeux anniversaire.

— Bonsoir, ajoute Ben.

Je me retourne vers lui.

— … encore une bière ?

— D'accord, mais vous devez d'abord vous occuper du sandwich à la dinde.

— Je sais, mais j'ai envie que vous restiez.

— Je reste, je vais remettre des chansons dans le juke-box.

— D'accord.

A son retour, il m'apporte cette fois de la soupe à l'oignon française. Je commence à être repue, mais je ne peux résister au fromage fondu sur le dessus, et à un peu du bouillon, ni à la majeure partie du pain imbibé de liquide au goût d'oignon.

— Vous voyez pourquoi il est si difficile de renoncer au fromage ? dit-il en souriant.

— Inutile de me l'expliquer.

Je gratte un peu de fromage sur le côté du bol.

— Que faisiez-vous dans le New Hampshire ?

— Ma famille en est originaire. Je suis allé leur rendre visite pour la fête nationale. Vous y êtes déjà allée ?

— Une ou deux fois. Je suis allée à la fac dans le Massachusetts.

— C'est une belle balade. Un long trajet en voiture, mais je crois qu'il vous plairait.

Il m'observe de nouveau.

— Je reviens tout de suite.

Chaque fois qu'il s'éloigne, je ne comprends plus ce qui m'arrive. Je n'appartiens pas au genre de filles qui ramassent des mecs dans les bars. D'accord, je n'appartiens plus à ce genre de filles. Ce que je vis là représente bien davantage que ça, mais comment est-ce possible ? Ben est sympa, voilà, et j'ai choisi le bon endroit où m'asseoir. Minuit approche. Je devrais partir. Partir comme ça. Non, je dois lui dire au revoir.

Lorsqu'il ressort, mon cynisme s'envole et j'accepte le fait que je n'ai pas envie de partir. Il s'est changé et a enfilé une chemise.

— Comment ? Pas d'amuse-bouche ? Je croyais qu'il s'agissait d'un repas servi à rebours.

— J'ai compris, vous êtes une obsédée de la nourriture, rit-il.

— Je préfère le terme gastronome, merci.

— De rien.

Ce sont des lentilles de contact qui font briller ses yeux comme ça ?

— La cuisine est officiellement fermée. Cette fois, je n'ai que moi à vous offrir.

— C'est le meilleur, dis-je avec audace.

— Vous acceptez de prendre un verre avec moi ?

— Bien sûr.

— Cela vous ennuie si je m'assieds ici un moment ?

— Pas du tout.

Il va chercher deux vodka-citron et s'assied à côté de moi au bar. Nous pivotons sur nos tabourets afin de nous faire face, trinquons et vidons nos verres à liqueur.

— Un autre ?

Il hausse un sourcil.

— … je connais le barman.

— Peut-être un peu plus tard.

— En fait nous n'avons pas besoin d'alcool. Une bière pour moi peut-être… La vôtre est loin d'être terminée.

— Je ralentis ma consommation.

Nous bavardons, nos tabourets toujours tournés l'un vers l'autre. Il approuve mon choix de chansons dans le juke-box. Il m'explique comment il élabore ses plats et demande à d'autres, non végétariens, de les goûter. De temps à autre il souligne certains points en touchant mon genou, mais très légèrement. Rien d'osé. J'ai envie qu'il continue de souligner certains points.

— Vous avez envie d'aller vous promener ?

Je consulte ma montre. Il est presque 1 heure.

— Je devrais rentrer.

— Oh non. N'y pensez plus, restons ici.

Il semble déconfit.

— … Oubliez ce que j'ai dit.

— Où irions-nous ?

— Nous avons une ville entière à notre disposition.

Essaie-t-il de me ramener chez lui ? Evidemment, cela résoudrait mon problème Tommy/Nanny. Non, je ne peux pas faire ça. C'est peut-être un fou dangereux.

— Je ne peux pas aller me promener avec vous, vous êtes peut-être un fou dangereux.

— Hé, Will, est-ce que je suis fou ? crie-t-il au barman.

— Seulement parfois.

Je ris.

— Vous voyez, c'est à double tranchant.

— Je ne suis pas un fou dangereux, mais laissez tomber, restons. Il n'y a aucun danger ici. Mais ne rentrez pas tout de suite.

J'ai de nouveau envie de l'embrasser, très envie.

— D'accord, allons faire une balade à pied.

— Super.

Nous marchons vers l'est, jusqu'à Little Italy et Chinatown. Il s'arrête dans un petit restaurant pour acheter un sandwich de légumes grillés. Je suis repue mais ne refuse pas la bouchée qu'il me propose.

— C'est délicieux, mais l'huile est probablement aussi mauvaise pour la santé que la viande.

— Oui, mais rien n'a été tué.

J'acquiesce. Soudain, je suis certaine que Ben n'est pas un fou dangereux. Mon instinct me le souffle et j'ai confiance en lui.

Nous marchons en parlant de tout et de rien. Cela fait longtemps que je ne me suis pas confiée ainsi à quelqu'un, ni écouté tant d'histoires intéressantes. Une atmosphère très spéciale règne maintenant dehors. A cette heure-ci, je devrais me trouver chez moi, ou bien dans un taxi. Ce soir, je déborde soudain d'énergie. Je pourrais veiller toute la nuit. Peut-être parce que je dors tous les jours jusqu'à midi.

— Ça va ? me demande-t-il. Vous me considérez comme un danger ?

— Non, c'est une superbe balade.

Je ne crains pas de lui laisser voir combien je suis heureuse.

— Je vis ici depuis cinq ans et je n'ai jamais fait ça, marcher tard dans la nuit. C'est comme si la ville nous appartenait. Une impression surréaliste.

— Je croyais que vous n'étiez pas sympa avec les étrangers.

Nous nous arrêtons pour échanger un sourire.

— Vous avez froid ?

— Non.

L'heure tardive a rafraîchi l'atmosphère, mais je m'en moque.

— Vous avez la chair de poule, dit-il.

Il caresse mon bras d'un doigt.

Soudain, je pense à Tommy. Pas parce que je le compare à Ben, mais à cause de ses paroles concernant Nancy. Je commence à comprendre ce qu'il ressent. Peut-être que je me trompe, mais il s'agit d'un sentiment particulier.

— C'est à cause de vous. C'est… surprenant.

— Je sais. C'est surprenant pour moi aussi.

— Etes-vous marié ?

Il rit en secouant la tête.

— Une petite amie ?

— Rien, personne. Et vous ?

— Non, personne.

Je me suis arraché les mots dans un murmure. Puis je me souviens de Tommy et ai envie de me montrer honnête.

— En fait, je vis avec mon ex.

— Oh.

Il se recule.

— … Vous avez rompu récemment ?

— Non, il y a un an. Je suis partie, puis j'ai réemménagé avec lui pour des raisons financières.

— Ça semble compliqué.

— Ça le semblait, mais je crois que ça ne l'est pas. Ou plutôt que ce n'est pas obligé de l'être.

— Ce n'est pas obligé d'être compliqué. Les choses sont ce qu'on en fait.

— Je sais.

Je lève les yeux vers le ciel, guettant les étoiles. Mais nous sommes toujours à New York – des lumières éblouissantes, mais pas d'étoiles – malgré la scène irréelle.

— Quelle soirée. J'étais censée retrouver mes copines et elles m'ont toutes laissé tomber.

— Tant mieux pour moi.

Il caresse mon bras, enroule ses doigts sur mon coude et écarte mes cheveux. Puis il m'embrasse.

Je n'ai pas connu de premier baiser mémorable depuis longtemps. Celui-ci est incroyable. Je pose ma main sur sa nuque et la mienne frissonne. Il sourit en m'embrassant. Notre baiser ne s'éternise pas. Ce n'est pas nécessaire.

— Tu sens les frites, dis-je. C'est végétarien, comme toi.

— Tu sens merveilleusement bon.

Il me prend la main et nous reprenons notre marche.

— Je vais te raccompagner.

— Merci.

Je sais que nous ne ferons pas l'amour ce soir. Plus tard…

— Où habites-tu déjà ?

— Dans Hell's Kitchen.

Nous sommes toujours à Chinatown. Il nous reste une longue marche.

— Super. Je craignais que tu n'habites East Village et que nous ne soyons arrivés.

— Où habites-tu ?

— Morningside Heights.

— Waouh ! C'est moi qui aurais dû te raccompagner. Si loin au nord, c'est à peine encore Manhattan.

— Je sais, parfois on y voit les étoiles, dit-il en pointant nos mains enlacées vers le ciel.

Je ne m'étonne pas qu'il sache que je les ai cherchées.

— J'espère les voir un jour.

— Tu les verras, dit-il en portant ma main à ses lèvres. Tu les verras…

# 21

## *Parfaits étrangers*

Lorsque je rentre, Lauryn dort dans mon lit. J'avais oublié qu'elle venait et avait une clé. Il est presque 5 heures du mat. Nous avons marché longtemps. Je suis heureuse qu'elle soit là. Sa présence rend le lit plus douillet. Je ne sais pas si Tommy est rentré de son rendez-vous. Aucun signe de lui. J'ai envie de parler avec lui, lui assurer que tout ira bien entre nous, que quoi qu'il arrive nous serons toujours là l'un pour l'autre. Je suis heureuse, presque euphorique. La présence de l'été est enfin devenue réalité. J'espère conserver cette sensation.

— Comment ça va, la marmotte ?

Lauryn est éveillée et se penche sur moi. Elle semble éveillée depuis un moment.

— Salut. Tu es allée courir ?

— Et j'ai pris une douche et acheté des bagels. Tu oublies que dans le Vineyard, je me lève à 5 heures presque tous les jours. Je m'écroulerai pour une sieste vers 15 heures. En parlant d'heure, à quelle heure es-tu rentrée hier soir ?

— Presque 5 heures.

— Kathy est restée si tard ?

— Non, elle a annulé.

— Tu es sortie avec Beth ? Vous avez fait les folles ?

— Non.

Je m'étends sur le lit. Avec le jour vient la réalité.

— Tommy est à la maison ?

— Je ne crois pas.

— Je suis rentrée à minuit et j'ai regardé la télé jusqu'à environ 1 h 30. Je n'ai rien vu à part la vaisselle sale. Il avait un rendez-vous, hein ?

Elle s'assied sur le lit et frotte ma jambe à travers le drap.

— Ça va ?

— Oui. Je crois. J'ai rencontré quelqu'un hier soir. Non que ça ait un rapport, mais ça se pourrait.

— Qui ?

— Juste un mec – Ben.

Je soupire et repense à ses yeux.

— … Ben.

— Où as-tu rencontré ce Ben ?

— Il travaille dans un bar.

— Oh, je vois.

Elle lève les yeux au ciel et se lève. Je me redresse en position assise.

— Non, c'est différent.

— Tu as couché avec lui ?

— Non, il ne s'agit pas de ça du tout. Nous avons échangé un baiser.

Je me rallonge dans le lit. Lauryn interrompt ce qu'elle est en train de faire et s'approche, me dominant de toute sa hauteur.

— Que t'est-il arrivé ?

— Il sent les frites, dis-je, pelotonnée contre mon oreiller.

— Tu es folle. Tu as beaucoup parlé avec ce mec ?

— Nous avons parlé toute la nuit.

— Avez-vous échangé vos numéros ?

— Non.

— Seigneur, Rebecca, comment vas-tu le revoir ?

— Il m'a dit de revenir le voir ce soir.

— Ce soir nous sommes censées sortir avec Kathy.

Je m'assieds dans le lit.

— J'étais censée sortir avec vous hier soir.

— C'est l'enterrement de vie de jeune fille.

— Beth va annuler. Pourquoi ne ferais-je pas de même ?

— Rebecca !

— Sincèrement, je crois que c'est important.

— Tu le connais depuis cinq minutes.

— Je lui ai parlé comme je n'ai jamais parlé à personne. Il m'a raccompagnée à pied depuis Chinatown.

— Je ne peux pas croire que tu aies laissé un mec bizarre voir où tu habites.

— Tu ne comprends pas. C'était important. Rien à voir avec un inconnu croisé dans un bar où je ne reviendrai jamais.

Pourquoi ai-je dit ça ? Si je filmais notre vie comme un feuilleton sentimental, cet épisode serait diffusé le vendredi, lorsque le public dispose du week-end entier pour encaisser le choc. Mais il s'agit de la réalité, non d'un feuilleton, et je dois endurer le long et douloureux regard de Lauryn.

— Je refuse d'assister à une nouvelle crise d'hystérie de Kathy au sujet de son mariage. Il faut que tu viennes ce soir. Nous avons tout organisé – *tu* as tout organisé ! Pour l'instant je dois aller voir mon ex-mari.

Elle claque la porte.

Nous arrivons au Royalton avec vingt minutes de retard. Aucune trace de Kathy ou d'aucun membre de sa famille sur les luxueux canapés ni dans les chaises profondes. Lauryn prétend avoir été victime d'un retard du métro après sa visite à Jordan. J'hésite à la croire, mais je n'ai pas le temps de creuser la question. Notre arrivée était prévue à 20 heures. Elle ne s'étend pas sur son entrevue avec Jordan et je ne demande pas de détails – j'ai appris à ne pas le faire – mais Lauryn me surprendra toujours.

— Rebecca, je voudrais m'excuser de mon comportement ce matin, et aussi de ne pas avoir eu la jugeote de rentrer à la maison à temps pour me préparer. Impossible de prévoir un incident dans le métro, mais j'aurais dû partir plus tôt.

— D'accord.

— En fait, ma visite à Jordan m'a stressée et voir Beth et Kathy me rend aussi anxieuse.

— Moi aussi.

Je suis soulagée de ne pas être la seule mal à l'aise.

— Je regrette de ne pas avoir parlé avec elles hier soir parce que nous ne pourrons pas avoir de conversation intime ce soir.

Je la comprends. Je crois que mes amies me font peur. J'ai peur qu'une scène éclate et nous brouille les unes avec les autres. J'ai peur de les agacer autant qu'elles m'agacent parfois. Et j'éprouve une légère amertume à me sentir obligée de faire bonne figure devant Kathy qui m'a fait faux bond hier soir. Je préférerais aller retrouver Ben. C'est ce que je commence à expliquer à Lauryn, mais deux femmes assises avec deux autres à une table voisine nous interrompent.

— Vous êtes des amies de Kathy ? dit l'une.

Il s'agit de collègues de travail de Kathy. Elle se présente mais à peine son nom prononcé, je l'oublie, tant je me sens coupable à l'idée qu'elle ait entendu notre conversation.

Nous les rejoignons à une longue table couverte de bougies et de boissons corsées. Je commande un cosmopolitan au serveur. Il coûte pratiquement le prix d'un tempura de crevettes. Mais je célèbre le fait que mon salaire s'arrête aujourd'hui. Youpi.

— Vous connaissez Kathy depuis combien de temps ? nous demande l'une des femmes (Jessica ?).

— Depuis environ cinq ans, dis-je.

— Depuis que je suis à New York, dit Lauryn.

— Elle est vraiment trop, dit l'une des femmes plus âgées.

Je crois que celle-ci s'appelle Brooke.

— Oh, mon Dieu, mes gosses l'adorent. Ils essaient toujours

de la convaincre de passer à la maison, dit une femme dont je suis certaine qu'elle s'appelle Hope.

— Elle sera une mère géniale pour ses propres enfants, dit celle dont le nom m'échappe totalement.

Je me demande quelle image Kathy donne à ses collègues. Je ne crois pas qu'elle soit la même avec elles qu'avec nous. Qu'elles passent tant de temps avec elle me rend jalouse. Elles ne sont pas invitées au mariage, mais en savent davantage sur ses problèmes quotidiens. Et l'épaulent plus que nous ne le faisons. Je me tourne vers Lauryn. Elle allume une cigarette et me la tend. Je tire un taffe.

— Devrions-nous l'appeler ? dis-je.

— Il est 20 h 45. J'ignore combien de temps le Blue Fin maintiendra notre réservation si nous sommes en retard.

— Elle ne va pas tarder, dit celle dont je suis à peu près sûre qu'elle s'appelle Jill. Tu sais comment ça se passe lorsque ta famille est invitée. Tout le monde arrive en retard. Elle ne va pas tarder.

Niveau carrière et ambitions, ces femmes ressemblent bien plus à Kathy que je ne lui ressemblerai jamais. Lauryn me donne un coup de coude et désigne la porte où Kathy vient d'apparaître, entourée d'une masse de gens aux traits semblables, en beaucoup plus potelés, moins blonds et sans lunettes. Kathy est coiffée d'un court voile de mariée.

Elle se dirige vers notre table et embrasse ses collègues avant nous. Leurs tabourets sont plus proches du sien. Il faut que je cesse d'être aussi susceptible. Lauryn écrase sa cigarette, la bouche durcie. Est-ce la présence de tous ces gens ou l'ambiance de mariage qui la stresse tant ?

— Merci, les filles, dit Kathy, nous étreignant toutes les deux avant d'ajouter : ma sœur me force à porter cet affreux voile, vous le croyez ?

— Je vais te chercher un verre, dis-je.

Mais Hope s'en est déjà chargée. L'une de ses cousines a

commandé une tournée de lemon-drop. Je revois le visage de Ben lorsque nous avons trinqué la veille.

Je consulte ma montre. 21 h 05. Pourquoi ai-je réservé si tôt ? Je craignais que tout le monde trouve cela tard, mais en fait nous aurions besoin de davantage de temps. Trois femmes manquent à l'appel. Toutes victimes d'une urgence concernant leurs enfants. Qui m'a assigné cette tâche déjà ? Et où diable est passée Beth ?

— Peut-être devrais-tu appeler, suggère Lauryn.

— Appeler Beth ?

Je lève mon verre à liqueur et l'avale cul sec en même temps que tout le monde.

— Non, dit Lauryn, grimaçant après sa rasade. Oh, c'était fort. Le restaurant.

— Tu as raison.

A notre table, tout le monde hurle. Je m'empare de mon téléphone et sors.

— Où vas-tu ? demande Kathy tendant les bras vers moi.

Elle m'étreint. Elle doit avoir passé la journée à boire. Je ferais la même chose si je recevais la visite de ma famille.

— J'appelle le restaurant pour les prévenir que nous aurons un peu de retard.

— Ça ira ?

Ses yeux s'écarquillent. Je désire vraiment qu'elle ait une belle soirée.

— Ne t'inquiète pas, dis-je en l'embrassant sur la joue.

Une autre de ses cousines dépose un verre devant elle.

— … profite de ta soirée.

Je suis harponnée par la sœur de Kathy, Dina, qui me fait avouer la suite du programme de la soirée. Je lui détaille le programme. Elle suggère qu'à la fin de la soirée, nous prenions un verre au sommet du Marriott. Elle souhaiterait faire découvrir à ses cousines le panorama sur la ville.

— Okay, nous verrons au fur et à mesure, dis-je, tentant de

m'échapper pour passer mon coup de fil. Et selon les envies de Kathy.

L'hôtesse m'assure que puisque nous sommes nombreuses, elle maintiendra notre réservation jusqu'à 22 heures. Ce qui nous accorde un répit. Je la remercie avec effusion.

— Vous n'imaginez pas comme il est difficile de faire bouger autant de personnes.

Si je me montre amicale et reconnaissante, elle se souviendra de moi avec bienveillance si nous déboulons un peu plus tard que 22 heures.

Puis j'appelle Beth. Je suis surprise lorsqu'elle répond.

— Je serai en retard, lance-t-elle en guise d'accueil.

— Tu es déjà en retard.

— Où es-tu ? Au restaurant ?

— Non, nous y allons pour 22 heures. Tu sais où il se trouve ?

Elle grogne une vague affirmation, mais sans s'engager.

— Beth, j'ai besoin que tu viennes. Si tu ne peux pas, tu dois me prévenir maintenant. Je veux que Kathy passe une belle soirée. Elle le mérite. Elle ferait de même pour toi.

— Je vais venir. Cesse de me culpabiliser.

Je soupire discrètement.

— D'accord. On se voit là-bas.

Je regagne le bar. Un convive à une autre table a commandé des bouchées au crabe. Ben ne pourrait pas en manger, il ne consomme pas de poisson. Toutes mes pensées me ramènent à lui. Je vais essayer de rejoindre son bar avant l'heure de la fermeture, mais je doute déjà d'y parvenir. Comment puis-je ressentir des sentiments aussi forts envers un homme que je viens à peine de rencontrer ? J'ai dû tomber sous le charme du moment. Si Ben me plaisait tant, que Tommy ne rentre pas de la journée ne m'aurait pas tant perturbée. Je garderai le merveilleux souvenir d'une nuit new-yorkaise où se sont mêlés alcool, tension sexuelle et cuisine. Une nuit superbe mais dépourvue de signification.

Je peux m'en contenter, non ? Je ne serais pas étonnée qu'il rencontre une nouvelle fille tous les soirs. C'est un type sympa, voilà tout.

Je me glisse sur le tabouret voisin de Lauryn. Elle a fumé la moitié de son paquet de cigarettes. J'en prends une, espérant me détendre un peu.

— Elle vient ? demande Lauryn.

Que sait-elle sur Beth ? Qu'attend-elle que je lui dise ?

— Elle dit que oui. Le restaurant maintient notre réservation jusqu'à 22 heures.

A l'autre bout du bar du Royalton, Kathy rit très fort.

— Je t'ai apporté un verre.

— Merci.

A 22 h 20, nous arrivons au restaurant. J'ai ingurgité trois cocktails, suis moins riche de cinquante-cinq dollars et prête à supplier l'hôtesse au cas où elle nous refuse notre table. Je n'avais pas deviné que la famille de Kathy et deux de ses collègues se pomponneraient douze minutes dans les toilettes, ni que onze filles mettraient un quart d'heure pour remonter trois pâtés de maisons et traverser une avenue.

— Bonsoir, dis-je à l'hôtesse.

Dina rôde dangereusement près de moi, prête à m'accuser d'avoir tout organisé de travers.

— Nous avions une réservation pour quinze à 21 h 30. J'ai parlé à une personne qui m'a promis de garder la table jusqu'à 22 heures.

L'hôtesse consulte sa montre et secoue la tête. Je vous en supplie, Dieu tout-puissant de la consommation alimentaire, je vous en prie, donnez-nous notre table.

— … Nous sommes un peu en retard, mais notre table n'a pas déjà été attribuée. N'est-ce pas ?

— Il est 22 h 15.

— Mon portable affiche 22 h 10. Et c'est l'heure universelle.

Dina rit, ce qui semble faire avancer ma cause. L'hôtesse réprime un sourire.

— Vous attendez encore du monde ? Vous n'êtes que onze.

— En fait, nous serons douze. Une personne va arriver.

L'hôtesse soupire. Elle profite de la situation au maximum, mais je ne suis pas une novice de l'univers des restaurants new-yorkais. Je sais camper sur mes positions avec la dose exacte de souplesse. Je la regarde dans les yeux et hausse les sourcils, flatterie classique.

— Si vous preniez un verre au bar en attendant que nous venions vous chercher ?

C'est du racket pur. Au bar, on va nous forcer à consommer des boissons. Mais peu m'importe. J'accepte le compromis.

— Vestiaire ?

— Non, merci.

C'est l'été, aucune de nous n'a rien à déposer au vestiaire. J'aimerais que Kathy ôte son voile, mais peut-être ce voile joue-t-il en notre faveur. Les filles dépensent de l'argent durant un enterrement de vie de jeune fille. Et au moins, elle ne nous oblige pas à attendre l'arrivée de Beth.

A 22 h 30, nous passons à table. L'absence de Beth continue de m'angoisser, mais les boissons me détendent un peu. Je suis assise entre Lauryn et Jill.

Je ne suis pas la seule anxieuse. Dina s'échine à persuader tout le monde de prendre des hors-d'œuvre et me reproche la place vide.

— Dina n'est pas facile, n'est-ce pas ? murmure Jill. Kathy m'a parlé d'elle.

— Oui, on dirait qu'elle croit qu'il s'agit de son mariage.

— C'est toi qui travailles à la télé, c'est ça ?

J'acquiesce.

— Oui, je travaillais pour Explore ! Family. Mais en ce moment je suis sans emploi.

— J'adore Explore ! En particulier cette émission sur la sexologie. Oh, et ce type qui s'agite partout et apprend des tours aux animaux. Tu le connais ?

— Oui.

— Je pourrais obtenir un autographe pour mon gamin ?

— Je ne travaille plus pour la chaîne et les programmes pour adultes sont produits à Los Angeles.

Elle prend un air contrarié. Je la comprends. Quel intérêt d'avoir des relations dans le milieu de la télé si elles ne servent à rien ?

— … Mais je vais voir ce que je peux faire.

— Nous devrions commander, me dit Dina.

— Pourquoi ne pas demander à Kathy si elle est prête à commander ? intervient Lauryn.

J'apprécie le coup de main. En entendant son nom, Kathy lève la tête et nous fixe, tentant de savoir si un problème a surgi.

— Beth ne vient pas ? demande Kathy.

— Elle va arriver, dis-je, sans regarder Dina. Elle est en retard, c'est tout.

— Comme d'habitude, renchérit Lauryn, avant de tourner le regard vers Kathy.

— … Quand je pense qu'elles la forcent à porter ce truc sur la tête !

Nous passons commande. Je choisis un tartare de thon au shiso et du bar sauté. Le serveur s'est à peine éloigné que Beth fait son entrée, plus apprêtée qu'aucune d'entre nous, y compris les cousines de Kathy qui ont probablement passé des heures à se pomponner. Elle est belle mais semble distante. Elle fait le tour de la table, embrasse celles qu'elle connaît, se fait présenter les inconnues. Lorsqu'elle étreint Lauryn, leurs joues restent à des kilomètres de distance. Nerveuse, Beth se penche vers moi. Je ne me résous pas à la snober parce qu'elle est arrivée en retard. Nous traversons toutes une période bizarre.

— Tu vas bien ? dis-je à son oreille.

Elle hoche la tête avec un sourire vague, puis rebrousse chemin. Elle s'assied sur une chaise vide entre Dina et Hope. Dina l'observe de haut en bas. Dina a accouché trois semaines plus tôt et, selon Kathy, a pris trente-cinq kilos. Elle n'en a perdu aucun et la minceur de Beth semble la rendre encore plus agressive.

— On aurait pu ne pas nous attribuer de table, dit Dina, les yeux plissés.

Je ne peux qu'imaginer le genre de mère qu'elle est.

— Oui, mais on nous en a attribué une, dit Lauryn à voix haute.

J'ignorais même qu'elle écoutait. Ce soir, elle vole au secours de tout le monde. Je lui souris et elle se retourne vers Jill.

Nous ne discutons pas entre nous. Même Lauryn et moi, assises côte à côte, bavardons avec une autre. Kathy est ivre et s'adresse à voix forte à tout le monde. Assise le dos raide contre sa chaise, Beth se contente d'observer les événements.

Depuis le pot organisé après mon départ de la boîte, c'est la première fois que je me trouve entourée de tant de personnes, avec le sentiment de ne pouvoir en comprendre aucune. J'ai l'impression d'être tiraillée dans plusieurs directions en même temps, et d'être déjà pompette. Tout va bien, pourtant je suis tendue. Moi qui ne travaille plus, comment vais-je parvenir à communiquer de nouveau ?

Les plats arrivent, ce qui me revigore tout de suite. C'est ce que je préfère dans la nourriture – le moment où on dépose votre assiette devant vous. Le serveur sourit, telle une mère attentionnée. Pourtant son job n'est pas terminé, nous pouvons encore désirer le moulin à poivre, du fromage. Ce repas peut se révéler le meilleur des repas, comme le pire. Vous retenez votre respiration, ignorant ce qui va suivre, mais tous vos sens sont en éveil. Je goûte une bouchée de thon, épicée et odorante, et ferme les yeux. Le plat est bon. Pas le top du top, mais il me distrait et me détend.

Lorsque je rouvre les yeux, tout le monde déguste son hors-d'œuvre en silence. Même Beth chipote sa salade. Ce simple rituel nous a rapprochées. C'est pourquoi j'aime cette ville, ces restaurants, ces relations sociales.

Le silence dure jusqu'à ce que nous entreprenions de nous faire goûter mutuellement nos plats. Beth me tend sa fourchette.

— Vas-y.

Je tends ma soucoupe à pain et elle y dépose un morceau de betterave avec du fromage de chèvre. Je lui propose mon plat mais elle refuse avec un sourire. La tablée redevient bruyante. Jessica suggère que nous portions un toast. Elle le dédie à Kathy, parce qu'elle est la fille du bureau qui a le plus de style et « est capable de gérer les conneries de Stan avec le maximum d'efficacité ». Je ne sais pas qui est Stan, mais toutes ses collègues rient, alors je souris.

— Sérieusement, Kathy est une fille merveilleuse. Avec elle, travailler devient très drôle. Elle va rendre Ron tellement heureux. Elle nous manquera durant sa lune de miel. Tous nos vœux de bonheur ! Félicitations !

Nous entrechoquons nos verres. Brandy (et non Brooke) essuie une larme. Ces femmes sont ses amies, tout comme Janice, John et Jen sont les miens. Je me rends compte que je suis ivre parce que Janice, John et Jen, et les bons moments passés avec eux au boulot commencent à me manquer. Apprécier ses collègues de boulot est un cadeau du ciel. J'imagine mal des relations aussi agréables dans mon prochain job.

Le serveur débarrasse la table et apporte nos assiettes respectives. Nous sommes toutes de plus en plus éméchées. Toutes les cinq minutes, une fille porte un toast – mais jamais l'une de nous trois. Je ne tiens pas assez bien sur mes jambes pour parler.

Lauryn parle toujours avec Jill. Beth n'a toujours pas prononcé un mot. Elle se contente de lever son verre comme un robot et de boire de plus en plus. Il est tout juste minuit passé. Nous allons certainement choisir des desserts, avant de poursuivre notre beuverie ailleurs. Impossible de ne pas les accompagner. Puisque Beth est venue, je ne peux pas partir. Cela ferait de moi la pire des amies. Je ne verrai pas Ben ce soir. Ça doit être mieux ainsi. Je ne peux m'empêcher de revoir ses yeux pétiller lorsqu'il se moque de moi.

— C'est un grand mariage, dit Jessica à Kathy.

— Combien d'invités ? demande Hope.

— Deux cent cinquante-sept, répond Kathy, la voix pâteuse.

Son voile commence à glisser. J'ignorais le nombre d'invités à son mariage.

— C'est beaucoup, dit Jill.

J'ai le sentiment qu'elles ont passé un temps fou au bureau à décortiquer les détails des noces de Kathy. Nous nous plaignons des robes en chœur et faisons allusion en riant aux petits cadeaux pour les invités.

— Ma sœur s'est crue obligée d'inviter tout le monde, dit Dina.

La copieuse quantité d'alcool ingurgitée ne l'a pas rendue plus sympa.

— Qui avez-vous invité ? demande Lauryn.

— Je ne sais pas, plein de gens, dit Kathy.

Ses yeux font presque le tour de sa tête avant de s'arrêter sur moi :

— … Tommy.

— Tu veux dire que tu as invité Tommy à ton mariage. Ou bien que tu m'invites avec le cavalier de mon choix ?

— Ron et Tommy sont amis, intervient Beth, se décidant enfin à participer à la conversation.

Je ne pense pas le moment bien choisi pour évoquer le nombre de fois où j'ai supplié Tommy de participer à une activité quelconque en compagnie de Kathy et de Ron. Je ne comprends pas comment *il* peut être invité.

— Ron aime vraiment bien Tommy, dit Kathy.

Elle a du mal à articuler.

— … Tu sais qu'ils aiment discuter de… de tous ces trucs.

— Qui est Tommy ? demande Jill.

— Le frère de Beth, dit Kathy, ivre.

Elle pointe le doigt vers moi, puis vers Beth.

— … et l'ex de Rebecca.

Elle laisse le mot *ex* résonner un moment, joue avec le mot dans sa bouche, puis laisse tomber sa tête entre ses mains, ratant de peu ses Saint-Jacques braisées.

— Voilà qui doit créer des tensions dans une amitié, dit Brandy en plaisantant.

Brandy est une fille sympa et a parlé sans mauvaise intention, j'en suis certaine. Mais Beth pose sa serviette sur l'assiette qu'elle a à peine touchée et se lève pour aller aux toilettes.

— Oui, dis-je.

— Il y a pire dans la vie, dit Lauryn d'une voix forte à l'intention de Brandy, mais en réalité pour que Beth l'entende.

Beth l'ignore et file vers les toilettes.

— Tu n'es pas fâchée, Rebecca ? demande Kathy.

Sa bouche se tord. Elle est trop ivre pour contrôler ses émotions.

— Bien sûr que non. C'est ton mariage.

Comme je viens de poser un lapin au mec qui, dans mon existence actuelle, se rapproche le plus d'un futur époux potentiel, je commande une nouvelle bouteille de vin. Je vais boire jusqu'à ce que tous ces problèmes me paraissent surmontables.

Lauryn ne se réveille pas et rate son bus. Nous nous sommes toutes les deux écroulées dans mon lit. Lorsque je me réveille, elle est en train de fourrer ses affaires dans un sac en jurant à voix basse.

— Hé, dis-je en me frottant les yeux, que se passe-t-il ?

— Pardon, dit-elle.

Ses cils sont collés par le mascara et ses dents encore teintées de vin.

— Je crois que je vais rater le suivant aussi.

— Tu te sens bien ?

Port Authority, la gare de bus, n'est qu'à quelques rues de distance. En se dépêchant, elle arriverait à temps.

— Non, j'ai la gueule de bois.

Elle regarde la pendule et secoue la tête, puis se reglisse dans le lit.

— Et puis zut ! Je vais le louper.

Nous nous réveillons de nouveau vers 14 heures. Lauryn consulte les horaires et découvre qu'elle doit attendre trois heures avant un prochain bus. Elle retombe en arrière dans le lit et se frotte le front.

— Y aurait-il par ici un type canon qui m'apporterait de l'eau et du café ?

Je me lève et lui apporte un grand verre d'eau et la boîte de Doliprane. Nous en prenons deux chacune.

Evidemment, je ne suis pas allée retrouver Ben. Nous avons fait la fête jusqu'à 5 heures du mat.

Après le dessert, deux collègues et une des cousines sont rentrées chez elles. Nous sommes allées au bar au sommet du Marriott. Les touristes ont poussé des Oh ! et des Ah ! extasiés à la vue de la ville à leurs pieds, et Dina a jubilé comme si toute la soirée était son idée. J'ai bêtement bu un chocolat chaud à la liqueur avec de la crème fouettée qui m'a ballonnée. Beth est partie après la première tournée, nous laissant Lauryn et moi compter sur les doigts d'une main les paroles échangées avec elle. Ivre, Kathy a intercepté Beth, s'accrochant à elle pour lui répéter combien elle était belle et combien elle l'aimait. Beth hochait la tête et l'espace d'un instant, j'ai cru qu'elle allait pleurer.

— Un lien si spécial nous unit, gémissait Kathy. Mes copines me manquent.

La scène était surréaliste. J'ai avalé un autre verre, un truc plus corsé que Brandy avait commandé pour moi. Un mojito, je crois. Tous ces alcools variés ont commencé à se mélanger dans mon estomac. Ce qui ne m'a pas empêchée d'aller chez O'Flaherty avec Lauryn, Brandy, Jessica et l'une des cousines de Kathy, après que Dina a vomi dans les toilettes et que Kathy se fut écroulée, le nez dans son cosmopolitan.

Nous nous sommes bien amusées en compagnie des trois femmes que nous ne connaissions pas vraiment. J'aurais aimé que Kathy nous voie toutes ensemble, que Beth ne se comporte pas aussi bizarrement et que Brandy n'ait pas demandé « qu'est-ce qui ne va pas chez cette fille ? » Et j'aurais aimé que Lauryn et moi répondions autrement que d'un haussement d'épaule.

A notre retour, un message de Tommy sur mon portable m'apprend que lui et la nanny ont sauté dans un bus pour les Hamptons vendredi soir et y resteront jusqu'à dimanche soir.

— J'ai hâte de les voir au mariage, ai-je déclaré à Lauryn, alors que ma chambre tourbillonnait toujours derrière elle.

J'étais trop ivre pour rester seule. Or malgré la présence de Lauryn, qui s'était écroulée sur-le-champ, je me sentais seule. J'avais appelé les renseignements afin d'obtenir le numéro du pub de Ben, avant de me rappeler que le bar n'avait pas encore de nom.

J'avais calculé que j'avais commencé la soirée avec deux cent soixante dollars et l'avais terminée avec six. Je crois qu'à un moment j'ai payé une tournée chez O'Flaherty avec ma carte de crédit. Environ vingt-neuf assiettes de tempura de crevettes. Douce, douce indemnité de licenciement, pourquoi m'abandonnes-tu ?

Je me suis étendue dans le lit, imaginant que la chambre s'arrêterait de tourner si je fermais les yeux.

Elle a fini par s'arrêter, mais maintenant ce sont les Doliprane qui peinent à soulager ma gueule de bois, tandis que j'accompagne Lauryn et ses bagages à l'Edison Café. Nous appelons Dina à son hôtel au cas où Kathy serait toujours dans le secteur et aimerait se joindre à nous, mais elles sont déjà parties.

— Petit déjeuner ou déjeuner ? demande Lauryn.

J'ai envie d'œufs, mais il est près de 15 heures.

— Là est la question.

Je commande au serveur un sandwich bacon-laitue-tomate. Lauryn choisit un bagel avec du fromage à la crème, des frites et des crêpes. Le serveur, un Russe d'un certain âge, semble impressionné qu'une femme de sa taille puisse manger autant.

— Waouh ! dis-je. Quelqu'un a dit hydrates de carbone ?

— C'est le remède parfait à la gueule de bois.

Elle avale un peu de son café et on remplit très vite nos tasses.

— … tu as assuré pour l'organisation hier soir.

— Merci, dis-je, j'espère que Dina était contente.

— En tout cas, rit Lauryn, au cas où cela compterait, je crois que Kathy l'était.

— Tu t'es bien amusée ?

— C'était bien. Je crois que je vais devenir un véritable ermite, spécialiste des oiseaux. Je me sens vraiment loin des autres.

— Nous n'avons pas eu l'occasion de parler vraiment avec quiconque.

— Pas avec nos amies, non.

— Que nous arrive-t-il ?

Lauryn hausse les épaules. Je savais qu'elle n'aurait pas de réponse à me donner, mais l'idée que je ne suis pas la seule à éprouver ce malaise me soulage. Si j'avais le courage d'aborder le sujet avec Beth et Kathy, peut-être découvrirais-je qu'elles l'éprouvent elles aussi.

— Tu crois qu'il s'agit d'une phase ?

— Je ne sais pas, répond Lauryn.

On nous apporte notre commande et nous nous taisons.

Plus tard dans la soirée, je tombe endormie sur le divan de bonne heure et me couche vers 22 heures. Je dors déjà lorsque Tommy rentre. Je devine qu'il est seul, mais une fois encore, il sifflote.

Lundi de bonne heure, je me rends en courant au marché d'Union Square. Je veux acheter du poisson frais avant qu'il n'y en ait plus. J'achète une truite d'un kilo à un barbu qui me convainc que c'est le plus frais de la ville.

— Je l'ai nettoyé hier soir à 8 heures.

— Vendu, dis-je, en lui tendant l'argent.

Je me dirige vers le type aux tomates sympathique. Peut-être vais-je cuisiner un gaspacho.

— Comment allez-vous ?

— Super.

— Il ne fait pas trop chaud, dit-il. Et cette salade, elle était réussie ?

— Géniale. Vraiment fraîche. Merci pour la recette.

Inutile de lui expliquer que j'en ai fait profiter Tommy afin qu'il séduise sa nouvelle petite amie. Les vendeurs me connaissent maintenant. Je veux ne jamais retravailler.

J'achète une livre de pommes de terre et me dirige vers les vendeurs d'herbes aromatiques à la recherche de coriandre. Je suis en train de renifler du basilic violet quand on me touche l'épaule. Je me retourne. C'est Ben.

— Salut, dis-je.

— Salut.

Il sourit, et ses yeux pétillent. Je me sens nulle.

— Comment ça va ?

— Bien. Je suis désolée de ne pas être passée au bar.

— Tu m'as manqué. Tu m'as manqué toute la journée et ensuite j'étais triste que tu ne passes pas.

Comment peut-il dire des choses pareilles ? Je ne le connais même pas. Je baisse les yeux sur mes mains salies par le basilic.

— Tu fais tes courses ? dis-je.

— Non. Je te cherchais. Je me suis rappelé que tu venais souvent ici et j'ai eu envie de te retrouver.

— Oh.

Est-ce une série de phrases toutes faites ? Ai-je affaire à un psychopathe ?

— Tu aurais préféré que je m'abstienne ? J'ai pensé…

— Nous ne nous connaissons même pas.

— Nous avons passé une soirée superbe.

— C'est vrai, mais elle m'a semblé irréelle.

— Mais elle ne l'était pas.

Malgré mes lunettes noires, je détourne le regard. Je dois avoir une allure atroce, encore toute suante de ma course. Je parie que je sens fort.

— Je ne connais même pas ton nom de famille.

— Rosette, mais quelle différence ?

Ben Rosette. C'est un joli nom.

— Nous ne nous connaissons pas.

— Tu l'as déjà dit. Tu as dit aussi que je ne te faisais pas l'effet d'un étranger, mais c'était après plusieurs bières. Peut-être ne le pensais-tu pas.

— Si je le pensais.

— Mais, maintenant…

— C'est juste que je…

Je ne sais pas quoi dire.

— Je ne sais pas. Comment savoir même qui tu es ? Je lis *Kitchen Confidential* – les chefs cuistots ne s'ennuient pas. Peut-être l'autre nuit n'était-elle qu'un concours de circonstances.

— Un concours de circonstances ? Ces paroles ne te ressemblent pas du tout.

Moi je doute de lui, mais lui semble certain de savoir qui je suis.

— … As-tu parlé de moi avec quelqu'un ?

— Non, enfin, si. Je ne sais plus où j'en suis, dis-je.

— Que veux-tu dire ?

J'observe Union Square autour de moi. La place commence à se remplir.

— Je ne sais pas. Ces derniers temps, je ne sais plus trop ce que je fais. Tu connais toute ma vie.

J'ai l'impression de plaider ma cause. Dans quel but – qu'il me laisse tranquille ? Est-ce vraiment ce que je désire ? Je ne sais pas. J'ignore si je suis prête à redevenir proche d'un homme, être déçue par lui ou bien le décevoir, me décevoir. Tout va si vite.

— Je vois.

Il me regarde comme s'il voyait à travers moi.

— Je sais, ça a l'air nul.

— Oui, un peu.

Je ne m'attendais pas à ça.

— Qu'allons-nous faire ? Sortir ensemble ?

— Pourquoi pas ?

— Nous nous sommes rencontrés dans un bar. C'est étrange.

— Pour qui ?

— Moi. Tout le monde.

— Pas pour moi et pas pour toi. Ça ne l'était pas l'autre soir.

— Je sais, mais l'autre soir n'était pas…

Je n'ai plus de mots. L'expression de son visage affaiblit ma résolution. Il exige de moi quelque chose que je ne sais comment donner.

— Quoi ?

— C'était irréel.

Il ne répond rien.

— … Je commençais juste à m'habituer à être célibataire.

— Et c'est ce que tu désires ? Pourquoi as-tu si peur ?

Pourquoi insiste-il tant ? Je suis certaine que j'affiche un visage exaspéré. Il a son poing fermé et touche l'intérieur de mon bras, comme il l'avait fait dans la rue. Je transpirais alors – maintenant je frissonne.

— Je ne suis pas un psychopathe et je n'ai personne dans ma vie, dit-il sans ôter sa main. Tu sais où me trouver. Je ne t'ennuierai plus. La balle est dans ton camp, Rebecca.

— D'accord.

— Je peux connaître ton nom de famille ? Maintenant que tu connais le mien. Au cas où je découvrirais que tu es une tueuse psychopathe.

Je ris, gênée.

— Mon nom est Cole.

— Rebecca Cole. C'est un joli nom.

— Merci.

Il prononce les mots que moi j'ai été incapable de prononcer. Je soupire.

— J'espère te revoir, Rebecca Cole.

Voilà ma chance de prononcer les mots qui sauveraient tout. Mais je ne les dis pas.

— Au revoir.

Il s'éloigne. Qui lui en voudrait ? C'est à moi de décider maintenant.

Super, j'adore avoir la balle dans mon camp. Mon deuxième

nom est Proactive. Ouais. Rebecca Proactive Cole. Je me demande s'il trouverait que c'est un beau nom.

Après ma rencontre avec Ben, mon envie de courir a disparu. Je reprends le métro en direction de midtown. Je remarque une nouvelle pub pour les bourses d'enseignement pour enseignants. « Vous avez réalisé vos rêves, si vous réalisiez ceux de quelqu'un d'autre ? » Je pense à Ben.

Et si je ne réalisais ceux de personne ?

Un message de Meg, l'assistante de Hackett, m'attend sur mon portable. Elle veut me fixer un rendez-vous avec Hackett. Je ne comprends rien. Comme je connais Meg et qu'elle n'a pas collaboré à mon licenciement, je l'appelle.

— Il n'a pas dit pourquoi, seulement qu'il veut te rencontrer au Red Cat.

Miam. Parlez-moi de poisson frais…

— Quand ?

— Demain à 18 heures.

— Je ne peux pas avant 19 heures.

C'est un jeu stupide, je le sais.

— Ça ira sûrement. Tu sais ce qui est arrivé à Delores ?

— Oui, plusieurs personnes me l'ont rapporté.

— C'est ce qui arrive aux gens qui ne savent même pas commander eux-mêmes leurs fournitures de bureau.

Ah-ah, la vengeance de l'assistante. Une vraie bouffée d'air frais.

Tommy m'appelle au moment où j'enduis de sel et de poivre le poisson le plus frais de la ville.

— Comment ça va ? demande-t-il.

Je devine qu'il veut me dire quelque chose que je n'ai pas envie d'entendre ou bien qui va me décevoir.

— Je ne me souviens plus si tu prépares le dîner ce soir. Non que cela soit un fait acquis, mais au cas où, je voulais te prévenir que je ne rentrerai pas. Je, hum, je ne serai pas là.

J'apprécie le préavis. Cela ne ressemble pas au Tommy que

je connais. J'ai échoué à le dresser correctement et aujourd'hui une autre s'en charge, beaucoup mieux. Peut-être Echec est-il un deuxième nom plus approprié. Rebecca Echec Cole.

— D'accord. Merci de me prévenir.

Cordiale, tiens voilà un bon deuxième prénom.

— Tu n'étais pas en train de préparer le dîner ?

— Bien sûr que non, ne t'inquiète pas.

— D'accord, à dem… à plus.

— Okay, au revoir.

J'envisage de lui rappeler d'utiliser un préservatif, mais Martyr ne me plaît pas.

Le poisson le plus frais de New York est enveloppé dans de l'alu et conservé pour une autre fois, lorsqu'il n'aura plus aussi bon goût. Mais peut-être que ce soir, dégusté en solitaire, il n'aurait pas très bon goût de toute façon.

J'absorbe mon repas d'été habituel, tomate, basilic et mozzarella fraîche. Aujourd'hui, j'ai couru et déçu un garçon. J'ai droit à un peu de fromage pour me réconforter.

# 22

## *Balade irlandaise*

Lorsque j'arrive, Hackett se trouve déjà au bar. Il m'adresse un large sourire et m'embrasse sur la joue. Je n'ai pas décidé du comportement à adopter avec lui, mais je le laisse m'offrir un verre.

— Je nous ai mis sur la liste d'attente pour avoir une table.

— Oh, il s'agissait d'une invitation à dîner ?

— Oui, j'ai une proposition à vous faire.

— Vraiment.

Cela fait bien longtemps que je n'ai pas dîné et bu aux frais d'une boîte, mais je dois être forte.

— Je ne suis pas libre pour le dîner. Je croyais que nous allions simplement prendre un verre.

Je n'ai rien d'autre en vue qu'un burrito allégé et un poisson de la veille qui m'attendent dans le freezer, mais l'expression de son visage vaut largement le repas de gourmet que je rate.

— Bon. J'espère que vous m'écouterez l'esprit ouvert.

— Bien sûr.

Je sirote ma boisson à la paille. J'ai utilisé un crayon à lèvres et je ne tiens pas à le gâcher. Je me rends compte que je tente de l'impressionner, je ne sais pas pourquoi.

— Tu as appris ce qui est arrivé à Delores.

J'acquiesce.

— Je dois dire que les gens te sont restés très loyaux.

— Je ne sais pas si c'est par affection pour moi ou parce qu'ils la détestent.

— En dehors de ces considérations, un poste est libre.

Il avale une gorgée de son verre et me regarde.

— Allons, Rebecca, tu sais très bien où je veux en venir.

— Non, vraiment pas.

Il pointe le menton.

— … Comment imaginer que vous vouliez que je la remplace ? Rappelez-vous, j'ai été virée à cause de mes performances. Selon mon dossier, j'étais incapable d'exécuter mon boulot. Plutôt nul, non ?

— Rebecca, nous avions un problème et nous avons tenté de le résoudre. Que vous vous soyez opposée à Jack Jones n'a pas arrangé les choses.

— Je ne me suis opposée à personne. J'ai dit ce que je pensais. Nous étions une chaîne destinée aux enfants, pas un ramassis de Blancs racistes et anorexiques.

Hackett rit et secoue la tête.

— Vous êtes incroyable.

— Merci. Mais c'est *elle* qui est virée maintenant ?

— Non.

— Parce que ce serait trop moche de licencier une personne plâtrée des pieds à la tête ?

— Elle n'est pas plâtrée des pieds à la tête mais est incapable de travailler. Elle finira par opérer une…

Il hésite.

— … une reconversion.

— Oh ! la nouvelle expression à la mode. Tout le monde se reconvertit en ce moment ? Ça n'est pas fatigant de remplacer les gens dès qu'ils vous indisposent ?

— Rebecca, c'est le boulot.

— Eh bien…

Je ne sais que dire. Il me donne l'impression d'être naïve.

— … Ça craint.

— Vous doubleriez votre salaire, avec un contrat de trois mois. Si je ne me trompe pas, votre salaire a cessé d'être versé la semaine dernière. A la fin de ces trois mois, je suis plus que certain que nous aurions un poste à vous offrir.

— Quoi ? Travailler au côté de la naine ?

— Nous faisons tous des choses que nous n'avons pas envie de faire.

— Vous avez raison. J'aimerais rembourser mes dettes ou encore me passer de coloc, mais à ces conditions, je préfère rester sans emploi.

— Vous connaissez l'expression se couper le nez pour épargner son visage ? Je ne suis pas votre ennemi.

Je secoue la tête. Il commande une nouvelle tournée.

— … Ce n'est pas grave. Vous êtes jeune.

— Je ne me sens plus si jeune.

— Peut-être, mais vous l'êtes. C'est pourquoi vous vous comportez ainsi. Seigneur, je voudrais pouvoir me comporter encore ainsi. Vous désirez vraiment que je retire mon offre ?

Un court instant, le cadre de haut niveau disparaît pour laisser place au personnage paternaliste qu'il jouait avec moi lorsque j'ai commencé à travailler pour lui. C'est séduisant. Je pourrais dire oui et récupérer mon ancien bureau. Jouir d'une porte et d'un endroit à moi.

— Vous êtes certaine ?

— Oui.

Je m'arrache un sourire.

— Inutile de me tenter davantage.

— D'accord, alors je peux être franc avec vous ?

— Ça veut dire que vous allez m'insulter ?

— Non, vous donner un conseil et vous faire une remarque.

— D'accord, allez-y.

Il prend une nouvelle rasade de son verre.

— Vous êtes une personne sympathique, Rebecca, mais rappelez-vous que cela peut vous aliéner certaines personnes.

— Suggérez-vous que je me montre moins sympathique ?

— Non, je suggère que vous preniez les choses moins à cœur et que vous vous rappeliez que la roue tourne. Un jour, vous collaborerez avec certaines de ces personnes, qui devront s'arranger avec leurs consciences.

— J'espère éviter aussi longtemps que possible d'œuvrer à un projet auquel je ne crois pas ou de travailler avec des gens que je ne peux pas souffrir. Même si cela signifie ne jamais obtenir un bureau, ma propre émission ou beaucoup d'argent. La paix de l'esprit vaut bien plus que ça.

— Super, Rebecca. Tenez-moi au courant, je serais ravi de savoir comment vous vous en sortez.

— Et je serais ravie de continuer à subir des discours condescendants.

C'est génial, comme je ne travaille plus pour lui, je me paye le culot de dire ce que je veux comme je le veux.

— … Quelle est votre remarque ?

— Pourquoi n'avez-vous pas contesté votre licenciement ?

— Que voulez-vous dire ?

— Dans le bureau des Ressources Humaines, vous vous êtes contentée de l'accepter. Vous avez à peine battu d'un cil.

— Que pouvais-je faire ? Je me trouvais dans le bureau des Ressources Humaines, en face d'un contrat à signer concernant des indemnités de licenciement. L'affaire semblait entendue.

— Je crois que vous n'avez jamais cru en être capable.

— Capable de quoi ?

— Je crois que vous attendiez ce moment. Vous faire virer. Même avant Delores. Vous ne vous sentiez, je ne sais pas, pas à la hauteur ou un truc de ce genre. Comme si vous attendiez d'être réveillée de votre rêve. Vous pensiez avoir de la chance, pas du talent. Ce sentiment, ce manque de confiance en soi est une chose, peut-être la seule chose que je regretterai jamais de ma jeunesse. La confiance en soi s'acquiert avec difficulté.

J'ai l'impression de recevoir un mur de briques sur la tête. Incroyable. Hackett a raison.

— Un jour, nous retravaillerons ensemble à un projet quelconque. J'espère, Rebecca, que vous n'avez plus beaucoup à grandir.

Il tend sa carte de crédit au barman.

— Merci, dis-je, heureuse de ne plus travailler pour lui et qu'il ait ainsi pu se montrer sincère.

— … sincèrement.

— Je sais, répond-il en signant le reçu.

Il glisse de son tabouret et me presse l'épaule.

— … Amusez-vous bien, ce soir.

Je sais où trouver un meilleur dîner que celui qui m'attend dans mon freezer. Le temps est venu de prendre en main mon destin. Je peux toujours m'en remettre au karma, mais il pourrait bien ne jamais me rattraper. J'envisage d'aller courir, mais finalement je prends un risque et emprunte le métro pour me rendre au bar de Ben. Will, le barman, me fait signe et me dit d'aller dans la cuisine. Lorsque je pousse la porte battante, il est penché au-dessus d'une marmite de chili qu'il touille.

— Salut, dis-je.

Il lève les yeux en souriant. Lorsqu'il me reconnaît, son sourire s'agrandit encore.

— Salut.

Il me regarde de haut en bas et désigne mes orteils aux ongles violets.

— J'aime bien tes orteils.

— Merci, je viens juste de les faire moi-même. Mon salaire ne m'est plus versé. Je ne peux plus m'offrir de pédicures.

— Quels sont tes projets ?

— J'ai faim et j'ai pensé qu'après ton boulot, tu pourrais nous cuisiner un truc et que, si tu en as toujours envie, nous pourrions peut-être aller chez toi et regarder les étoiles.

— D'accord, dit-il, en s'essuyant les mains sur son tablier. Ça veut dire que tu nous donnes une chance ?

— Oui. Je suis partante.

Lorsque ça commence, ça ne s'arrête plus. Après mon rendez-vous avec Hackett, je reçois un coup de fil de Don. Il me laisse un message digne du Don sophistiqué que je commence à apprécier, disant qu'il a besoin de « mes lumières ».

Nous nous retrouvons chez Molyvos, un restaurant grec de midtown. J'arrive la première et l'attends à une table. Il est séduisant, il sent bon et il m'embrasse sur les deux joues.

— Comment ça va ?

— Super bien. Je me suis fait virer.

— Oh non ! A cause de Jordan ?

— En partie. On pense que je n'ai pas assuré niveau casting. Et honnêtement, c'était trop compliqué d'habituer les gosses à Tom, puis ensuite à son cousin. De plus, ça ressemblait trop à Blues Clues. C'est d'ailleurs ce qu'ils disaient vouloir. Enfin bon, la série est discontinuée. J'ai déjà reçu cinq offres.

— C'est super, Don. Je regrette de ne pas avoir tes relations. Pour qui vas-tu travailler ?

— C'est toute la beauté de la chose. Pour personne. Je saisis l'opportunité et l'utilise à mon avantage. Je suis mon destin. Je lis les signes.

Non ! Pas ces âneries laisse-toi-porter-par-le-vent. Par pitié !

— Tu vas entrer au séminaire ?

— Je ne crois pas que Sarah serait d'accord.

Il m'adresse un clin d'œil avant de reprendre.

— Je crée ma propre boîte de production.

— Super.

— Je suis arrivé à la conclusion que j'ai développé assez d'émissions pour savoir ce que je dois faire. Je ne rajeunis pas, j'ai trente-deux ans. C'est maintenant ou jamais.

— Je suppose.

Je ne l'ai jamais vu si excité. Il est presque contagieux.

— Je vais proposer des projets d'émission. Maintenant c'est nous contre eux.

— *Nous?*

Qu'essaie-t-il de me dire ?

— Oui, Rebecca. J'ai besoin de ta sensibilité de pré-ado. Tu ressembles à une grande pré-ado complexée et cette sensibilité, j'en ai besoin. C'est énorme.

— Merci. Que veux-tu que je fasse ?

— Que tu conçoives des personnages et des scénarios. Tout sera différent. Nous obtiendrons les meilleurs contrats et *beaucoup* d'argent. Nous n'en verrons pas la couleur avant un moment, mais je te promets que même si les choses se gâtent entre nous, tu ne seras plus jamais spoliée de l'une de tes créations.

— Et si les émissions ne se vendent pas ?

— Elles se vendront. J'ai appris que plus tu demandes cher, plus les chaînes s'intéressent à toi. Et nous allons en demander beaucoup, Rebecca. Nous allons les rançonner, les faire cracher et…

— J'ai compris. Quand as-tu besoin de mon travail ?

— Le mois prochain, quelques paragraphes seulement. J'ai apporté un contrat. Il établit combien tu toucheras pour tes idées et lorsque l'émission sera vendue. Nous allons nous comporter en vrais mercenaires.

C'est trop beau pour être vrai. Je me demande si Don se drogue ou quoi. Je jette un œil sur le contrat et reste sans voix. Je touche une somme correcte pour élaborer le projet, et si les émissions sont réalisées, je toucherai davantage, suivant ma participation au développement et à la production. Dans tous les cas, je pourrai subvenir à mes besoins simplement en créant ces personnages. J'ai peine à croire qu'on me paie pour faire ce que j'aime. Des sommes de cet ordre me permettront de déguster un tempura de crevettes chaque soir. D'où me vient tant de chance ? Tel

Jiminy Cricket délirant, je me souviens des paroles de Hackett concernant mon talent.

— Tu es fou, dis-je.

Mais je le vaux bien, non ? Je le mérite.

— … D'accord. Je marche.

# 23

## *Force, courage et sagesse*

Je travaille non-stop sur mes idées durant deux semaines. Les horaires de Ben sont tels que nous dormons ensemble, puis, lorsqu'il part au travail, je vais courir et consacre le reste de la soirée à créer des concepts. Ce rythme bizarre est totalement à l'opposé de celui de Tommy. Je retrouve Ben au bar avant que Tommy ne rentre.

Avec Ben, tout s'est déroulé avec une facilité et un naturel désarmants. Oui, cela s'est passé vite, mais faire l'amour avec lui s'est révélé aussi familier et naturel que tout le reste. C'est-à-dire en bref, vraiment, vraiment bien ! Peut-être ne devrais-je pas foncer tête baissée, mais lorsque je me surprends en train de réfréner mes sentiments envers Ben, je me demande pourquoi les museler. Alors je vais simplement me laisser aller à mon intuition et cesser de m'interroger.

Je dors chez Ben dès que je le peux parce que Nancy est souvent là. Je la croise peu, mais j'ai vu qu'elle avait pioché dans mes produits de beauté. Ce que je trouve très déplacé, mais je n'en fais pas une montagne.

Lorsque je commence à élaborer de nouveaux personnages, j'éprouve d'abord la sensation de tromper Esme. Elle a si longtemps vécu en moi. Et voilà que soudain, on trouve aussi en moi une Kim, une Robin et une Kelly. Chacune possède sa propre histoire et je dois oublier la façon de parler et de bouger d'Esme. Je mets un temps à m'y habituer, puis cesse de me censurer, et jette sur le papier tout ce qui me passe par la tête – c'est-à-dire quantité de choses. Je rédige plusieurs paragraphes autour d'environ dix idées, mais des pages entières sur ces trois personnages.

Plus que trois semaines avant le mariage de Kathy. Elle ne cesse de me noyer sous de nouvelles exigences. Comme je ne travaille pas vraiment, c'est à moi qu'elle adresse la majorité de ses requêtes. Je n'ai jamais voulu prendre livraison des chaussures qu'elle vient de faire teindre ou de l'aider à recenser ses invités, mais c'est pourtant ce qui m'arrive.

Chaque fois que je tente d'évoquer son état la veille de la soirée cinéma dans le parc, elle change de sujet. Je crois qu'elle regrette de m'avoir parlé et préférerait que j'oublie son moment de faiblesse. Je n'en parle plus. Si le rôle de la jeune mariée refusant d'affronter ses problèmes lui convient, est-ce à moi d'intervenir ?

— Plus le jour des noces approche, plus les futures mariées deviennent égocentriques, déclare Lauryn.

Encore deux semaines avant qu'elle ne déménage pour Boston et ne commence ses cours. Elle a beaucoup fait l'amour avec l'étudiant rencontré dans le bar. Cette relation la comble maintenant davantage parce qu'il la regarde dans les yeux, dit-elle.

— Je souhaiterais que les tâches soient plus équitablement réparties, dis-je, évoquant mon statut d'esclave de la mariée.

— Beth est portée disparue. Aimerais-tu avoir affaire avec la sœur de Kathy ?

— Tu marques un point.

— L'obligation de teindre mes chaussures m'agace, je le reconnais, ajoute Lauryn.

— Nous ne reporterons jamais ces robes et nous devons gâcher une paire de chaussures en parfait état en les teignant d'une couleur qui n'existe pas dans la nature.

— Quelqu'un a-t-il parlé de « gaspillage de temps et d'argent » ?

— Moi. J'ai aussi dit : « Rien à moins de soixante dollars sur la liste de mariage. »

— Je me suis jetée sur le dernier truc à moins de soixante dollars, des touillettes à cocktail à cinquante. Un lot de six.

— Tu as intérêt à t'assurer qu'ils te servent des cocktails lorsque tu iras les voir.

— J'en ai bien l'intention.

Jordan n'est pas invité au mariage de Kathy, mais Lauryn a accepté de prendre un café avec lui lorsqu'elle s'y rendra.

Tommy me demande si cela m'ennuierait que Nancy l'accompagne au mariage. Il choisit l'un des rares moments où nous sommes tous deux seuls dans notre appartement. Je suis un peu surprise de l'absence de Nancy et me demande si ce n'est pas justement pour qu'il puisse me poser cette question. Je sais qu'il souhaite que je réponde non mais, prise au dépourvu, je hausse vaguement les épaules.

— Si tu ne veux pas, elle ne m'accompagnera pas.

Je n'ai aucune raison légitime de m'opposer à la venue de Nancy. Pourquoi n'aurait-il pas droit de passer un bon moment ? D'un autre côté, pourquoi se sent-il obligé de la présenter à nos amis ?

— Je pensais que tu allais inviter ton mec.

— Ben, dis-je d'un ton sec. Pourquoi ne te rappelles-tu pas son nom ?

— Oui, Ben. Tu ne l'invites pas ?

— Je ne sais pas encore.

Ben me plaît vraiment. Je devrais l'inviter, mais je crains qu'il ne s'ennuie pendant que je remplirai mes devoirs (et il y en a une tonne) de demoiselle d'honneur. Je sais que c'est injuste et égoïste, mais pourquoi Tommy serait-il autorisé à s'amuser avec Nanny pendant que je devrai me pavaner dans d'inconfortables chaussures teintes et satisfaire les caprices tordus de la reine du bal ?

— Bien, préviens-moi lorsque tu auras pris ta décision.

Il me fixe une minute avant de se détourner et quitter l'appartement.

Je me comporte comme une idiote, mais je ne peux pas m'en empêcher. On dirait que je n'ai pas encore compris quel comportement adopter envers mon ex. Alors même que je suis si heureuse avec Ben, ne plus compter autant pour Tommy me bouleverse. L'idée qu'après tous ces drames, ces rebondissements, nous parvenons à la fin de l'histoire m'effraie. Cet homme a influé sur toute ma vie d'adulte, et maintenant il va tout simplement en sortir. Comprenez-moi bien, je n'ai aucune envie de revivre avec lui, c'est certain. Mais j'ignore si j'ai envie que *lui* n'ait pas envie de revivre avec moi.

Ce soir, après ma conversation avec Tommy, je discute avec Ben autour d'une bière au bar. Le pub a enfin été baptisé. Il s'appellera Le Knuckle Sandwich. Les employés adorent ce nom et le prononcent à la moindre occasion.

J'hésite toujours à parler de Tommy à Ben. Je ne veux pas faire passer Tommy pour un imbécile, ni provoquer la jalousie de Ben. Comme d'habitude, Ben m'écoute avec grande attention.

— Si je comprends bien, Rebecca, tu dois redéfinir une nouvelle relation avec Tommy. Ce n'est pas facile, mais il occupe une place importante dans ta vie.

Il avale une gorgée de bière avant de se pencher pour m'embrasser.

— ... Je parie qu'il ressent la même chose que toi. Peut-être devrais-tu lui en parler. Je crois que tu aimerais qu'il ne sorte pas de ta vie. Je veux le rencontrer, c'est certain.

— Tu es vraiment super, dis-je.

Chaque fois que je vois Ben, je l'aime davantage.

— C'est génial de pouvoir t'en parler sans que tu ne sois jaloux.

— Comment être jaloux, dit-il en m'embrassant une fois encore, alors que je te sais folle de moi ?

— Où trouve-t-on des hommes comme toi ?

Je suis toujours étonnée de la facilité de ma relation avec quelqu'un qui m'attire autant. Je ne crains plus les mauvaises surprises.

— Dans le New Hampshire.

— C'est vrai. As-tu au moins envie de venir à ce mariage ?

— Eh bien, l'idée de t'admirer vêtue d'une robe que tu décris avec un dégoût aussi éloquent est séduisante, mais je ne meurs pas d'envie de m'engoncer dans un costume.

— Donc tu ne veux pas y aller.

Il rit et secoue la tête. Will nous apporte deux autres bières.

— Je n'ai pas dit ça. Bien sûr que j'ai envie de rencontrer tous tes amis et te soutenir, si c'est ce que tu désires. Je crois que c'est à toi de prendre la décision, Rebecca.

Je sais qu'il a raison, mais j'aurais aimé qu'il me dise quoi faire.

Don et moi nous retrouvons au Wild Lily Tea House afin de discuter des concepts que j'ai élaborés. Il s'agit d'un petit endroit sympa où Ben m'a emmenée lors de notre premier rendez-vous officiel. J'ai pensé que la tranquillité de l'endroit compenserait la tension d'un rendez-vous professionnel. Je fais en sorte de nous installer à la table surplombant le petit bassin à poissons à l'avant du restaurant.

Je me concentre sur la manipulation des tranches de poulet marinées au thé vert à l'aide des délicates baguettes de bois et tente de ne pas guetter la réaction de Don devant mon travail. Il feuillette les pages en émettant de petits « hmp ». J'ignore si c'est le signe que mes idées lui plaisent ou s'il cherche un moyen quelconque de récupérer l'argent qu'il m'a avancé. Quand il a fini de lire, il feuillette les pages à rebours en les annotant. Il néglige complètement son appétissante salade. J'hésite à subtiliser l'une des petites noisettes sucrées sur le dessus. Don lève les yeux et sourit.

— Alors ? dis-je, crispée.

— Intéressant que tu aies choisi de faire sortir ces trois-là du lot, dit-il, brandissant les feuillets les concernant.

— Pourquoi ?

— Je ne sais pas.

Super.

— … Je pense que celle-ci ressemble trop à Esme.

— Oh, dis-je en soupirant.

— Mais c'est la seule qui me pose un problème. Les idées situées dans l'espace et dans le monde sous-marin sont très prometteuses. Il faudrait privilégier une animation parce que le coût d'un tournage réel atteindrait des sommets. Travaille dessus, réfléchis comment réduire le coût de certaines situations dans l'espace au cas où nous proposions l'idée à un producteur peu porté sur l'animation.

Don a abandonné sa voix sophistiquée de producteur et s'exprime comme s'il désirait développer ces projets pour de bon. Il retourne aux feuillets et en extrait quelques-uns avant de relever les yeux vers moi.

— Celle-ci est vraiment intéressante. Tu l'as appelée Kim, mais tu devrais intervertir son nom avec celui de Robin, la fille dans l'histoire sous-marine. Une émission de cuisine pour les enfants. Parfait ! Nous la proposerons à toutes les chaînes traitant de la vie quotidienne et aux chaînes pour enfants. Et nous adapterons l'adulte nécessaire à la supervision, que tu mentionnes ici, selon à qui nous nous adressons. Tu es géniale !

Il avale une bouchée géante de sa salade.

— Merci. Pourquoi veux-tu changer les personnages ?

— Que tu aies doté ta jeune cuisinière de bagues orthodontiques me plaît. J'imagine quantité de scènes rigolotes, de spaghettis coincés dans les appareils, de fourchettes en métal contre des bagues de métal…

Il parle maintenant à toute vitesse, comme si les idées se précipitaient, tout en enfournant des feuilles vertes dans sa bouche.

— … je pense que nous devrions l'intituler *Les recettes de Robin* ou un truc comme ça.

— Sommes-nous obligés de donner dans l'allitération ? Ce n'est pas un peu démodé ?

Ce n'est pas une chose facile à dire à l'homme qui a développé *Tom et la taupe*, *Henri aux écuries* et les *Aventures des animaux d'Amy*. Il m'adresse un petit sourire, comme s'il n'avait jamais rien entendu d'aussi ridicule. Je crains que ce ne soit un cas de rupture.

— Rebecca, nous voulons nous situer à la pointe, mais il est certaines règles qu'on ne peut briser. C'est soit l'allitération, soit la rime. Peut-être pourrais-tu jouer avec le mot cuisine – La cuisine d'Adeline.

— Je vois, répondis-je en avalant ma dernière bouchée de poulet. Il me reste beaucoup à apprendre concernant les programmes pour la jeunesse.

Ce matin, je n'ai pas pu courir. C'est probablement tant mieux car la course a lieu ce week-end et je préfère économiser mon énergie. Je marche le long du fleuve pour rentrer chez moi. Lorsque je tourne le coin de ma rue, j'aperçois Beth, assise sur notre perron, en train de fumer une cigarette. Nous ne nous sommes pas vues en tête à tête depuis un moment et j'éprouve une certaine nervosité. Elle ne lève pas la tête tandis que je descends la rue, ce qui me donne une chance de l'observer. Elle est maigre, et bien qu'elle soit très bien habillée, échevelée. On dirait qu'elle porte ses vêtements de la veille.

— Hé, dis-je en atteignant l'immeuble.

Elle sursaute et se tourne vers moi. Je regrette qu'elle porte des lunettes qui lui cachent les yeux.

— Salut, dis-je.

Elle semble aussi anxieuse que moi.

— Je cherche mon frère. Tu sais s'il est à la maison ?

— Je ne crois pas.

Je regarde la porte comme si elle connaissait la réponse.

— As-tu essayé la sonnette ?

Elle acquiesce. Quelque chose ne va pas, mais elle refusera de me dire quoi. J'essaie tout de même.

— Tu vas bien ?

Elle hoche la tête.

— Tu veux monter l'attendre ?

Elle secoue la tête. Ses sourcils se froncent au-dessus de ses lunettes et elle soupire.

— Tu es certaine que tu vas bien ? Tu peux me parler.

Elle ne réagit pas, puis secoue la tête. Elle ne désire pas se confier à moi. Je ne suis même pas sûre qu'elle se confierait à Tommy.

— Tu veux un câlin ? dis-je en dernier ressort.

Au lieu de faire oui ou non de la tête, elle se lève et reste plantée là jusqu'à ce que je la serre dans mes bras.

— Merci, dit-elle en s'écartant. Excuse-moi.

— Pas de quoi. On a tous besoin d'un câlin parfois. Tu as eu une nuit difficile ?

— Non. Je devrais partir.

Elle se trouble.

— Attends. Allons au Film Center Café prendre un verre.

Un combat se livre en elle. Elle finit par accepter et nous marchons jusqu'au café situé sur la Neuvième Avenue. Elle tremble et semble nerveuse, mais je suis heureuse qu'elle soit venue.

Nous commandons des boissons mais elle touche à peine à la sienne et n'ôte pas ses lunettes. Je maintiens la conversation sur des sujets légers – en gros je papote de tout et de rien – mais elle semble s'en accommoder.

— Je dois cesser de faire autant la fête, finit-elle par dire.

J'attends la suite. Je pourrais tout mettre à plat et lui faire un sermon concernant le fait de coucher avec les ex des copines et faire autant la fête, mais elle semble abattue.

— Je crois… je crois que j'ai un problème.

Sa lèvre tremble un peu. Je crains de pleurer moi aussi. Je ne comprends pas de quoi elle souffre, mais plutôt que savoir quoi et exiger une explication, je préfère écouter et être là.

— Je… euh, je ne sais pas ce qui m'arrive en ce moment, tout me semble sans queue ni tête.

— Je comprends ce que tu ressens, tout est plutôt confus en ce moment.

— Oui.

Elle étudie l'un de ses ongles.

— Tu sais, j'ai lu un truc sur le sujet, dis-je. Ça s'appelle la crise du quart de vie. Beaucoup de femmes de notre âge la traversent.

Elle m'adresse un petit sourire en coin. Mon discours ressemble beaucoup à un sermon.

— Oh vraiment, Rebecca. Où as-tu lu cela ?

Je ris, avant même d'avoir répondu « dans les pages tendances du *Sunday New York Times* ». Et elle rit aussi. Du rire dont on éclate lorsqu'on est au bord des larmes, du rire dont on éclate lorsqu'il n'y a rien d'autre à faire.

Lorsque je me lève le matin, je trouve Nancy, en tennis et vêtements de jogging. J'avais espéré parler de Beth à Tommy. A son habitude, Nancy se montre vive et chaleureuse.

— Qu'est-ce que tu fais ?

Ses cheveux blonds sont tirés en une parfaite queue-de-cheval. Je coince une mèche de mes cheveux indisciplinés derrière l'oreille.

— Je me prépare pour la course du Park. Toi aussi ?

Je suis sûre que Tommy a oublié le pari conclu la nuit où nous avons dîné au Half King.

— Oui, nous aussi.

Une voix aussi haut perchée et gazouillante est-elle humaine ? Tommy sort de la salle de bains, d'allure très sportive, en T-shirt et en short.

— Tom, n'est-ce pas formidable ? Rebecca va courir cette course elle aussi.

— Je sais, répond-il.

Il me sourit et désigne Nancy.

— C'est elle qui m'a forcé.

Il a oublié. Il court pour elle, c'est tout.

— Tommy, on ne se moque pas.

De toute évidence, elle passe trop de temps en compagnie de jeunes enfants.

— Ainsi nous pouvons y aller tous ensemble.

— Je dois partir dès maintenant. J'ai promis à Kathy et Janice que je les retrouvais avant pour grignoter.

Nancy semble blessée et je culpabilise. Mais courir va être assez pénible comme ça, je ne me sens pas capable de les regarder jouer les tourtereaux dans le métro. Je sors à la hâte.

— Fais le plein d'hydrates de carbone, pour l'énergie, conseille Kathy.

Nous attendons Janice et John chez le vendeur de bagels près du parc. La chaleur à l'extérieur est telle que l'air conditionné s'impose. Kathy achève de se plaindre de la boutique de robes de mariée où toutes nos hideuses robes de demoiselles d'honneur ont été retenues en otage pour une somme supérieure à celle demandée au départ. Kathy a obtenu leur libération à l'aide du contrat et de Jill, employée au service juridique de l'entreprise de Kathy, qui connaît assez de termes spécialisés intimidants. Maintenant les essayages auront lieu quelque part dans Chelsea. Le dernier est prévu la semaine prochaine et j'y suis attendue, malgré mon projet de me rendre à Block Island avec Ben. Lauryn est également convoquée hors du Vineyard, bien qu'elle ait à l'origine prévu de déménager ce jour-là à Boston.

Aujourd'hui, je ne suis pas d'humeur à être traitée à la légère. Kathy m'a convaincue de courir cette course stupide et je sais que Nancy et Tommy m'attendront sur la ligne d'arrivée, bien avant moi, main dans la main. Après dix kilomètres de course, je vais sentir la transpiration. Et je me retrouve dans cette situation parce que je ne tiens pas tête à Kathy. Alors je vais lui dire ma façon de penser. D'ailleurs je vais commander un sandwich, saucisse, œuf, fromage et dire « merde » à cette course. Je n'ai pas été créée pour courir. Où avais-je la tête ? L'hiver approche – j'ai besoin de graisse pour lutter contre le froid.

Heureusement pour Kathy, Janice fait son apparition au moment même où je m'apprête à exprimer ma rage. Elle remorque John, encore plus misérable que moi.

— Il fait une chaleur d'enfer et elle m'oblige à courir, me murmure-t-il.

— Si tu t'étais entraîné, tu serais prêt, dit Janice. Regarde Rebecca. Elle s'est entraînée, *elle*.

— Oui, dis-je. Vraiment prête.

— Allez, Rebecca, dit Kathy. C'est pour ton bien. Regarde, tu es superbe. Tu seras belle comme tout au mariage.

J'ai des envies de meurtre, mais autant les canaliser en énergie pour la course à laquelle je suis incapable d'échapper. Pas question que Nanny Nancy apprenne que je me suis dégonflée.

— Bravo pour avoir envoyé balader Hackett, dit Janice.

— Tu es devenue l'héroïne de la boîte, dit John.

Ce qui a au moins le mérite de me motiver.

Après avoir avalé nos bagels, nous allons attendre le signal sur la ligne de départ. Si l'on en croit John, impossible à New York de courir pour le simple plaisir de la course. Vous avez un objectif, et une tonne d'orateurs vous serinent que vous êtes formidables de consacrer votre argent et votre énergie à une bonne cause. Dans ce cas précis, j'ai collecté de l'argent auprès de Ben et des employés du bar afin d'aider les espaces verts, mais je me passerais d'entendre combien la ville m'est reconnaissante. J'ai hâte de commencer.

— Je voudrais simplement en finir avec cette histoire, me murmure John.

— Ne m'en parle pas.

— On pourrait s'éclipser et aller dans un bar ?

Je manque accepter la proposition parce que j'ai repéré dans la foule la tête de Tommy et en dessous, la queue-de-cheval de Nancy.

— La ferme ! dit Janice à John, avant de lui embrasser la main.

— Hé, ce ne serait pas Tommy ? Tu ne m'avais pas dit qu'il participait ? s'écrie Kathy.

Avant que je n'aie pu répondre, elle agite la main et les appelle. Dieu du ciel.

— Tommy ! Hé, Tommy !

Evidemment, Tommy se retourne et agite la main. Nancy se tourne aussi et, m'apercevant, sourit, entraînant Tommy vers nous. Elle est absolument ravie de me retrouver.

— Hé, Rebecca, dit-elle.

Son sourire me culpabilise encore davantage.

— Je suis heureuse que nous nous retrouvions. Tommy n'avait pas l'esprit vif ce matin, nous aurions dû convenir d'un rendez-vous afin de partir tous ensemble. Bonjour, je suis Nancy.

Elle serre la main de tous mes amis. Comment Tommy s'est-il débrouillé pour trouver quelqu'un de si parfait et de si différent de moi ?

— Nous allons courir tous ensemble, dit Nancy.

— En fait je cours très lentement, dit Janice. Je refuse que quiconque m'attende, pas même John.

— Je ne franchirai probablement pas la ligne d'arrivée, dit John.

Janice le fusille du regard.

— Si, tu la franchiras, dit-elle.

Et il le fera.

— Pourquoi ne pas partir tous ensemble et voir comment ça se passe ? demande Tommy à Nancy.

Il intercepte mon regard. Je comprends qu'il parle pour moi.

Après le compte à rebours, le coup de feu – enfin ce qui sert de signal – retentit. Nous sommes si nombreux à nous élancer que durant presque un kilomètre nous parvenons à peine à courir. Dès le début, ma respiration s'accélère. Nous perdons très vite Janice et John. John ne plaisantait pas en disant qu'il n'était pas préparé.

— Ça va aller, inspire, expire, m'exhorte Kathy.

Elle me conseille, tente de m'aider à respirer correctement. Je tiens le coup environ trois kilomètres. Je dégouline de sueur. Il fait vraiment trop chaud. Tommy et Nancy me surveillent du regard. Je préférerais qu'ils cessent leur petit manège.

Nous parvenons à une petite colline de Central Park. Elle n'est pas bien haute mais mes courses le long de la rivière ou de mon appartement à Union Square se sont déroulées sur terrain plat. Je ne suis pas préparée à ça. Je me demande comment John se débrouille.

— Penche-toi ainsi, dit Nancy. Cela t'aidera à prendre de l'élan.

— Merci, dis-je.

En temps normal, je tenterais d'exprimer dans chacune de mes paroles que je suis un modèle d'ex sympa et sans amertume, mais pas cette fois. J'ai trop chaud et suis trop exténuée pour faire semblant. Je me tourne vers Kathy.

— Je crois que je vais m'attarder et prendre ma pause maintenant.

— Attends que nous ayons parcouru cinq kilomètres. Ça ira mieux dans une seconde.

Kathy m'a accordé le droit de faire une pause et marcher deux minutes au lieu de courir. Enfin, elle a suggéré que je ne dépasse pas deux minutes, mais j'ai le sentiment qu'elle va être déçue.

— Allons courir à l'avant, dit Tommy à Nancy. Viens.

Je suis ravie.

— Je vous retrouve à l'arrivée, dis-je dans un grognement.

Cette fois, je m'arrache un sourire à l'attention de Nancy. Simuler est acceptable si cela me permet d'échapper aux tourtereaux sportifs.

Ils nous devancent et je ralentis. Kathy exagère sa respiration en guise d'exemple.

— Tu n'es pas obligée de m'attendre, dis-je, peinant à prononcer ces mots.

— Je veux t'attendre. Allez, tu t'en sors très bien. Ne cherche pas à parler. Respire, c'est tout.

Nous courons ainsi pendant un moment. Nous dépassons le type qui annonce le passage des trois miles. Kathy me marmonne des encouragements. Je cours à ses côtés, tentant d'imiter sa respiration. Ça fonctionne, mais quelques minutes plus tard, j'ai vraiment besoin de marcher.

— Je vais ralentir. Je te retrouve à l'arrivée.

— Tu es sûre ? Je peux ralentir moi aussi.

— Je sais que tu n'as pas envie de marcher, continue. Je te retrouve là-bas.

Kathy s'arrange pour m'étreindre et m'encourager tout en courant. Puis elle s'élance et je comprends qu'elle avait ralenti pour rester à ma hauteur.

Je ralentis, puis cesse de courir et marche. Les gens me dépassent – je me fais l'impression d'une nulle. Je cherche Janice et John du regard derrière moi. Nulle part en vue. Peut-être après tout l'a-t-il convaincue d'aller au bar. Beurk, si je buvais une bière maintenant, je vomirais. Une assiette de fromage m'irait très bien, en revanche. Je passe la borne des quatre miles. Si j'en crois ma montre, je marche depuis une minute trente-quatre secondes, mais tout le monde me dépasse. Comment ça se fait ? Je recommence à courir. Avant la fin de ma pause, je le souligne.

Cette fois, je me détends, j'en ai presque terminé. Je me rappelle comment Kathy respirait. Je recommence, encore et encore, inspirer, expirer. Je finirai la course. Je dois finir. Je me souviens du jour où j'ai couru le long du fleuve. Retrouve ce sentiment de paix, Rebecca ! Je suis là. Je me sens forte. Je peux le faire. Je passe la borne des cinq miles à un rythme décent.

Ça marche, j'ai presque terminé. Je cours. Je suis une sportive, je transpire et je halète, mais je cours. Je suis pratiquement une athlète. Absolument. Lorsque j'en aurai terminé, je mangerai tout ce dont j'ai envie parce que j'aurai déjà brûlé les calories. C'est ce que font les sportifs – ils (nous) mangent (mangeons) et courent (courons).

Attendez une minute, j'ai passé la borne des six miles. Mince ! Bordel ! Reste zéro mile virgule deux. Il s'agit d'une course de six miles virgule deux. Dix kilomètres. Pourquoi est-ce le seul cas où nous utilisons le système métrique ? Pourquoi ne puis-je pas en avoir fini avec mon quota d'exercice pour l'année ? Pourquoi courir est-il si affreux ? Je ne peux plus respirer ! Je nage dans ma transpiration. Je hais Kathy ! Je hais Janice ! Tous les coureurs sont des imbéciles.

— Hé, dit Tommy en courant à ma rencontre.

Je ne tombe pas dans le panneau. Il s'agit d'un mirage, comme ceux qu'on expérimente dans le désert lorsqu'on est déshydraté. C'est ça. Il va me déclarer que bien que je sois amoureuse de Ben, il a décidé de vivre comme un moine et de subvenir à mes besoins. Après tout, il n'existe aucune autre femme comme moi, alors pourquoi se forcer à accepter des pis-aller ?

— Rebecca, ça va ? demande Tommy.

Il est peut-être réel.

— Je cours. Comment ça pourrait aller ? Que fais-tu ?

Il fait demi-tour et court à mes côtés.

— Certains officiels sur la ligne d'arrivée sont très énervés après moi parce que j'ai fait demi-tour après l'avoir franchie.

— Tu es fou ? Pourquoi as-tu fait une chose pareille ?

— Lorsque j'ai passé les 6 miles, j'ai compris que tu risquais d'abandonner. J'ai décidé de m'assurer que tu irais jusqu'au bout.

— Merci.

Cela vaut davantage qu'un vœu de chasteté ou une bougie brûlant en permanence en mon honneur. C'est le comportement d'un véritable ami.

— Kathy a essayé de faire demi-tour elle aussi. Elle s'inquiétait vraiment. Mais elle a renoncé lorsqu'ils lui ont crié dessus.

— C'est une mauviette, dis-je en souriant.

Le long des barrières, les gens nous encouragent et nous applaudissent. C'est fabuleux. On ne m'a jamais applaudie auparavant. C'est meilleur qu'un bon audimat. C'est presque meilleur qu'un tempura de crevettes.

— Plus que quelques mètres ! crie Tommy, couvrant le bruit de la foule.

Et il fredonne la musique des *Chariots de feu*, ce qui me permet de franchir la ligne d'arrivée en riant.

Kathy me serre dans ses bras et me tend de l'eau. Je laisse même Nancy m'étreindre en dépit de mes flots de sueur.

— Tu as réussi, ne cesse de répéter Kathy. Tu as réussi.

# 24

## *Moi*

Nous décidons de nous rendre chez Peter McManus pour fêter notre exploit. Il s'agit d'un vieux pub irlandais dans Chelsea que Lauryn et moi fréquentions beaucoup lorsque nous vivions dans le quartier de Flatiron. Janice et John vont emménager ensemble dans Chelsea, mais ne connaissent pas vraiment le quartier. Je leur parle de Peter McManus et consacre vingt bonnes minutes à chanter les louanges de Whole Foods et du marché de Chelsea.

— Tu es vraiment fan de cuisine, n'est-ce pas ? Non que ce soit une mauvaise chose, dit Nancy.

Elle essaie de se montrer sympa avec moi. Ce n'est pas une New-Yorkaise, c'est dans sa nature. Que son mec vive avec son ex ne doit pas être facile à vivre.

— Oui, dis-je en souriant.

Cette fois j'essaie de me conduire en véritable adulte.

— Elle m'a aidé à préparer le dîner auquel je t'ai invitée, dit Tommy.

— C'était délicieux, merci.

— De rien. A propos de cuisine…, dis-je, faisant signe à l'hôtesse d'approcher.

— Comme plat du jour, nous avons un fish and chips, annonce-t-elle.

— Tu adores le fish and chips, intervient Kathy.

— C'est vrai. Mais je vais prendre le sandwich à la dinde.

Je me dirige vers la petite cabine téléphonique près du juke-box et appelle Knuckle Sandwich. Ben travaillait ce matin et devait assurer le coup de feu de midi.

— Comment s'est passée la course ? Tu as gagné ? demande-t-il en riant.

— Non, mais je suis allée jusqu'au bout. Nous prenons un verre chez Peter McManus. J'ai refusé le fish and chips parce que je craignais de le trouver fade en comparaison du tien.

— Brave fille. J'ai presque terminé ici. Peut-être que je peux venir te retrouver.

— Tu vas venir ?

Cela signifie qu'il va rencontrer Tommy. Et que nous serons tous deux accompagnées de notre partenaire. Moment d'importance.

— … D'accord.

Je regagne la table au moment où on apporte les plats.

— Ben nous rejoint.

— Super, j'ai hâte de le rencontrer, dit Janice, avant de jeter un coup d'œil à Tommy.

Je remarque que Kathy fait de même, mais plus discrètement.

— Qui est Ben ? demande Nancy.

— Le nouveau petit ami de Rebecca, lui explique Tommy.

Il me sourit.

— … Et j'ai hâte de le rencontrer.

Je désespère de terminer mon club sandwich à la dinde. Avoir terminé la course m'en donne le droit. Je considère qu'il est de mon devoir de consommer autant de calories que possible, puisque j'ai dû brûler plus de calories que je n'en brûlerai jamais en une seule fois. Le problème des club-sandwich, c'est qu'ils n'ont pas assez de pain pour former tous les sandwichs possibles avec tous les ingrédients. Je renonce avant la moitié. Tout le monde dévore : Tommy prend un sandwich Reuben, dont il offre une bouchée à Nancy et une à moi. Janice et John choisissent le fish and chips et Nancy le cheeseburger. Nancy n'est pas radin et m'offre ses frites. Ce que je trouve très sympa.

Seule Kathy surveille ce qu'elle absorbe. Les burgers végétariens manquent, aussi prend-elle un sandwich à la dinde sur toast. Elle arbore une silhouette impeccable mais j'ai l'impression qu'elle vit dans la crainte constante de prendre un gramme. Elle mange environ un quart de son sandwich et, sa bière terminée, commande un verre de vin blanc.

— Nous venons de courir dix kilomètres, Kathy, tu as droit à un sandwich.

— Dommage qu'ils n'aient pas de pain complet. Je me ferai une salade en rentrant.

Elle consulte sa montre.

— … D'ailleurs, je dois rentrer. J'ai deux fournisseurs à appeler, il ne faut pas que je rentre tard.

— Pourquoi ?

— Parce que je me marie bientôt, répond-elle d'un ton condescendant, comme si j'avais pu l'oublier une seconde.

— Dans deux semaines, dis-je, agacée moi aussi.

Elle me regarde en roulant des yeux. Comme je ne veux pas faire de scène devant tout le monde, je n'ajoute rien.

— Je vais prendre un taxi pour Grand Central.

— Tu es sûre de ne pas pouvoir attendre Ben ?

J'ai vraiment envie de le lui présenter. J'ai tout raconté à Ben de nos récents problèmes et je sais qu'il est excité à l'idée de rencontrer le super-trio – Kathy, Beth, Lauryn.

— Oh, Rebecca, je ne peux pas, s'excuse-t-elle d'une voix sincère. Je ne veux pas manquer ce train.

Le samedi, les trains qui vont chez Kathy partent toutes les demi-heures. Tard le soir, leur fréquence baisse, avec parfois une heure entre chaque départ. Avant, rater un train signifiait rester plus longtemps ensemble, boire et s'amuser davantage. Ces jours appartiennent au passé, je m'en rends compte. Je vais devoir cesser de comparer notre amitié à ce qu'elle a été.

— D'accord, je te raccompagne à la sortie, dis-je.

Kathy fait ses adieux à tout le monde et gratifie même Nancy d'un « j'ai hâte de te revoir au mariage ».

Nous sortons du bar et je hèle un taxi pour Kathy.

— Elle semble vraiment sympa, non ? demande Kathy.

— Ouais, elle est cool. Peu importe la personne, ça ne pouvait pas être facile.

— Mais tu vas bien ?

Je suis touchée que Kathy se soucie autant de mes sentiments. Je culpabilise presque d'être agacée à l'idée qu'elle ne rencontre pas Ben, jusqu'à ce qu'elle ajoute :

— Pas de drame au mariage, hein ?

— Non, il n'y aura pas de drame.

Elle m'agace de nouveau. Où est passée l'amie qui m'a encouragée, applaudie et serrée dans ses bras lorsque j'ai franchi la ligne d'arrivée ?

— Tu ne te soucies donc que du mariage ?

— Bien sûr que non. Je me soucie aussi de toi, Rebecca.

Je commence à l'exaspérer.

— … je veux simplement que ce soit un jour exceptionnel.

Elle a déclaré la même chose à Lauryn lorsque celle-ci s'est étonnée que nous devions toutes porter des colliers assortis à quatre-vingts dollars pièce.

— Ce sera un jour spécial. J'espérais juste que tu allais rencontrer Ben.

Elle hoche la tête comme si je venais de lui rappeler quelque chose.

— J'espère qu'il réalise que tu seras très occupée ce jour-là.

Je secoue la tête.

— Kathy, je n'ai même pas encore décidé si je vais lui demander de m'accompagner ou pas. Mais si oui, cela ne m'empêchera pas de t'obéir au doigt et à l'œil.

Elle se penche vers moi, comme si elle s'adressait à une enfant impertinente.

— Rebecca, ne prends pas tout au tragique. Tiens, voilà mon taxi.

Son taxi arrive à point nommé pour faciliter sa fuite. Elle dépose un baiser de pure forme sur ma joue.

— Bonsoir.

Je me retourne pour me retrouver face à Ben, puis je jette un dernier regard au taxi de Kathy qui vient de disparaître. Il ne rencontrera aucun membre du super-trio aujourd'hui.

— Bonsoir, dis-je.

Je l'embrasse, puis l'embrasse encore parce que j'en ai le droit et parce que c'est bon. J'oublie toujours combien il m'attire jusqu'au moment où je le vois.

— Que fais-tu ici ?

— J'arrêtais un taxi pour Kathy qui en a profité pour me rappeler qu'elle allait se marier.

— Super. Tu es prête pour la rencontre entre tes mecs ?

— Je crois que oui.

Lorsque nous rejoignons notre table, Tommy est aux toilettes, repoussant encore le moment de relâcher ma tension nerveuse.

Je le présente à Janice, John et Nancy. Quand elle croit que personne ne la voit, Janice m'adresse un clin d'œil. Mais John la voit. Il secoue la tête avant de me faire lui aussi un clin d'œil. Comme aucun serveur n'est visible, Ben se lève pour aller chercher un verre au bar. Donc, lorsque Tommy regagne sa place, Ben attend son verre au bar. On dirait une comédie française. C'en est trop pour moi.

— Je vais mettre quelques chansons, dit Tommy, se levant pour aller au juke-box.

— Non !

J'ai crié un petit peu trop fort. Les autres à la table me regardent d'un air inquisiteur. Vite, trouver un prétexte.

— Attends une minute, j'ai vu pas mal de gens choisir des chansons. Qui sait le temps que cela va prendre ?

— D'accord, Miss Bizarroïde, répond-il.

Mais il se rasseoit.

— Tom, dit Nancy d'un ton de reproche.

Je commence à bien l'aimer, mais je crains qu'elle ne soit l'une de ces personnes trop sympas pour avoir le sens de l'humour. Je trouve étrange qu'elle plaise à Tommy, mais qui suis-je pour douter de l'amour ?

Ben revient enfin. Lorsque Tommy et lui se serrent la main et échangent un « Salut », le temps semble s'arrêter. Je suis sûre que je pourrais vous décrire les vêtements que portait Nancy lorsque je l'ai rencontrée, ainsi que la couleur des ongles de ses orteils. Mais ni Tommy ni Ben ne semblent intéressés par autre chose que leurs bières.

— Ils ont mis le fût de Bass en service ? demande Tommy.

— Oui, elle est fraîche. Malheureusement, pas de Guinness pression.

— Ne m'en parle pas. Ça, c'est de la bière.

— Ouais, répond Ben en secouant la tête.

C'est tout ? Pas de bras de fer entre gros durs ? Pas de « Sortons qu'on règle ça une bonne fois pour toutes ? » Pas de « Touche pas à ma nana ! » Pas de « Je l'aime comme tu ne l'as jamais aimée » ? Pas de hochement de tête entendu concernant mes talents amoureux ? Comprenez-moi bien, j'ai envie qu'ils s'entendent, mais aussi que leur conversation vole un peu plus haut que la Guinness à la pression.

Les mecs sont dingues.

Mais nous passons un bon moment. Trois couples amis sortant ensemble. Janice et John me manquent. Nous avons franchi le cap collègues de boulot devenus amis, pour devenir des amis qui se retrouvent pour boire un verre. Janice m'apprend que Jen en a marre de l'univers de la télévision pour enfants. Elle va entrer dans une école d'infirmière.

— C'est dommage, elle aime tellement les enfants.

— Je sais, mais elle a envie d'exercer un métier utile.

— J'étais censée devenir agent de change, dit Nancy.

— Vraiment ? s'étonne Janice en se penchant sur la table.

— Oui. J'ai effectué un stage d'environ deux mois avant de comprendre que ce n'était pas pour moi. Le boulot de nanny me plaît, même si je suis consciente que ce n'est pas un vrai métier. J'aime gagner ma vie et avoir quand même le temps de jouer du violoncelle lorsque j'en ai envie.

— C'est génial que tu aies ta musique, dit Janice.

Elle est réellement impressionnée.

— … Tu dois t'occuper des enfants, mais je parie que tu parviens à te vider l'esprit et te concentrer sur ta musique.

— C'est vrai, et puis ce sont des gamins adorables. Qu'est-ce qui est le plus important, participer à l'éducation de deux êtres humains ou augmenter les finances des investisseurs ?

— C'est génial. Parfois, j'ai envie de me remettre à la peinture, dit Janice. Je suis si fatiguée à la fin de la journée.

— Alors force-toi à le faire, dit Nancy. Parce qu'au final, faire ce que tu aimes est ce qui t'apporte la sérénité.

— Oui, dis-je.

Je commence à comprendre ce que Tommy aime chez elle. Ces derniers temps, à part passer du temps avec Ben, la seule chose que j'aime faire est manger. Non, attendez, ce n'est pas vrai. J'aimais l'idée que les enfants regardaient ce que j'avais créé et qu'ils en tiraient profit. Ce n'est pas une action tangible, mais j'aimais cette idée. Peut-être que l'un des concepts élaborés pour Don remplira la même fonction.

— Les émissions que je crée, que j'ai créées, sont bonnes. Mais, sans nous en rendre compte, nous laissons le fossé entre nous et le vrai public se creuser.

— Oui, acquiesce Janice. Nous créons des émissions pour les enfants, mais quand rencontrons-nous de vrais enfants ?

— Les enfants sont extraordinaires, dit Nancy.

C'est une évidence, et elle parle sous l'effet de l'alcool, mais c'est vrai.

Les mecs s'entendent très bien. Ils se régalent à l'avance des possibilités que leur offrira le dernier épisode du *Seigneur des Anneaux*. J'aurais dû m'en douter. Tommy est de toute évidence le plus grand amateur de cinéma et de bandes dessinées, mais Ben impressionne tout le monde par sa connaissance de détails peu connus et John se révèle capable de dessiner un Spider Man vraiment ressemblant sur une serviette en papier tachée de ketchup.

La copieuse quantité d'alcool absorbée facilite les échanges. La cuisine de Peter McManus est tout à fait honorable, mais la vraie raison pour laquelle j'aime venir ici est leur façon de récompenser les clients. Chaque fois que vous achetez deux boissons, le bar vous en offre une. Vous avez de la chance lorsque vous quittez les lieux debout. Nancy rit plus fort, de toute évidence elle ressent les effets de l'alcool. Tommy suggère qu'ils rentrent à la maison.

— Ah oui, nous avons un train à prendre, dit-elle.

Je mets une seconde à comprendre qu'elle se moque de Kathy. C'est plutôt gonflé, mais même si c'est seulement parce qu'elle est ivre, cela signifie qu'elle se sent à l'aise avec moi. Peut-être a-t-elle le sens de l'humour après tout.

Ils prennent congé. Tommy prend soin de dire à Ben qu'il a été enchanté de le rencontrer. Lorsqu'il se penche pour m'embrasser, je murmure que je ne rentrerai pas ce soir, au cas où il aimerait que Nancy passe la nuit dans l'appartement.

— Merci, dit-il.

Nous reprenons un verre. Le soleil ne s'est pas encore couché, mais je suis pompette. Janice et John insistent pour que nous passions devant leur nouvel appartement. Ils lèvent les yeux vers l'immeuble ancien en pierre sur la 21e Rue bordée d'arbres et sourient. Puis ils prennent un taxi pour downtown. Nous nous disons au revoir et je rappelle à Janice que, tôt ou tard, je pourrais bien la débaucher de chez Explore ! afin qu'elle exécute quelques travaux top secret pour Don et moi.

Nous sommes assez loin à l'ouest pour marcher jusqu'au fleuve. Main dans la main avec Ben, je suis heureuse d'être dehors. L'air est plus frais et je porte toujours mon T-shirt de la course. Ben m'enlace et me désigne la passerelle ouest sur la 10e Rue. Il me parle de l'écologie développée ici et me dit qu'un jour, l'endroit sera un parc superbe.

Il parle comme si nous allions rester ensemble longtemps. Je dois cesser de me poser des questions. Je crois qu'il me fait vivre dans l'instant. Je lui dis que lui et Lauryn s'entendraient bien.

— C'est la fille aux oiseaux, c'est ça ?

Incroyable qu'on parle maintenant de Lauryn comme de « la fille aux oiseaux ».

— Oui, j'aimerais que tu la rencontres. Tu la rencontreras si tu viens au mariage.

— Je peux la rencontrer même sans aller au mariage.

— Ça veut dire que tu ne veux pas y aller ?

— Comme je te l'ai dit, à toi te décider.

— On élève des types bien dans le New Hampshire.

— Je crois que c'est toi qui as bon goût.

— Oh, c'est ça, tu aimes Tommy maintenant.

Je souris. Même si quelques scènes théâtrales ne m'auraient pas déplu, je trouve leur comportement très adulte.

— J'aime aussi Janice et John. Tu t'entoures de gens bien.

— Attends d'avoir rencontré le super-trio. Mon Dieu, j'aurais voulu que tu les rencontres il y a cinq ans. Elles étaient si différentes.

— Tu devais l'être aussi. Qui sait si nous nous serions plu à l'époque. C'est peut-être seulement maintenant que tu es prête pour moi.

Très juste.

— … Tu sais, je crois qu'on donne ce qu'on reçoit.

Esme est de retour. Nous marchons le long du fleuve, comme Ben et moi l'avons fait. Elle ne parle pas, mais elle pense très fort les paroles : « Tu dois prendre une décision, tu dois prendre une décision. » Est-ce parce que je voudrais que d'autres décident à ma place ?

— Qu'essaies-tu de me dire ? Attends !

Esme rit. Son rire ressemble au mien et à la voix que j'avais choisie pour la doubler, ainsi qu'à la nouvelle voix dont elle est dotée. Elle ne m'appartient plus et ne m'appartiendra plus jamais. Je l'ai aimée, créée, mais maintenant, elle s'est lancée dans le vaste monde et je n'ai plus aucun contrôle sur elle.

Elle enjambe la balustrade. Elle va sauter dans l'Hudson et je ne la reverrai plus. Elle vivra très bien sans moi, mais vivrai-je très bien sans elle ?

Lorsqu'elle me fait un signe de main avant de plonger dans le fleuve, elle parle enfin.

— Au revoir, mademoiselle Cole.

*Mademoiselle Cole.* Je me réveille au côté de Ben, lové contre moi. J'ai des larmes dans les yeux. J'envisage de le réveiller, mais les paroles d'Esme m'obsèdent. Il soupire dans son sommeil et me serre contre lui.

Ecrire des émissions pour Don pourrait me rendre heureuse, et me rendra heureuse. C'est de l'argent facile. Mais mes émissions ne cesseront d'être modifiées et déformées. Je ne posséderai jamais aucun contrôle. Je peux m'y habituer. Mais j'ai besoin de concret. J'ai besoin d'être connectée aux gens, je veux interagir avec des mômes, pas seulement les observer derrière une vitre pendant une étude de consommateur. Je refuse de ne travailler qu'avec des enfants acteurs. Je vais continuer à écrire, mais je vais aussi enseigner.

J'adore ces pubs dans le métro. Je vais poser ma candidature pour devenir professeur l'année prochaine, et si cela ne marche pas, je trouverai autre chose. Je veux travailler avec des enfants en chair et en os.

Ben gémit. Je me tourne face à lui et l'embrasse sur les lèvres. Il sourit et lentement, heureuse de ma décision, j'entreprends de le réveiller.

***

Je reçois mon premier chèque de Don. Je l'utilise pour payer davantage que le paiement minimum exigé par ma carte de crédit. La voix de l'automate de l'assurance chômage ne me manquera pas. Mon jackpot en poche, j'ai envie de me rendre chez Nobu, mais finalement j'emmène Ben chez Other Foods, un merveilleux restaurant bio où je peux déguster du poisson et lui des trucs bizarres à base de céréales à l'aspect étrange et au goût délicieux.

Je m'offre aussi une coupe de cheveux. Pas une coupe de jeune femme active, comme celle que je me suis offerte lorsque j'ai été promue producteur exécutif. Celle-ci est plus courte, avec un dégradé et l'ajout de quelques mèches rouges assorties à mes lunettes.

Chaque jour de la semaine précédant le mariage, Kathy m'appelle, paniquée. Chacune de nos conversations s'achève sur une exigence quelconque ou le rappel que ce jour doit être exceptionnel.

Elle veut que nous nous retrouvions au Westchester à 6 heures du mat afin de nous faire coiffer par son coiffeur. Il ne s'agit pas d'un cadeau, mais de quatre-vingts dollars de plus. La majeure partie du montant dû sur ma carte de crédit est liée à des dépenses concernant le mariage. Je lui annonce que je ne pourrai pas arriver si tôt. Je me coifferai moi-même et arriverai à temps pour la séance de photos à 14 heures.

Si je ne venais pas de dépenser soixante dollars (ce qui est considéré comme une affaire) en retouches afin que ma robe me moule comme une seconde peau, je craindrais d'être rayée de la liste des invités.

— Qu'as-tu fait à tes cheveux ? glapit Kathy.

Tout ce stress ne doit pas être bon pour elle.

— Kathy, je les ai fait couper, c'est tout. Ils sont trop courts pour être portés relevés. J'aurai un look super-cool.

— Mon Dieu. Je crois que je fais un ulcère. Ta coiffure à mon mariage me donne un ulcère.

— D'accord.

J'ai décidé d'adopter une nouvelle tactique avec mes amies.

— … Prends un Smecta et à samedi 14 heures.

— Seigneur, quelle robe, lance Ben depuis mon lit.

Je la porte, ça y est.

— … Je connais tes seins et ils ne sont pas si imposants.

Je baisse le regard et remonte un peu mon décolleté. Ça ne change pas grand-chose. Je me regarde dans le miroir en pied. J'ai le ventre plus plat que lorsque nous avons essayé les robes pour la première fois. L'amour fait peut-être grossir, mais entre Ben, végétarien, et mes courses effrénées, mon corps est devenu plus tonique.

Mes lunettes rouges semblent assorties à ma robe rouge. La mince veste rouge choisie par Dina est bordée de fausse fourrure rouge. J'ai peine à croire que c'est ce qu'elle a choisi pour un mariage fin septembre. Je pense que sa grossesse a vraiment secoué Dina.

— Pourquoi fais-tu la grimace ? Tu es jolie. La personne qui t'escorte va être impressionnée.

Je lui souris. Il n'a pas passé de chemise. Je regrette d'être déjà tout habillée. Il est 12 h 30 et je ferais mieux de me mettre en route si je ne veux pas me faire réprimander.

On frappe à la porte. Je l'entrouvre. C'est Tommy. Je ne me sens toujours pas à l'aise lorsque les deux hommes se trouvent ensemble dans l'appartement, mais Nancy est présente elle aussi, dans la chambre de Tommy. Il sourit en détaillant ma robe de haut en bas.

— Pas un mot, dis-je. Je ne plaisante pas.

— Cette robe bat celle du mariage de Lauryn.

Il y a une éternité, j'ai été demoiselle d'honneur au mariage de Lauryn.

— Elle est aussi dix tempura de crevettes moins chère.

— Super. Tu es prête ?

— Je n'attends plus que mon escorte, dis-je.

— Eh bien, la voilà.

J'entrouvre davantage ma porte et Lauryn, ma cavalière, se tient devant moi, arborant la même robe et la même grimace. Les yeux brillants, elle caresse le manchon de coton blanc offert par Kathy. J'ai hâte d'entrer en possession du mien.

— Quelqu'un a dit Mère Noël?

# Epilogue

*Glissement de terrain*

Réunies dans la nouvelle maison de Kathy, dans le Connecticut, nous regardons pour la troisième fois la vidéo de son mariage. La fois précédente, je suis tombée endormie. Nous ne sommes que toutes les quatre – Kathy, Beth, Lauryn et moi. Ron travaille tard. Nous buvons toutes du vin sauf Kathy. Kathy n'a pas précisé pourquoi elle s'abstenait, mais lorsqu'elle quitte la pièce, Lauryn, Beth et moi murmurons « Enceinte ! ».

Depuis le mariage, il est question d'organiser ces soirées entre filles une semaine sur deux, mais c'est la première. Lauryn est revenue à New York pour les vacances de Noël, donc cela tombait à pic.

— J'ai une grande nouvelle à annoncer. J'ai décidé de devenir professeur, d'avoir une influence sur le développement des enfants à un niveau plus immédiat.

— Seigneur, dit Kathy, il faut que nous te trouvions de nouvelles lunettes, style « Sexy pour une prof ».

Lauryn applaudit.

— Quelqu'un a dit « Vacances d'été… à vie ? »

— Je comprends, dit Beth en souriant, mais tu vas devoir te lever vraiment tôt.

Je saurai le mois prochain si ma candidature a été retenue, je devrai ensuite élaborer un cours. Je crois que je vais choisir l'histoire mondiale à travers les différentes cuisines du monde. J'espère soudoyer les juges avec des petits-fours.

Ce n'est qu'en avril que je saurai si j'ai été sélectionnée pour suivre des cours durant l'été et enseigner en septembre prochain. Dans moins d'un an. Mais je ne veux pas m'avancer. Mon émission de cuisine, *Adeline cuisine* (!) s'est vendue et j'ai décidé d'en être le coproducteur exécutif avec Don. Je n'ai jamais travaillé sur un tournage réel, aussi j'apprécie la présence de Don. La semaine prochaine, nous commençons le casting. Je choisirai les filles dotées de l'attitude la plus positive, peu importe à quoi elles ressemblent.

J'ai expliqué à Don que si j'étais choisie pour la formation de professeur, il produirait seul la seconde saison, si jamais il y en a une. Mais je continuerai d'écrire pour la série aussi longtemps qu'il le voudra. Il m'a répondu que tant que je le remplaçais pendant son mariage (en juin, avec Sarah de la programmation), il était d'accord.

Je trouve que la vidéo me fait de grosses fesses et je ne cesse de les montrer du doigt. Beth trouve que sa robe de demoiselle d'honneur lui donne l'air d'être enceinte de quatre mois. Nous jetons un œil vers Kathy, guettant sa réaction, mais elle ne cille pas. Je la soupçonne d'attendre d'avoir passé le cap des trois mois de grossesse pour nous avertir.

La caméra zoome sur Nanny Nancy et Tommy en train de danser. Depuis, elle l'a convaincu de prendre des leçons, mais même à ce stade embryonnaire, je dois reconnaître qu'ils forment un joli couple.

— Tu veux que je passe en accéléré ? demande Kathy, comme elle l'a fait les deux fois précédentes.

— Non, j'ai envie d'admirer Fred Astaire et Ginger Rogers, répond Lauryn.

— Tu es tellement plus jolie qu'elle, intervient Beth.

— Oui, elle aurait intérêt à arranger ses cheveux, renchérit Kathy.

— Je me demande comment elle arrive à marcher avec ces talons, dit Lauryn.

Mes copines ne sont pas mauvaises langues. Et moi, je me comporte en véritable adulte avec Tommy – pour de bon cette fois, sans tentative de rapprochement intempestif – mais ce genre de commentaires sont doux à mes oreilles. En particulier le jour du mariage de Kathy. Les bretelles de mon horrible robe rouge ont lâché après que j'ai envoyé promener la veste de Mère Noël. Même après avoir traqué une épingle à nourrice, l'ensemble paraissait de travers, alors que Nanny Nancy (d'accord Nancy tout court) paradait super-sexy en robe moulante de chez DKNY.

Je suis adulte, mais pas à ce point-là.

Je trouve que le vidéaste aurait l'usage de quelques conseils concernant le cadrage, mais la vidéo du mariage n'est pas mal. J'ai envisagé d'entreprendre Kathy au sujet de la qualité de la production, mais je parie qu'elle refusera d'en entendre parler. Regarder cette vidéo me plaît parce que cette journée a passé vite. Je n'en conserve que des bribes de souvenirs, des flashes isolés, le tremblement de la voix de Kathy au moment de prononcer ses vœux, les millions d'épingles à cheveux à ôter à la fin de la soirée et, bien sûr, le buffet.

La vidéo me rappelle tout le reste. Ma partie préférée est l'extrait qui passe en ce moment. Je regarde Lauryn pour vérifier qu'il l'amuse autant que moi. Oui. Elle m'adresse un clin d'œil et Beth nous ressert du vin.

Nous dansons en cercle sur une chanson de Nina Simone. On voit Beth arranger la traîne de Kathy lorsque quelqu'un marche dessus.

— Mon Dieu, nous dansons vraiment comme des Blanches, s'exclame Lauryn.

Et elle a raison. Nous dansions très mal, mais sur le moment nous nous en moquions et je m'en moque toujours.

— C'est vrai que la caméra te grossit de cinq kilos, Rebecca, dit Lauryn.

Je lui donne une tape.

— Et tous localisés dans le derrière, rigole Beth.

— Tais-toi, future maman, lui dis-je.

— C'est à cause de toutes ces fichues pâtes à l'heure des cocktails.

Mon portable sonne. Je sais qu'il s'agit de Ben, annonçant à quelle heure il va quitter le boulot. Je ne prends pas l'appel. Les autres me guettent, voulant voir si je vais répondre. J'écouterai le message dans le train qui me ramènera à Grand Central. Nous ne vivons pas encore ensemble (je partage toujours le même appartement que Tommy), mais Ben a une clé. J'ai hâte de me glisser à ses côtés dans le lit, plus tard dans la soirée. Mais j'ai aussi hâte de déguster le Brie chaud que Kathy a mis au four et d'en apprendre davantage sur le nouveau mec de Lauryn.

Je me demande si Lauryn va effectuer d'autres virages professionnels fulgurants, comme par exemple étudier les singes du Costa Rica. Ce matin, elle a pris un café avec Jordan. Elle semble heureuse, donc je suppose que tout s'est bien passé.

Après que Tommy, puis Lauryn, m'ont demandé d'intervenir en sa faveur, Ben lui a trouvé un job de barman au Knuckle Sandwich. Cela semble bien se passer.

— As-tu déjà utilisé tous tes cadeaux de mariage ? demande Beth lorsque la vidéo s'achève.

Kathy a reçu une tonne de trucs inutiles.

— Tout, sauf les verres à liqueur en cristal que vous m'avez offerts.

— Quelqu'un a dit verres à liqueur ? demande Lauryn, laissant glisser son épais cardigan de ses épaules.

Nous rions. Les verres à liqueur coûtaient bien trop cher.

— Aucun espoir de les utiliser aujourd'hui, hein ? dis-je.

— Pourquoi pas ? Je vais les chercher.

Elle se lève et part dans la cuisine. Les commentaires iront bon train lorsqu'elle s'abstiendra de boire son verre. Nous aborderons officiellement le sujet de sa grossesse. Impossible alors d'échapper à notre interrogatoire. Nous lui arracherons le moment exact de la conception.

Elle réapparaît avec un plateau chargé de verres à liqueur, de pain, du Brie et d'une bouteille de vodka vanille. Les verres sont au nombre de quatre. Nous prenons chacune un morceau de pain et Kathy verse quatre doses. Le reste d'entre nous échange des regards, tentant de comprendre. Peut-être bluffe-t-elle. Nous nous tournons vers elle, indécises.

— Santé, dit-elle en levant son verre.

Nous trinquons mollement, puis avalons notre vodka, Kathy comprise.

— Kath, s'exclame Beth, horrifiée.

— Kathy, glapit Lauryn.

— Quoi ? demande Kathy.

— Tu mets la vie de l'enfant en danger, dis-je.

— Si nous sommes en faveur du droit à l'avortement, nous devons parler de fœtus, déclare Beth, soudain rigoureuse. Mais vraiment, Kathy, qu'est-ce qui te prend ?

— Tu as déjà entendu parler du syndrome d'alcoolisation fœtale ? demande Lauryn.

— De quoi parlez-vous ?

— Tu n'es pas enceinte ? dis-je.

J'ai craqué.

— Non ! s'exclame-t-elle en riant.

— Alors pourquoi n'as-tu pas pris de vin ? s'obstine Beth.

— Je n'étais pas d'humeur.

— Tu n'es pas enceinte ?

— Non. Si je l'étais, je ne mangerais pas de brie non plus, dit-elle, secouant la tête comme s'il s'agissait de la pire sottise à commettre.

Je constate avec intérêt qu'elle est très renseignée sur les aliments recommandés ou déconseillés durant la grossesse.

— Vous voulez un autre verre ?

— Quelqu'un a dit vodka ?

***

Parfois je me demande pourquoi je suis devenue si proche de ces personnes en particulier. Qu'avons-nous jamais eu en commun ? S'agit-il d'une pure coïncidence ? Est-ce uniquement parce que le nom de Lauryn commence par un D que nous nous sommes trouvées assises l'une à côté de l'autre au cours préparatoire ? Quel hasard m'a assigné Beth comme coloc à la fac ? Et si Beth n'avait pas répondu au premier e-mail de Kathy ? Qu'est-ce qui nous a liées les unes aux autres ? Qu'est-ce qui nous lie encore ?

Je ne connais pas tous les secrets de mes amies et elles ne connaissent pas tous les miens. Cette période bizarre n'a-t-elle été qu'une phase ? Qui sait ? Peut-être n'est-ce qu'un début. Peut-être une autre phase est-elle à l'horizon.

Mes amies continuent de me surprendre et je n'approuve pas tous leurs actes. Les soirs comme celui-ci, où nous buvons et mangeons du fromage, je m'en moque. Etre là, en compagnie de mes amies, me suffit. Je sais que si j'ai besoin de quelque chose d'important, comme être serrée dans leurs bras, ou de superficiel, comme entendre que je suis plus jolie que la nouvelle petite amie de mon ex, elles seront là. Quel que soit notre lien, il est présent. En cas de nécessité, nous serons toujours là l'une pour l'autre. Même si nous ne nous voyons plus autant que par le passé. Notre amitié est un cycle constant et évolutif. S'il faut s'accommoder du mauvais pour garder le bon, ainsi soit-il. Je prends.

DANS LA MÊME COLLECTION
par ordre alphabétique d'auteur

| | |
|---|---|
| LAUREN BARATZ-LOGSTED | *Un très gros mensonge* |
| LAUREN BARATZ-LOGSTED | *Dans la peau d'une autre* |
| LAUREN BARATZ-LOGSTED | *Un très gros changement* |
| DEBORAH BLUMENTHAL | *Big Love* |
| DEBORAH BLUMENTHAL | *Mon meilleur ennemi* |
| BETSY BURKE | *Lucy, un peu… beaucoup… à la folie* |
| BETSY BURKE | *Journal d'une apprentie séductrice* |
| LAURA CALDWELL | *People attitude* |
| LAURA CALDWELL | *Méfiez-vous de vos vœux…* |
| YVONNE COLLINS & SANDY RIDEOUT | *Mariée, moi ?… Jamais !* |
| YVONNE COLLINS & SANDY RIDEOUT | *Promotion canapé* |
| LYNDA CURNYN | *Confessions d'une ex* |
| LYNDA CURNYN | *Opération bague au doigt* |
| LYNDA CURNYN | *Cherche prince charmant désespérément* |
| LYNDA CURNYN | *Petits meurtres en Bikini* |
| LYNDA CURNYN | *Les petits secrets de Carly**** |
| KYRA DAVIS | *Sexe, meurtres et cappuccino* |
| KYRA DAVIS | *Crimes, passion et talons aiguilles* |
| KYRA DAVIS | *Séduction, meurtres et chocolat noir* |
| KYRA DAVIS | *Rupture et conséquences****** |
| KYRA DAVIS | *Coups de foudre, crimes et rouge à lèvres* |
| KYRA DAVIS | *Sexe, mensonges et petite robe noire* |
| JODY GEHRMAN | *Vent de folie en Californie**** |
| JODY GEHRMAN | *Bons baisers de Californie***** |
| KELLY HARTE | *Ma rivale et moi* |
| KELLY HARTE | *Coup de folie sur la City* |
| SUSAN HUBBARD | *Petites confidences entre amies* |
| SUSAN HUBBARD | *Miss London emménage* |
| HOLLY JACOBS | *Opération Cupidon**** |
| HOLLY JACOBS | *Un scénario diabolique***** |
| BRENDA JANOWITZ | *Comment j'ai survécu au mariage de mon ex* |

… / …

DANS LA MÊME COLLECTION
par ordre alphabétique d'auteur

| | |
|---|---|
| BRENDA JANOWITZ | *Mon fiancé, sa mère et moi* |
| MINDY KLASKY | *Comment je suis devenue irrésistible !* |
| MINDY KLASKY | *Comment trouver (rapidement !) l'homme idéal ?* |
| COURTNEY LITZ | *Ça n'arrive que dans les films !* |
| LIBBY MALIN | *Il m'aime… un peu… beaucoup ?* |
| WENDY MARKHAM | *Vous avez dit célibataires ?* |
| WENDY MARKHAM | *Ex in the City* |
| WENDY MARKHAM | *A quand le grand saut ?* |
| WENDY MARKHAM | *Moi & mon secret* |
| WENDY MARKHAM | *Mon fiancé, mon ex et moi* |
| WENDY MARKHAM | *Talons aiguilles et peinture fraîche* |
| LYNN MESSINA | *Fashion Victim* |
| LYNN MESSINA | *Made in New York* |
| LYNN MESSINA | *Héritière malgré moi* |
| SARAH MLYNOWSKI | *City Girl* |
| SARAH MLYNOWSKI | *Trois filles en folie* |
| SARAH MLYNOWSKI | *Télémania* |
| SARAH MLYNOWSKI | *Hommes, femmes : mode d'emploi* |
| SARAH MLYNOWSKI | *Moi & Moi, Vice Versa* |
| MELANIE MURRAY | *Miss Bubbles vole la vedette* |
| MELANIE MURRAY | *Un Noël (presque) parfait !*** |
| LEE NICHOLS | *Eleanor débarque !* |
| LEE NICHOLS | *Un fiancé qui a du chien* |
| LEE NICHOLS | *Eleanor s'en mêle !* |
| LEE NICHOLS | *Drôle de tandem* |
| TYNE O'CONNELL | *Absolutely fantastic* |
| TYNE O'CONNELL | *Lola et ses ex* |
| ERICA ORLOFF | *Diva attitude** |
| ARIELLA PAPA | *Manhattan et moi* |
| ARIELLA PAPA | *Pas de répit pour Rebecca******* |
| ARIELLA PAPA | *Au secours, ma meilleure amie est enceinte !* |
| ARIELLA PAPA | *New York, l'amour, les hommes... et moi !* |
| LEIGH RIKER | *Ce que veulent les filles…* |
| WENDY ROBERTS | *Crimes et cocktails en série* |

…/…

DANS LA MÊME COLLECTION
par ordre alphabétique d'auteur

| | |
|---|---|
| JACKIE ROSE | *Au secours, il m'aime !* |
| JACKIE ROSE | *Comment j'ai trouvé le prince charmant…* |
| ALLISON RUSHBY | *Apprentie fermière* |
| ALLISON RUSHBY | *Je hais la Saint-Valentin* |
| MELISSA SENATE | *Célibataire à New York* |
| MELISSA SENATE | *Trois sœurs à New York* |
| MELISSA SENATE | *J-30* |
| MELISSA SENATE | *4 amis à Manhattan* |
| MELISSA SENATE | *La revanche d'une brune* |
| MELISSA SENATE | *Quinze questions à se poser avant de l'épouser****** |
| MELISSA SENATE | *Miss Yorkville****** |
| POONAM SHARMA | *Bientôt 30 ans, toujours célibataire !* |
| POONAM SHARMA | *Une célibataire à Los Angeles* |
| JANE SIGALOFF | *Lizzie dans tous ses états* |
| JANE SIGALOFF | *Personnel et Confidentiel* |
| JANE SIGALOFF | *Pour le meilleur et pour le pire* |
| JANE SIGALOFF | *Telle mère, telle fille* |
| JANE SIGALOFF | *Chassé-croisé à Notting Hill* |
| JANE SIGALOFF | *Mister Mariage****** |
| JANE SIGALOFF | *Toute la vérité****** |
| P. JACQUELINE DE SOIGNÉE | *Princesse attitude** |
| JENNIFER STURMAN | *Le pacte* |
| JENNIFER STURMAN | *Miss Malchance mène l'enquête* |
| JENNIFER STURMAN | *Micmacs à Manhattan* |
| JENNIFER STURMAN | *Mystère à San Francisco* |
| KAREN TEMPLETON | *Moi, l'amour et autres catastrophes* |
| CATHY YARDLEY | *Aller simple pour Los Angeles* |

* titres réunis dans un volume double
** titres réunis dans un volume double
*** titres réunis dans un volume double
**** titres réunis dans un volume double
***** titres réunis dans un volume double
****** titres réunis dans un volume de cinq nouvelles : *Cinq citadines branchées*

## Également ce mois-ci

RED DRESS INK®

*La collection des citadines branchées*

On peut dire que je suis une fille chanceuse. Déjà, j'habite Londres, LA ville branchée par excellence. Mais surtout, j'ai le job le plus cool du monde : j'organise des soirées à la Posh House, l'un des clubs les plus trendy de la ville où se pressent des célébrités en tous genres et de beaux garçons aux manières si délicieusement british.
C'est lors d'une de ces fameuses soirées que tout a commencé. J'étais en train de superviser une fêtes privée des plus décadentes lorsque j'ai aperçu Richard, Hamish et Jeremy riant et discutant comme de bons vieux copains. J'ai d'abord cru à une hallucination liée au champagne : comment mes ex auraient-ils pu se retrouver ensemble à la Posh House ? Mais lorsque Richard s'est approché de moi, son irrésistible sourire aux lèvres, j'ai compris que, non seulement je ne rêvais pas, mais qu'en plus j'allais tout droit au devant des ennuis...

*Dès le 1er juin*

Un conseil, une commande : 01 45 82 47 47

www.harlequin.fr

Composé et édité par les
*éditions* Harlequin

Achevé d'imprimer en Allemagne
par GGP Media GmbH, Pößneck
en mai 2011

Dépôt légal en juin 2011